표범

Il Gattopardo

IL GATTOPARDO

by Giuseppe Tomasi di Lampedusa

세계문학전집 456

표범

주세페 토마시 디 람페두사

이현경 옮김

민음사

일러두기

1 본문에 등장하는 외래어의 표기는 음차를 했고, 각주를 달아 의미를 설명했다.

2 본문의 각주는 모두 옮긴이 주이다.

차례

1장

1860년 5월

"눈크 에트 인 호라 모르티스 노스트라이, 아멘."[1)]

매일 올리는 묵주기도가 끝났다. 영주는 삼십 분 동안 차분한 목소리로 그리스도의 수난을 상기했다. 이 삼십 분 동안 웅얼거리는 다른 사람들 목소리가 뒤섞여 나지막이 일렁였는데, 여기서 사랑, 순결, 죽음처럼 예사롭지 않은 말들이 황금 꽃잎처럼 떨어졌다. 웅얼거림이 계속되는 사이 로코코풍 살롱 풍경이 변하는 듯했다. 비단 벽지 위에서 무지갯빛 날개를 편 앵무새들도 놀란 모양새였다. 두 창문 사이에 걸린 막달라 마리아마저도 여느 때처럼 몽상에 빠진 아름다운 금발 머리 아

---

1) '이제와 저희 죽을 때에 (저희 죄인을 위하여 빌어주소서) 아멘(Nunc et in hora mortis nostrae. Amen).'이라는 뜻의 라틴어이다.

가씨가 아니라 참회하는 여인처럼 보였다.

이제 사람들 목소리가 사라지자 모든 게 평상시 같은 질서 혹은 무질서에 빠져들었다. 하인들이 열어 놓고 나간 문으로 그레이트데인 품종의 개 벤디코가 꼬리를 흔들며 들어왔다. 벤디코는 그동안 문밖에서 풀이 죽어 기다리고 있었다. 여자들이 천천히 일어났다. 밖으로 나가는 그녀들의 드레스 자락이 너울거리며 스쳐 간 자리에서 신들이 서서히 모습을 드러냈다. 우윳빛 타일 바닥에 그려진 벌거벗은 신들이었다. 안드로메다[2]만은 뒤에 남아 기도하는 피로네 신부의 사제복에 가려져 있어서, 단숨에 파도를 넘어 서둘러 그녀를 구하고 입을 맞추려는 은빛 페르세우스와의 만남을 한참이나 미뤄야 했다.

천장 프레스코화 속의 신들도 깨어났다. 살리나 가문의 영광을 기리기 위해 트리톤들[3]과 드리아스들[4] 무리가 산과 바다에서 진분홍색과 연보라색 구름을 뚫고서 변형된 콘카 도로[5]를 향해 돌진했다. 그들은 가장 기본적인 원근법 규칙들마저 무시할 정도로 환희에 넘쳐 보였다. 그리고 주요 신들, 신들 중의 신들, 그러니까 번쩍이는 유피테르, 눈살을 찌푸린 마르스, 나른해 보이는 비너스가 푸른 표범 문장을 사이좋게 받쳐 들고 여타 신들을 이끌었다. 그들은 앞으로 스물세 시간

---

2) 메두사를 처단한 페르세우스는, 바다 괴물의 제물이 되어 바위에 쇠사슬로 묶인 안드로메다를 구해 주었고 둘은 결혼한다.
3) 그리스 신화에 나오는 바다의 신. 포세이돈의 아들.
4) 그리스 신화에 나오는 나무 요정. 복수는 드리아데스.
5) '황금 분지'라는 뜻으로 팔레르모를 에워싼 언덕을 가리킨다.

삼십 분 동안은 자신들이 이 저택의 주인이라는 것을 알았다. 비단 벽지에 그려진 원숭이들이 다시 앵무새들을 실없이 놀려 댔다.

　팔레르모의 올림포스 신들이 내려다보는 가운데 살리나 가문 사람들도 신비한 구역을 재빨리 벗어났다. 딸들은 드레스의 주름을 매만지고 푸른 눈을 마주 보며 수녀원 기숙학교에서 사용하던 은어를 주고받았다. 4월 4일 '폭동'[6]이 일어나자 위험을 피해 집으로 돌아왔는데 이제 한 달이 넘었다. 그들은 캐노피 침대가 있는 기숙사의 공동 침실과 수녀원에서 공유했던 친밀한 생활을 그리워했다. 아들들은 벌써 파올라의 성 프란체스코 메달을 서로 갖겠다고 다투었다. 장남이자 집안의 후계자인 파올로 공작은 담배 한 개비 생각이 간절했지만 부모 앞이라 엄두를 내지 못한 채 밀짚으로 짠 담배 케이스가 들어 있는 주머니만 만지작거렸다. 그의 수척한 얼굴은 극도로 우울해 보였다. 오늘은 운이 나쁜 날이었다. 아일랜드산 갈색 말 '귀스카르도'의 상태가 좋아 보이지 않았고, 파니는 평상시처럼 보라색 편지를 그에게 보낼 방법을 찾지 못했다(혹시 보내고 싶은 마음을 찾지 못한 건 아닐까?). 그렇다면 구세주의 성 육신이 그에게 무슨 의미가 있나. 영주 부인은 오만하지만 초조해 보이는 모습으로 흑옥을 총총히 박아 넣은 주머니에 묵주를 툭 떨어뜨렸다. 그러면서 아름답고도 집요한 눈길로 순

---

6) 1860년 부르봉 왕조 치하에 있던 시칠리아에서 공화주의자인 주세페 마치니 파가 일으킨 반란.

종적인 자식들과 폭군인 남편을 슬쩍 쳐다보았다. 그녀는 남편에게 헛되이 애징 어린 몸짓을 기대하며 그를 항해 조그만 몸을 내밀었다.

그사이 영주가 일어섰다. 거구의 움직임에 충격을 받아 바닥이 흔들렸다. 순간이나마 인간과 인간이 만든 것들의 군주는 바로 자신이라는 확신에 그의 파란 눈이 자부심으로 빛났다. 묵주기도를 하는 동안 앞에 놓여 있던 의자에 두꺼운 빨강 기도서를 올려놓았고 무릎에 펼쳐 두었던 손수건도 제자리에 두었다. 그리고 아침부터 새하얀 조끼에 넓게 번진 커피 자국을 다시 보고는 약간 불쾌해져 눈빛이 어두워졌다.

그는 비만하지는 않았다. 키가 매우 크고 힘이 아주 셀 뿐이었다. 키는 (보통 사람들이 사는 집에 들어가면) 샹들리에 아랫부분의 장미 장식에 머리가 닿을 정도였다. 그는 손가락만으로 두카토[7] 금화를 휴지 조각처럼 구겨 버릴 수 있었다. 하인들은 포크와 숟가락을 가지고 살리나 저택과 은세공사의 가게를 바쁘게 오갔다. 주인이 식사 도중 치미는 화를 참느라 포크와 숟가락을 휘어 버리는 일이 잦았기 때문이다. 또 한편 그는 손가락들을 더없이 섬세하게 움직이고 애무할 줄도 알았는데 아내인 마리아 스텔라는 그것을 기억하며 애석해했다. 저택 맨 위층에 자리 잡은 천체관측소에는 볼트, 너트, 천체망원경의 뚜껑, 쌍안경, 그리고 '혜성 파인더' 들이 빼곡했는데,

---

7) 13세기 베네치아공화국에서 처음 주조되어 유럽에서 사용되던 금화 혹은 은화 단위.

그의 부드러운 손길 아래에서 원래 형태를 고스란히 유지하고 있었다. 오월의 오후 뉘엿뉘엿 넘어가던 해가 영주의 장밋빛 피부와 금발 머리를 붉게 물들였다. 그의 외모에서는 어머니인 카롤리나 영주 부인이 독일 출신이라는 점이 잘 드러났다. 그녀의 도도함에 삼십여 년 전 양 시칠리아 왕국[8]의 지리멸렬한 궁정은 얼어붙었다. 피부가 올리브색이고 머리칼이 새카만 사람들 속에서 새하얀 피부와 금발 머리는 매력적일 수 있지만, 그보다는 시칠리아 귀족의 핏속에서 발휘되는 독일적인 요소들로 인해 1860년 그는 아주 불편했다. 그의 권위적인 기질, 어느 일면에서 엿보이는 엄격한 도덕성, 추상적인 사고에 대한 선호는 팔레르모 사회 같은 느긋한 서식 환경에서는 종잡을 수 없는 오만으로, 반복되는 도덕적인 가책으로, 친척과 친구들에 대한 경멸로 변했다. 영주가 보기에 그들은 느릿느릿 실용적으로 흐르는 시칠리아라는 강물에 표류하는 사람들 같았다.

수세기 동안 수입을 더하고 부채를 감하는 방법조차 몰랐던 이 가문의 장남인(그리고 막내인) 그는 수학에 뛰어난 재능을 타고났다. 이 재능을 천문학에서 발휘해 공식적으로 충분히 인정받았으며 개인적으로도 큰 기쁨을 얻었다. 그는 자부심과 수학적 분석력이 서로 밀접하게 연결되어 있다고 믿었기 때문에 행성들이 자신의 계산을 따른다고 착각할 정도였

8) 1816년 시칠리아 왕국과 나폴리 왕국이 합쳐져 탄생했다. 복잡한 역사적 과정을 거쳤으나, 원래는 나폴리 왕국도 시칠리아 왕국에 속해 있었기 때문에 양 시칠리아 왕국으로 불렸다. 수도는 나폴리이다.

다(실제로 그런 것처럼 보이기도 했다). 화성[9]과 목성[10] 사이에서 그가 발견한 소행성 두 개(하나는 자신의 영지 이름인 살리나로, 다른 하나는 그가 특히 사랑했던 사냥개 이름인 즈벨토라고 불렀다)가 화성과 목성 사이의 드넓은 우주 공간에서 가문의 명성을 널리 퍼뜨릴 거라는 환상에 빠져 있었다. 그러니까 저택 천장의 프레스코화는 신들에 대한 찬미라기보다는 가문에 대한 예언에 가깝다고 할 만했다.

어머니에게는 자부심과 지성을, 아버지로부터는 호색가의 기질과 경솔함을 물려받은 파브리초 영주는 제우스처럼 눈살을 찌푸린 채 끊임없이 불만을 품고 살았다. 자신이 속한 계급이 몰락하고 가문의 재산이 사라지는 것을 그저 바라만 볼 뿐 어떤 행동도 하지 않았으며 대응책을 강구할 생각도 전혀 하지 않았다.

묵주기도와 저녁 식사 사이의 삼십 분은 하루 중 가장 편안한 시간이었다. 그는 다소 불확실하기는 해도 그 시간이 선사하는 평온을 몇 시간 전부터 맛보았다.

신이 난 벤디코를 앞세우고 정원으로 이어지는 짧은 계단을 내려갔다. 삼면이 담으로 둘러싸이고 한 면에는 저택이 자리 잡아 완전히 고립된 정원은 마치 공동묘지 같았다. 관개수로를 경계로 나란히 솟아 있는 언덕들이 그런 분위기를 한층

---

9) 로마 신화의 전쟁의 신 이름을 따서 마르스라고 부르기도 한다.
10) 로마 신화의 신인 유피테르로 부르기도 한다.

고조시켰는데, 이 언덕들 또한 키가 크고 마른 거인들의 무덤을 연상시켰다. 붉은 기가 도는 땅에서 식물들이 무질서하고 무성하게 자랐다. 꽃들도 제멋대로 피었고 도금양 울타리들은 길을 안내하기는커녕 막으려고 거기 서 있는 듯했다. 길 끝으로는 검은색에 가까운 누런 이끼가 얼룩덜룩 덮인, 꽃의 여신 플로라의 석상이 체념한 듯한 분위기로 수세기 동안 자신의 매력을 과시해 왔다. 양옆에 놓인 벤치에는 수놓인 쿠션들이 둘둘 말려 있었는데 이 역시 회색 대리석 같았다. 한 모퉁이에서는 때를 잊은 노란 아카시아꽃들이 화사함을 선보였다. 이곳의 흙이란 흙은 모두 아름다움에 대한 갈망을 발산하였으나 이내 나른함에 묻혀 버렸다.

하지만 담장에 둘러싸이고 짓눌린 정원은 마치 성녀들의 유해에서 흘러나온 향유처럼 끈적하고 육감적이며, 살짝 부패한 냄새를 내뿜었다. 작은 카네이션들의 자극적인 향기가 격식 있는 장미의 향기와 구석구석에 만개한 목련의 끈끈한 향에 더해졌다. 그 밑에서는 민트 향과 어린 아까시나무 향, 도금양의 달콤한 향이 났으며 담 너머에서는 이제 막 피기 시작한 오렌지꽃들에서 피어나는 관능적인 냄새가 공기를 가득 메웠다.

그곳은 눈먼 사람들을 위한 정원이었다. 아무리 보아도 눈은 즐겁지 않았으나 꽃들의 향기에 거칠지만 강렬한 쾌감을 후각으로 맛볼 수 있었다. 영주가 직접 파리에서 구입한 '폴 네롱'은 볼품없이 변해 버렸다. 처음에는 활짝 피었으나 습기가 많고 기름지지 못한 시칠리아의 기후와 토양 때문에 곧 시들어 버렸다. 그러다가 작열하는 7월의 태양에 타 버려서 보기 흉한 살색 배추같이 변해 버렸지만 그대도 관능적인 진한 향기를 내뿜었다. 프랑스에서 장미를 가꾸는 어떤 이도 그 장미에게서는 기대할 수 없는 향기였다. 영주가 장미꽃 한 송이를 코로 가져갔다. 오페라에 등장하는 발레리나의 허벅지 냄새를 맡는 기분이었다. 벤디코의 코에도 장미를 갖다 댔지만 벤디코는 질색을 하며 뒤로 물러섰고 퇴비와 죽은 도마뱀들 사이에서 좀 더 유익한 냄새를 찾으러 달려가 버렸다.

그러나 향기로운 정원은 영주에게 어두운 생각들을 불러일으켰다. '지금은 기분 좋은 향기가 가득하지만 한 달 전에는……'

그는 원인을 제거하기 전까지 저택에 퍼져 있던 들척지근한 악취를 떠올리고는 메스꺼움을 느꼈다. 산로렌초에서 반군과 접전을 벌이던 저격병 부대인 제5연대 소속 젊은 병사의 시신이었다. 부상을 당한 뒤 레몬나무 밑에서 홀로 사망한 것이다. 시신은 토끼풀이 무성한 풀밭에 엎드린 채로 발견되었다. 얼굴은 피와 토사물에 엉켜져 있었고 손톱은 흙 속에 박혀 있었다. 온몸에는 개미들이 들끓었다. 탄띠 밑으로 보라색 내장들이 흘러나왔으며 피웅덩이를 이루었다. 이렇게 훼손된 시체를 처음 발견한 사람은 관리인 루소였다. 그는 시체를 뒤집어 놓고 빨간 손수건으로 얼굴을 가렸다. 그런 다음 나뭇가지로 내장들을 벌어진 배 속으로 밀어 넣고 초록 외투 자락으로 상처를 가렸다. 그는 구역질이 나서 연신 침을 뱉었지만 시체 바로 옆은 피했고, 모든 일을 조심스러우면서도 능숙하게 처리했다. "육신은 죽어서도 악취를 풍기는군요." 그가 말했다. 쓸쓸히 죽어 간 병사를 애도한 말은 그뿐이었다. 망연자실한 동료들이 시체를 운반해 갔고(그렇다. 그들이 수레까지 시체의 어깨를 잡아 끌자 내장이 다시 밖으로 나왔다) 저녁 묵주기도에 낯선 젊은이의 영혼을 위한 '데 프로푼디스'[11]가 추가되었다. 그 덕분에 살리나 집안 여자들은 양심에 거리낄 게 없었으므로 다시는 그 이야기를 입에 올리지 않았다.

돈 파브리초는 플로라의 발에서 이끼를 조금 긁어내고 정처 없이 거닐었다. 기울어 가는 해가 무덤 같은 화단에 커다란 그림자를 드리웠다. 죽은 병사 이야기는 아무도 하지 않았다. 어찌됐든 병사들의 임무는 목숨을 걸고 왕을 지키는 것이니까. 하지만 영주는 내장이 흘러나온 참혹한 시신이 자꾸만 떠올랐다. 마치 당신이 할 수 있는 단 한 가지 방식으로 자신에게 안식을 달라고 호소하는 듯했다. 그러니까 모든 이의 필요에 따라 자신이 끔찍한 고통을 감수했으며, 그것이 정당했다는 사실을 알려 달라고. 누군가를 위해, 무엇인가를 위해 죽는다는 것은 특별한 일이 아니다. 그건 좋다. 그러나 자신이 누구를 위해, 혹은 무엇을 위해 죽었는지 알아야 한다. 아니, 적어도 그런 확신이 있어야 한다. 훼손된 얼굴은 이것을 요구했다. 바로 여기서 안개가 피어나기 시작했다.

"물론 국왕을 위해 죽었지요, 파브리초, 엄연한 사실 아닌가

---

11) 죽은 이를 위한 기도에 사용되는 시편 130편의 라틴어. '심연에서(De Profundis)'라는 뜻이다.

요." 돈 파브리초가 처남인 말비카에게 물었다면 그렇게 대답했을 것이다. 말비카는 늘 친구들의 대변인 역할을 했다. "질서, 연속성, 품위, 권리, 명예를 대표하는 국왕을 위해, 교회를 수호하는 국왕을 위해, '비밀결사단'들의 궁극의 목표인 우리 재산을 지키는 유일한 보루인 국왕을 위해서 죽은 거지요."

영주는 이런 미사여구에 마음속 깊이 공감했다. 그래도 뭔가 석연치 않았다. 국왕, 좋다. 그는 국왕을 잘 알았다. 적어도 얼마 전에 세상을 떠난 국왕[12]에 대해서는 말이다. 현재 국왕[13]은 장군복을 입은 신학생에 불과했다. 실제로 왕좌에 어울리는 인물이 아니다. "아니, 그렇게 생각하지 말아요, 파브리초." 말비카는 이렇게 반박했다. "단 한 명의 군주만으로는 부족할 수도 있지만 군주제라는 이념은 유효해요. 군주제는 개인의 인격을 넘어서는 거니까요." "자네 말도 사실이야. 하지만 이념을 구현하는 왕들은 대대로 어떤 수준 이하로 떨어질 수 없고 그래서도 안 된다네, 말비카. 그렇지 않으면 이념 역시 상처를 입을 테니까."

그는 가만히 벤치에 앉아 화단을 파헤치며 망가뜨리는 벤디코를 물끄러미 바라보았다. 이따금 벤디코는 자기가 저지른 일을 칭찬이라도 해 달라는 듯이 천진한 눈으로 그를 보았다. 카네이션을 열네 송이나 꺾어 놓았고 울타리를 반쯤 쓰러뜨렸고 물을 대는 좁은 수로를 막아 버렸다. 진짜 사람이 한 짓 같

---

12) 양 시칠리아 왕국 페르디난도 2세를 가리킨다.
13) 양 시칠리아 왕국 프란체스코 2세를 가리킨다.

았다. "그만해, 벤디코, 이리 와." 그러자 벤디코가 달려와서 흙 투성이 주둥이를 그의 손에 댔다. 개는 자신의 중대사를 중단 시킨 것은 잘못이지만 그래도 자신이 영주를 용서해 주었음 을 보여 주고 싶어 안달이 나 있었다.

알현. 페르디난도 국왕이 카세르타, 나폴리, 카포디몬테, 포 르티코에서 장소를 가리지 않고 그에게 허락했던 숱한 알현 들⋯⋯.

영주는 안내를 맡은 시종장과 나란히 화려하게 지어지고 (부르봉 왕조처럼) 역겨운 가구로 장식된 방을 끝도 없이 지났 다. 시종장은 삼각모자를 겨드랑이에 끼고 수다를 떨었는데, 나폴리에서 한창 유행하는 저속한 사투리들이 입에서 떠나지 를 않았다. 그는 더러운 복도를 지나고 제대로 관리되지 않은 계단을 올라가서 대기실로 들어갔다. 얼굴이 군은 경찰들과 표정이 간절한 청원자들이 대기 중이었다. 시종장은 사람들에 게 양해를 구하고 그들 사이를 지나서 영주를 궁정 사람들만 사용하는 대기실로 안내했다. 파란색과 은색으로 장식한 작 은 방이었다. 잠시 기다리자 시종장이 조심스레 문을 두드렸 고 알현이 허락되었다.

서재는 아담하고 소박했다. 하얀 벽에는 프란체스코 1세의 초상화와 까탈스러워 보이는 현재 왕비의 초상화가 걸려 있었 다. 벽난로 위에는 안드레아 델 사르토가 그린 성모마리아가 놓여 있었다. 성모마리아는 자신이 잘 알려지지 않은 성인들 과 나폴리의 성소들을 묘사한 화려한 채색 석판화들에 에워

싸여 있음을 깨닫고 깜짝 놀란 듯 보였다. 콘솔에는 밀랍으로 된 아기 예수 상이 불 켜진 작은 램프와 함께 놓여 있었다. 넓은 책상에는 흰색, 노란색, 파란색 서류들이 쌓여 있었다. 모두 마지막 행정 절차인 국왕의 서명(D.G)[14]을 받은 서류들과, 받아야 할 서류들이었다.

산더미 같은 서류 너머에 국왕이 있었다. 국왕은 일어서는 모습을 보이고 싶지 않아 벌써 일어서 있었다. 금빛 구레나룻에 감싸인 얼굴은 창백했다. 거친 군복 상의 밑으로 선명한 보라색 바지가 눈에 띄었다. 마치 아래로 쏟아지는 보라색 폭포수 같았다. 국왕은 영주가 오른손에 입을 맞추도록 미리 손을 구부린 채 한 걸음 앞으로 나왔으나 곧 그런 인사를 물리쳤다. 국왕은 시종장을 능가하는 나폴리 억양으로 말했다. "어서 오게, 살리나, 만나게 돼서 반갑네." "궁정의 예를 갖춰 차려입지 못한 것을 용서하십시오, 폐하. 나폴리에 잠깐 들렀다 가는 중이지만 존경하는 폐하께 경의를 표할 기회를 놓치고 싶지 않았습니다." "살리나, 무슨 소린가. 여기 카세르타를 자네집처럼 생각하게. 자네 집처럼 말이야, 당연하지." 같은 말을 반복하며 책상 뒤로 가서 앉으면서 손님이 앉기까지 잠시 기다렸다.

"그런데 젊은 아가씨들은 어떻게 지내나?" 영주는 그런 순간에는 호색가인 동시에 신실한 듯 모호한 태도를 보여야 한다는 걸 알아차렸다. "젊은 아가씨들이요, 폐하? 제 나이에, 게

---

14) '신이시여, 굽어살피소서(Dio guardi)'의 약자이다.

다가 결혼이라는 신성한 끈에 묶여 있는데 말입니까?" 국왕의 입가에 웃음이 번졌지만 손으로는 짜증스레 서류들을 정리했다. "그런 말은 나 자신이 용납할 수 없네, 살리나. 자네 집 젊은 아가씨들, 영주 집안의 영애들이 어떻게 지내냐는 거지. 사랑스러운 우리의 대녀(代女) 콘체타는 이제 어엿한 숙녀가 되었겠는걸."

화제는 가족에서 과학으로 넘어갔다. "살리나, 자네가 천문학에서 얻은 성과는 자네뿐 아니라 우리 왕국에도 큰 영광일세! 종교를 공격하지만 않으면 과학은 훌륭하고 위대한 거지!" 그러나 잠시 후 그는 친구의 가면은 한쪽에 벗어 두고 근엄한 군주의 얼굴로 돌아왔다. "말해 보게, 살리나, 시칠리아에서는 카스텔치칼라에 대해 뭐라고들 하나?" 돈 파브리초는 방어적인 자세를 취했다. 그는 왕당파와 자유주의자들 모두 총독을 비난한다는 사실을 알았지만 친구를 배신하고 싶지 않아서 이도 저도 아닌 말로 얼버무렸다. "훌륭한 신사이고 진정한 영웅이지만 총독의 고된 임무를 맡기에는 조금 연로한 게 아닌가 싶습니다." 왕의 얼굴이 어두워졌다. 살리나는 첩자가 되고 싶지 않았으니 왕에게는 아무 도움이 되지 않았다. 왕은 두 손으로 책상을 짚고 할 말을 다 했다는 제스처를 취했다. "처리해야 할 일이 너무 많군그래. 왕국의 운명이 모두 이 어깨에 달려 있으니." 이제 외교적인 말을 할 시간이었다. 왕은 서랍에서 친구의 가면을 다시 꺼내 썼다. "살리나, 다음에 나폴리에 올 일이 있으면 콘체타를 데려와서 왕비와 만나게 해 주게나. 공식적으로 궁정에 나오기에는 너무 어리지만 오붓한 점심 식사 한 끼야 누가 뭐라겠나. '마카로니와 아름다운 아가씨들'이라고 하지 않나. 잘 가게, 살리나, 건강 조심하고."

하지만 이번에는 유쾌하게 물러나지 못했다. 돈 파브리초가 두 번째 절을 하고 돌아섰을 때 왕이 다시 불렀다. "살리나, 내 말 좀 들어 보게. 자네가 팔레르모에서 안 좋은 사람들을 만난다는 말이 있던데. 자네 조카인 그 팔코네리…… 왜 정신을 차리게 만들지 않나?" "폐하, 탄크레디는 여자와 도박밖에 모릅니다." 왕은 인내심을 잃었다. "살리나, 살리나, 답답한 소리 말게. 다 후견인인 자네 책임이야. 가서 탄크레디에게 전하게. 뒤를 조심하고 다니라고. 가 보게나."

여왕의 방명록에 서명하려고 호화롭지만 그리 훌륭하지는 않은 방들을 다시 지나는 동안 그는 마음이 상했다. 평민들의 공손한 태도나 경찰의 차가운 미소 역시 그를 우울하게 했었다. 친밀감을 우정으로, 협박을 왕의 권리로 간주할 수 있는 친구들은 얼마나 행복한지. 하지만 자신은 그럴 수가 없었다. 흠잡을 데 없는 시종장과 잡담을 나누며 걸어가는 동안 이미 얼굴에 죽음의 흔적이 역력한 이 왕국의 계승자는 과연 누구일지 자문했다. 저 멀리 있는 작은 수도 토리노를 떠들썩하게 만든 갈란투오모[15]라는 피에몬테 사람일까? 그렇다고 뭐가 바뀔까? 나폴리 방언 대신 토리노 방언을 쓰게 될 뿐이다. 그게 전부다.

---

15) '훌륭한 신사(galantuomo)'라는 뜻. 당시 사르데냐-피에몬테 왕국의 왕이었고 이후 통일 이탈리아의 초대 국왕이 된 비토리오 에마누엘레 2세를 가리킨다. 왕국의 수도는 토리노이다.

그들은 방명록이 있는 곳에 도착했다. 그는 '살리나의 영주 파브리초 코르베라'라고 서명했다.

아니면 돈 페피노 마치니[16]의 공화국이 될까. '고마운 일이지. 그러면 나는 그냥 코르베라 씨가 되겠지.'

발길을 돌려 먼 길을 오는 내내 마음이 편치 않았다. 코라 다놀로와 약속을 잡아 놓았지만 이 역시 큰 위로가 되지 않았다.

그렇다면 나는 무엇을 할 수 있을까. 무모한 짓은 하지 않고 현상유지에 전념하는 것? 그렇다면 얼마 전 팔레르모의 황량한 광장에 울려 퍼진 것과 같은 메마른 총성들이 의미하는 행동이 필요한 것인가? 하지만 그런 총격전들 역시 무슨 쓸모가 있단 말인가? "'팡! 팡!'으로는 결론이 나지 않아! 그렇지 않니, 벤디코?"

"딸랑, 딸랑, 딸랑!" 그사이 저녁 식사 시간을 알리는 종이 울렸다. 벤디코가 기대에 부풀어 군침을 흘리며 달려갔다. "꼭 피에몬테 사람 같군그래!" 살리나가 계단을 올라가며 말했다.

살리나 저택에서는 당시 양 시칠리아 왕국의 유행에 따라 허세가 적당히 섞인 성대한 저녁 식사를 했다. 식탁에 앉은 사람의 수(주인 부부, 자녀들, 가정교사들을 포함해서 모두 열네 명이었다)만으로도 위용을 과시하기에 충분했다. 수선했지만 고급

<hr>

16) Giuseppe Mazzini(1805~1872). 이탈리아 통일운동 시기의 정치인. 당시 사르데냐-피에몬테 왕국이 주도하던 이탈리아 통일에 반대해서 공화주의 통일운동을 주도했다.

스러운 식탁보가 깔린 식탁은 무라노[17]산 샹들리에인 '님프' 밑에 임시로 걸어 둔 '램프'의 강렬한 불빛 아래 눈부시게 빛났다. 창문으로 아직 햇빛이 흘러 들어오고 있었으나 문 위를 장식한, 검은색 배경의 하얀 형상들은 얇은 돋을새김처럼 보이다가 곧이어 그늘 속으로 사라졌다. 은식기류는 크고 묵직했으며, 국왕의 너그러움을 상기시키는 약자 F. D.(페르디난두스 데디트)[18]가 새겨진 보헤미아산 투명 유리잔들이 영롱하게 반짝였다. 하지만 유명한 장인의 약자가 새겨진 접시들은 서로 다른 식기 세트의 일부인데, 설거지를 담당한 하인들의 대학살에서 겨우 살아남은 것들이었다. 진초록색 넓은 가장자리에 작은 금색 닻들이 그려진 매력적인 카포디몬테[19]의 큰 접시들은 영주 전용이었다. 영주는 주변의 모든 것을, 아내만은 예외였지만, 자신의 수준에 맞추기를 좋아했다.

그가 식당에 들어섰을 때는 모두 모여 있었다. 영주 부인만 자리에 앉아 있었고 다들 의자 뒤에 서 있었다. 영주의 자리 앞쪽에는 옆구리가 불룩한 거대한 은제 수프 그릇이 놓여 있었는데 뚜껑에는 춤추듯 뛰어오르는 표범이 장식되어 있었다. 옆으로는 작은 수프 그릇들이 차곡차곡 포개져 있었다. 영주는 손수 수프를 덜어 주었는데, 이는 '파테르 파밀리아스', 즉 가장의 자랑스러운 임무를 상징하는 즐거운 일이었다. 하지만

---

17) 유리 공예로 유명한 섬. 다리로 육지와 연결된 베네치아 본섬 인근에 있는 섬 중의 하나로 170여 개의 유리 공방이 있다고 한다.
18) '페르디난도 하사(Ferdinandus dedit)'라는 뜻의 라틴어.
19) 나폴리 근교에 있는 유명한 도자기 생산지.

그날 저녁에는 국자가 수프 그릇 안쪽에 세게 부딪히며 위협적인 소리가 울려 퍼졌다. 한동안 들어보지 못한 소리였다. 영주가 여전히 걷잡을 수 없는 분노를 억누르고 있다는 표시였다. 영주의 아들이 40년 후에 곧잘 회상했듯이, 지금까지 들어본 어떤 소리보다 무시무시했다. 영주는 열여섯 살인 프란체스코 파올로가 자리에 없다는 사실을 알아차렸다. 프란체스코 파올로가 곧 들어와서 ("죄송해요, 아버지.") 제자리에 앉았다. 영주는 프란체스코 파올로를 나무라지 않았지만, 양 떼를 지키는 개와 비슷한 역할을 맡은 피로네 신부는 고개를 숙이고 신의 가호를 빌었다. 폭탄은 터지지 않았지만 후폭풍 때문에 식탁이 얼어붙어 저녁 식사는 엉망이 되고 말았다. 식사를 하는 동안 영주는 푸른 눈을 반쯤 가느스름하게 뜨고 자식들을 하나씩 응시했고 자식들은 공포로 숨을 죽였다.

하지만 그럴 필요는 없었다! '보기 좋은 집안이군.' 영주는 이렇게 생각했다. 지나치지 않게 통통한 딸들의 얼굴은 홍조를 띠고 있었다. 양 볼에 귀여운 보조개가 파여 있었고 미간을 살짝 찌푸린 듯 보이는데, 이는 살리나 집안 사람들이 물려받은 특징이었다. 호리호리하지만 강단 있는 아들들은 아버지의 눈길을 받으면서도 거칠게 포크와 나이프를 움직였다. 둘째 아들인 조반니는 2년 전에 사라졌다. 영주가 가장 사랑하는 아들이지만 성격이 제일 까다로운 녀석이었다. 조반니는 어느 화창한 날 집을 나간 후 두 달 동안 아무 소식이 없다가 런던에서 정중하면서도 차가운 편지를 보냈다. 심려를 끼쳐 죄송하다며 건강에는 이상이 없다는 내용이었다. 더불어 이상하게도 팔레르모의 안락한 생활 속에서 '지나치게 보호를 받는'(말하자면 구속된) 손재로 살아가는 셋보다는 석탄 회사의 심부름꾼으로 소박하게 사는 편이 더 좋다고 적었다. 안개 자욱한 이단의 도시를 떠돌 어린 아들이 염려되고 그립기도 해서 영주는 마음이 찢어질 것처럼 고통스러웠다. 영주의 얼굴이 더욱 어두워졌다.

영주의 표정이 어찌나 어두웠던지 옆에 앉은 부인이 어린 아이 같은 손을 내밀어 식탁에 놓인 크고 묵직한 남편의 손을 쓰다듬었다. 무심코 내민 부인의 손길에 여러 감정이 솟구쳤다. 동정 때문에 짜증이 나는 동시에 성적인 욕망이 살아났지만, 욕망은 이를 불러일으킨 아내가 아니라 다른 상대에게로 향했다. 순간 베개에 머리를 파묻은 마리안나의 모습이 머리를 스쳤다. 그가 무미건조하게 목소리를 높였다. "도메니코." 시종에게 말했다. "돈 안토니오에게 가서 마차에 말을 매라고 해. 식사가 끝나는 대로 팔레르모로 내려갈 테니." 그는 흐려지는 아내의 눈빛을 보고는 곧바로 후회했으나 이미 내린 명령을 철회하는 건 있을 수 없는 일이었다. 그래서 오히려 잔인함에 조소까지 섞어서 말했다. "피로네 신부님, 나하고 같이 갑시다. 11시에 돌아올 거요. 신부님은 예수회 교회에서 친구들과 두 시간 정도 보낼 수 있을 겁니다."

한밤중에, 게다가 이렇게 어수선한 시기에 팔레르모로 가다니, 천한 여자와 정사를 벌일 셈이 아니라면 달리 무슨 이유가 있을까. 게다가 집안에 상주하는 사제를 동행하는 건 오만하고 모욕적인 행위였다. 적어도 피로네 신부는 그렇게 생각했고 기분이 좋지 않았다. 하지만 영주의 뜻을 받아들였다.

영주가 마지막 모과를 삼키자마자 벌써 현관 아래에서 마차 바퀴 소리가 들렸다. 살롱에서 시종이 돈 파브리초에게는 중산모자를, 예수회 신부에게는 삼각모자를 건넸다. 이미 눈물을 글썽이던 영주 부인은 마지막으로 남편을 잡아 보려 했지만 소용이 없었다. "파브리초, 하필 이런 때에…… 거리에 군인들이 잔뜩 깔려 있고 폭도들이 날뛰는데…… 불상사가 생길 수도 있어요." 그가 대수롭지 않게 웃어넘겼다. "바보 같은 소리, 스텔라, 말도 안 되는 소리 말아요. 무슨 일이 일어난다는 거요. 나를 모르는 사람이 없는데. 나처럼 키가 큰 남자는 팔레르모에 몇 안 되지 않소. 다녀오겠소." 그는 자신의 턱에 닿는 아내의 이마에 서둘러 입을 맞추었다. 이마에는 아직 주름 하나 없었다. 그렇지만 영주 부인 몸에서 나던 향기가 달콤한 기억을 떠올려서인지, 참회하듯 뒤를 따라오는 피로네 신부의 발걸음이 경건하게 경고를 해서인지 알 수 없지만 마차 앞에 도착했을 때 영주는 외출을 접고 싶었다. 마차를 마구간으로 돌려보내라고 말하려던 순간 위층 창문에서 갑자기 "파브리초, 파브리초, 여보!"라고 외치는 소리가 들렸고 날카로운 비명이 이어졌다. 여느 때처럼 영주 부인이 히스테리 발작을 일으킨 것이다. "출발하게!" 마부석에 앉아 채찍을 비스듬히 말 옆구리에 대고 있는 마부에게 말했다. "어서 가게. 팔레르모로 가서 신부님을 예수회 교회에 내려 드리게." 그러고는 시종이 문을 닫기도 전에 문을 쾅 닫았다.

아직 깜깜한 밤은 아니었다. 높은 벽들 사이로 하얀 길이 길게 뻗어 있었다. 실리나 가문의 소유지를 벗어나자마자 반쯤 폐허가 된 팔코네리 가문의 저택이 왼쪽에 나타났다. 영주의 조카이자 피후견인인 탄크레디 팔코네리의 저택이었다. 돈을 물 쓰듯 하던 탄크레디의 아버지, 그러니까 영주의 매형은 가산을 탕진하고 죽었다. 하인들 제복을 장식한 은실마저 녹여서 팔아야 할 만큼 가문은 완전히 몰락했다. 그러다가 탄크레디의 어머니마저 세상을 떠나자 왕은 열네 살짜리 고아의 후견인으로 외삼촌인 살리나를 지목했다. 성격이 불같은 영주는 모르는 아이나 다름없던 탄크레디를 몹시 아꼈다. 그가 보기에 탄크레디는 자유분방하고 쾌활하며 경박해 보이다가도 이따금 마주치는 위기에는 매우 진지했다. 그런 기질을 타고난 것이다. 영주 자신은 인정하지 않았지만, 어리석은 파올로보다 탄크레디가 내 장남이었으면 하는 마음을 품었을지도 모른다. 이제 스무 살이 된 탄크레디는 외삼촌이 주머니를 털어서라도 아낌없이 주는 돈으로 인생을 즐겼다. '녀석은 지금 대체 무슨 짓을 하고 있는 걸까.' 영주는 팔코네리 저택 옆을 지나며 생각했다. 흐드러지게 핀 부겐빌레아가 주교의 비단 장식 천처럼 저택 출입문 너머까지 늘어져 어둠과 어울리지 않는 화려한 분위기를 자아냈다.

'지금 무슨 짓을 하는 걸까.' 페르디난도 국왕이 탄크레디가 나쁜 지인들을 만난다고 한 말은 적절치는 않으나 사실 맞는 소리였다. 탄크레디는 도박 친구들, 그리고 그의 우아한 매력에 이끌린, 이른바 '행실 나쁜' 여자들과 어울렸다. 급기야는 '비밀결사단'에 호감을 품기에 이르렀고 비밀국가위원회와도 관계를 맺었다. 그뿐 아니라 왕실 금고에서 돈을 받았듯이 거기서도 푼돈을 챙겼을 것이다. 4월 4일 폭동이 일어난 뒤 영주는 탄크레디가 곤란한 상황에 빠지지 않게 하기 위해 좋은 일이든 나쁜 일이든 가리지 않았다. 그는 회의적인 카스텔치칼라 총독과 지나치게 예의 바른 마니스칼코를 찾아갔다. 결코 기분 좋은 일들은 아니었다. 한편 외삼촌 입장에서 보면 절대 탄크레디의 잘못만이라고 할 수 없었다. 진짜 잘못은 이 시대에 있었다. 그러니까 좋은 가문의 젊은이가 위험한 친구들과 어울리지 않고 자유롭게 카드 게임 한판 하기도 어려운 혼란스러운 시대 탓이었다. 가혹한 시대였다.

"가혹한 시대입니다, 각하." 그의 생각이 소리가 되어 메아리치듯 피로네 신부 목소리가 들렸다. 영주의 거대한 몸집에 밀리고 고압적인 행동에 굴복해서 마차 한구석에 웅크리고 앉은 예수회 신부는 몸도 마음도 고통스러웠다. 하지만 그도 만만찮은 사람인지라 곧 영속적인 역사의 세계로 옮겨 가서 지금의 일시적인 고통에서 벗어났다. "보십시오, 각하." 해가 거의 다 넘어갔는데도 여전히 선명하게 보이는 콘카 도로의 험준한 산들을 신부가 가리켰다. 산등성이와 산꼭대기에서 수십 개의 불들이 타올랐다. 매일 밤 반군 '부대들'이 피우는 이 화톳불들이 왕과 수도원들의 도시를 소리 없이 위협했다. 마치 깊은 밤에 중환자의 방을 밝히는 등불 같았다.

"보고 있어요, 신부님. 보고 있소." 그는 어쩌면 탄크레디가 저 불길한 어느 화톳불 옆에서 (귀족의 손으로) 죽어 가는 장작불을 살리고 있을지도 모른다고 생각했다. 바로 그런 손의 가치를 훼손하기 위해 타오르는 불길을 말이다. '참 대단한 후견인이군. 머리에 떠오르기만 하면 아무리 어리석은 짓이라도 저질러야 직성이 풀리는 젊은 녀석의 후견인이라니.'

이제 완만한 내리막길이 이어졌고 완전히 어둠에 잠긴 팔레르모가 가까이에서 보였다. 다닥다닥 붙은 낮은 집들은 거대한 수도원들에 짓눌려 있었다. 수십 개나 되는 수도원은 규모가 엄청났고 종종 두세 건물이 모여 있었다. 수도사들의 수도원, 수녀들의 수도원, 부자나 가난한 자의 수도원, 귀족이나 평민의 수도원뿐 아니라 예수회, 베네딕도회, 프란체스코회, 카푸친회, 가르멜회, 구속주회, 아우구스티노회 등의 수도원들이었다⋯⋯. 늙은 여자의 빈 젖가슴을 닮은, 흐릿한 곡선을 그리는 빛바랜 돔들이 수도원들보다 훨씬 높이 서 있기는 했으나, 무엇보다 수도원들의 음울함과 독특한 성질과 위엄이 도시를 지배하여, 시칠리아의 강렬한 햇빛조차 지울 수 없는 죽음의 분위기가 감돌았다. 영주가 마차를 달리던 무렵, 밤이 가까워진 시간, 도시 풍경은 수도원들이 지배했다. 실제로 산 위의 불들은 그런 수도원을 겨냥한 것이었다. 그뿐 아니라 수도원에 사는 사람들과 아주 흡사한 사람들, 똑같이 광적이고 폐쇄적이고 권력을 탐하는 사람들, 다시 말해 습관처럼 무위도식을 갈망하는 사람들이 산에서 타오르는 불길을 키우고 있었다.

말들이 내리막길을 천천히 달리는 동안 영주는 그런 생각을 했다. 이는 본질적으로 평소의 생각과는 모순되는 것들로,

탄크레디의 운명에 대한 불안과 관능적인 충동에서 빚어졌다. 이 충동은 그를 수도원들이 구체적으로 정해둔 강압적인 규율에 대한 반항으로 이끌었다.

이제 길은 꽃이 만발한 오렌지밭을 가로질렀다. 보름달이 풍경을 물들이듯 첫날밤에 어울리는 오렌지꽃 향기가 온 세상을 물들였다. 땀 흘리는 말의 냄새, 마차 좌석의 가죽 냄새, 영주와 예수회 신부의 체취까지 모두 천상의 여인과 저세상의 육체적 쾌락을 연상시키는 그 이슬람의 냄새[20]에 물들어 버렸다.

꽃향기는 피로네 신부의 마음까지 움직였다. "각하, 여긴 정말 아름다운 곳이 되었을 텐데요. 만약……." '만약 예수회 회원들이 이렇게 많지 않다면 말이지.' 신부의 목소리가 달콤한 기대를 방해하자 영주는 이런 생각을 했으나 입 밖에 내지는 않았다. 하지만 그런 무례한 생각을 한 것을 바로 후회하고는 큰 손으로 오랜 친구의 삼각모자를 살짝 도닥였다.

도시 외곽으로 들어가는 입구에 있는 아이롤디 저택에서 순찰대가 마차를 세웠다. "정지." 풀리아[21] 방언과 나폴리 방언이 뒤섞인 목소리들이 들렸다. 흔들리는 램프의 불빛 아래에서 긴 총검들이 번득였다. 하지만 부사관 하나가 곧 무릎에 모자를 얹어 놓은 돈 파브리초를 알아보았다. "무례를 용서하십시오, 각하, 지나가십시오." 그뿐 아니라 다른 검문소에서 이

---

20) 오렌지는 이슬람의 우마이야 왕조가 스페인을 정복하면서 유럽에 소개되었다.
21) 이탈리아 동남부의 주로, 주도는 유서 깊은 도시 바리이다.

던 일이 나서 벌어지지 않도록 병사 한 명을 마부석에 앉혔다. 무거워진 마차가 아까보다 천천히 란키빌레 저택을 돌아 테레로세와 빌라프랑카의 정원들을 지나 마퀘다 성문을 통해 시내로 들어갔다. 캄파냐 디 콰트로 칸티의 로메레스 카페에서는 수비대 장교들이 잡담을 하며 큰 컵으로 그라니타[22]를 마시는 중이었다. 하지만 도시가 살아 있다는 표시는 그것뿐이었다. 거리에는 인적이 끊겼고 가슴에 흰색 엑스 자 탄띠를 두른 순찰대의 발소리만 규칙적으로 울려 퍼졌다. 길 양옆으로 높지 않은 수도원 건물들이 계속 이어졌다. 바디아 델 몬테 교회, 성혼회, 십자군회, 테아티노회의 수도원들이었다. 칠흑 같은 어둠 속 둔중한 건물들이 모두 무(無)와 닮은 깊은 잠에 빠져 있었다.

"두 시간 뒤에 다시 오지요, 신부님. 기도 많이 하십시오." 그러자 불쌍한 피로네 신부는 당황스러웠지만 수도원의 문을 두드렸다. 그사이 마차는 골목을 따라 멀어졌다.

영주는 자신의 팔라초[23]에 마차를 두고 걸어서 목적지로 향했다. 길은 멀지 않았으나 평판이 좋지 않은 동네였다. 완전 무장을 한 것으로 보아, 틀림없이 광장에서 야영 중인 부대에서 몰래 빠져나온 병사들이 흐리멍덩한 눈으로 지붕이 낮은

---

22) 과일, 얼음을 넣고 간, 시칠리아에서 유래한 디저트이다.
23) '궁전'이나 '대저택'을 가리키는 이탈리아어. 특히 이탈리아 르네상스 시기에 세워진 관청, 혹은 귀족과 부유한 시민의 대저택을 가리키는 말로 사용되었다.

집에서 나왔다. 허술한 발코니들 위의 바질 화분 상태가 그들이 얼마나 쉽게 집 안으로 들어갔는지를 설명해 주었다. 통이 넓은 바지를 입은 표정이 험악한 젊은이들이 성난 시칠리아인 특유의 낮은 톤으로 말다툼을 했다. 멀리서 긴장한 보초들이 쏘아 대는 총소리가 들려왔다. 이 구역을 지나자 칼라 항구를 따라 길이 이어졌다. 낡은 항구에서는 썩어 가는 배 몇 척이 물결에 따라 이리저리 흔들렸는데 마치 옴 오른 개들처럼 지저분하고 을씨년스러웠다.

'나는 죄인이야, 나도 잘 알아. 신의 계율을 어기고, 스텔라의 인간적인 애정을 배신하며 이중의 죄를 짓고 있지. 두말할 필요도 없어. 내일 피로네 신부에게 고해를 해야 해.'

어쩌면 그럴 필요도 없을지 모른다는 생각에 속으로 웃었다. 예수회 신부가 오늘 자신이 지을 죄를 모를 리가 없을 테니 말이다. 그러고는 마음속으로 궤변을 늘어놓았다. '내가 죄를 짓는 것은 사실이야. 그렇지만 더 이상 죄를 짓지 않으려고, 육욕의 가시를 빼내려고, 더 큰 재앙 속으로 빨려들지 않으려고 죄를 짓는 거야. 이건 하느님도 잘 아셔.' 그러자 갑자기 자기 연민이 찾아와 마음속으로 눈물을 흘렸다. '나는 가련하고 나약한 인간이야.' 그는 더러운 자갈들을 힘차게 밟으며 생각했다. '나는 나약한 인간이야. 기댈 사람 하나 없어. 스텔라! 금방 떠오르는 사람이야 그녀지! 나는 그녀를 사랑했어, 하느님도 아셔. 우린 스무 살에 결혼했지. 하지만 지금 스텔라는 너무 독선적인 데다 나이도 많아.' 약해지던 마음이 곧 사라졌다. '난 아직 혈기 왕성하다고. 침대에서 품에 안기기 전에 반드시 성호를 그어야 하고 절정에 이르러서도 '예수마리아!'를 외치는 여자에게서 무슨 만족을 얻는단 밀인가. 막 결혼했을 무렵에는 그녀의 모든 반응이 나를 자극했지…… 하지만 지금은…… 우리 사이에 자식이 일곱이야. 일곱. 그런데도 난 그녀의 배꼽을 본 적이 없어. 이게 있을 수나 있는 일이야?' 이런 기묘한 고뇌에 감정이 북받쳐 그는 하마터면 소리를 지를 뻔했다. '있을 수 있는 일이야? 당신들 모두에게 묻고 싶군!' 그러면서 카테나의 주랑 쪽으로 향했다. '진짜 죄인은 그녀야!'

그는 새로 발견한 사실에 위안을 얻어 단호하게 마리안니나가 사는 집의 문을 두드렸다.

두 시간 뒤 마차는 벌써 영주와 피로네 신부를 싣고 집으로 가고 있었다. 신부는 몹시 흥분해 있었다. 동료 신부들을 통해 정치적인 상황을 알게 된 것이다. 세상과 동떨어져 평온한 살리나 저택에서 생각하던 것보다 상황은 훨씬 긴박했다. 사람들은 섬 남쪽인 시아카 쪽으로 피에몬테인들이 상륙할까 봐 두려워하고 있었다. 그리고 당국에서는 민중들 사이에 불온한 기운이 소리 없이 넓게 퍼져 있다는 사실을 알았다. 당국의 통제력이 약해지는 기미만 보여도 도시의 폭도들이 기다렸다는 듯이 약탈과 강간에 뛰어들려 했다. 예수회 사제들은 이 상황을 몹시 우려해서 고령의 사제 셋을, 수도원 문서들과 함께 '화물'을 실어 나르는 배에 태워 오후에 나폴리로 보냈다. "하느님, 저희를 보호하시고 이 신성한 왕국을 지켜 주소서."

돈 파브리초는 혐오감이 뒤섞인 평화를 즐기느라 신부의 말을 건성으로 들었다. 마리안나는 농촌 여자같이 수더분한 눈으로 그를 바라보았고 어떤 요구를 해도 거부하지 않았으며 겸손하고 순종적이었다. 말하자면 비단 속치마를 입은 벤디코라고나 할까. 절정에 달한 순간에는 심지어 이렇게 소리치기도 했다. "나의 영주님!" 돈 파브리초는 다시 흡족한 미소를 지었다. 비슷한 상황에서 사라가 외쳤던 '몽 샤'[24]나 '몽 생주 블롱'[25]이라는 말보다 훨씬 더 마음에 들었다. 사라는 그가 3년 전 천문학회에서 수여하는 훈장을 받으러 소르본 대학을 방문했을 때 만나던 창녀였다. '몽 생주 블롱'이 '예수마리아'보다야 낫다는 거야 두말할 필요도 없었다. 적어도 신성 모독을 한 기분은 안 드니 말이다. 마리안나는 착한 여자였다. 다음번에는 진홍색 비단 몇 필을 가져다줄 생각이다.

하지만 얼마나 슬픈 일인가. 너무나 다루기 쉬운 젊은 육체, 고분고분 응하는 음란한 행위. 그러면 영주 자신은 뭐란 말인가. 더럽고 비열한 인간, 이상도 이하도 아니었다. 파리의 한 서점에서 누구의 책인지도 모르고 우연히 책장을 넘기다가 읽었던 시 한 구절이 생각났다. 아마 프랑스가 매주 쏟아 내고 잊어버리는 시인들 중 한 명의 작품일 것이다. 높다랗게 쌓인, 팔리지 않는 레몬색 책들과 더불어 어느 짝수 페이지가 눈앞에 나타났고 기이한 시의 마지막을 장식하는 시구가 다시 귓

---

24) '내 고양이(mon chat)'라는 뜻의 프랑스어.
25) '내 금발 원숭이(mon singe blond)'라는 뜻의 프랑스어.

가에 맴돌았다.

> 세뇌르, 돈-무아 라 포르스 에 르 쿠라주
> 드 르가르데르 몽 쾨르 에 몽 코르 상 데구![26]

피로네 신부는 라 파리나와 크리스피[27]라는 사람을 화제
삼아 걱정스레 이야기를 이어 갔고 '나의 영주님'은 총총거리
는 말발굽 소리를 자장가 삼아, 일종의 절망적인 행복에 휩싸
여 잠이 들었다. 마차에 달린 작은 등불의 불빛이 투실한 말
엉덩이 위에서 흔들렸다. 영주는 팔코네리 저택 앞을 돌 때 잠
이 깼다. '그 녀석 저기서, 자기를 집어삼킬 불길이 활활 타오
르게 만드는군!'

부부 침실에 들어서자 단정하게 손질한 머리에 나이트캡을
쓰고 잠든 불쌍한 스텔라가 눈에 들어왔다. 커다랗고 높은 황
동 침대에서 낮은 숨소리를 내며 자는 아내를 보자 애잔한 마
음이 들었다. '내 자식을 일곱이나 낳았지. 나만 보고 산 여자
야.' 방 안에 진정제로 사용하는 약초 냄새가 약하게 배어 있
었다. 히스테리 발작이 남긴 마지막 흔적이었다. '가여운 스텔

---

26) '주여, 제게 힘과 용기를 주소서. 제 마음과 몸을 혐오감 없이 바라볼
수 있도록(Seigneur, donnez-moi la force et le courage de regarder mon
coeur et mon corps sans dégout!).'이라는 뜻의 프랑스어.
27) 주세페 라 파리나(Giuseppe La Farina, 1815~1863)와 프란체스코 크리
스피(Francesco Crispi, 1818~1901). 시칠리아 태생으로 이탈리아 통일운동
기의 정치가들이다.

라.' 그는 후회하며 침대로 올라갔다. 시간이 흘렀지만 도무지 잠은 오지 않았다. 하느님의 강력한 손길에 의해 머릿속에서 세 가지 불길이 회오리쳤다. 마리안니나의 애무가 피워 낸 불길, 이름 모를 시인의 시구에서 비롯된 불길, 산에서 활활 타오르는 분노의 불길이었다.

새벽녘 영주 부인이 조용히 성호를 그을 기회가 찾아왔다.

다음 날 아침 상쾌한 기분을 되찾은 영주를 밝은 태양이 환하게 비추었다. 그는 커피를 마셨고 검은 바탕에 빨간 꽃무늬가 있는 가운을 입고 거울을 보며 면도를 했다. 벤디코는 크고 묵직한 머리를 그의 슬리퍼에 올려놓고 엎드려 있었다. 오른쪽 뺨을 면도하던 영주는 등 뒤로 나타나는 청년의 얼굴을 거울을 통해 보았다. 야위었으나 기품 있는 얼굴인데 표정에서 두려움과 장난기가 엿보였다. 그는 돌아보지 않고 면도를 계속했다. "탄크레디, 지난밤에 뭐 하고 다녔니?" "안녕하세요, 외삼촌. 뭐 했냐고요? 아무 짓도 안 했어요. 친구들과 함께 있었어요. 고요한 밤을 보냈죠. 팔레르모로 즐기러 다니는, 제가 아는 어떤 사람들과는 달리 말이죠." 돈 파브리초는 입술과 턱 사이의 제일 까다로운 부분을 면도하는 데 집중했다. 약간 콧소리를 내는 청년의 목소리는 화를 내기 힘들 정도로 젊고 활력이 넘쳐났다. 그러나 내심 놀라지 않을 수가 없었다. 그는 돌아서서 수건을 턱에 댄 채 조카를 보았다. 조카는 사냥복 차림이었는데 꼭 맞는 상의에 무릎까지 오는 각반을 차고 있었다. "아는 사람들이라니, 누구를 말하는 거냐?"

"물론 외삼촌이죠. 아이롤디 저택 검문소에서 부사관과 내 화하는 모습을 제 눈으로 똑똑히 봤는길요. 삼촌 연세에, 대단하세요! 신부님까지 동행해서! 다 늙은 바람둥이시네요!" 건방지다, 도를 넘었다. 탄크레디는 자신에게는 무엇이든 허용된다고 생각했다. 그는 가느스름하게 눈을 뜨고 눈웃음을 지으며 돈 파브리초를 똑바로 보았다. 눈까풀 사이로 짙푸른 눈동자, 그의 어머니와 같은 눈동자, 그러니까 돈 파브리초와 똑같은 눈동자가 보였다. 영주는 기분이 상했다. 이 아이는 정말 어디서 멈춰야 하는지를 몰랐지만 나무랄 마음은 들지 않았다. 게다가 맞는 말 아닌가. "왜 그렇게 차려입은 거냐? 무슨 일이야? 아침부터 가장무도회라도 가나?" 탄크레디가 진지해졌고 역삼각형 얼굴 표정이 뜻밖에도 남자다워 보였다. "외삼촌, 저 떠나요. 30분 뒤에 출발이에요. 인사드리러 왔어요." 가련한 살리나는 가슴이 조여드는 기분이었다. "결투냐?" "굉장한 결투예요, 외삼촌. 작은 프란체스코와 벌이는 결투거든요. 전 산으로 가요. 코를레오네로요. 아무한테도 말하지 마세요. 특히 파올로에게요. 곧 큰일들이 벌어질 거예요. 이럴 때 집에 있고 싶지 않아요. 게다가 여기 있다가는 바로 체포될 거예요." 갑자기 영주의 눈앞에 한 장면이 떠올랐다. 잔인한 유격전과 숲속 총격전, 그리고 불행한 운명을 맞은, 정원에서 발견된 병사처럼 내장이 다 쏟아져 나온 채 땅에 쓰러진 탄크레디의 모습. "너 미쳤구나, 탄크레디! 저런 자들과 한통속이 되다니! 그런 놈들은 다 마피아에 사기꾼들이야. 팔코네리 가문 사람은 국왕을 위해 우리와 함께해야 한다." 탄크레디의 눈에 다시 미소가 번졌다. "당연히 왕을 위해서죠. 그런데 어떤 왕이요?" 그는 곧 진지해졌는데 그런 모습이 신비하고 사랑스러워 보였다. "지금 우리가 나서지 않으면 저들이 공화국을 만들 거예요. 모든 것이 그대로 유지되길 바라면 모두 다 바꾸어야 해요. 제 말 뜻 아시겠어요?" 탄크레디가 조금 울컥한지 외삼촌을 포옹했다. "곧 뵐게요. 삼색기[28]를 흔들며 돌아오겠습니다." 조카의 말투도 그가 어울리는 친구들과 약간 비슷해졌다. 당연한 일 아니겠는가. 비음이 섞인 목소리에서 과장된 억양이 느껴졌다. 이 아이는 대체! 어리석지만, 동시에 그런 어리석음을 거부한다. 영주의 아들 파올로야 지금 제 말 '귀스카르도'가 먹이를 잘 소화하는지 지켜보고나 있을 게 뻔했다! 이 아이야말로 진짜 그의 아들이다. 돈 파브리초가 급히 일어서서 목에 걸친 수건을 벗어 던지고 서랍을 뒤졌다. "탄크레디, 탄크레디, 기다려라." 그는 조카의 뒤를 쫓아 달려가서 주머니에 온차[29] 한 꾸러미를 집어넣었다. 그리고 조카의 어깨를 힘껏 잡았다. 탄크레디가 웃었다. "지금 혁명 자금을 지원해 주시는 건가요! 고맙습니다, 외삼촌, 곧 돌아오겠습니다. 외숙모님에게 인사 전해 주세요." 그러더니 계단을 달려 내려갔다.

신이 나서 온 저택에 쩌렁쩌렁 울리도록 크게 짖으며 친구의 뒤를 따라갔던 벤디코는 다시 불려왔다. 영주는 면도를 마치고 세수를 했다. 시종이 와서 옷을 입고 신발 신는 영주를

---

28) 이탈리아 통일운동을 상징하는 깃발. 1861년 이탈리아 왕국이 수립되며 국기가 되었다.
29) 1860년까지 시칠리아에서 사용했던 금화.

도왔다. '삼색기라고! 굉장하군, 삼색기! 그놈들은 그 말을 입에 달고 살지, 악당들 같으니라고! 바보 같은 프랑스 깃발을 흉내 낸 세 줄 무늬가 무슨 의미가 있단 말이야. 금색 백합 문양이 새겨진 새하얀 우리 깃발하고 비교하면 쓰레기나 다름없지 않나? 어울리지도 않는 색깔이 서로 뒤섞인 깃발이 그자들에게 어떤 희망을 주나?' 검은 새틴 재질의 넓은 넥타이를 맬 차례였다. 힘든 작업이어서 정치적인 생각은 잠시 미뤄 두는 게 좋았다. 한 번, 두 번, 세 번을 감았다. 크고 우아한 손으로 주름을 만들고 매듭을 고르게 매만진 다음, 루비 눈이 박힌 작은 메두사의 머리를 실크 넥타이에 꽂았다. "깨끗한 조끼로 가져와. 이 얼룩 안 보이나?" 시종이 까치발로 서서 갈색 프록코트를 입혀 주었고 베르가모 향수 세 방울을 뿌린 손수건을 건넸다. 열쇠들과 회중시계와 지갑은 직접 주머니에 넣었다. 그는 거울을 바라보았다. 외모는 여전히 훌륭했다. "'늙은 바람둥이'라니. 악당 녀석 같으니라고, 그런 심한 농담을! 녀석이 나만큼 나이를 먹었을 때를 보고 싶군. 지금도 저리 말랐으니 그때는 뼈만 앙상하겠구먼.'

힘찬 발걸음을 내디딜 때마다 그가 지나고 있는 살롱의 창문들이 달그락거렸다. 집 안은 아름답게 장식되어 있었고 평온했으며 눈부시게 빛났다. 무엇보다 이 집은 바로 그의 소유였다. 계단을 내려가며 그는 탄크레디가 한 말을 이해했다. "모든 것이 그대로 유지되길 바라면……." 탄크레디는 대단한 녀석이었다. 그는 항상 그렇게 생각했다.

집무실에는 아직 아무도 없었고 닫힌 덧창 사이로 햇빛이 조용히 비집고 들어왔다. 저택에서 가장 하찮은 일들이 일어나는 곳이기는 했지만 간소하면서도 중후한 분위기를 풍겼다. 하얀 석회벽에 걸린 거대한 그림 넉 점이 왁스로 광택을 낸 바닥에 그대로 비쳤다. 살리나 가문의 영지가 그려진 그림들이었다. 검은색과 금색 액자 안의 밝고 선명한 그림들 가운데 쌍둥이 산이 솟아난 살리나섬이 있었다. 레이스 같은 물거품이 섬을 에워쌌고 대형 범선들이 깃발을 펄럭이며 파도가 넘실대는 바다를 항해했다. 또 다른 영지인 퀘르체타를 묘사한 그림에서는 성모교회를 둘러싸고 낮은 집들이 모여 있고 푸르스름한 옷을 입은 순례자들이 교회 쪽으로 걸어가고 있었다. 그리고 산골짜기의 라가티시와 끝없이 넓은 밀밭에 자리 잡았으며 부지런한 농부들이 점점 흩어져 일하는 작은 마을 아르지보칼레. 마지막으로 영주의 바로크풍 팔라초가 있는 돈나푸가타가 있었다. 주홍색, 초록색, 금색 마차들이 돈나푸가타로 향했다. 마차마다 여자들로 가득하고 포도주와 바이올린도 잔뜩 실린 듯했다. 쾌청하고 평화로운 하늘 아래에서 수염을 늘어뜨리고 웃는 표범이 이 모든 것을 감싸고 보호했다. 그림 한점 한점 모두 활력이 넘치고 유쾌했으며 '혼성'인 동시에 '순종'이기도 한 눈부신 살리나 가문을 칭송하려는 열망이 드러났다. 전원을 소박하게 그린 지난 세기의 걸작들이었으나 영지의 경계를 정하고 면적과 수확량을 명확히 표시하는 데는 아무 소용이 없었다. 실제로 그것들은 여전히 정확하게 파악되지 않았다. 가문의 부는 지난 여러 세기에 걸쳐 장식으로,

사치로, 쾌락으로 바뀌었다. 그뿐만이 아니었다. 봉건적 권리가 사라지자 특권과 함께 의무도 없어졌다. 오래된 뽀노주 같은 부는 탐욕만이 아니라 배려와 신중함의 찌꺼기까지 통 바닥에 가라앉혀 버렸다. 자신의 열정과 색깔만을 보존하기 위해서였다. 그런 식으로 결국 부는 자신을 지워갔다. 목적을 달성한 부에 남은 것이라곤 방향유뿐이었고 그마저 원래 그랬듯이 금방 증발해 버렸다. 활력 있고 유쾌하게 그려진 그림 속의 영지 중 몇 개는 이미 날아가 버리고 화려한 그림과 이름만 남았을 뿐이다. 다른 땅들은 아직은 나무 위에 모여 시끄럽게 지저귀지만 길 떠날 채비를 하는 9월의 제비들 같았다. 하지만 수가 너무 많아서 다 날아가기는 매우 힘들 듯했다.

그렇게 생각하기는 해도 영주는 집무실에 들어설 때면 언제나 그렇듯이 불쾌했다. 수십 개의 서랍이 달렸고, 벽감같이 깊숙이 들어간 공간과 오목한 공간이 있으며, 잡동사니들을 넣어두는 작은 장도 있고, 상판 일부가 비스듬히 기울어진 책상이 방 한가운데에 탑처럼 우뚝 서 있었다. 황색과 검은색을 띤 거대한 목제 책상은 꼭 무대처럼 조각되고 장식되어 있었으며 함정으로 가득했다. 비스듬한 상판은 여닫을 수 있었고 도둑들 말고는 아무도 작동시키지 못할 비밀 장치들이 숨겨져 있었다. 책상은 종이에 뒤덮여 있었다. 영주의 용의주도한 계획에 따라, 천문학이 지배하는 아타락시아[30]의 영역과 관련된 자료들로 뒤덮여 있었지만, 또 다른 서류들이 영주의 마

---

30) 에피쿠로스 학파에서 행복의 필수 조건으로 꼽는 고요한 마음의 상태.

음을 불안하게 했다. 갑자기 카세르타에서 보았던 페르디난도 국왕의 책상이 떠올랐다. 거기에도 처리하고 결정을 내려야 할 서류들이 수북했다. 왕은 그것들이 운명의 흐름에 영향을 미치리라 생각했을지 몰라도 오히려 운명의 거센 물길은 저절로 다른 계곡으로 흘러 들어갔다.

돈 파브리초는 최근 미국에서 개발된 약을 생각했다. 심각한 수술을 받을 때도 통증을 느끼지 않게 해 주며 불행 속에서도 평온을 유지하게 해 주는 약이라고 했다. 고대의 스토아주의와 기독교의 인내를 대체하는 이 조잡한 화학물질은 모르핀이라고 불렸다. 불쌍한 국왕에게 서류를 결재하고 결정을 내리는 일은 모르핀 역할을 했다. 살리나의 영주, 그에게는 천문학이라는 훨씬 더 효과가 좋은 약이 있었다. 그는 날아가 버린 영지 라가티시와 위태로운 상황에 놓인 아르지보칼레의 모습을 밀어내고 《주르날 데 사방》[31] 최신호를 읽는 데 몰두했다. "레 데르니에레 옵세르바시옹 드 롭세르바투아르 드 그리니치 프레장탕 텅 앵테르 투 파르티퀼리에"[32]……."

하지만 그는 이내 고요한 별들의 왕국에서 추방당하고 말았다. 회계를 담당하는 돈 치초 페라라가 들어왔기 때문이다. 신뢰를 주는 안경과 깔끔한 넥타이로 자유주의자의 몽상적이고 탐욕스러운 영혼을 감춘 깡마른 남자였다. 그날 아침에는 평소보다 활기차 보였다. 피로네 신부를 우울하게 만들었던

---

31) '학자들의 저널(Journal des savants)'이라는 뜻의 프랑스어.
32) '그리니치 천문대의 최근 관측 자료 중 특별히 흥미를 끄는 것이 있다.' 라는 뜻의 프랑스어.

소식들이 그에게는 되레 강장제 역할을 한 게 틀림없었다. "슬픈 시대입니다, 각하." 의례적인 인사를 마치자 그가 말했다. "크나큰 재앙이 닥쳐오기는 하지만 약간의 혼란과 총성이 사라지면 다 잘 정리될 겁니다. 새로운 영광의 시대가 우리 시칠리아에 찾아올 겁니다. 소중한 젊은이들이 목숨을 잃지만 않는다면 우리는 정말 기뻐할 수 있을 겁니다." 영주는 꿍얼거리기만 하고 자기 생각은 말하지 않았다. "돈 치초." 잠시 후 그가 말했다. "퀘르체타에서 징수되는 소작료를 확인해 볼 필요가 있겠네. 이 년째 한 푼도 안 들어왔어." "회계에는 문제가 없습니다, 각하." 마법의 말이었다. "돈 안젤로 마차에게 절차대로 진행하라고 편지를 쓰기만 하면 됩니다. 오늘 당장 각하의 서명을 받을 수 있게 편지를 준비하겠습니다." 그러더니 방대한 회계장부들을 뒤적이러 갔다. 이 년 늦게 작성되는 그 장부에는 살리나 가문의 모든 출납이 멋진 필체로 꼼꼼히 적혀 있었지만 정작 중요한 사항들은 빠져 있었다.

혼자 남은 돈 파브리초는 금방 자신의 성운 속으로 빠져들 수가 없었다. 이미 벌어지고 있는 사건들 때문이 아니라 어리석은 돈 치초 페라라에게 화가 났다. 갑자기 자기가 새로이 권력을 쥘 계급을 대변하기라도 하는 듯한 말투 아닌가. '저 친구의 말은 사실과 정반대야. 그는 소중한 젊은이들이 죽어 간다며 애석해 하지만 내가 아는 양편의 성격으로 보자면 그런 젊은이들은 극소수야. 나폴리나 토리노에 보낼 승전보를 작성하는 데 필요한 수만큼만, 딱 그만큼만 전사하겠지. 나폴리에 보내든 토리노에 보내든 마찬가지야. 하지만 그는 '새로운

영광의 시대가 우리 시칠리아에 찾아올' 거라고 믿어. 니키아
스[33]의 원정 이래 수백 번의 침략을 당했고 그때마다 새로운
영광의 시대를 약속받았지만 한 번도 실현된 적은 없었지. 아
무튼 왜 그런 시대가 와야만 하는 거지? 도대체 앞으로 어떻
게 될까? 총격전이 벌어지겠지. 양편 다 거의 피해를 입지 않
겠지만 협상의 중요성이 부각될 테고 금방 성사되겠지. 그러
고 나면 모두 바뀌어도 모두 똑같을 테고.' 탄크레디가 했던
알 듯 모를 듯하던 말이 떠올랐다. 하지만 이제는 완전히 이해
했다. 그러자 마음이 편안해져서, 건성으로 책장을 넘기던 잡
지를 내려놓았다. 그는 메마르고 여기저기 움푹 파였으며, 궁
핍처럼 영원한 몬테펠레그리노산의 등성이를 바라보았다.

　잠시 후 영주가 아랫사람들 가운데 가장 중요한 인물로 여
기는 관리인 피에트로 루소가 들어왔다. 루소는 날렵한 몸에
줄무늬가 새겨진 벨벳 '부나카'[34]을 꽤 세련되게 차려입었다.
영주는 무자비해 보이는 이마와 탐욕스러운 눈빛을 보이는 이
자가 신흥 계급의 완벽한 표본이라고 생각했다. 한편 그는 공
손했고 거의 진심으로 영주에게 헌신했다. 그렇기 때문에 영
주의 재산을 조금씩 빼돌리는 자신의 행위 역시 당연한 권리
행사라고 확신했다. "탄크레디 도련님이 떠나서 각하께서 얼
마나 상심이 크실지 짐작이 갑니다. 제가 감히 장담컨대 그리
오래 걸리지는 않을 겁니다. 다 잘될 겁니다." 영주는 다시 한

---

33) Nikias(기원전 470~413). 고대 아테네의 정치가, 장군으로 펠로폰네소
스 전쟁 때 시칠리아 원정군을 이끌었다.
34) 재질이 좋지 않은 천으로 만든 '재킷'을 뜻하는 시칠리아 방언.

번 시칠리아의 수수께끼와 마주했다. 집집마다 빗장이 걸려 있고 농부에게 그가 사는 마을로 가는 길을 물으면, 언덕에서 뻔히 십 분이면 갈 수 있는 거리에 있는데도 모른다고 잡아떼는 이 비밀의 섬에서, 신비를 지나칠 정도로 과시하는 이 섬에서 사생활 보호는 신화에 불과했다.

그는 루소에게 자리에 앉으라고 손짓을 하고 그의 눈을 똑바로 보았다. "피에트로, 남자 대 남자로 솔직하게 이야기해 보세. 자네도 이번 일에 연루되어 있나?" 루소는 연루되지 않았다고 대답했다. 자신은 한 가정의 가장이고 그런 위험한 일은 탄크레디 도련님 같은 젊은이들의 일이라고 말했다. "아버지나 다름없는 영주 각하께 제가 감히 뭘 숨기려고 하겠습니까?"(하지만 세 달 전 그는 영주의 레몬 150바구니를 자기 창고에 감추었고 영주가 그 일을 알고 있다는 사실까지 알았다). "하지만 솔직히 말씀드리자면 제 마음은 그들 곁에, 용기 있는 젊은이들과 함께 있습니다." 그는 자리에서 일어나, 들어오고 싶어 안달이 나서 애교 있게 문을 두드리는 벤디코를 안으로 들였다. 그가 다시 자리에 앉았다. "영주 각하께서도 아시다시피 더 이상은 견딜 수가 없습니다. 수색을 하고, 심문을 하고, 사사건건 서류를 작성하게 만들지요. 길모퉁이마다 경찰 끄나풀들이 있고요. 점잖은 사람이 자유롭게 자기 일에만 신경 쓸 수가 없는 상황입니다. 하지만 곧 자유롭고 안전한 사회가 올 겁니다. 세금은 가벼워지고 상거래가 활발하고 여유로워질 겁니다. 모든 게 지금보다 훨씬 나아질 거예요. 사제들만 신자를 잃게 되겠지요. 주님은 사제들이 아니라 우리같이 가난한 이들을 보호하시니까요." 돈 파브리초가 웃었다. 사실은 루소 본인이 거간꾼을 내세워 아르지보칼레 영지를 매입하고 싶어 한다는 것을 그는 잘 알고 있었다. "며칠간은 충격전이 벌어지고 한바탕 소동이 벌어지겠지만 살리나 저택은 요새처럼 안전할 겁니다. 각하께서는 우리들의 아버지이십니다. 전 이곳에 친구들이 아주 많습니다. 피에몬테 사람들은 오로지 각하께 경의를 표하러 모자를 벗어 들고서야 살리나 저택에 들어올 수 있을 겁니다. 게다가 각하는 돈 탄크레디의 외삼촌이자 후견인이시잖습니까." 영주는 굴욕감을 느꼈다. 이제 루소 친구들의 보호를 받는 신세로 전락한 자신을 본 것이다. 자신의 장점이라고는 철부지 탄크레디의 외삼촌이라는 것밖에 없는 듯했다. "벤디코가 우리 집에 있으니 일주일 후에도 내 목숨은 위태롭지 않을 걸세." 그러면서 벤디코의 귀를 쓰다듬었다. 그렇게 생각해 주니 벤디코로서야 두말할 필요도 없이 영광스러운 일이었지만 영주의 손힘이 어찌나 세던지 불쌍한 개는 귀가 아파서 낑낑거렸다.

잠시 후 루소의 몇 마디 말에 위안을 얻었다. "모든 게 지금보다 훨씬 나아질 겁니다, 제 말 믿으십시오, 각하. 정직하고 유능한 사람들은 출세할 수 있겠지요. 나머지는 다 예전과 같을 겁니다." 이 사람들, 그러니까 시골의 자유주의자들은 손쉽게 이익을 취할 방법을 찾고 싶을 뿐이었다. 그게 다였다. 제비들은 더 빨리 날아가 버릴 것이다. 그렇기는 해도 둥지에 남은 제비들은 아직 많았다.

"자네 말이 맞을 수도 있지. 세상일을 누가 알겠나?" 그는 이제 숨은 의미들을 꿰뚫어 보게 되었다. 탄크레디의 수수께끼 같은 말, 돈 치초 페라라의 과장된 말, 그리고 거짓이지만 그런 가운데 속내를 내비치는 루소의 말들은 그들이 확신하는 비밀을 드러냈다. 많은 일이 일어나겠지만 모두 희극이 될 것이다. 어릿광대의 옷에 핏방울 몇 개가 묻었다고 야단법석을 떠는 낭만적인 희극. 이곳은 타협의 땅이었다. 프랑스와 달리 폭발할 분노가 없었다. 게다가 프랑스에서도 1848년 6월[35] 이후에는 심각한 사건이 일어난 적이 없지 않나? 그는 루소에게 말하고 싶었지만 타고난 예의를 발휘해 입을 다물었다. '자네 말이 무슨 뜻인지 잘 알겠네. 자네들은 우리를, 자네들의 '아버지들'을 파멸시킬 생각은 없어. 그저 우리의 자리를 차지하고 싶은 거지. 친절하고 예의 바르게 수천 두카토로 주머니를 채우면서 말이야. 그래서? 친애하는 루소, 자네 조카는 자기가 남작이라고 진심으로 믿게 되겠지. 그리고 자네는, 이름이 말해 주듯 빨간 머리 농부의 아들이 아니라, 모스크바의 지체 높은 귀족 후손이라 생각하겠지. 바로 그 이름 덕에 말이야.[36] 자네 딸은 일찌감치 우리들 중 누군가와 결혼할 테고. 어쩌면 푸른 눈에 손은 가늘고 긴 바로 탄크레디와 결혼할지도 모르는 일 아닌가. 게다가 자네 딸은 예쁘기도 하지. 일단 치장하는 법을 배우면……. '모든 게 그대로니까.' 결국은 그대로야. 그저 느릿한 계층 이동이 있을 뿐이지. 궁정 시종장으

---

35) 프랑스 제2공화국 때 일어났던 노동자 봉기를 가리킨다.
36) 루소(russo)는 러시아인이라는 뜻이며, 비슷한 발음인 로소(rosso)는 빨간색, 빨간 머리라는 뜻이 있다.

로 일할 때 받은 내 금도금 열쇠들과 체리색 리본 달린 성 야누아리우스 훈장은 서랍에 들어가겠지. 나중에 파올로의 아들이 유리 진열장에 보관할 테고 말이야. 그렇지만 살리나 가문은 살리나 가문으로 남아 있을 걸세. 어쩌면 약간의 보상을 받을 수도 있어. 사르데냐 왕국의 상원의원이 되거나 연두색 리본 달린 성 마우리초 훈장을 받을지도 모르지. 이러면 어떻고 저러면 또 어떻겠나.'

그가 자리에서 일어났다. "피에트로, 자네 친구들에게 말하게. 이곳에는 아가씨들이 아주 많다고. 그애들을 놀라게 해서는 안 된다고." "틀림없이 그렇게 할 겁니다, 각하. 제가 벌써 이야기해 뒀습니다. 살리나 저택은 수녀원처럼 조용할 겁니다." 그가 상냥하면서도 빈정거리는 미소를 지었다.

돈 파브리초는 벤디코를 데리고 방에서 나갔다. 피로네 신부를 만나러 위층으로 올라갈 생각이었으나 벤디코의 애원하는 눈빛에 못 이겨 정원으로 나갔다.

벤티코는 사실 어제 저녁에 벌인 활약을 짜릿하게 기억하고 있어서 그 일을 완벽하게 마무리하고 싶었다. 정원은 어제보다 더 향기로웠고 아침 햇살 아래서 금빛 아까시나무는 주위와 더욱 잘 어울려졌다. '그러면 국왕과 왕비는, 우리 국왕과 왕비들은? 정통성은 어떻게 된단 말인가?' 잠시 당황스러웠지만 그런 생각을 떨칠 수가 없었다. 순간 말비카가 된 기분이었다. 그토록 경멸했던 여러 페르디난도 국왕들, 여러 프란체스코 국왕들이 이제 믿음직하고 다정하고 정의로운 큰 형들, 진정한 왕들 같았다. 하지만 영주의 내적 평온을 방어하는 군대, 경계 태세를 갖춘 군대들이 벌써 법이라는 소종수들과 역사라는 포병들을 이끌고 영주를 도우러 달려왔다. '그러면 프랑스는 어떤가? 나폴레옹 3세는 정통성이 없다고 할 수 있지 않나? 프랑스인들은 자기네 인생을 최고로 끌어올려 줄 계몽군주 아래에서 행복하게 사는 게 아닐까? 어쨌든 좋아. 카를로스 3세[37]는 완벽했다고 할 수 있나? 비톤토 전투[38]도 코를레오네 전투나 비사퀴노 전투, 혹은 분명 피에몬테 사람들이 우리에게 패배를 안겨줄 전투와 다를 게 없었어. 세상만사 있는 그대로 유지하려는 전투. 어쨌든 유피테르 역시 올림포스의 정통성 있는 왕은 아니었다.'

사투르누스[39]에 대한 유피테르의 반란이 틀림없이 그의 머릿속에 별들을 소환했을 터였다.

그는 한시도 가만있지 않고 뛰어다니느라 숨을 헐떡이는 벤디코를 놔둔 채 계단을 올라가서, 딸들이 수녀원 기숙학교 친구들 이야기를 나누는 살롱을 지나갔다(그가 지나가자 딸들이 일어났고 비단 치마가 바닥을 스치는 소리가 들렸다). 긴 계단을

---

37) Carlos III(1716~1788). 나폴리와 시칠리아 왕국의 국왕으로 후에 스페인 국왕이 된다.
38) 1734년 나폴리 근교 비톤토에서 벌어진 전투로, 스페인이 오스트리아에 승리했다.
39) 로마 신화에 등장하는 농경의 신. 그리스 신화의 크로노스에 해당한다. 제우스의 아버지이기도 하다. 제우스는 형제들을 집어삼킨 크로노스의 뱃속에서 형제들을 구출하고 반란에 성공해 아버지를 타르타로스에 가둔다.

올라가서 푸른빛이 감도는 넓은 천체관측소로 들어갔다. 피로네 신부가 미사를 집전하고 몬레알레 비스킷[40]을 곁들여 진한 커피를 마신 후에 보이는 편안한 표정으로 책상에 앉아 대수학 공식에 몰두해 있었다. 두 대의 천체망원경과 세 대의 망원경은 햇살에 눈이 부셔서 접안렌즈에 검은 덮개를 쓰고 얌전히 제자리에 웅크리고 앉아 있었다. 먹이를 저녁에만 준다는 것을 익히 아는 짐승들이었다.

영주를 보자 신부는 계산을 멈췄고 지난밤의 불쾌했던 기억을 떠올렸다. 그는 일어서서 정중하게 인사를 했지만, 그 일을 언급하지 않을 수가 없었다. "각하, 고해성사하러 오셨습니까?" 새벽에 꾼 꿈과 오전의 면담들로 지난밤의 일을 까맣게 잊고 있던 돈 파브리초는 깜짝 놀랐다. "고해요? 오늘은 토요일이 아닌데." 그제야 간밤의 일을 기억해 내고는 빙긋 웃었다. "신부님, 사실 고해성사가 따로 필요하지 않을 것 같소. 벌써 다 알고 계시니까." 계속해서 자신을 암묵적인 공범으로 강요하는 돈 파브리초의 태도에 예수회 신부는 화가 났다. "각하, 고해의 효과는 자신의 죄를 고백하는 데에만 있는 게 아니라 참회하는 데 있습니다. 참회하지 않거나 참회하는 행동을 보이지 않으면 각하께서는 구원받을 수 없는 죄악 속에서 사실 겁니다. 제가 각하의 행동을 알든 모르든 마찬가지입니다." 그는 소매에 붙은 머리카락 하나를 조심스레 떼어내서 입으로 불어 버린 후에 다시 추상적 계산 속으로 뛰어들었다.

---

40) 시칠리아의 전통 비스킷.

돈 파브리초는 다른 때 같으면 신부의 태도가 무례하다고 생각했겠지만, 아침에 깨달은 두 가지 정치적 사실로 마음이 평온했기 때문에 그저 웃어넘기고 말았다. 그는 작은 탑의 창문을 열었다. 창밖 풍경은 아름다움을 자랑했다. 한층 강렬해진 태양 아래 사물의 무게가 제거된 듯했다. 배경으로 펼쳐진 바다는 순수한 푸른색 띠 같았고, 밤이면 도처에 위험이 도사린 듯해서 두려움에 떨게 하던 산들은 이제 막 흩어지려는 수증기 덩어리들 같았다. 음울한 팔레르모 시가지도 목동 주위에 모인 양 떼들처럼 수도원들 주변으로 평화롭게 펼쳐져 있었다. 만일의 사태를 대비해서 파견되어 항구에 정박해 있는 외국 배들은 놀라울 정도로 평온한 분위기에 공포감을 조성하지 못했다. 완전히 뜨겁게 타오르려면 아직 멀었지만, 5월 13일 아침의 태양은 자신이 시칠리아의 진정한 군주임을 드러냈다. 태양은 폭력적이고 뻔뻔했다. 또한 마취당해 의식을 잃은 상태로 개인의 의지를 말살하고, 모든 것을 노예처럼 꼼짝 못 하게 만들었으며, 폭력적인 꿈 속에서, 그런 꿈을 꾸게 하는 폭력 속에서 살게 했다.

'변함없이 우리에게 쏟아지는 이 마법의 약을 바꾸려면 몇 명의 비토리오 에마누엘레가 필요할까!'

피로네 신부가 자리에서 일어났다. 허리띠를 고쳐 매고 한 손을 내민 채 영주에게 다가갔다. "각하, 제가 너무 무례했습니다. 자비를 베풀어 주십시오. 그렇지만 제 말대로 고해를 하십시오."

어색하던 분위기가 한층 부드러워지자 영주는 자신이 직관한 정치적 동향을 피로네 신부에게 전했다. 그러나 예수회 신부는 안도감을 함께 나누기에는 너무나 멀리 있었다. 오히려 신부는 다시 날카로워졌다. "한마디로, 각하와 귀족 분들은 자유주의자들에게 동조하시는군요. 그렇습니다. 자유주의자들에게요! 프리메이슨들에게까지 동조하시는 겁니다. 우리를 희생시키고, 교회를 희생시켜서 말입니다. 분명 그자들이 교회의 재산, 가난한 이들의 유산을 강탈해 갈 테니까요. 게다가 파렴치한 주모자들이 제멋대로 나누어 가지겠지요, 불을 보듯 뻔합니다. 그러고 나면 오늘까지 교회가 지원하고 인도했던 수많은 불행한 이들의 굶주린 배는 누가 채워 준단 말입니까?" 영주는 아무 말도 하지 않았다. "그렇다면 절망에 빠진 군중을 어떻게 달래야 할까요? 단도직입적으로 말씀드리겠습니다, 각하. 그들에게 처음에는 빵 한 덩이를, 다음에 또 한 덩이를 식사로 던져 주실 겁니다. 그러다가 결국에는 각하의 영지 전부를 던져 주시게 될 겁니다. 그렇게 해서 하느님께서는 프리메이슨을 통해서라도 정의를 실현하시겠지요. 예수님은 육신의 눈이 먼 자들을 치료해 주셨지만, 영혼의 눈이 먼 자들은 어떻게 되겠습니까?"

불쌍한 신부는 가쁜 숨을 몰아쉬었다. 교회 재산이 함부로 헛되이 쓰일지도 모른다고 생각하자 진심으로 고통스러웠다. 거기에 더해 다시 흥분한 것이 후회되었고 영주의 기분을 상하게 했을까 봐 두렵기도 했다. 영주는 불같이 화를 낼 때도 있지만 드러내지 않고 너그럽게 배려해 주어서 신부는 영주를 좋아했다. 그래서 조심스럽게 자리에 앉아, 작은 솔로 망원경을 꼼꼼히 청소하는 돈 파브리초를 슬쩍 훔쳐보았다. 돈 파브리초는 그 일에 몰두해 있는 듯했다. 잠시 후 돈 파브리초가 일어서더니 한참 동안 수건으로 손을 닦았다. 무표정한 얼굴이었고 푸른 두 눈은 손톱 밑에 숨어 있는 기름의 흔적을 찾는 데에만 열중한 듯했다. 아래쪽, 저택 주위의 눈부신 침묵은 깊이 있고 더할 나위 없이 품위가 있었다. 멀리 오렌지밭 끝쪽에서 정원사의 개를 향해 오만하게 짖어 대는 벤디코의 소리와 점심때가 다 돼 부엌에서 요리사가 리드미컬하게 고기를 다지는 소리가 들려왔지만, 침묵을 방해하긴커녕 오히려 더욱 깊게 만들었다. 위대한 태양은 인간들의 소란스러움도 대지의 까칠함도 모두 흡수해 버렸다. 돈 파브리초는 신부의 책상으로 다가가더니 자리에 앉았다. 그리고 예수회 신부가 화가 나서 집어던진, 매끈하게 깎은 연필로 부르봉 왕가의 상징인 백합들을 그리기 시작했다. 그 모습이 진지하지만 평온해 보여서 심란했던 피로네 신부의 걱정은 금방 사라졌다.

"이보시오, 신부님. 우리는 눈먼 사람이 아니라 그저 인간일 뿐입니다. 거룩한 교회는 불멸을 확약받았지만 우리의 사회 계급은 그렇지 않소. 어떤 완화제가 있어 100년간 효력이 지속된다면 우리에게는 효력이 영원한 약이나 다름없어요. 우리는 아마 자식들, 어쩌면 손자들 걱정까지는 할 수 있을 겁니다. 그래도 그애들을 이 손으로 쓰다듬어 줄 수 있으리라 기대나 할 뿐 다른 의무가 있는 것은 아니지요. 게다가 1960년을 살아갈지 어떨지도 모를 내 후손의 일까지 걱정할 수는 없어요. 하지만 교회는 그래야 합니다. 돌봐야 해요. 교회는 불멸이기 때문이오. 교회의 절망 속에는 위로가 담겨 있어요. 교회가 지금이나 미래에 우리의 희생으로 구원에 이를 수 있다면 그렇게 해야 한다고 생각하지 않습니까? 물론 그럴 것이고 잘할 겁니다."

피로네 신부는 영주의 심기를 상하게 하지 않았다는 사실이 너무나 기뻐서 자신도 기분이 상하지 않았다. 교회와 관련해서 사용한 '절망'이라는 표현을 용납할 수는 없었지만 오랫동안 공작의 고해를 들어 왔기에 현 상황에 환멸을 느끼는 돈 파브리초의 기분이 이해되었다. 하지만 상대에게 승리를 안겨줄 필요는 없었다. "토요일에 제게 고백하실 죄가 두 가지입니다, 각하. 하나는 어제 지은 육체의 죄이고, 하나는 오늘 지은 영혼의 죄입니다. 잊지 마십시오."

마음의 평정을 되찾은 두 사람은 아르체트리[41] 천문대에 신속히 보내야 할 외국의 보고서를 두고 의논했다. 계산의 결과인 수의 지지와 인도를 받는 별들, 지금 이 시간에 보이지는 않으나 존재하는 별들이 정확한 궤도에 따라 하늘에 선을 그리는 듯했다. 약속에 충실한 혜성들은 관찰자 앞에 정확한 시간에 모습을 드러냈다. 혜성은 스텔라의 생각과 달리 재앙의 전령이 아니었다. 오히려 그들의 출현을 예측하는 일은 천체의 숭고한 일상에 자신을 투영하고 그것의 일부가 되는 이성의 승리를 의미했다. '저 아래서 벤디코가 소박한 먹잇감을 쫓아다니고 요리사가 무고한 가축의 살을 다지게 내버려두자. 이

---

41) 피렌체에 있는 천문대.

위 관측소에서는 벤디코의 허세와 요리사의 잔혹함이 조용히 조화롭게 섞이니까. 진정으로 중요한 문제는 오직 하나야. 가장 추상적인 순간에, 죽음과 유사한 순간에 이러한 정신의 삶을 계속 살 수 있느냐는 것이지.'

영주는 평상시의 망상과 변덕스럽던 어제의 욕정도 잊어버린 채 생각에 빠졌다. 어쩌면 고해성사 때 피로네 신부에게 듣는 의례적인 말보다, 그런 추상적인 사유의 순간에 훨씬 더 편안하게 용서받는 듯했고 다시 우주와 연결될 수도 있었다. 그날 아침 천장의 신들과 벽 위의 원숭이들은 다시 삼십 분 동안 숨을 죽여야 했다. 하지만 살롱에서는 아무도 그런 사실을 알아차리지 못했다.

두 사람을 아래층으로 부르는 점심 종 소리가 울릴 때는 둘 다 평온했다. 서로의 정치적 견해에 접합점이 있다는 사실을 이해했을 뿐 아니라 이해 자체를 뛰어넘어 버렸기 때문이다. 그래서 저택의 분위기는 유난히 편안했다. 점심 식사는 하루 중 가장 중요한 식사였다. 신의 은총으로 순조롭게 흘러갔다. 그때 스무 살 딸 카롤리나의 머리에 이어 붙여 얼굴을 감싼 컬 하나가 미끄러져 접시에 떨어지고 말았다. 핀으로 제대로 고정하지 않은 탓이었다. 다른 때 같았으면 불쾌했을 사건이나 이번에는 유쾌한 분위기를 한층 돋우었다. 옆에 앉아 있던 동생이 컬을 집어 목에 두르자 수도자가 어깨에 걸치는 겉옷같이 늘어져서 돈 파브리초까지 웃고 말았다. 다들 탄크레디가 어디로, 왜 떠났는지 알고 있어서 모두 그 이야기를 했다. 파올로만 말없이 식사를 했다. 사실 아무도 탄크레디 걱정을 하지는 않았다. 그리 심각하지는 않지만 약간의 불안을 마음속 깊이 숨기고 있는 영주와 아름다운 얼굴에 그늘이 진 콘체타만 빼고 말이다. '저 아이가 그 녀석을 좋아하는 게 틀림없어. 둘이 좋은 짝이 될 거야. 하지만 탄크레디가 더 높은 자리를 원할까 봐 걱정이군. 더 낮은 자리도 마다하지 않는다는 뜻이니 말이야.' 돈 파브리초는 타고나기를 선량한 사람이지만 그런 품성은 대개 짙은 안개에 가려져 있었다. 오늘은 정치적인 상황을 파악해서 기분이 상쾌했기 때문에 안개가 흩어져 버렸다. 그래서 내재된 선량함이 겉으로 다시 드러났다. 딸을 안심시키기 위해 국왕의 군대가 가진 산탄총이 얼마나 형편없는지 설명해 주었다. 총은 무겁고 크지만 강선[42]이 없어서 사격을 해도 총알이 목표물을 관통할 힘이 부족하다고 말해 주었다. 사실 기술적으로 신뢰할 수 없는 설명이었고 다 이해하는 사람도 별로 없었다. 게다가 아무도 그 말을 믿지는 않았지만 (콘체타를 비롯해) 모두 안도감을 느꼈다. 영주의 설명은 실제로는 아주 구체적이며 더러운 혼돈 자체인 전쟁을 깔끔한 힘의 도형으로 바꾸어 놓는 데 성공했다.

식사를 마치자 럼주가 들어간 젤리 케이크가 등장했다. 돈 파브리초가 좋아하는 디저트여서 영주 부인은 새벽에 남편에게 받은 위안에 보답하는 의미로 아침 일찍 신경 써서 준비를

---

42) 총포 내부에 파인 나선형 홈. 탄환이 홈을 따라 돌면서 회전관성을 얻게 되어 주변의 공기 흐름과 바람에 영향을 덜 받고 안정된 탄도를 형성하게 한다.

하게 했다. 경사진 성벽 위에 놓인 거대한 탑 모양의 케이크는 위협적이었다. 성벽은 매끄럽고 미끄러워 올라갈 수가 없었고 빨간 체리와 초록 피스타치오 수비대가 탑에 주둔해 있었다. 그러나 투명한 데다 살짝 흔들리고 있어서 수저를 놀랄 만큼 쉽게 찔러 넣을 수 있었다. 호박색 요새가 마지막으로 열여섯 살 프란체스코 파올로에게 도착했을 때는 대포에 맞은 비스듬한 성벽과 뒤집힌 탑의 잔해들만 남아 있었다. 럼주의 향기와 여러 색의 수비대 병사들이 주는 색다른 맛에 기분이 좋아진 영주는 음울한 요새가 식욕의 공격을 받아 무너지는 장면을 지켜보며 즐거워했다. 영주는 포도주를 여러 잔 마셨고, 지금은 마르살라 포도주가 잔에 반쯤 남아 있었다. 그가 일어서서 가족들을 차례로 둘러보았는데 콘체타의 푸른 눈에 눈길이 잠시 더 머물렀다. "사랑하는 탄크레디를 위하여!" 그가 말했다. 이어 단숨에 포도주를 들이켰다. 조금 전까지 잔 속의 금색 포도주 때문에 선명하게 눈에 띄던 이니셜 F. D.가 이제 보이지 않았다.

돈 파브리초는 점심 식사를 마치고 집무실로 돌아갔다. 이제 햇빛이 비스듬히 들어오며 영지를 묘사한 그림들에 그늘이 져서 말 없는 비난을 듣지 않아도 되었다. "각하, 안녕하십니까." 소작인 파스토렐로와 로 니그로가 우물거렸다. 두 사람은 현물로 지불해야 하는 소작료인 '카르나조'를 가져온 것이었다. 햇빛에 검게 그을린 얼굴에 면도를 깔끔하게 한 두 사람은 놀란 듯한 눈빛으로 똑바로 서 있었다. 그들에게서 가축 냄새가 났다. 영주는 특유의 사투리로 친근하게 말을 걸었다. 가족의 안부를 묻고 가축의 상태와 예상 수확량을 물었다. 그리고 말했다. "뭘 가져왔나?" 두 사람이 그렇다고, 물건은 옆방에 있다고 말하는 동안 영주는 자신이 조금 부끄러웠다. 그들과의 대화가 페르디난도 국왕과 자신이 나눈 대화와 다를 게 없다는 사실을 알아차렸기 때문이다. "잠깐만 기다리게. 페라라가 영수증을 줄 걸세." 그러고는 그들의 손에 두카토를 두 개씩 쥐어 주었다. 그들이 가져온 물건 값보다 훨씬 더 큰 금액일 것이다. "모두의 건강을 위해 한 잔 마시게." 그리고 '카르나조'를 보러 갔다. 바닥에 열두 개의 둥근 치즈를 하나로 포장한 '프리모살레' 꾸러미 네 개가 놓여 있었다. 각각 10킬로그램짜리였다. 영주는 그것을 무심하게 보았다. 그는 이 치즈를 몹시 싫어했다. 그해에 태어난 새끼 양 여섯 마리가 누워 있었다. 목에 깊은 상처가 나 있었고 작은 머리가 애처롭게 놓여 있었다. 몇 시간 전 생명이 빠져나간 자국이었다. 배도 갈라져 무지갯빛 내장이 밖으로 늘어져 나왔다. '주님께서 그의 영혼에 자비를 베푸소서.' 그는 한 달 전 정원에서 발견된 병사를 떠올리며 생각했다. 두 마리씩 발이 묶인 여덟 마리의 암탉이, 주둥이를 들이대며 탐색하는 벤디코에게 겁을 먹고 날개를 퍼덕였다. '쓸데없는 공포에 사로잡혔군.' 그가 생각했다. '개는 닭들에게 전혀 위험하지 않아. 먹으면 배가 아파서 닭 뼈 하나도 먹지 않을 테니까.' 그는 피와 공포를 자아내는 광경이 불편했다. "자네, 파스토렐로, 닭은 닭장에 넣어 두게. 지금 당장 식료품 저장실에 보관할 필요가 없으니까. 다음번에는 양들을 직접 부엌으로 가져가게. 이곳이 더러워지니까. 자네, 로 니그로, 살바토레에게 가서 방을 청소하고 치즈를 가져가라고 전하게. 냄새가 나가게 창문을 좀 열어 놓고.”

잠시 후 페라라가 영수증을 가지고 들어왔다.

돈 파브리초는 서재로 올라갔다. 그 방에 있는 빨간 소파에서 오수(午睡)를 즐기곤 했다. 장남이자 퀘르체타의 공작인 파올로가 서재에서 그를 기다리고 있었다. 파올로는 용기를 내서 아버지와 이야기를 하고 싶어 했다. 올리브색 피부에 키가 작고 호리호리한 체형인데 아버지보다 더 나이가 들어 보였다. “아버지, 여쭤볼 게 있습니다. 탄크레디를 다시 만나면 어떻게 대해야 합니까?” 아버지는 말뜻을 단번에 이해했고 짜증이 났다. “무슨 말이냐? 뭐 달라진 거라도 있니?” “아버지, 물론 동의하지 않으시겠지만 탄크레디는 시칠리아 전역을 혼란에 빠뜨린 폭도들과 한패가 되려고 떠났어요. 결코 있을 수 없는 일입니다.”

개인적인 질투, 편견에서 자유로운 사촌을 향한 맹신자의 분노, 똑똑한 젊은이에 대한 어리석은 자의 울분을 정치적 문제를 빌미 삼아 터뜨리고 있었다. 돈 파브리초는 격노해서 아들에게 앉으라는 손짓도 하지 않았다. “하루 종일 말똥만 들여다보고 있느니 차라리 바보 같은 일이라도 하는 게 나아. 게다가 그건 바보 같은 일도 아니야. 나는 탄크레디를 전보다 더 좋아하게 됐다. 네가 퀘르체타 공작이라고 새겨진 명함을 가질 수 있다면, 내가 너에게 몇 푼이라도 유산을 남겨줄 수 있

60

다면, 넌 탄크레디와 동료들에게 감사해야 할 거다. 나가 봐라. 앞으로 다시는 그런 말 용납하지 않을 거다! 이 집에서 명령은 나만 할 수 있어." 돈 파브리초는 곧 화를 가라앉혔다. 이제 분노가 빈정거림으로 바뀌었다. "가 봐라, 파올로. 자고 싶구나. 정치 이야기는 '귀스카르도'와 나눠 봐라. 서로 말이 잘 통할 테니." 차갑게 얼어붙은 파올로가 문을 채 닫기도 전에 돈 파브리초는 프록코트와 발목 부츠를 벗고 소파에 앉았다. 그의 무게에 소파가 신음을 했다. 그는 곧 편안히 잠이 들었다.

그가 잠에서 깨자 시종이 신문과 편지를 쟁반에 담아 들고 왔다. 둘 다 팔레르모에서 처남 말비카가 하인 편에 보낸 것이었다. 하인은 편지와 신문을 가지고 급히 말을 달려 여기 왔다. 영주는 아직 잠이 덜 깨 약간 멍한 상태로 편지를 읽었다. "파브리초, 한없이 비참한 마음으로 이 편지를 써요. 신문에 실린 끔찍한 기사를 읽어 보세요. 피에몬테인들이 상륙했어요. 우린 완전히 패했어요. 오늘 밤 저는 가족들을 전부 데리고 영국 함선으로 피신하려고 해요. 물론 매형도 저처럼 하고 싶을 거라고 확신해요. 그렇다면 제가 몇 자리 마련할게요. 주님께서 사랑하는 우리 국왕을 다시 구해 주시기를. 연락주세요. 말비카."

영주가 편지를 접어 주머니에 넣더니 크게 웃었다. 어리석은 말비카! 그는 항상 겁쟁이였다. 사태를 전혀 파악하지 못했고 지금은 벌벌 떨었다. 그리고 팔라초를 하인 손에 맡겨 놓았다. 이번에는 분명 팔라초가 텅텅 비어 버리고 말 것이다! '그리고 보니 파올로가 팔레르모로 가서 지내야겠어. 이런 시기에 주인 없는 집은 비린 집이나 마찬가지야. 저녁 식사 때 말을 해두어야겠군.'

그는 신문을 펼쳤다. "5월 11일 마르살라 해변에 무장한 무리가 상륙하면서 명백한 해적 행위가 자행되었다. 최근 보고에 따르면 상륙한 해적단의 규모는 800명으로 추정되며 가리발디의 지휘를 받는다. 이 해적들은 상륙하자마자 국왕 군대와의 충돌을 최대한 피하고 있는데 우리가 보고받은 바에 따르면 카스텔베트라노 쪽으로 이동하는 중이다. 이들은 평화로운 시민들을 위협하며 약탈과 파괴를 자행하고…… 기타 등등……."

가리발디라는 이름을 보자 약간 불안했다. 머리와 수염이 덥수룩한 이 모험가는 공화제를 지지하는 진정한 마치니주의자였다. 큰 문제를 일으킬 수 있었다. '그래도 갈란투오모가 가리발디를 여기까지 보냈다면 그를 신뢰한다는 얘기지. 이용하는 것일 테지.'

그런 생각을 하자 마음이 놓였다. 그는 머리를 빗고 다시 신발을 신고 프록코트를 입었다. 신문은 서랍에 집어던졌다. 저녁 묵주기도 시간이 다 됐지만 기도실은 아직 텅 비어 있었다. 그는 의자에 앉았다. 다른 식구들을 기다리는 사이 천장을 올려다보다가 거기 그려진 불카누스[43]가 예전에 토리노에서 보았던 석판화 속의 가리발디와 비슷하다는 것을 알아차

---

43) 로마 신화에 등장하는 불과 대장장이의 신. 그리스 신화의 헤파이스토스에 해당한다. 아내는 베누스이다.

렸다. 그가 빙긋 웃었다. '오쟁이 진 불카누스라니.'

식구들이 모여들었다. 여자들의 비단 치맛자락이 바닥을 스치는 소리가 들렸다. 어린 아들딸들은 여전히 자기들끼리 농담을 했다. 문 뒤에서는 늘 그랬듯이 어떡하든 기도에 참석하려는 벤디코와 하인들이 실랑이를 벌이는 소리가 메아리쳤다. 먼지를 가득 머금은 햇살 한 줄기가 사악한 원숭이들을 비췄다.

그가 무릎을 꿇었다. "살베, 레지나, 마테르 미제리코르디아이[44]......."

---

44) '여왕이시여, 자비의 어머니시여(Salve, Regina, Mater misericordiae)'라는 뜻의 라틴어.

2장

1860년 8월

"나무다! 나무다!"

선두 마차에서 시작된 외침이 뒤따르던 네 대의 마차에 차례로 전해졌다. 줄지어 달리는 마차들은 하얀 먼지구름에 가려 거의 보이지도 않았다. 마차의 창문마다 땀에 젖은 얼굴들이 나타났는데 지친 기색이었으나 만족스러운 표정이었다.

사실 나무는 세 그루뿐이었고 그것도 대자연의 자식들 중 제일 초라한 '유칼립투스'였다. 하지만 살리나가 사람들이 아침 6시에 비사퀴노를 떠난 뒤 처음 만난 나무이기도 했다. 이제 11시였으니 다섯 시간 동안 뜨거운 태양 아래에서 노랗게 타오르던 완만한 언덕들밖에 보지 못한 셈이었다. 말들은 평지에서는 빠르게 달렸지만 길게 이어진 오르막은 힘겹게 느릿느릿 기어 올라갔고, 내리막길에서는 조심스레 발을 내디뎠다.

말들이 천천히 걷든 빠르게 달리든 간에 목에 달린 방울 소리가 수변 소리늘을 뒤덮었다. 이제 방울 소리는 뜨겁게 달아오른 주변을 표현하는 소리로밖에 들리지 않았다. 그들은 집과 건물들이 하늘색으로 칠해진 정말 멋진 마을들을 지났고 바싹 마른 강을 가로지른 기이하게 웅장한 다리들을 건넜다. 깎아지른 듯한 가파른 산등성이를 따라가기도 했는데 이따금 보이는 수수나 노란 꽃이 핀 관목들도 그 험준한 기세를 꺾지 못했다. 나무 한 그루 보이지 않았고 물 한 방울 얻을 데도 없었다. 태양과 먼지구름밖에 없었다. 따가운 햇살과 먼지를 피해 창문을 꼭 닫은 마차 안의 온도는 50도에 육박할 정도였다. 뿌연 하늘을 향해 팔을 벌린 목마른 나무 세 그루가 몇 가지 사실을 알려 주었다. 여행의 종착지에 이르는 데 두 시간이 채 남지 않았으며 이제 살리나 가문의 영지에 들어섰다는 것이다. 그러니까 점심 식사를 하고 벌레가 들끓을지언정 우물물로 세수라도 할 수 있을지 모른다는 뜻이기도 했다.

10분 후 일행은 람핀체리 농장에 도착했다. 농장에는 거대한 건물이 한 채 있었는데 1년 중 한 달, 수확 철에만 일꾼과 노새를 비롯한 가축들이 그곳에 머물렀다. 견고하지만 망가져버린 문 위에서 돌로 만든 표범이 춤을 추었다. 표범의 다리는 사람들이 던진 돌에 맞아 부러져 있었다. 건물 옆에는 아까 본 유칼립투스나무들이 지키는 깊고 넓은 우물이 있었다. 우물은 아무 말 없이 여러 가지 역할을 수행했다. 헤엄을 치는 장소로, 가축의 갈증을 풀어주는 수조로, 감옥으로, 심지어 묘지로도 사용되었다. 갈증을 풀어 주고 전염병을 퍼뜨렸으며 감금된 기독교인들을 보호해 주기도 했다. 또한 죽은 사람이나 짐승들이 이름 없는 해골로 변할 때까지 그들을 숨겨 주었다.

살리나가 사람들이 마차에서 내렸다. 영주는 자신이 가장 좋아하는 논나푸가타에 곧 도착한다는 생각에 기분이 아주 좋았다. 영주 부인은 기운이 없고 짜증도 났지만 즐거워하는 남편을 보자 위안이 되었다. 딸들은 모두 지쳐 있었고 아들들은 우물에 도착해서 흥분해 있었다. 더위도 흥분을 가라앉힐 수 없었다. 프랑스인 가정교사 마드무아젤 돔브뢰유는 완전히 진이 빠진 채 알제리의 부조 원수의 집에서 지낸 몇 년을 떠올리며 한탄했다. "몽 디외, 몽 디외 세 피르 캉 아프리크!"[45] 그녀가 끝이 살짝 위로 들린 코를 닦으며 말했다. 성무일과서를 펼치고 얼마 되지 않아 잠이 들어 버린 피로네 신부에게는 여행이 짧기만 했다. 그래서인지 일행 중 제일 쌩쌩했다. 도시 출신인 하녀 한 명과 하인 둘은 익숙하지 않은 시골 풍경을 보며 진저리를 쳤다. 그리고 마지막 마차에서 뛰어내린 벤디코는, 햇빛을 받으며 낮게 빙빙 돌며 음산한 분위기를 풍기는 까마귀들을 향해 마구 짖어 댔다.

모두 눈썹과 입술까지, 또는 꼬리까지 하얀 먼지에 뒤덮여 있었다. 마차에서 내린 사람들이 서로 먼지를 털자 주위로 희뿌연 구름들이 날아올랐다.

흠잡을 데 없이 우아하고 단정한 탄크레디는 흙먼지 속에

---

45) '맙소사, 맙소사, 아프리카보다 더 심해요!(Mon Dieu, mon Dieu, c'est pire qu'en Afrique!)'라는 뜻의 프랑스어.

서 더욱 눈부시게 빛났다. 그는 말을 타고 일행들보다 30분 먼저 농장에 도착했다. 그래서 먼지를 털고 몸을 씻고 하얀 와이셔츠로 갈아입을 시간이 있었다. 그는 여러 용도로 사용되는 우물에서 물을 길어 올린 뒤 양동이 물에 얼굴을 잠시 비추었다. 그러자 오른쪽 눈에 검은 안대를 한 얼굴이 나타났다. 석 달 전 팔레르모 전투에서 눈썹 부위에 부상을 입었고 치료하기 위해 안대를 한 것이다. 하지만 이제 안대는 원래 목적보다는 그때 벌어진 일을 상기시키는 역할을 할 뿐이었다. 짙푸른 왼눈은 짓궂게 반짝였는데, 일시적으로 가려진 오른쪽 눈의 짓궂음까지 표현할 임무라도 맡은 듯했다. 스카프 위의 진홍색 장식 띠는 가리발디 부대의 붉은 셔츠를 입었다는 것을 암시했다. 그는 영주 부인이 마차에서 내릴 때 손을 잡아 주었고, 외삼촌 중산모자의 먼지를 소맷자락으로 털어 주었다. 여자 사촌들에게는 사탕을 나눠 줬고, 사촌 남동생들에게는 농담을 했다. 예수회 신부 앞에서는 무릎을 꿇는 시늉을 했고 좋아서 펄쩍펄쩍 뛰는 벤디코의 인사를 받아 주었다. 마드무아젤 돔브뢰유를 위로하기도 했다. 모두에게 장난을 쳤고 모든 이의 마음을 사로잡았다.

마부들은 물을 먹이기 전에 열기를 식혀 기력을 회복시키려고 말들을 끌고 천천히 주위를 돌았다. 하인들은 직사각형으로 드리워진, 농장 건물의 그늘 쪽 탈곡을 한 뒤 남은 밀짚 위에 식탁보들을 폈다. 너무나 사려 깊은 우물 옆에서 점심 식사가 시작되었다. 주위에는 누런 밀 그루터기와 불에 탄 검은 자국들에 뒤덮여 음울해 보이는 들판이 물결치듯 끝없이 펼쳐져 있었다. 매미 울음소리가 하늘을 가득 채웠다. 8월 말에 오지 않는 비를 애타게 기다리는, 이글이글 타오르는 시칠리아의 힘겨운 숨소리 같았다.

한 시간 뒤 기운을 되찾은 일행이 다시 길을 떠났다. 지친 말들이 아까보다 더 느리게 달렸지만 남은 여정은 짧게 느껴졌다. 이제 풍경도 낯설지 않아 그다지 음울해 보이지 않았다. 익숙한 장소들이 차츰 눈에 들어왔다. 가족들이 예전에 산책을 하고 간식을 먹으러 가던 드라고나라 골짜기와 미질베시 갈림길 같은 메마른 장소들도 보였다. 조금만 더 가면 마돈나 델레 그라치에에 도착할 텐데, 돈나푸카타에서 걸어갈 수 있는 산책길이 끝나는 곳이었다. 영주 부인은 잠이 들었고 넓은 마차에 그녀와 단둘이 앉은 돈 파브리초는 기분이 좋았다. 1860년 8월 말, 돈나푸가타에서 3개월을 보낼 수 있게 되어 지금처럼 행복한 적은 없었다. 돈나푸가타에 있는 집과 사람들을 사랑하고 거기에 영지가 남아 있다고 생각하면 기분이 좋기도 했지만, 다른 때와는 달리 천체관측소에서 보내던 평화로운 저녁과 기회가 되면 찾아가던 마리안니나와의 밀회가 조금도 아쉽지 않기 때문이기도 했다. 솔직히 말해서 지난 3개월간 팔레르모에서 본 광경에 약간 혐오감을 느꼈다. 그는 자신이 현 상황을 이해하고 붉은 셔츠를 입은 '악귀' 가리발디를 웃는 얼굴로 대할 수 있는 유일한 사람이라는 자부심을 느끼고 싶었지만, 이런 통찰력이 살리나 가문의 전유물이 아니라는 사실을 깨달아야만 했다. 팔레르모 시민들은 모두 현재 상황을 기뻐하는 듯했다. 처남 말비카나 아들 파올로처럼 소수의 바보들을 제외하고 전부 말이다. 말비카는 독재자 가리발디의 경찰에 체포되어 열흘간 감옥에서 갇혀 있었다. 파올로 역시 불만이 많았지만 조금 더 신중한 태도를 보였다. 그는 지금 뭔지 모를 유치한 음모에 가담해서 팔레르모에 남아 있었다. 나머지 사람들은 거침없이 기쁨을 드러냈다. 삼색 리본 장식을 옷깃에 달고는 아침부터 밤까지 열을 지어 행진했다. 무엇보다 시끄럽게 떠들고 열변을 토하고 선언을 했다. 점령 초기에는 다들 이렇게 야단법석을 떠는 이유가 드물게 큰길을 지나가는 부상병들을 보며 환호하고, 뒷골목에서 신음 소리가 절로 나도록 '쥐새끼' 같은 경찰들을 고문하는 데에 있다고 생각했다. 반면 부상병은 치료되었고 살아남은 '쥐새끼'들이 새로운 경찰에 합류한 지금은, 그런 대소동이 어리석고 싱거운 짓으로 비쳤다. 꼭 필요한 행위였다는 점은 인정했지만 말이다. 하지만 그는 이 모든 소동이 제대로 된 교육을 받지 못한 결과일 뿐이라는 점을 시인해야만 했다. 아무튼 그가 예상했듯이 경제적, 사회적 대우는 만족스러웠다. 돈 피에트로 루소는 자기가 한 약속을 잘 지켜서 살리나 저택 근처에서는 총소리 한번 들리지 않았다. 팔레르모의 팔라초에서 중국산 도자기 한 세트를 도난당했는데, 그건 순전히 파올로의 어리석은 행동 때문이었다. 파올로는 도자기들을 포장해서 두 개의 바구니에 담은 뒤 포탄이 날아다닐 때 안뜰에 그냥 버려두었다. 바구니는 도자기를 포장하던 짐꾼들을 유혹해서 그들이 날름 가져가 버렸다.

피에몬테 사람들(영주는 그들을 전과 다름없이 이렇게 불렀는데 이래야 마음이 놓였다. 다른 사람들이 그들을 칭송하려고 가리발디파라고 부르거나 헐뜯으려고 가리발디 패거리라고 부르는 것과 같은 식이었다)은 루소가 이전에 말했던 것처럼 모자를 벗어 손에 들고 나타나지는 않았지만, 적어도 부르봉 왕조 장교의 모자 같은, 낡고 쭈글쭈글한 붉은 모자의 챙에 한 손을 갖다 대기는 했다.

탄크레디가 스물네 시간 전에 알려 준 대로, 6월 20일에 검은 매듭으로 장식한 붉은 상의를 입은 장군이 저택에 나타났다. 부관을 대동하고 온 장군은 천장의 프레스코화를 감상할 기회를 달라고 정중하게 요청했다. 그의 요청은 흔쾌히 수락되었다. 미리 연락을 받았기 때문에 살롱에서 화려한 페르디난도 2세의 초상화를 철거하고 대신 중립적인 '베데스다못'[46] 그림을 걸 시간이 충분했다. 정치적 이득과 미학적 효과를 결합한 작업이었다.

장군은 서른 살가량의 아주 활달하고 영리한 토스카나인으로 말이 많았고 꽤 허풍스럽기도 했다. 그러나 교양 있고 호감이 가는 인물이었는데 돈 파브리초에게 깍듯이 '각하'라고까지 부르면서 예의를 갖추었다. 그런 호칭은 독재자가 내린 첫 번째 법령 가운데 하나를 명백히 위반하는 것이었다. 부관은 열아홉 살의 신참으로 밀라노의 백작이었다. 반짝반짝한

---

46) 신약성서에 나오는 예루살렘의 연못. 여기서 예수가 38년간 병에 시달리던 사람을 고쳤다고 한다

그의 장화와 프랑스어식의 "r" 발음은 아가씨들의 마음을 사로잡았다.

탄크레디도 함께 왔다. 그는 전장에서 대위로 진급했다. 정확히 말하자면 대위가 되었다. 상처로 인한 통증으로 조금 고통스러웠지만 붉은 옷을 입었고 승자들과 자신이 친밀한 사이임을 과시하고 싶은 마음을 누르지 못했다. 그런 친밀감은 상대방을 서로 '자네'와 '용감한 내 친구'라고 부르는 데서 생겨났다. '육지 사람들'이 어린아이처럼 신이 나서 그런 말을 무람없이 사용하면 탄크레디는 맞장구를 쳤다. 하지만 그는 콧소리를 내며 말했는데 돈 파브리초는 거기에 소리 없는 조롱이 숨겨져 있다고 생각했다. 영주는 예의에 어긋나지 않게 정중히 그들을 맞이했다. 하지만 그들 덕분에 정말 유쾌했고 완전히 마음을 놓았다. 사흘 뒤의 저녁 식사에 두 '피에몬테 사람'을 초대할 정도였다. 카롤리나가 피아노 앞에 앉아 장군의 노래에 맞추어 반주하는 광경은 참으로 보기 좋았다. 장군은 시칠리아에 경의를 표하려고 대담하게 〈다시 보는구나, 오 사랑스러운 곳이여〉[47]를 불렀다. 그사이 탄크레디는, 노래의 음정이 맞지 않아 안타까웠으나 이 세상에는 틀린 음정 따위 없다는 듯이 진지한 표정으로 악보를 넘겼다. 그동안 밀라노 백작은 소파에서 몸을 숙이고 콘체타에게 오렌지꽃 이야기를 했고 알레아르도 알레아르디[48]라는 시인이 있다고 알려 주었다.

---

47) 빈첸초 벨리니의 오페라 「몽유병 여인」에 등장하는 아리아.
48) Aleardo Aleardi(1812~1878). 이탈리아 통일운동에서 적극적인 활동을 했던 시인. 통일 이후 국회의원을 역임했다.

콘체타는 그의 이야기를 듣는 척했지만 사실은 창백하고 초췌한 사촌 때문에 슬퍼하고 있었다. 피아노의 촛불 때문에 탄크레디는 실제보다 훨씬 파리해 보였다.

그날 밤은 더할 나위 없이 화기애애했다. 그후로도 분위기 좋은 저녁 모임이 이어졌다. 어느 날 저녁 장군은 예수회 추방령이 피로네 신부에게 적용되지 않도록 신경을 써 달라는 부탁을 받았다. 신부는 이제 고령이고 건강도 좋지 않다는 설명이 덧붙여졌다. 훌륭한 신부에게 호감을 가지고 있던 장군은 신부가 비참한 처지에 있다는 설명을 믿는 척하면서 여기저기 손을 쓰고 정치인 친구들에게 부탁을 했다. 그래서 피로네 신부는 저택에 머물 수 있게 되었다. 이 일로 돈 파브리초는 자신의 예측이 정확하다고 더욱 확신했다.

장군은 혼란스러운 시기에 이동하려는 사람에게 꼭 필요한 통행증 발급 문제를 해결하는 데에도 큰 도움을 주었다. 혁명이 일어난 그해에도 살리나가 사람들은 시골 저택에서 여름휴가를 즐겼는데, 이는 장군의 도움이 있어서 가능했다. 젊은 대위 탄크레디는 한 달간 휴가를 얻어 외삼촌 가족들과 함께 떠날 수 있었다. 통행권과는 별개로 길고 번거로운 준비 과정을 거쳐야 했다. 실제로 지르젠티[49]에 있는 '영향력 있는 사람'들의 대리인으로 구성된 행정사무소에서 원탁 협상을 해야 했다. 루소가 주재한 협상은 미소와 악수와 짤랑이는 금화 소리로 끝났다. 이렇게 훨씬 쓸모 있는 두 번째 통행권을 손에 넣

---

49) 시칠리아주 지르젠토도의 도청 소재지. 현재의 아그리젠토를 가리킨다.

었지만 뭐 그리 새로운 일도 아니었다. 산더미 같은 여행 가방과 식료품들을 한데 모으고 요리사들과 하인 일부를 사흘 먼저 출발시켜야 했다. 작은 망원경 하나를 포장하고 파올로에게 팔레르모에 머물러도 된다고 허락해 주었다. 그런 일들을 다 끝낸 뒤에야 출발할 수 있었다. 장군과 부관이 꽃을 안겨 주며 행운을 빌어 주었다. 마차들이 살리나 저택에서 움직이자 붉은 옷을 입은 부관이 두 팔을 오래 흔들었다. 영주의 검은 중산모자가 마차 창문 밖으로 모습을 보였으나, 어린 백작이 보고 싶었던, 레이스 장갑을 낀 조그만 손은 콘체타의 무릎에 가만히 놓여 있었다.

사흘간 이어진 여행은 끔찍했다. 사트리아노 영주[50]로 하여금 총독 자리를 잃게 만든 시칠리아의 악명 높은 도로들은 곳곳이 움푹움푹 파이고 흙먼지에 뒤덮여서 원래 모양을 찾기도 어려웠다. 마리네오의 공증인 친구의 집에서 보낸 첫날 밤은 그래도 견딜 만했다. 하지만 프리치의 허름한 여관에서 보낸 둘째 날은 고통스럽기 그지없었다. 침대 하나를 세 명이 썼고 소름 끼치는 벌레들의 공격을 견뎌야 했다. 셋째 날 머무른 마을은 비사퀴노였다. 벌레는 없었다. 대신 돈 파브리초는 그라니타 잔에서 파리 열세 마리를 발견했다. 거리뿐 아니라 인접한 '변소'에서도 고약한 인분 냄새가 나서 영주는 악몽에 시달렸다. 새벽 여명이 밝아올 무렵 땀과 악취에 절어 잠이 깬

---

50) 양 시칠리아 왕국의 정치인이자 장군. 1848~1849까지 시칠리아를 통치한 카를로 필란제리를 가리킨다.

그는 이 역겨운 여행을 자신의 삶과 비교하지 않을 수 없었다. 처음에는 평화로운 평야를 지났고 험준한 산을 기어올랐다. 위협적인 협곡들을 간신히 빠져나와 끝없이 단조로운, 절망처럼 황량하고 기복이 심한 땅으로 들어섰다. 이른 새벽의 이런 상상은 중년 남자에게는 최악이었다. 물론 돈 파브리초는 날이 밝아 활동을 시작하면 다 사라질 환상이라는 사실을 잘 알았다. 그렇지만 몹시 고통스러웠다. 지금까지 숱하게 경험한 바에 비추어 그러한 환상이 영혼 밑바닥에 깊은 슬픔을 침전시키고, 이 슬픔이 날마다 쌓여 가다가 결국 죽음을 초래한다는 것을 알기 때문이다.

해가 떠오르면서 이 괴물들은 다시 무의식의 영역으로 몸을 숨겼다. 이제 돈나푸가타가 가까웠다. 그의 팔라초와 분수들이 있고 자랑스러운 조상들의 추억이 깃든 돈나푸가타는 영원히 지속될 어린 시절과도 같은 인상을 주었다. 사람들 역시 호감이 갔으며 헌신적이고 순박했다. 순간 한 가지 생각이 그를 사로잡았다. 최근의 사태와는 무관하게 그들이 예전처럼 영주에게 헌신적일까? '두고 보면 알겠지.'

이제 정말로 거의 다 왔다. 장난기 섞인 탄크레디의 얼굴이 마차 창문 뒤쪽에서 나타났다. "외삼촌, 외숙모. 준비하세요. 오 분 후면 도착이에요." 탄크레디는 아주 영리해서 영주보다 먼저 마을로 들어가지 않았다. 그는 말에서 내려 선두 마차 옆에서 보조를 맞추며 최대한 신중하게 앞으로 나아갔다.

길지 않은 다리 너머에서 시의 유지들이 농부들 수십 명에게 둘러싸인 채로 기다리고 있었다. 마차가 다리로 들어서자마자 시립 악단이 〈우리는 집시예요〉[51]를 열정적으로 연주했다. 돈나푸가타가 몇 년 전부터 영주에게 바쳐 온 기이하고 정겨운 첫인사였다. 잠시 후 망을 보던 개구쟁이들의 연락을 받은 성모교회와 성령수도원에서 종소리가 울려 퍼지며 떠들썩하고 유쾌한 축제 분위기가 한층 고조되었다. 시장인 돈 칼로제로 세다라가 눈에 띄었다. 자신이 맡은 직무만큼이나 완전히 새로운 물건인 삼색 띠를 허리에 매고 있었다. 검게 그을린 커다란 얼굴의 몬시뇰 트로톨리노와 공증인인 치초 지네스트라도 있었다. 치초 지네스트라는 주름 장식으로 멋을 낸 제복을 입고 깃털 꽂은 모자를 쓰고 국가방위군 대장 자격으로 참석했다. 의사인 돈 토토 잠보네도 보였으며 어린 눈차 자리타도 있었다. 눈차는 불과 30분 전에 팔라초의 정원에서 꺾은 어수선한 꽃다발을 영주 부인에게 내밀었다. 대성당의 오르간 연주자인 치초 투메오도 보였다. 엄밀히 말하자면 유지들과 어깨를 나란히 할 위치는 아니었지만 영주의 사냥 친구이자 동료이기에 그 자리에 서 있었다. 그리고 어떻게 하면 영주를 기쁘게 해 줄까 궁리하다가 사냥개 테레시나를 데리고 나왔다. 테레시나는 눈 위에 작은 갈색 점 두 개가 있는 블러드하운드였다. 돈 파브리초는 그의 대담한 행동에 특별한 미소로 답했다. 돈 파브리초는 기분이 아주 좋았고 저절로 온화해졌다. 아내와 함께 마차에서 내리며 감사 인사를 했다. 베르디

51) 베르디의 「라 트라비아타」 제2막에 나오는 합창.

의 음악과 종소리가 요란하게 울려 퍼지는 가운데 시장과 포옹하고 다른 사람들과 악수를 나누었다. 모여 있는 돈나푸가타의 농민들은 말없이 서 있었지만 움직임 없는 눈에는 악의적이지 않은 호기심이 담겨 있었다. 그들은 소작료와 사소한 지대를 자주 잊어버리고 징수하지 않는 너그러운 영주에게 반감을 품지 않았다. 팔라초의 정면, 교회의 박공벽, 분수대 꼭대기, 집안의 마욜리카 타일 위에서 춤추는 수염 난 표범에 익숙한 그들은 지금 피케 바지를 입고 모두에게 친근하게 손을 내밀며 고양이 같은 얼굴로 점잖게 웃는 진짜 '표범'을 신기해하며 지켜보았다. '예전과 달라진 것은 하나도 없다. 아니, 전보다 더 좋아졌어.' 탄크레디 역시 호기심의 대상이었다. 오래전부터 다들 그를 알았지만 이제는 딴사람 같았다. 더 이상 자유분방한 젊은이가 아니라 자유를 신봉하는 귀족, 로솔리노 필로[52]의 동료, 팔레르모 전투에서 영광스러운 부상을 당한 젊은이로 비쳤다. 탄크레디는 물 만난 고기처럼 이런 감탄과 찬사 속을 헤엄쳐 다녔다. 자신에게 이렇게 감탄하는 시골 사람들이 정말 재미있었다. 그는 사투리로 사람들과 이야기를 나누며 농담을 했고 자기 자신과 상처를 조롱의 대상으로 삼기도 했다. 하지만 '가리발디 장군'이라고 말할 때는 목소리를 낮추었고, 성체현시대 앞에 서 있는 제단 시종 소년처럼 진지한 표정을 지었다. 그리고 정확하지는 않지만 돈 칼로제로가 해방기에 몹시 바삐 움직였다는 사실을 알고 있어서

---

52) 이탈리아 통일운동가로 1860년 팔레르모 전투에서 사망했다.

그에게 유쾌한 목소리로 말을 건넸다. "돈 칼로제로, 크리스피 씨기 시장님을 무척 칭찬하더군요." 말을 마치고는 사촌 누이 콘체타가 팔짱을 끼도록 팔을 내민 뒤 자리를 떴다. 모두가 넋을 잃고 그를 바라보았다.

하인과 아이들과 벤디코를 태운 마차들은 곧장 팔라초로 향했지만 다른 사람들은 오래된 관습에 따라 집에 들어가기 전에 성모교회에서 〈테 데움〉[53]을 들어야만 했다. 어쨌든 교회는 그리 멀지 않았고, 여럿이 줄지어 교회로 향했다. 방금 도착한 사람들은 먼지투성이이기는 했으나 당당했고, 유지들은 흠잡을 데 없이 깔끔했지만 겸손했다. 돈 치초 지네스트라가 앞장서서 제복의 위용을 과시하며 사람들 사이로 길을 냈다. 부인과 팔짱을 낀 영주가 뒤를 따라 걸었는데 영주는 흐뭇한 표정을 지은 것이 마치 온순한 사자 같았다. 탄크레디가 영주 뒤를 이었고, 탄크레디 오른쪽에는 콘체타가 있었다. 콘체타는 사촌과 나란히 교회로 간다는 사실에 가슴이 뛰었고 울고 싶을 정도로 마음이 달콤했다. 세심한 사촌이 움푹 파인 구덩이와 거리에 흩어진 과일 껍질들을 피하게 하려고 팔을 꼭 쥘 뿐인데도 그런 마음은 가라앉지 않았다. 그들 뒤에 있는 사람들은 열을 짓지 않고 걸었다. 치초 투메오는 테레시나를 집에 데려다 놓은 뒤 일행이 교회에 들어갈 때쯤 오르간

---

53) '하나님 당신을 찬미합니다'라는 뜻의 라틴어 테 데움 라우다무스(Te Deum laudamus)로 시작하는 성가.

앞에 앉아 있으려고 재빨리 몸을 움직였다. 종은 여전히 요란하게 울렸다. 집들의 외벽에는 '가리발디 만세', '비토리오 국왕 만세.' '부르봉 왕에게 죽음을.' 이런 구호가 서툰 글씨로 적혀 있었다. 두 달 전에 쓴 것으로, 빛바랜 글씨들은 벽 속으로 스며들어 가고 싶은 듯 보였다. 사람들이 계단을 오를 때 폭죽이 터졌고 작은 행렬이 교회로 들어갈 때 돈 치초 투메오가 숨을 헐떡이며, 그렇지만 늦지 않게 도착해서 〈날 사랑해 줘요, 알프레도〉[54]를 열정적으로 연주했다.

대성당에는 굵은 붉은색 대리석 기둥들이 늘어서 있었는데, 호기심으로 몰려든 사람들이 기둥 사이사이에 발 디딜 틈 없이 들어서 있었다. 살리나 가족은 성가대 자리에 앉았다. 간단한 의식이 진행되는 동안 돈 파브리초는 군중 앞에 눈부신 모습을 드러냈다. 영주 부인은 더위와 피로로 기절하기 직전이었다. 탄크레디는 파리를 쫓는다는 핑계로 여러 차례 콘체타의 금발 머리를 살며시 만졌다. 만사 순조로웠다. 몬시뇰 트로톨리노의 짧은 설교가 끝난 뒤 모두 제단 앞에서 절을 하고 문 쪽으로 향했고 따가운 햇살이 내리쬐는 광장으로 나갔다.

계단 아래에서 유지들이 자리를 뜨려 했다. 그러자 영주 부인이 의식이 진행될 때 남편이 귓속말로 시킨 대로 시장과 몬시뇰과 공증인을 저녁 식사에 초대했다. 몬시뇰은 직업상 독신이었고 공증인은 소명에 의해 아내가 없었으므로 배우자를 초대하는 문제는 발생하지 않았다. 시장을 초대하는 데에는,

---

54) 베르디의 「라 트라비아타」 2막에 등장하는 아리아.

크지는 않았으나, 그의 아내 문제가 불거졌다. 농촌 아낙네와 다름없는데 대단한 미인이었지만 남편이 판단하기에는 여러 면에서 사람들 앞에 내세울 만하지 않았던 것이다. 그래서 시장이 아내 몸이 좋지 않다고 말했을 때 아무도 놀라지 않았지만 이어지는 말에는 다들 깜짝 놀랐다. "두 분께서 허락해 주시면 제 딸 안젤리카와 함께 가겠습니다. 그애는 한 달 전부터 두 분께 성인이 된 모습을 보여 드리고 싶다는 이야기만 하고 있습니다." 물론 동의를 받았다. 그러다가 돈 파브리초는 다른 사람들 어깨 너머에서 슬쩍 이쪽을 보고 있는 투메오를 발견하고 소리쳤다. "돈 치초, 자네도 당연히 와야지. 테레시나를 데려오게." 그리고 다른 사람들을 향해 말했다. "저녁 식사를 마친 뒤, 9시 30분에 친구 분들을 모두 다시 만나면 좋겠습니다." 이 마지막 말은 돈나푸가타에서 오래 회자되었다. 지역 분위기가 변하지 않았다고 생각한 영주 자신이 오히려 많이 바뀐 셈이었다. 지금까지 그렇게 친절한 말을 한 적이 한 번도 없었으니까. 그때부터 그의 위세는 눈에 띄지 않게 꺾이기 시작했다.

팔라초 살리나는 성모교회와 이웃해 있었다. 발코니 일곱 개가 나 있는 넓지 않은 건물 정면은 광장 쪽을 향해 있었다. 정면만 보면 270여 미터에 이를 정도로 한없이 긴 건물들이 뒤쪽에 자리 잡고 있다는 사실은 상상조차 할 수 없었다. 건물들은 서로 다른 양식으로 지어졌지만 세 개의 안뜰을 둘러싸고 조화롭게 모여 있었다. 안뜰은 넓은 정원으로 이어졌고 정원은 담으로 둘러싸여 있었다. 살리나 가족은 광장으로 난 정문 입구에서 새로이 환영받았다. 돈나푸가타를 총괄 관리하는 돈 오노프리오 로톨로는 환영식에 참석하지 않았다. 사실 그는 마을 입구에서 거행되는 공식 행사에 한 번도 참석해 본 적이 없었다. 돈 파브리초의 어머니인 카롤리나 영주 부인에게 엄격한 교육을 받은 그는 '불구스'[55]란 존재하지 않는다고 생각했다. 그리고 영주가 팔라초의 문을 넘을 때까지는 외국에 거주한다고 생각했다. 그래서 체구가 아주 작고 수염이 덥수룩하며 연로한 그는 정문과 두어 걸음 떨어진 곳에 서 있었다. 옆에는 그보다 훨씬 젊고 건강해 보이는 아내가 서 있었고 뒤로는 하인들과 노란 표범이 수놓인 모자를 쓴 '수비대원' 여덟 명이 보였다. 그들은 각자 소총을 들었는데, 경우에 따라 다르지만 과시용으로만 사용되지는 않았다. "각하의 집에 오신 것을 환영합니다. 팔라초를 지난번 떠나실 때 그대로 반환합니다."

돈 오노프리오는 영주가 존경하는 몇 안 되는 사람 중의 하나였다. 어쩌면 영주의 뭔가를 슬쩍하지 않는 유일한 사람일지도 몰랐다. 그의 정직함은 광기에 가까웠다. 이와 관련하여 놀라운 일화들이 전해지는데 예를 들면 이런 것이다. 영주 부인이 로솔리오[56]를 마시다가 잔을 두고 팔라초를 떠났는데 1년 뒤에 와 보니 그 자리에 그대로 있었다. 물론 수분은 증발해서 설탕 덩어리만 남았지만 손을 대지는 않았다. "극히 일부

---

55) 대중, 군중(vulgus)을 뜻하는 라틴어.
56) 설탕과 알코올을 섞어 만든 음료.

지만 영주님의 재산이니까 소실되어서는 안 되지요." 돈 오노프리오와 돈나 마리아와 적당히 인사를 마친 뒤, 그때까지 의지의 힘으로 겨우 버티고 있던 영주 부인은 곧장 침대로 갔고 딸들과 탄크레디는 그리 시원하지 않은 정원의 그늘로 달려갔다. 돈 파브리초와 관리인은 넓은 저택을 둘러보았다. 모든 게 완벽한 상태로 보존되어 있었다. 무거운 액자 속의 그림에는 먼지 하나 없었고 금박 장정의 오래된 책들은 은은한 빛을 발산했으며, 모든 문의 테두리를 장식한 회색 대리석이 높이 뜬 태양 빛에 반짝였다. 모든 것이 50년 전 상태 그대로였다. 시끄러운 내전의 소용돌이에서 벗어난 돈 파브리초는 기분이 상쾌했으며 자신감이 생겨 평온해졌다. 그래서 옆에서 종종걸음으로 걷는 돈 오노프리오를 거의 자애로운 눈으로 바라보았다. "돈 오노프리오. 자네는 우리 재산을 지켜주는 정령이나 다름없네. 우린 자네에게 큰 빚을 지고 있어." 다른 해에도 똑같은 감정을 느꼈지만 그런 말들이 입에서 나오지는 않았다. 돈 오노프리오는 그런 말에 감격하면서도 깜짝 놀라 그를 보았다. "당연히 제가 해야 할 일입니다, 각하. 제 의무입니다." 그는 감동을 숨기기 위해 왼쪽 새끼손가락의 긴 손톱으로 귀를 긁적였다.

잠시 후 관리인은 차 고문을 당해야 했다. 돈 파브리초가 차를 두 잔 가져오게 해서 돈 오노프리오는 죽을 맛이었지만 그중 한 잔을 삼켜야 했다. 차를 마신 다음 돈나푸가타의 사정들을 이야기했다. 2주 전에는 예전보다 나쁜 조건으로 아퀼라 영지의 임대계약을 갱신했다. 손님 숙소의 다락방을 수리하는

데 돈이 들었지만 모든 비용과 세금과 급료를 차감하고 각하께서 사용하실 수 있는 3275온차가 금고에 있다고 말했다.

이어서 그해에 벌어진 큰 사건을 중심으로 개인적인 소식들을 전했다. 돈 칼로제로 세다라의 재산이 놀라운 속도로 계속 늘어난다는 게 주요 내용이었다. 돈 칼로제로는 땅을 담보로 투미노 남작에게 돈을 빌려주었는데, 6개월 전 남작이 빚을 갚지 못하자 땅을 차지했다. 1000온차를 빌려주었다가 이제 연간 500온차의 수익을 내는 새 땅을 소유하게 된 것이다. 4월에는 빵 한 덩이 값으로 땅 열 평을 구입했는데, 이 손바닥만 한 땅에 수요가 많은 석재가 잔뜩 파묻혀 있어서 채석장으로 개발할 계획을 세우는 중이었다. 그는 가리발디가 군대를 이끌고 시칠리아에 상륙한 이후 혼란과 기근을 틈타 막대한 이익을 남기며 밀을 판매하기도 했다. 돈 오노프리오의 목소리가 분노로 가득 찼다. "제가 손가락으로 꼽아 보니 조만간 돈나푸가타에서 돈 칼로제로의 수입이 각하의 수입과 맞먹을 것 같습니다. 그런데 이 마을에 있는 재산은 일부에 불과하답니다."

재산이 늘어나면서 정치적 영향력도 막강해졌다. 그는 돈나푸가타만이 아니라 인근 마을 자유주의자들의 우두머리가 되었다. 선거가 치러지면 틀림없이 의원으로 선출되어 토리노로 갈 터였다. "얼마나 잘난 체를 하는지요! 물론 세다라는 영리해서 그런 티를 내지는 않는데, 예를 들어 딸을 보면 알 수 있답니다. 딸은 피렌체 기숙학교에서 돌아왔는데 허리 밑을 한껏 부풀린 치마를 입고 벨벳 리본을 길게 늘어뜨린 모자를 쓰고 마을을 돌아다닌답니다."

엉주는 아무 말도 하지 않았다. 돈 칼로젤로의 딸이라, 그
렇다, 오늘 밤 저녁 식사에 데려온다던 안젤리카일 것이다. 그
는 양치기 소녀가 성인이 되어 아름답게 치장한 모습이 궁금
했다. 아무것도 변하지 않은 게 아니었다. 돈 칼로제로가 자신
과 비교할 만큼 부자가 되다니! 어쨌든 충분히 예상했던 일이
고 치러야 할 대가였다.

영주가 아무 말이 없자 돈 오노프리오는 당황했다. 마을 일
을 시시콜콜 떠들어서 영주의 심기를 불편하게 했다고 생각했
다. "각하, 제가 목욕물을 준비하라고 시켰습니다. 지금쯤 준
비되었을 겁니다." 돈 파브리초는 갑자기 피곤해졌다. 거의 3시
가 가까웠다. 그는 끔찍한 밤을 보낸 뒤 뙤약볕 아래를 아홉
시간 동안이나 돌아다녔던 것이다. 온몸 구석구석에 먼지가
낀 기분이었다. "생각해 줘서 고맙네, 돈 오노프리오. 다른 일
도 모두. 저녁 식사 때 보세."

그는 안쪽 계단을 올라가서 테피스트리들이 걸린 살롱과
파란색, 노란색 살롱을 지났다. 내려진 덧창 사이로 햇빛이 스
며들었고 서재에서는 불[57]의 진자시계가 나직이 째깍거렸다.
'평화롭군, 오, 이리 평화롭다니!' 그는 하얗게 벽을 바른 작은
욕실로 들어갔다. 욕실 바닥에는 거친 타일이 깔려 있고 한가
운데에 배수구가 있었다. 덧창이 달리지 않은 창문으로 쏟아

---

57) 앙드레샤를 불(André-Charles Boulle, 1642~1732). 프랑스의 공예가.

지는 햇살이 따가웠다. 욕조는 일종의 거대한 타원형 물통으로 겉은 노란색으로, 안은 하얀색으로 법랑 칠이 돼 있었다. 통은 튼튼한 나무 받침대 네 개에 고정되어 있었다. 벽에는 목욕 가운이 걸려 있었고 끈으로 엮은 의자에는 갈아입을 속옷이, 또 다른 의자에는 여행 가방에서 금방 꺼내 와서 아직 주름이 펴지지 않은 겉옷이 준비되어 있었다. 욕조 옆에는 커다란 분홍색 비누, 큰 솔, 물에 젖으면 향기로운 우유 냄새가 나는 밀기울을 넣어 묶은 손수건, 살리나의 관리인이 보낸 거대한 스펀지가 놓여 있었다.

돈 파브리초가 하인들을 부르자 물이 잘름거리는 양동이를 하나씩 든 하인 둘이 들어왔다. 한 양동이에는 차가운 물이, 다른 양동이에서는 뜨거운 물이 담겨 있었다. 두 하인이 몇 차례 더 왔다 갔다 하고 나서야 욕조가 가득 찼다. 돈 파브리초가 손으로 물 온도를 확인했다. 딱 적당했다. 그는 하인들을 내보낸 뒤 옷을 벗고 물속으로 들어갔다. 거대한 몸집 때문에 물이 넘치려 했다. 그는 비누칠을 하고 잘 문지른 뒤 물로 씻었다. 미지근한 물에 몸을 담그니 기분이 좋아서 긴장이 풀리고 느긋해졌다. 깜빡 잠이 들려고 할 때 문 두드리는 소리가 들렸다. 시종 도메니코가 주뼛거리며 들어왔다. "피로네 신부님이 급히 각하를 뵙고 싶어 합니다. 옆방에서 목욕이 끝나길 기다리고 있습니다." 영주는 깜짝 놀랐다. 문제가 생겼다면 당장 아는 게 나았다. "괜찮아. 들어오시라고 해."

돈 파브리초는 예수회 신부가 그렇게 서두르자 왠지 불안했다. 그는 서둘러 욕조에서 나왔는데 놀라기도 했고 신부에 대한 예의 때문이기도 했다. 피로네 신부가 들어오기 전에 가운을 걸칠 수 있으리라 생각했는데 뜻대로 되지 않았다.

　신부는 그가 비누 거품에서 나와 아직 가운을 걸치지도 않은 채 파르네세의 헤라클레스[58]처럼, 게다가 김을 뿜으며 알몸으로 서 있는 순간에 들어왔다. 목, 팔, 배, 허벅지에서 물이 흘러내려 강을 이뤘다. 론강, 라인강, 도나우강이 알프스산맥에서 발원해서 땅을 적시는 듯했다. 피로네 신부는 아담처럼 벗고 있는 영주의 모습을 생전 처음 보았다. 고해성사를 통해 벌거벗은 영혼을 대하는 데에는 단련되었지만 벌거벗은 육체에는 전혀 그렇지 못했다. 우리끼리 말하자면, 그는 근친상간 같은 고해성사를 들어도 눈썹 하나 까딱하지 않을 수 있었지만 무고한 거구의 나체 앞에서는 당황스럽기만 했다. 그는 죄송하다고 우물거리며 되돌아 나가려고 했다. 하지만 제때 몸을 가리지 못해 화가 난 돈 파브리초는 당연히 신부에게 분풀이를 했다. "신부님, 바보같이 굴지 말아요. 그러지 말고 괜찮으면 물기 닦는 거나 좀 도와주시오." 그러다가 금방 예전에 벌였던 언쟁이 생각났다. "내 말 잘 들어요. 신부님. 신부님도 목욕 좀 하시오." 돈 파브리초는 자신에게 도덕적 설교를 많이 하던 사람에게 위생에 대한 충고를 할 수 있어서 화가 가라앉고 기분이 좋아졌다. 영주가 마침내 손에 넣은 수건 윗부분으로 머리카락과 구레나룻과 목을 닦는 동안 피로네 신부는 굴

---

58) 파르네세 가문에서 수집한 조각상으로, 기원전 4세기 제작된 헤라클레스의 입상을 3세기 초에 모각한 작품이다.

욕감을 느끼며 수건 아래쪽을 잡고 그의 발을 닦아 주었다. 산 정상과 등성이의 물기가 마르자 돈 파브리초가 말했다. "이제 앉으세요, 신부님. 이리 급하게 나를 만나야 할 이유가 뭔지 말해 봐요." 예수회 신부가 자리에 앉는 동안 그는 아주 은밀한 부위들을 말리기 시작했다. "이유는 이렇습니다. 각하. 제가 아주 미묘한 임무를 맡게 되었습니다. 각하께서 한없이 사랑하시는 분이 제게 마음을 열고 자신의 마음을 각하께 전하라는 임무를 맡겼습니다. 그분이 혹시 잘못 알았는지 모르지만, 저를 믿고 말이지요. 그렇게 생각해 주시니 제게는 영광이고……." 피로네 신부는 할 말을 꺼내지 못하고 망설이느라 끝도 없이 이 말 저 말을 늘어놓았다. 돈 파브리초는 인내심을 잃었다. "간단히 말해서, 신부님. 그게 누구요? 영주 부인?" 한 팔을 번쩍 들어 위협하는 것처럼 보였지만 사실은 겨드랑이를 닦는 중이었다.

"부인은 피곤해서 쉬고 계십니다. 뵙지도 못했습니다. 시뇨리나 콘체타 문제입니다." 신부가 잠시 뜸을 들였다. "시뇨리나 콘체타가 사랑에 빠졌습니다." 나이가 마흔다섯이 된 남자는 자식이 사랑에 빠질 나이가 되었다는 사실을 깨닫는 순간까지는 자신이 여전히 젊다고 믿을 수 있다. 영주는 갑자기 늙어버린 기분이었다. 그는 사냥을 하며 달렸던 수천 킬로미터를, 그가 자극했던 아내의 외침 "예수마리아"를, 길고 힘겨운 여행 끝에 지금 누리는 상쾌함을 잊었다. 불현듯 백발노인이 되어 팔레르모의 빌라 줄리아 공원에서 염소를 탄 손자들과 걸어가는 자신이 보였다.

"멍청이 같으니라고, 왜 그런 이야기를 신부님에게 한 겁니까? 왜 나한테 직접 오지 않은 거요?" 그는 콘체타가 사랑에 빠진 남자가 누구인지 물어보지도 않았다. 그럴 필요도 없었다. "각하께서 가장의 권위를 지키느라 자상한 아버지의 마음을 감쪽같이 숨기셔서 그럴 겁니다. 그러니 가여운 따님이 겁이 나서 집안의 헌신적인 사제에게 달려오는 것은 자연스러운 일이지요."

돈 파브리초는 긴 팬티를 입으면서 한숨을 깊게 내쉬었다. 긴 대화, 눈물, 끝이 보이지 않을 짜증스러운 일들이 예견되었다. 새침한 딸이 돈나푸가타에서 보내는 첫날을 망쳤다.

"알아요, 신부님, 알아요. 내 집에서 나를 이해하는 사람은 하나도 없소. 내겐 불행한 일이지요." 그는 의자에 앉아 있었는데, 가슴에 난 금빛 털에는 물방울이 맺혀 있었다. 작은 물줄기가 욕실 바닥으로 구불구불 흘러갔고 욕실 안은 밀기울에서 나는 우유 냄새와 아몬드 비누 향이 가득했다. "신부님 생각에는 내가 뭐라고 할 것 같소?" 신부는 불을 땐 것처럼 무더운 욕실 안에서 땀을 뻘뻘 흘렸다. 이제 콘체타의 속마음을 전달했으니 자리를 뜨고 싶었다. 하지만 책임감이 그를 붙잡았다. "기독교 가정을 이루고자 하는 열망은 교회의 눈으로 보면 기쁜 일입니다. 가나의 혼인 잔치[59]에 예수님이 참석하신 것은……." "본론에서 벗어나지 맙시다. 나는 일반적인 결혼이

---

59) 신약성서 요한복음에 등장하는, 예수가 행한 최초의 기적 이야기. 이 혼인 잔치에서 예수가 물을 포도주로 바꾸었다.

아니라 이 결혼 이야기를 하는 거요. 탄크레디가 정식으로 청혼을 했소? 언제?"

피로네 신부는 5년 동안 청년에게 라틴어를 가르쳐 보려 했다. 7년 동안 변덕과 장난을 견뎌 냈다. 그래도 다른 사람들이 다 그렇듯이 신부도 그에게 매력을 느꼈다. 하지만 최근 탄크레디의 정치적 태도에는 모욕을 느꼈다. 청년에 대한 오래된 애정이 새로운 분노와 싸우고 있었다. 지금 무슨 말을 해야 할지 몰랐다. "정식 청혼은 하지 않았습니다. 그렇지만 시뇨리나 콘체타는 전혀 의심하지 않습니다. 관심, 눈빛, 친밀한 말투들이 점점 더 빈번해져서 그 맑은 영혼은 확신하고 있습니다. 시뇨리나 콘체타는 사랑받고 있다고 굳게 믿고 있습니다. 하지만 아버지에게 순종하는 딸이기에 청혼을 받으면 어떻게 대답할지를 저를 통해 여쭙는 거지요. 시뇨리나 콘체타는 곧 청혼을 받을 것으로 생각합니다."

돈 파브리초는 약간 마음이 놓였다. 콘체타 같은 어린 처녀가 젊은이의 생각을 꿰뚫기에 충분한 경험을 어디서 할 수 있단 말인가. 게다가 탄크레디 같은 젊은이의 생각을! 아마 단순한 환상, 기숙학교에서 밤마다 뒤척이며 꾸던 '황금빛 꿈' 중의 하나일 수도 있었다. 위험스러운 일은 아니었다.

위험. 이 말이 너무 선명하게 머리에 울려 퍼져서 돈 파브리초는 깜짝 놀랐다. 누구에게 위험하다는 말인가? 그는 콘체타를 매우 사랑했다. 언제나 순종하고, 아버지가 아무리 불쾌하게 의사 표시를 해도 온화하게 따를 줄 알았다. 하지만 그는 딸의 순종과 온화함을 과대평가했다. 자신의 평온을 위협하는 모든 요소를 제거하려는 타고난 성향 때문에, 지나치게 억압적인 부친의 변덕스러운 행동에 복종할 때 딸의 눈을 스치던 완강한 기운을 관찰하는 데 소홀했다. 영주는 이 딸을 매우 사랑했다. 하지만 탄크레디를 더 사랑했다. 그는 오래전부터 탄크레티의 장난스러운 애정에 정복당했는데, 몇 달 전부터는 총명함에도 감탄하기 시작했다. 빠른 적응력, 세상에 대한 통찰력, 미묘한 뉘앙스를 풍기는 타고난 화술도 마찬가지였다. 이런 기술로 유행하는 선동적인 문구를 섞어 말했는데, 처음 듣는 사람한테는 이게 팔코네리 영주의 일시적인 소일거리일 뿐임을 납득시키기도 했다. 이 모든 것에 돈 파브리초는 즐거웠다. 그러니까 돈 파브리초 같은 성격의 귀족 계급에는 즐거움을 줄 수 있는 능력이 애정의 5분의 4를 구성했다. 영주가 보기에 탄크레디 앞에는 원대한 미래가 펼쳐져 있었다. 제복을 바꿔 입은 귀족들이 새로운 정치 질서에 반격을 가할 때 선봉에 설 수 있을 터였다. 그런데 탄크레디에게는 딱 하나가 부족했다. 바로 돈이었다. 탄크레디에겐 돈이 없었다. 가문의 이름이 힘을 잃은 지금, 정계에 나서려면 많은 돈이 필요했다. 표를 살 돈, 유권자들의 호의를 살 돈, 호화로운 생활을 할 돈이. 호화로운 생활…… 그런데 성격이 소극적인 콘체타가 새로운 사회의 미끄러운 계단을 오르려는 야심 많고 똑똑한 남편을 내조할 수 있을까? 수줍음 많고 신중하고 내성적인 콘체타가? 그녀는 지금처럼 변함없이 아름다운 기숙학교 여학생으로 남아서 남편 앞길에 걸림돌이나 될지도 모를 일이었다.

"신부님, 빈이나 상트페테르부르크 주재 대사의 아내가 된 콘체타가 상상이 되시오?" 불시에 이런 질문을 받은 피로네 신부는 깜짝 놀랐다. "그게 이 일과 무슨 상관입니까? 무슨 말씀이신지 도통 이해가 되지 않습니다." 돈 파브리초는 설명하지 않고 다시 골똘히 생각에 빠졌다. 돈이라? 물론 콘체타에게도 지참금은 있다. 하지만 살리나 가문의 재산은 여덟 명이 나누어 가져야 한다. 게다가 딸들의 몫은 아주 적다. 그러면 탄크레디는? 탄크레디에게는 그런 돈 이상의 무엇이 필요했다. 예를 들어 마리아 산타 파우의 경우 이미 자신의 영지가 네 개나 있고 삼촌들은 전부 사제이고 검소한 사람들이다. 수테라 가문의 딸들도 있는데, 모두 못생기기는 했지만 아주 부자였다. 사랑, 물론 중요하다. 하지만 사랑의 불길과 불꽃은 1년이면 꺼져 버리고 이후 30년은 그 재로 살아간다……. 어쨌든 탄크레디 앞에는 그런 여자들이 줄을 설 것이다.

갑자기 한기가 느껴졌다. 몸에서 수분이 발산되어 팔이 얼음처럼 차가웠다. 손가락 끝이 주글주글했다. 이제부터 얼마나 성가신 대화가 오갈까. 피해야 했다……. "이제 옷을 입으러 가야겠군요, 신부님. 콘체타에게 내가 화를 내지 않았다고 잘 전해 주시오. 다만 이게 낭만적인 소녀의 환상이 아니라는 점이 분명해지면 다시 이야기하자고 말해 주시오. 이따 뵙지요, 신부님."

그는 자리에서 일어나서 탈의실로 들어갔다. 옆의 성모교회에서 '조종'이 울려 퍼졌다. 이 마을에 사는 누군가가 죽었다. 큰 슬픔에 잠긴 시칠리아의 여름을 견디지 못하고, 비를 기다릴 힘도 없이 지친 어느 육신이 세상을 떴다. '운이 좋군.' 구레나룻 주위에 로션을 바르면서 생각했다. '운이 좋아. 이제 딸들이니, 지참금이니, 정계 진출이니 그런 일에 신경을 쓰지 않아도 되겠지.' 잠시나마 이름 모를 죽은 이와 자신을 동일시하자 마음이 진정되었다. '죽음이 있는 한 희망은 있다.' 그는 생각했다. 딸 하나가 결혼하고 싶어 한다 해서 이렇게 우울해하다니, 자신이 우습다는 생각이 들었다. '스 송 뢰르 자페르, 아프레 투.[60]' 생각이 자꾸 어리석은 방향으로 향할 때면 늘 그랬듯이 프랑스어로 생각을 했다. 그는 안락의자에 앉아 꾸벅 잠이 들었다.

한 시간 뒤 개운하게 잠에서 깬 영주는 정원으로 내려갔다. 이미 해가 지고 있었고 정원을 빛내는 아라우카리아, 소나무, 튼튼한 참나무 들이 한풀 꺾인 햇빛 아래 온화하게 반짝였다. 정원에 난 큰길은 완만한 경사를 이루며 아래로 뻗었고 양옆으로 키 큰 월계수들이 울타리를 이루었다. 월계수들 사이로 코가 떨어져 나간 이름 모를 여신의 흉상들이 늘어서 있었다. 길 끝에서는 암피트리테[61] 분수에서 뻗어 나와 물보라를 일으키며 떨어지는 물소리가 부드럽게 들려왔다. 그는 분수를

---

60) '결국 그애들 자신의 문제지.(Ce sont leurs affaires, après tout.)'라는 뜻의 프랑스어.
61) 그리스 신화에서 바다의 여신이자 포세이돈(로마 신화의 넵투누스)의 아내.

빨리 보고 싶어서 발길을 재촉했다. 트리톤[62]들의 고둥에서, 나이아스[63]들의 조개에서, 바다 괴물의 코에서 솟구쳐 나온 물은 실처럼 가늘게 갈라졌다가 날카롭고 요란한 소리를 내며 초록 수면을 두드렸다. 그러자 물이 튀어 오르며 물방울과 거품을 만들고 일렁이고 떨리며 즐겁게 소용돌이쳤다. 분수 전체에서, 미지근한 물에서, 벨벳 같은 이끼로 덮인 돌에서 결코 고통으로 변하지 않을 쾌락에 대한 약속이 뿜어져 나왔다. 둥근 분수 한가운데에는 작은 섬이 있었다. 그곳에서 서툴지만 관능적인 조각가의 손길로 만들어진 넵투누스가 호탕하게 웃으면서 기꺼이 품에 안긴 암피트리테를 포옹했다. 분수의 물보라에 젖은 암피트리테의 배꼽이 석양에 반짝였다. 이 배꼽은 머지않아 물에 젖은 어둠 속에서 비밀스레 나눌 입맞춤의 둥지가 될 것이다. 돈 파브리초는 걸음을 멈추고 분수를 바라보며 추억을 떠올렸고 회한에 젖어 한참을 머물렀다.

"외삼촌, 외국에서 들여온 복숭아나무 보러 가시겠어요. 아주 잘 익었어요. 이런 야한 조각상은 그만 보시고요. 외삼촌 연세의 남자에게는 어울리지 않아요."

다정하면서도 조롱 섞인 탄크레디의 목소리에 돈 파브리초는 미몽에서 깨어났다. 그가 오는 소리를 듣지 못했다. 탄크레디는 고양이처럼 소리 없이 나타났다. 탄크레디를 보자, 처음으로 분노가 치밀어 올랐다. 날씬한 허리에 짙푸른 옷을 잘

---

62) 암피트리테와 포세이돈의 아들. 고둥 나팔을 가지고 다닌다.
63) 그리스 신화에 등장하는 물의 요정.

차려입은 이 멋쟁이 녀석 때문에 두 시간 전에 너무도 이르게 죽음을 생각했다. 잠시 후 그는 이것이 분노가 아니라 분노로 위장한 두려움이라는 사실을 알아차렸다. 그는 탄크레디가 콘체타 이야기를 할까 봐 두려웠다. 하지만 조카의 접근 방식이나 말투로 보아서는 누구와 사랑에 빠졌다고 고백할 성싶지는 않았다. 조카는 빈정거리는 듯한, 또 한편 애정 어린 눈으로 그를 보았다. 젊은이가 나이 든 사람들을 바라볼 때의 눈빛이었다. '젊은 사람들은 우리에게 약간 친절할 수 있지. 우리의 장례식 다음 날부터 자유가 찾아온다는 사실을 아니까 말이야.' 두 사람은 '외국에서 들여온 복숭아나무'를 보러 갔다. 이 년 전 독일산 묘목을 접목해 대성공을 거두었다. 복숭아는 몇 개 달리지 않아서 접목된 나무 두 그루에 열두 개가량이 열렸다. 하지만 씨알이 굵고, 보드라운 솜털에 덮여 있었으며, 향기가 좋았다. 양쪽 볼이 발그레하고 전체가 노르스름한 복숭아는 마치 얼굴이 자그마한 얌전한 중국인 소녀 같았다.

영주는 섬세하기로 유명한 손가락 끝으로 복숭아를 살짝 만져 보았다. "먹기 좋게 잘 익었구나. 아쉽지만 양이 적어서 오늘 저녁 식사에 내놓지는 못하겠어. 내일 따서 맛을 보자." "보세요! 전 외삼촌의 이런 모습이 좋아요. 자신의 노동의 결실을 바르게 평가하고 미리 맛보는 '아그리콜라 피우스'[64]의 역할을 하실 때 말이지요. 조금 전 추한 나체 조각상을 바라보실 때와는 전혀 다른 모습이에요." "하지만 탄크레디, 이 복

---

64) '신성한 농부(agricola pius)'라는 뜻의 라틴어.

숭아도 사랑에서, 결합에서 태어난 거야.""물론이죠. 하지만 이건 합법적인 사랑이지요. 주인인 외삼촌과 정원사와 공증인이 가꾼 거잖아요. 오래 지켜보고 결실을 맺은 사랑이요. 저기 있는 조각상들이." 그렇게 말하면서 참나무들 장막 너머의 분수를 가리켰다. 물을 뿜어내는 분수의 떨림이 느껴졌다. "저 조각상들이 정말 본당 신부님의 축성을 받았으리라고 생각하세요?" 대화가 위험한 방향으로 흐르자 돈 파브리초가 서둘러 발걸음을 돌렸다.

집으로 올라가며 탄크레디는 자기가 들은 돈나푸카타의 연애사를 늘어놓았다. 수비대원인 사베리오의 딸 메니카가 약혼자의 아이를 가져 서둘러 결혼식을 해야 하며, 콜키오는 아내의 불륜을 알게 되어 분노한 남편의 총격을 가까스로 피해 달아났다는 것이다. "너는 대체 어디서 그런 이야기를 듣는 거냐?""전 사람들을 알아요, 외삼촌, 잘 알아요. 사람들이 무슨 말이든 제게 이야기를 해 줘요. 제가 공감한다는 걸 아니까요."

완만하게 저택을 향해 올라가는, 긴 층계참이 있는 계단 꼭대기에 도착하자 나무들 너머로 어스름한 저녁 빛을 받는 수평선이 보였다. 바다 쪽에선 시커먼 먹구름이 하늘을 향해 올라갔다. 혹시 신의 분노가 가라앉은 걸까? 매년 시칠리아에 내려지던 저주가 풀린 걸까? 순간 돈 파브리초와 탄크레디의 눈 말고도 수천 개의 눈이 위안을 가득 담은 먹구름을 바라보았고, 대지의 뱃속에 들어 있던 씨앗 수백만 개도 이를 알아차렸다. "여름이 끝나고 고대하던 비가 오면 좋겠구나." 돈 파브리초가 말했다. 개인적으로는 비가 오면 성가시기만 한 지체 높은 귀족이지만 이 말로서 자기 역시 고단한 농부들의 형제라는 것을 드러냈다.

영주는 돈나푸가타에서 여는 첫 만찬이 항상 엄숙하게 진행되길 바랐다. 아직 열다섯 살이 안 된 자녀들은 식사 자리에 참석하지 못했다. 프랑스산 포도주가 준비되었고, 구운 고기가 나오기 전에 로마식 펀치가 제공되었다. 하인들은 분을 바르고 허벅지가 딱 달라붙는 무릎까지 오는 바지를 입었다. 그는 딱 한 가지 사항만 타협을 했는데 연미복을 입지 않는 것이었다. 물론 연미복이 없는 손님들이 당황하지 않도록 배려한 처사였다. 그날 밤 '레오폴도 살롱'이라 부르는 곳에서 살리나 가문 사람들은 마지막 손님들을 기다렸다. 레이스로 갓을 씌운 램프의 노란 빛들이 주위로 퍼졌다. 살리나 가문 조상들의 거대한 기마 초상화들은 웅장했지만 그들에 대한 기억과 마찬가지로 빛바랜 그림에 불과했다. 돈 오노프리오는 이미 아내와 함께 와 있었고 몬시뇰도 마찬가지였다. 특별한 저녁 식사를 위해 주름 잡힌 가벼운 망토를 어깨에 걸친 몬시뇰은 영주 부인과 함께 마리아 기숙학교 사태에 관해 이야기를 나누었다. 오르간 연주자 돈 치초도 도착했다(테레시나는 이미 식료품실의 탁자 다리에 묶여 있었다). 그는 놀랄 정도로 많은 전리품을 획득했던 드라고나라 협곡 사냥을 영주와 함께 회상했다. 모든 게 평화롭고 순조롭게 흘러가고 있을 때 열여섯 살 아들 프란체스코가 요란하게 살롱으로 달려들어 왔다.

"아버지, 돈 칼로제로가 계단을 올라오고 있어요. 그런데 연미복을 입었어요."

탄크레디는 누구보다 먼저 이 소식의 중요성을 파악했다. 돈 오노프리오 부인의 환심을 사느라 한눈을 팔지 않았지만 이 치명적인 소식에 참지 못하고 웃음을 터뜨렸다. 반면 영주는 웃지 않았다. 이는 가리발디가 마르살라 해변에 상륙했다는 신문 기사보다 더 큰 충격을 주었다. 상륙은 예견된 사건이었을 뿐만 아니라 눈앞에서 벌어진 일도 아니었다. 이제 예감과 상징에 민감해진 영주는 지금 계단을 올라오는 하얀 나비 넥타이와 연미복의 두 갈래 검은 꼬리에서 혁명 그 자체를 보았다. 영주, 그는 이제 돈나푸가타의 최대 지주가 아닐뿐더러 오후 외출용 옷을 입은 채로, 상황에 맞게 연미복을 입고 나타난 초대객을 맞이할 수밖에 없는 처지가 되었다.

그는 기분이 좋지 않았으며 손님을 맞으러 기계적으로 문을 향해 걸음을 옮기는 동안에도 마음이 가벼워지지 않았다. 그러나 돈 칼로제로의 옷을 보자 고통이 상당히 가라앉았다. 정치적 입지를 과시하는 용도로는 완벽했지만 마름질을 보면 참담한 실패작이었다. 옷감은 최고급이었고 디자인도 최신이었지만 마름질이 형편없었다. 런던에서 온 옷감은 구두쇠로 소문난 돈 칼로제로가 찾아간 지르젠토의 장인 손에서 제값을 발하지 못했다. 연미복의 양쪽 자락은 두 팔을 벌려 소리 없이 탄원하듯 하늘을 향해 올라갔고, 넓은 칼라는 형태가 잡히지 않았다. 더불어 고통스럽기는 하지만 이 말을 빠뜨릴 수가 없는데, 시장은 단추 달린 장화를 신었다.

돈 칼로제로가 장갑 낀 손을 앞으로 내밀며 영주 부인을 향해 걸어왔다. "제 여식이 죄송하다는 말씀을 전해 달랍니다. 아직 채비를 마치지 못했답니다. 부인께서도 이런 경우에 숙녀들이 어떤지 잘 아실 겁니다." 돈 칼로제로는 거의 사투리에 가까운 말투로 파리 사람 같은 경쾌함을 드러냈다. "하지만 금세 올 겁니다. 아시다시피 저희 집이 바로 옆이니까요."

금세는 오 분이었다. 오 분이 지나자 문이 열리고 안젤리카가 들어왔다. 첫인상은 충격적이었는데, 그만큼 눈부셨다. 살리나 가문 사람들은 숨을 죽였다. 탄크레디는 관자놀이가 불끈 솟는 느낌을 받았다. 처음 보는 순간 안젤리카의 아름다움에 압도당한 나머지 남자들은 적지 않은 결함이 있음에도 이를 알아차리지도 꼬투리를 잡지도 못했다. 거의 그 누구도 비판적인 시각으로 그녀를 평가하지 못했다. 그녀는 기본적으로 키가 크고 몸매가 좋았다. 크림색과 흡사한 피부에서는 신선한 크림 냄새가 나는 듯했다. 어린아이 같은 입술에서는 딸기 향을 맡을 수 있을 것 같았다. 새까맣고 숱이 많은 머리카락이 부드럽게 물결쳤고 새벽 별처럼 반짝이는 초록 눈은 석상의 눈처럼 움직임이 없었는데 약간 잔인해 보이기도 했다. 그녀는 천천히 걸었고 움직일 때마다 폭이 넓은 흰 드레스가 춤을 추었다. 자신의 아름다움을 확신하는 여자가 그렇듯이 침착했고 무엇도 두려워하지 않는 당당한 분위기를 풍겼다. 사람들은 그녀가 자신만만하게 그 집에 들어온 순간 긴장해서 기절할 뻔했다는 사실은 몇 달 뒤에야 알게 되었다.

안젤리카는 자신에게 달려오는 돈 파브리초에게 신경 쓰지 않고 황홀한 미소를 짓는 탄크레디를 앞을 지나쳤다. 그리고 영주 부인의 소파 앞에 이르러 아름다운 허리를 가볍게 숙였다. 시칠리아에서는 보기 드문, 이처럼 경의를 표하는 자세는 매력 있고 아름다운 시골 아가씨에게 이국적인 매력까지 더해 주었다. "안젤리카, 오랜만이구나. 몰라보게 변했어. 좋은 쪽으로 말이야." 영주 부인은 자신의 눈을 믿을 수가 없었다. 4년 전에 보았던 안젤리카는 제대로 보살핌을 받지 못하고 못생긴 열세 살짜리 소녀였다. 지금 눈앞에 서 있는 요염한 아가씨와는 완전히 딴판이었다. 영주에게는 안젤리카에 대해 정리해야 할 기억이 전혀 없었다. 그저 빗나간 예측만이 있을 뿐이었다. 돈 칼로젤로의 연미복이 그의 자존심에 큰 타격을 가했다면 이제 딸의 외모가 그를 놀라게 했다. 이번에는 검은 천 때문이 아니라 우유같이 새하얀 피부 때문이었다. 그리고 후자는 전자와 달리 솜씨가 훌륭했다. 얼마나 멋진지! 늙은 군마인 그는 여성의 아름다움에서 울려 나오는 나팔 소리를 들으며 전투 준비가 되었다고 생각했다. 그래서 보비노 공작 부인이나 람페두사 영주 부인과 대화할 때 사용했을 법한 우아한 말투로 예의를 갖추어 나이 어린 아가씨에게 말을 걸었다. "시뇨리나 안젤리카, 이렇게 아름다운 꽃을 우리 집에 맞이하게 되어 행운입니다. 자주 만날 기회가 있으면 기쁘겠습니다." "감사합니다, 영주님. 영주님께서 제게 보여 주신 호의는 전부터 제 아버지에게 보여 주신 친절과 다르지 않습니다." 목소리는 듣기 좋았고 낮은 톤이었는데 지나치게 조심하는 듯도 했다. 피렌체 기숙학교 생활로 인해 늘어지는 지르젠토 억양이 지워졌다. 귀에 거슬리는 자음을 발음할 때만 시칠리아 말투가 느껴졌다. 이미저도 맑고 진중한 아름다움과 뛰어나게 조화를 이루었다. 피렌체에서 그녀는 '각하'라는 말을 생략하는 법도 배웠다.

유감스럽게도 탄크레디에 대해 이야기할 일은 거의 일어나지 않았다. 돈 칼로제로에게 안젤리카를 소개받은 뒤에도, 안젤리카의 손에 입 맞추고 싶은 충동을 겨우 누른 뒤에도, 푸른 등댓불 같은 눈으로 사방을 살핀 뒤에도 그는 로톨로 부인과 계속 대화했지만 부인이 하는 말이 귀에 들어오지 않았다. 피로네 신부는 어두운 구석에 앉아 명상을 하며 성경을 생각했는데 그날 밤에는 유독 데릴라, 유디트, 에스더 들이 연달아 눈앞에 나타났다.

살롱의 중앙 문이 열렸고 집사가 '프란 프론'이라고 알렸다. 이 신비한 음들은 식사가 준비되었다고 알리는 소리였다. 이질적인 구성원들이 식당으로 향했다.

경험이 풍부한 영주는 시칠리아 내륙 사람들에게 포타주[65]로 시작하는 식사를 대접하지 않았다. 최고급 요리 코스의 규칙에 개의치 않고 자기 입맛에 맞게 식탁을 운용했다. 야만적인 외국의 풍습에 따라 첫 번째 요리로 묽고 맛없는 수프가 나온다는 소문이 돈나푸카타 유지들에게 퍼져서 사라질 줄 몰랐기 때문에, 그런 엄숙한 식사가 시작될 때마다 유지들

---

65) 채소를 넣은 되직한 수프.

은 약간의 불안을 느낄 수밖에 없었다. 그래서 초록색과 금색 옷을 입고 분을 바른 세 하인이 층층이 쌓인 팀발로 마카로니[66]가 수북이 담긴 넓은 은쟁반을 들고 들어왔을 때 스무 명 중 네 사람만 빼고는 모두 깜짝 놀라며 기쁨을 감추지 못했다. 네 명은 영주와 영주 부인, 안젤리카와 콘체타였다. 영주와 영주 부인은 이미 알고 있었기 때문이고 안젤리카는 품위 있어 보이려고 해서였고, 콘체타는 식욕이 없어서였다. 탄크레디를 포함한 다른 사람은 각자의 방식대로 안도감을 표현했다. 황홀경에 빠진 공증인은 또렷하지는 않지만 피리 소리를 냈고, 프란체스코 파올로는 조그맣고 날카롭게 탄성을 터뜨렸다. 집주인이 근엄한 눈으로 식탁을 한 바퀴 둘러보자 예의에 어긋나는 행동은 바로 사라졌다.

예의는 차치하더라도 바벨탑같이 높이 쌓인 파이는 모습만으로 감탄을 자아내기에 충분했다. 갈색으로 잘 구워져 금빛이 도는 껍질과 거기에서 흘러나오는 설탕과 계피 향은, 나이프로 껍질을 잘랐을 때 안에서 쏟아져 나온 기쁨의 전주곡에 불과했다. 처음에는 향이 가득한 김이 피어오르더니 닭의 간, 삶은 달걀, 기름에 버무리고 얇게 저민 햄과 닭고기와 송로버섯, 뜨거운 마카로니가 눈에 들어왔다. 특히 육즙이 스며들어 연갈색으로 변한 마카로니는 한층 먹음직스러웠다.

지방에서 흔히 그렇듯 식사가 시작되자 모두 조용히 먹는 데만 집중했다. 몬시뇰이 성호를 긋더니 아무 말 없이 음식으

---

66) 마카로니 같은 파스타와 여러 재료를 넣어 파이처럼 구운 요리.

로 달려들었다. 오르간 연주자는 눈을 감고 육즙이 밴 음식을 허겁지겁 먹었다. 그리고 토끼와 노요새를 날쌔게 사냥할 능력을 준 창조주에게 감사했다. 덕분에 이따금 이런 황홀한 경험을 할 수 있으니 말이다. 그리고 이 팀발로 한 접시 값이면 테레시나와 한 달은 충분히 살겠다고 생각했다. 안젤리카는, 이 아름다운 안젤리카는 토스카나의 밀리아초[67)]와 품위 따위는 잊어버리고 열일곱 살 아가씨의 왕성한 식욕으로, 포크 손잡이 가운데를 잡고 넘치는 활력으로 음식을 먹어 치웠다. 안젤리카의 환심을 사는 동시에 식욕도 포기하지 않으려고 애쓰던 탄크레디는 향이 좋은 음식을 포크에서 입으로 가져가면서 옆에 앉은 안젤리카와 키스할 때 어떤 맛일지 상상해 보려고 했다. 하지만 그런 실험이 별로 달콤하지 않다는 사실을 알고는 바로 멈추었다. 일단 미루었다가 디저트를 먹을 때 다시 상상의 날개를 펼쳐 보기로 했다. 돈 파브리초는 맞은편에 앉은 안젤리카를 홀린 듯이 바라보면서도, 참석자들 가운데 유일하게 드미글라스 소스가 너무 진하다는 것을 알아차렸다. 내일 요리사에게 이야기를 해야겠다고 생각했다. 다른 사람들은 아무 생각 없이 음식을 먹었다. 집 안에 관능적인 기운이 스며들어 음식이 더 맛있게 느껴진다는 사실을 아무도 알지 못했다.

모두 평화롭고 행복했다. 콘체타만 제외하고. 그녀는 안젤리카와 포옹하고 입을 맞추었다. 안젤리카가 존댓말을 하자

---

67) 밀가루와 건포도로 짭짤하게 만든 얇은 빵.

어릴 때처럼 그냥 반말을 하라고 말했다. 하지만 연하늘색 보디스[68] 아래의 심장은 갈기갈기 찢겼다. 내면에 있던 살리나 가문의 폭력성이 되살아나 단정한 표정 뒤에서 끔찍한 환상들이 음모를 꾸몄다. 탄크레디는 그녀와 안젤리카 사이에 앉아 있었는데, 죄책감을 느끼는 사람처럼 정중하게 끈질길 정도로 두 이웃을 똑같은 빈도로 바라보고 칭찬하고 농담을 던졌다. 하지만 콘체타는 동물적인 본능으로 침입자에 대한 사촌의 욕망을 알아차리고 점점 더 이마를 찌푸렸다. 침입자를 죽이고 싶었고 그만큼 죽고 싶기도 했다. 그녀는 여자이기에 사소한 것에 집착했다. 안젤리카가 오른손으로 포도주잔을 들고 있을 때 새끼손가락을 위로 올리자 우아하지만 천박하다고 생각했다. 목에 있는 불그스름한 점도 발견했다. 새하얀 이 사이에 낀 음식물을 거의 억지로 손으로 빼내려는 모습도 보았다. 성격이 약간 고집스럽다는 게 점점 더 분명히 보였다. 관능적인 매력이 압도적이었기에 사실상 아무 의미도 없는 사소한 것들에 나름 믿음을 가지고 필사적으로 매달렸다. 추락하는 벽돌공이 납으로 된 홈통에 매달리듯이. 그녀는 탄크레디도 그런 점들에 주목해서 교양의 차이에서 비롯된 흔적들을 보고 불쾌해 하기를 바랐다. 물론 탄크레디도 사소한 단점들을 놓치지 않았지만 아쉽게도 아무런 영향도 받지 않았다. 안젤리카의 빼어난 미모는 매력을 발산해 이 불타는 청춘의 육체를 자극했고, 부유한 여자라는 사실은 야심만만하고 가난

---

68) 가슴과 허리가 둘레가 꼭 맞는 옷으로 코르셋 위에 입는다.

한 젊은이의 뇌를 자극해서, 말하자면 계산적인 흥분을 불러일으켜 탄크레디는 더욱 안젤리카에게 빠져들었나.

식사가 끝날 무렵이 되자 일반적인 대화가 오갔다. 돈 칼로제로는 품위라고는 찾아보기 힘든 말투를 사용했지만 예리한 통찰력으로 가리발디가 이 지방을 정복하게 된 몇 가지 배경을 이야기했다. 공증인은 '도시 밖에'(그러니까 돈나푸가타에서 100미터 떨어진 곳에) 작은 별장을 짓고 있다고 영주 부인에게 말했다. 안젤리카는 화려한 불빛, 음식, 샤블리 포도주, 식탁에 둘러앉은 모든 남자가 숨기지 않고 드러내는 호감에 취해서 탄크레디에게 팔레르모에서 벌어졌던 '영광스러운 전투'의 일화를 들려 달라고 청했다. 그녀는 식탁에 한쪽 팔꿈치를 대고 손으로 볼을 받치고 있었다. 양쪽 볼이 발그레해졌고 위태로울 정도로 기분이 좋아 보였다. 팔, 팔꿈치, 손가락, 늘어진 하얀 장갑이 그려내는 아라베스크 무늬를 탄크레디는 절묘하다고 생각했고 콘체타는 역겹다고 느꼈다. 탄크레디는 여전히 안젤리카의 미모에 감탄하면서도 자신이 치른 전투를 대수롭지 않은 일처럼 아주 가볍게 이야기했다. 지빌로사에서 했던 야간 행군, 비시오와 라 마사 중간에서 치른 전투, 포르타 디 테르미니 공격 등에 관한 이야기였다. "제가 아직 이 안대를 하기 전인데 정말 즐거웠답니다, 시뇨리나. 진짜예요. 5월 28일 밤, 제가 부상을 당하기 몇 분 전 태어나서 가장 크게 웃었어요. 가리발디 장군은 오리조네 수녀원 꼭대기에 초소가 필요했답니다. 그래서 수녀원의 문을 두드렸지요. 몇 번이나 두드리고 욕을 했지만 아무도 문을 열어 주지 않았습니다. 봉쇄수녀원이었거든요. 타소니, 알드리게티, 저를 비롯한 몇 사람이 소총 개머리판으로 문을 부숴 보려고 했지만 아무 소용이 없었습니다. 그래서 우리는 포탄을 맞은 인근 집으로 달려가서 대들보를 하나 들고 왔습니다. 마침내 귀청이 떨어질 듯한 소리와 함께 문이 떨어져 나갔어요. 우리는 안으로 들어갔습니다. 아무도 없었지요. 그런데 복도 한구석에서 절망적인 비명이 조그맣게 들리는 겁니다. 한 무리의 수녀들이 예배당에서 몸을 피하고 있었던 거지요. 수녀들은 제단 옆에 웅크리고 있었습니다. 열 명쯤 되는 성난 젊은이들이 대체 왜 두려-웠을-까요? 보기만 해도 우스운 장면이었습니다. 검은 수녀복을 입은 다 늙고 못생긴 수녀들이 겁에 질려 눈을 크게 뜨고 순교할…… 준비를 하고 있었으니까요. 암캐처럼 낑낑거렸지요. 잘생긴 타소니가 소리쳤답니다. '수녀님들, 안심해도 돼요. 우린 다른 볼일이 있으니까요. 수련 수녀들을 만나게 해 준다면 다시 오겠지만요!' 우리는 배꼽을 잡고 웃었답니다. 그래서 배를 채우지 못한 수녀들을 놔둔 채 테라스로 올라가서 왕의 군인들에게 총을 쏘아 댔지요."

안젤리카는 여전히 식탁에 팔꿈치를 댄 채 새끼 늑대 같은 하얀 이를 드러내며 웃었다. 탄크레디의 농담에 재미를 느낀 듯했다. 강간에 대한 암시에는 당황해서 사랑스러운 목소리가 떨렸다. "모두 멋진 분들이에요! 저도 함께했으면 얼마나 좋았을까요!" 탄크레디는 딴사람처럼 보였다. 안젤리카의 관능 때문에 한참 흥분한 데다 이야기의 열기와 생생한 기억이 어우러지면서 품위 있는 젊은이였던 그가 잔인하고 음탕한 군인으로 변한 것이다.

"시뇨리나, 당신이 거기 있었다면 수련 수녀를 기다릴 필요
도 없었을 겁니다."

안젤리카는 집에서 아주 거친 말들을 많이 들었다. 하지만
성적인 풍자의 대상이 되기는 이번이 처음이었다(그리고 마지
막이 아니었다). 하지만 그런 참신한 농담이 좋았다. 웃음의 톤
이 높아졌고 웃음소리가 날카롭게 울려 퍼졌다.

그때 모두 자리에서 일어났다. 탄크레디는 안젤리카가 떨어
뜨린 깃털 부채를 주우려고 허리를 숙였다. 다시 일어섰을 때
빨갛게 달아오른 콘체타의 얼굴이 보였다. 그녀의 눈가에 작
은 눈물방울이 맺혀 있었다. "탄크레디, 그런 추악한 이야기는
고해신부님께 하세요. 식탁에서 아가씨들에게 하지 말고. 적
어도 내가 있을 때는 하지 마요." 그러더니 등을 돌렸다.

돈 파브리초는 잠자리에 들기 전 잠시 옷방 발코니에 서 있
었다. 아래 펼쳐진 정원은 어둠 속에서 잠들어 있었다. 힘을
잃은 공기 속에서 나무들은 녹여 놓은 납 같았다. 가까이에
우뚝 솟은 종탑에서 올빼미들 울음소리가 들려왔다. 왠지 비
현실적인 느낌이 들었다. 하늘에는 구름 한 점 없었다. 저녁에
인사를 나누었던 구름들은 어딘지 모를 곳으로, 죄가 크지 않
아 진노한 신이 가혹하게 벌하지 않은 곳으로 떠나 버렸다. 별
들은 흐릿했고 별빛은 더운 공기를 뚫고 나오려 애를 썼다. 돈
파브리초의 영혼은 별들을 향해, 손으로 만질 수도 닿을 수도
없는 별들을 향해 달려갔다. 대가를 요구하지 않고 기쁨을 주

며 거래 따윈 하지 않는 별들을 향해. 그는 수없이 그랬듯이 공상에 빠졌다. 순수한 지성인인 자신이 계산용 수첩을 들고 곧 차디차고 광활한 공간으로 가는 상상이었다. 수첩에 풀어야 할 계산은 어렵고 복잡하겠지만 언제나 그랬듯이 잘 풀릴 터였다. '별들만이 순수하지. 유일하게 선량한 피조물들이지.' 그는 세속적인 공식에 따라 생각했다. '어느 누가 플레이아데스성단의 지참금을, 시리우스의 정치 경력을, 베가의 부부 침실에서 일어나는 일을 신경 쓰겠는가?' 그날은 운수가 좋지 않았다. 답답한 속이 신경 쓰여 이제야 알아차렸는데, 뿐만 아니라 별들도 말을 해 주었다. 눈을 들 때마다 익숙하게 무리지어 제자리에 있는 별들이 아니라 한 개의 도형만 눈에 들어왔다. 위에 있는 두 개의 별은 눈이었다. 아래 있는 하나의 별은 턱이었다. 도형은 조롱하는 듯한 삼각형 얼굴로 보였는데, 혼란스러울 때면 그런 그의 마음이 고스란히 성좌에 투영되었다. 돈 칼로제로의 연미복, 콘체타의 사랑, 탄크레디의 노골적인 열광, 자신의 소심함, 안젤리카의 위협적인 아름다움까지. 나쁜 일뿐이다. 산사태가 일어나기 전에 작은 돌들이 먼저 굴러떨어지지 않던가. 탄크레디! 그가 옳았다. 맞다. 그도 탄크레디를 돕겠지만 탄크레디가 다소 비열하다는 점을 부정하기는 힘들었다. 사실 자신도 탄크레디와 마찬가지였다. "그만하자. 자러 가자."

벤디코가 어둠 속에서 무릎에 커다란 얼굴을 비볐다. "봐라, 벤디코, 너도 별들과 닮은 데가 있어. 행복하게도 세상일을 이해하지 못하고 괴로움을 자초하지도 못하니까." 어두워서 형체가 거의 보이지 않는 개의 머리를 들어 올렸다. "게다가 고와 같은 높이에 눈이 있고 턱도 없으니 이런 머리로는 하늘에 악령을 불러내지도 못하겠지."

수백 년 내려온 전통에 따라 살리나 가문 사람들은 돈나푸가타에 도착한 다음 날 성령수녀원의 코르베라 성녀의 무덤에 가서 기도를 해야 했다. 코르베라 성녀는 영주의 조상으로, 수녀원을 세우고 재산을 바쳤으며 평생을 성스럽게 살다가 성스럽게 세상을 떠났다.

수녀원은 엄격한 봉쇄 규칙을 따랐기 때문에 어떤 상황에서도 남자들 출입은 금지되었다. 이 때문에 돈 파브리초는 수녀원 방문을 특히 좋아했다. 설립자의 직계 후손인 자신만 규칙의 적용을 받지 않기 때문이다. 유일하게 이 특권을 공유하는 나폴리 국왕을 질투하기도 하고 어린아이처럼 자랑스러워하기도 했다.

그가 성령수녀원을 좋아하는 가장 큰 이유는 도도하게 규범을 지키는 능력이 있기 때문이지만 다른 이유도 있었다. 그는 면회실은 물론이고 수녀원의 모든 게 좋았다. 소박한 면회실의 반원형 천장에는 표범이 새겨져 있었다. 이중 격자창이 있어 창을 사이에 두고 면회자와 대화가 가능했고, 회전하는 둥근 나무 상자도 설치되어 있었다. 이 상자는 안팎으로 메시지를 주고받는 데 사용되었다. 그리고 이 세상에서 단 두 남자, 국왕과 그만이 넘을 수 있는 반듯한 사각형 출입문이 있었다. 수녀복을 입은 수녀들 모습도 마음에 들었다. 수녀복은 거칠고 검은 천으로 만들어졌는데 잔주름을 잡은 흰색 리넨의 넓은 옷깃이 몸통과 선명하게 대비되었다. 그는 수녀원장이 스무 번째 말하는 성녀의 여러 기적 이야기를 들으며 교화되곤 했다. 수녀원장이 음울한 정원 한 모퉁이를 가리킬 때도 마찬가지였다. 성녀의 금욕적인 생활에 화가 난 악마가 돌을 던졌는데 성녀가 능력을 발휘해 돌이 공중에서 떨어지지 못하게 만들었다는 지점이었다. 액자에 넣어 성녀 방의 벽에 걸어 놓은, 유명하면서도 해독이 불가능한 두 장의 편지는 볼 때마다 깜짝 놀랐다. 하나는 성녀 코르베라가 악마를 선한 길로 인도하기 위해 쓴 편지이고, 또 하나는 그녀의 말을 따르지 못해 애석하다는 악마의 답장인 듯했다. 그는 수녀들이 수백 년 이어온 전통적인 방식으로 만든 아몬드 과자와 더불어 성가대 합창도 좋아했다. 심지어 설립 규정에 따라 수입의 적지 않은 액수를 이 공동체에 기부하는 것까지 좋아했다.

그날 아침 마차 두 대가 마을 외곽에 있는 수녀원으로 향했고 안에 탄 사람들은 모두 즐거웠다. 앞장 선 마차에는 영주와 영주 부인, 두 딸 카롤리나와 콘체타가 탔다. 뒤따르는 마차에는 탄크레디와 또 다른 딸 카테리나와 피로네 신부가 탔다. 물론 두 사람은 '엑스트라 무로스'[69]에 머무르며 영주 부부와 딸들이 수녀원을 방문하는 동안 면회실에서 기다려야 했다. 회전 상자를 통해 전해지는 아몬드 과자를 먹고 이를 위안 삼으면서. 콘체타는 조금 산만했지만 밝아 보였다. 영주

---

69) '벽 밖에(extra muros)'라는 뜻의 라틴어.

는 어제의 충격을 잘 극복했기를 바랐다.

아무리 신성한 권리를 가진 사람이라 해도 봉쇄수녀원에 들어가는 일은 간단하지 않았다. 수녀들은 영주의 수녀원 입장을 선뜻 허락하지 않고 주저하는 듯한 태도를 보였다. 형식적인 절차지만 꽤 시간이 걸렸는데, 당연히 내려질 허락을 기다리는 재미가 아주 컸다. 그래서 예정된 방문이었지만 면회실에서 한참을 기다리려야 했다. 대기시간이 다 지날 무렵, 탄크레디가 갑자기 영주에게 말했다. "외삼촌, 저도 들어가면 안 되겠습니까? 저도 절반은 살리나 가문 사람이잖아요. 그런데 한 번도 들어가 보지 못했어요." 영주는 이런 요구가 내심 기뻤지만 단호하게 고개를 저었다. "탄크레디, 알다시피 여기 들어갈 수 있는 사람은 나뿐이다. 다른 남자는 불가능해." 하지만 탄크레디의 뜻을 꺾기가 쉽지 않았다. "외삼촌. 오늘 아침 서재에서 설립 규정을 다시 읽어 보니 '살리나의 영주가 입장할 수 있으며 수녀원장이 허락하면 그를 수행하는 귀족 2인과 함께 입장할 수 있다'고 되어 있었어요. 외삼촌을 수행하는 귀족인 체할게요. 시종인 척할게요. 뭐든 외삼촌이 시키는 대로 할게요. 수녀원장님께 청해 주세요. 제발 부탁드립니다." 그는 보통 때와는 달리 간절히 부탁했다. 어젯밤의 무분별한 대화를 누군가 잊어 주길 바라서 더 그러는지도 모른다. 돈 파브리초는 기분이 좋아졌다. "정 그렇다면, 어디 한 번……." 하지만 콘체타가 부드러운 미소를 지으며 사촌에게 말했다. "탄크레디, 오다 보니까 지네스트라네 집 앞에 대들보가 놓여 있던데요. 가서 가져와요. 그럼 훨씬 빨리 들어갈 수 있을 테니."

탄크레디의 푸른 눈이 어두워졌고 얼굴이 양귀비꽃처럼 새빨개졌다. 수치심 때문인지 분노 때문인지는 알 수 없었다. 그는 어리둥절해하는 돈 파브리초에게 뭔가 말을 하려고 했지만 콘체타가 다시 끼어들었다. 이번에는 미소를 짓지 않았고 목소리도 조금 전보다 딱딱했다. "아버지, 내버려두세요. 오빠가 농담하는 거예요. 오빠는 적어도 한 번은 수녀원에 들어가 봤거든요. 그걸로 됐어요. 오빠가 우리 수녀원에 들어가는 건 옳지 않아요."

빗장을 여러 개 푸는 소리가 요란하게 나더니 문이 열렸다. 무더운 면회실 안으로 회랑 쪽에서 시원한 바람이 불어 왔고 줄지어 선 수녀들이 소곤거리는 소리도 스며들었다. 협의를 하기에는 너무 늦어서 탄크레디는 수녀원 밖에 남아 뜨거운 태양 아래를 서성였다.

방문은 완벽하게 성공적이었다. 평온함을 깨고 싶지 않아서 돈 파브리초는 콘체타에게 아까 한 말이 무슨 뜻인지 묻지 않았다. 흔히 있는 일이듯, 사촌끼리 어린애들처럼 티격태격한 것이리라. 어쨌든 두 젊은이의 언쟁은 번거로운 일들, 수녀원장과 대화를 나누고 결정을 내려야 하는 일을 피하게 해 주었으니 그런 면에서는 환영할 만했다. 이러한 상황에서 모두 코르베라 성녀의 무덤에 참회하는 마음으로 경배했다. 수녀들이 대접한 묽기만 한 커피를 너그럽게 마시고 분홍색과 연두색의 바삭한 아몬드 과자를 만족스럽게 먹었다. 영주 부인은 옷장을 살펴보았고, 콘체타는 평소와 다름없이 차분하면서도 친절하게 수녀들과 이야기를 나누었다. 영주는 매번 그랬듯이 식딩의 석덕에 금화 20'온자'를 놓아두었다. 수녀원 입구에는 피로네 신부밖에 없었다. 단크레디는 급하게 써야 할 편지가 생각나서 걸어서 돌아갔다고 신부가 말했기에 이 문제에는 아무도 신경 쓰지 않았다.

팔라초로 돌아온 영주는 서재로 올라갔다. 서재는 건물 정면 한가운데에, 시계와 피뢰침 바로 밑에 자리 잡고 있었다. 열기를 막으려고 문을 닫아 놓은 넓은 발코니에서는 돈나푸가타 광장이 보였다. 넓은 광장에는 뽀얗게 먼지가 앉은 플라타너스가 그늘을 드리웠다. 맞은편의 몇몇 집들은 현지 건축가가 설계한 활기찬 정면 외벽을 과시했다. 세월의 흐름에 반들반들해진, 무른 돌로 조각된 시골 괴물들이 몸을 비틀며 작은 발코니들을 떠받치고 있었다. 돈 칼로제로의 집을 포함한 또 다른 집들은 수수한 정면 외벽 뒤에 제국을 숨기고 있었다.

돈 파브리초는 넓은 방 안을 왔다 갔다 했다. 그러다가 이따금 광장으로 눈길을 던졌다. 그가 시에 기증한 벤치에 노인 셋이 앉아 햇볕에 몸을 태우고 있었다. 열 명쯤 되는 개구쟁이들이 나무칼을 휘두르며 추격전을 벌였다. 노새 네 마리가 나무에 묶여 있었다. 작열하는 태양 아래에서 이보다 더 시골스러운 풍경은 없을 듯했다. 그렇게 서성이며 창문 앞을 지날 때 누가 봐도 도회적인 느낌을 풍기는 사람이 그의 눈을 사로잡았다. 키가 크고 날씬하고 잘 차려입은 사람이었다. 돈 파브리초는 눈을 가느스름하게 떴다. 단크레디였다. 멀리 있기는 했지만 처진 어깨 하며 날씬한 허리에 꼭 맞게 프록코트를 입은 모양새가 딱 그였다. 아까와는 다른 차림이었다. 성령수녀원에 갈 때 입었던 갈색 옷이 아니라 프러시안블루, 그의 말에 따르면 '나를 유혹하는 색' 옷을 입고 있었다. 한 손에는 에나멜 손잡이가 달린 지팡이를 들었다.(팔코네리 가문을 상징하는 일각수와 '셈페르 푸루스'[70]라는 가훈이 새겨진 지팡이가 틀림없었다.) 그는 고양이처럼, 신발에 먼지가 묻을까 염려하는 사람처럼 가볍게 걸었다. 리본이 달린 바구니를 든 하인이 약 열 걸음 뒤에서 그를 따랐다. 바구니에는 볼이 발그레한 노란 복숭아가 열 개가량 들어 있었다.

　탄크레디는 개구쟁이 하나를 피하고 노새 똥을 조심스레 비켜 갔다. 그는 세다라 집 앞에 도착했다.

---

70) '항상 영원히(Semper purus)'라는 뜻의 라틴어.

3장

1860년 10월

비가 왔다가 갔다. 이제 태양은 기세가 누그러졌는데, 일주일 동안 신하들이 쳐 놓은 장벽에 막혀 왕좌에 오르지 못했던 전제군주가 왕좌를 되찾아 분노에 차서, 그러나 헌법의 규제를 받으며 나라를 다스리는 것 같았다. 열기가 힘을 되찾았으나 타는 듯하진 않았고, 햇빛은 권위를 행사했지만 여러 색이 제 빛을 발하게 했다. 토끼풀과 박하가 땅 밖으로 조심스레 얼굴을 내밀었으나 왠지 희망을 잃은 모습이었다.

돈 파브리초는 사냥개 테레시나와 아르구토, 그리고 충복인 돈 치초 투메오와 함께 새벽부터 오후에 이르도록 사냥을 했다. 매번 노력과 결과는 비례하지 않았다. 아무리 명사수라고 해도 표적이 거의 보이지 않으면 어쩔 도리가 없는 법이다. 영주가 집으로 돌아갈 때 주방에 자고새 두 마리라도 가져다줄 수 있으면 굉장한 수확이었다. 마찬가지로 돈 치초는 저녁에 주먹만 한 산토끼 한 마리라도 식탁에 던져 놓을 수 있으면 행운이라 생각했다. 이 토끼는 시칠리아식으로 말하자면 '입소 팍토'[71] 집토끼로 승격시켜 주어야 했다.

풍성한 전리품이 주는 기쁨은 영주에게는 부차적이었을 터였다. 사냥하는 날의 즐거움은 다른 데에 있었고 아주 상세히 나뉘었다. 아직 어두운 방에서 촛불을 켜 놓고 면도를 하는 데서 즐거움이 시작되었다. 특히 촛불에 따라 그의 움직임이 채색된 천장에서 과장되게 일렁이는 게 좋았다. 고요히 잠든 몇 개의 살롱을 가로지를 때, 흔들리는 불빛 아래 카드와 칩과 빈 잔들이 어지러이 놓인 탁자들 옆을 지나갈 때, 그리고 카드 속에서 그를 향해 힘차게 인사하는 검을 든 기사를 발견할 때 즐거움은 한층 커졌다. 이른 아침 눈을 뜬 새들이 깃털에 내려앉은 이슬을 털기 위해 몸을 흔들 뿐, 잿빛에 잠긴 채 미동도 하지 않는 정원을 지날 때도 마찬가지다. 담쟁이덩굴에 뒤덮인 작은 문을 빠져나올 때, 요컨대 탈출할 때 더욱 그렇다. 여명 아래 아직 때 묻지 않은 거리로 나서면 누런 콧수염이 난 돈 치초가 귀엽다는 듯이 짓궂게 사냥개들을 야단치며 환하게 웃고 있었다. 기다리는 개들의 근육이 부드러운 털 밑에서 떨렸다. 껍질 벗긴 포도알같이 투명하고 촉촉한 샛별이 반짝였고, 벌써 지평선 아래에서 비탈길을 오르는 태양 마차의 굉음이 들리는 것 같았다. 그들은 느릿느릿 파도처럼 밀

---

71) '사실상(ipso facto)'이라는 뜻의 라틴어.

려오는 첫 번째 양 떼들을 만났다. 가죽 신발을 신은 양치기들이 돌을 던져 양을 몰았다. 새벽빛을 받은 양털은 한층 더 짙은 장미색으로 빛났고, 더욱더 부드러워 보였다. 그런데 양치기 무리의 개들과 고집 센 사냥개들 사이에 벌어진, 선두를 다투는 미묘한 싸움을 해결해야 했다. 귀가 먹먹한 막간의 소동이 끝나고 그들은 비탈길로 올랐다. 그리고 태곳적부터 이어져 온, 목가적인 시칠리아의 침묵에 잠겼다. 곧 모든 것에서, 공간이나 시간에서, 특히 시간에서 더욱더 멀어졌다. 그의 팔라초가 있고 신흥 부자들이 사는 돈나푸가타가 불과 1~2킬로미터밖에 떨어져 있지 않았지만, 이따금 긴 철길 터널 끝에서 멀리 보이는 풍경처럼 기억 속에서 희미해졌다. 돈나푸가타의 고뇌와 화려함이 과거에 속했다면 훨씬 더 무의미해 보였을 것이다. 돈나푸가타에서 멀리 떨어진 이곳 사냥터의 불변성에 비교하자니 그것들은 오히려 미래의 일부 같았다. 돌과 살이 아니라 꿈꾸는 미래라는 천에서 뽑아낸 듯했고, 소박한 플라톤이 꿈꾸었던 유토피아에서 끌어올린 것 같았다. 그래서 아주 작은 변화에도 전혀 다른 모양으로 바뀌거나 아예 존재하지 않을지도 모른다. 지나간 모든 것이 계속 소유하는 에너지조차 지니고 있지 않아서 성가신 일을 만들지도 못할 듯했다.

돈 파브리초는 지난 두 달 동안 번거롭고 짜증스러운 일을 꽤 많이 겪었다. 죽은 도마뱀을 공격하는 개미들처럼 사방에서 그런 일들이 기어 나왔다. 균열된 정치 상황에서 튀어나오기도 했고 다른 이들의 열정에서 움터 나오기도 했다. 자신의 내면에서, 그러니까 정치와 이웃의 변덕(마음이 평온할 때는 열징, 화가 났을 때는 변덕이라 했다)에 대한 비이성적인 반응에서 싹트기도 했는데 이게 제일 고약했다. 그는 매일 의식의 연병장에서 그런 일들을 사열하고 이동시키고 가로로 정렬시키고 세로로 열을 짓게 했다. 그런 과정에서 안심할 만한 궁극적인 의미라도 발견하길 바랐으나 성공하지 못했다. 예전에는 골치 아픈 일들이 많지 않았다. 어쨌든 돈나푸카타에 머물면 휴식할 수 있었다. 근심이라는 병사들은 총을 던져 놓고 계곡의 동굴로 흩어져서 조용히, 빵과 치즈를 먹는 데에만 열중했다. 전투복을 입었다는 사실도 잊어버려서, 평화로운 농부로 보이기도 했다. 하지만 올해는 무기를 들고 함성을 지르는 반란군들처럼 병사들이 흩어지지 않고 모여 있었다. 그리고 '해산'이라고 명령했는데도 어느 때보다 위협적으로 단결한 연대를 본 대령의 공포를 돈 파브리초는 자기 집에서 느꼈다.

악단, 폭죽, 종소리, 〈우리는 집시예요〉, 환영 〈테 데움〉 다 좋았다. 하지만 연미복을 입고 계단을 올라온 돈 칼로제로로 상징되는 시민 혁명, 자신의 딸 콘체타의 단정한 우아함을 가려 버린 안젤리카의 미모, 예상한 혁명이 초래한 변화를 재빨리 받아들이면서 관능적인 열정으로 현실적인 동기를 치장한 탄크레디. 염려스럽고 성격도 모호한 국민투표[72]. 이 모든 것이 오랜 세월 동안 앞발 하나만 들어 어려운 문제를 해결했던

---

72) 사르데냐-피에몬테 왕국과 시칠리아를 합병하는 문제를 두고 시행한 투표.

그가, 표범인 그가 받아들여야 할 수천 가지 기묘한 일들에 속했다.

탄크레디는 벌써 한 달 전에 돈나푸가타를 떠나 병영인 카세르타 왕궁에서 생활하며 가끔 돈 파브리초에게 편지를 보냈다. 돈 파브리초는 웃기도 하고 성을 내기도 하며 편지를 읽고는 책상 서랍 가장 깊숙한 곳에 넣어 두었다. 탄크레디는 콘체타에게는 한 번도 편지를 보내지 않았지만, 평상시와 다름없이 짓궂고 다정한 말투로 마지막에 안부를 전해 달라는 말을 잊지 않고 덧붙였다. 한번은 이렇게 적었다. '표범가의 아가씨들 손에 키스를. 특히 콘체타의 손에.' 가족들에게 편지를 읽어 줄 때 신중한 아버지는 이 문구를 생략했다. 안젤리카는 어느 때보다 매혹적인 모습으로 아버지나 불길해 보이는 하녀를 데리고 거의 매일 방문했다. 친구들을 만난다는 핑계를 댔지만 사실 가장 중요한 목적은 무심히 이렇게 물을 때 드러났다. "영주님 소식은 없나요?" 안젤리카의 아름다운 입에서 나온 '영주님'이라는 단어는 안타깝게도 돈 파브리초가 아니라 가리발디 군대의 젊은 대위를 지칭했다. 그리고 이 말은 살리나의 영주에게서 관능적인 질투라는 면실과 아끼는 탄크레디의 성공을 기뻐하는 비단실로 짜인 우스운 감정이라는 천을 직조해 냈다. 아무튼 유쾌하지 않은 감정이었다. 소식을 전하는 사람은 늘 영주 자신이었다. 그는 자신이 아는 바를 사려 깊게 전해 주었다. 그러니까 신중한 가위질로 가시들(나폴리로 자주 나들이를 간다는 이야기, 산카를로 극장 무용수인 아우로라 슈바르트발츠의 날씬한 다리를 명백히 암시하는 문장들)과 때 이르게 피려고 하는 꽃봉오리들('시뇨리나 안젤리카의 소식을 전해 주세요.' '페르디난도 2세의 서재에서 안드레아 델 사르토의 성모마리아를 보았는데 세다라 양이 떠올랐어요.')들을 모두 잘라 내고 가지를 다듬어서 소식이라는 분재를 보여 주려 신경을 썼다. 그렇게 해서 실제와는 닮은 데가 거의 없는, 무미건조한 탄크레디의 모습을 만들어 냈다. 그렇다고 연애의 훼방꾼이나 중매인 역할을 한다고 할 수는 없었다. 매우 조심스럽게 말을 고르는 이런 태도는 탄크레디의 합리적인 열정을 지지하는 자신의 감정과 상당히 일치했지만 그는 피곤했고 짜증이 났다. 얼마 전부터 신중하게 언어를 사용하고 행동하기 위해 수백 가지 묘책을 궁리할 수밖에 없었는데, 지금 보이는 신중함이 그중 하나일 뿐이기 때문이기도 했다. 생각나는 대로 말했던 1년 전의 상황이 그리웠다. 그때는 아무리 어리석은 말을 해도 사람들이 복음처럼 받들고, 아무리 지각없는 행동을 해도 그저 영주의 부주의로 받아들일 거라는 확신이 있었다. 과거를 그리워하는 길에 들어서서 기분이 울적할 때면 그는 이 위험한 비탈길을 따라 아주 멀리까지 내려갔다. 한번은 안젤리카가 내민 찻잔에 설탕을 넣으면서, 자신이 3세기 전에 살았을 파브리초 코르베라와 탄크레디 팔코네리 들이 가졌던 기회를 부러워하고 있음을 깨달았다. 그들 시대에는 사제 앞에 서지 않고, 또 농부의 딸이 가져올 지참금에 신경 쓰지 않고도 (게다가 지참금이라는 게 있지도 않았다) 안젤리카 같은 여자들에 대한 성적 욕망을 해결할 수 있었다. 물론 그들의 존경할 만한 삼촌들에게, 적절한 말을 하거나 아무 말도 못 하게 줄타기를 강요할 필요도 없었다. 타고난 충동적인 색정(그런 충동은 전적인 색정이 아니라 게으름에서 기인한 관능적인 태도이기도 했다)은 나이 쉰에 가까운 교양 넘치는 신사의 얼굴을 붉히게 할 정도로 잔인했다. 그의 마음은 수없이 여과되기는 했지만 루소처럼 양심의 가책으로 물들었고, 그는 진심으로 수치스러웠다. 이로 인해 그가 밀접하게 관여된 사회적 상황에 대한 혐오가 더욱 깊어졌다는 점을 추론할 수 있었다.

예상보다 훨씬 빠르게 전개되는 상황에 붙들려 있다는 느낌은 그날 아침에 특히 강렬했다. 실제로 지난밤 탄크레디의 편지를 받았다. 돈나푸카타로 오는 얼마 안 되는 우편물을 연노랑 상자에 담아서 불규칙적으로 전달하는 마차가 가져온 편지였다.

편지를 읽기도 전에 얼마나 중요한 편지인지 금방 알았는데 광택이 나는 고급 편지지들과 또렷하고 균형 잡힌 필체가 당당하게 그런 사실을 알려주었다. 정리가 안 된 초안을 몇 번이나 고쳐 쓴 뒤 '잘 베껴 쓴 글'이라는 사실이 금방 드러났다. 영주가 좋아하는 호칭인 '외삼촌' 대신 '친애하는 파브리초 외숙부님'으로 시작되었는데, 이 형식에는 많은 장점이 있었다. 첫 번째는 처음부터 농담이 아니라고 분명히 밝히고, 두 번째는 이어질 내용의 중요성을 미리 알리고, 세 번째는 필요하면 누구에게든 보여 주어도 되고, 마지막으로는 정확히 호명된 사람을 구속하는, 고대의 종교적 전통을 되살리는 것이었다.

그래서 '친애하는 외숙부님'은 그를 '가장 사랑하는 헌신적인 조가'가 지난 세 달 동안 격렬한 사랑의 포로가 되었다는 사실을 알게 되었다. 또한 '전쟁의 위험'(사실은 카세르타 왕궁 정원 산책)도 '대도시의 수많은 유혹'(사실은 매혹적인 무용수 슈바르트발츠)도 시뇨리나 세다라의 모습을 정신과 마음에서 밀어낸 적이 한 번도 없었다는 점도 알게 되었다(여기서 그가 사랑하는 대상의 미모, 우아함, 덕성, 지성을 찬양하는 형용사가 길게 나열되었다). 회오리치는 글씨와 감정들이, 탄크레디가 자신의 자격 없음을 인식하며 얼마나 열정을 억누르려 애를 썼는지 잘 보여 주었다.('나폴리의 소음 속에서 혹은 절도 있게 생활하는 동료들 틈에서 제 감정들을 억누르려 오랜 시간 애를 썼지만 소용이 없었습니다.') 하지만 이제 더 이상 사모하는 마음을 자제할 수 없으므로 가장 사랑하는 외숙부님이 자신을 대신해서 안젤리카 양의 '가장 존경할 만한 아버지'에게 청혼을 해 주길 바랐다. '외숙부님도 아시다시피 제가 사랑하는 여인에게 줄 수 있는 것이라고는 제 사랑과 이름과 검밖에 없습니다.' 우리가 아직은 낭만적인 오후를 보내고 있다는 점을 잊지 말아야 한다는 뜻을 비친 이런 문장 뒤에 탄크레디는 팔코네리 집안과 세다라 집안(한번은 '세다라 가문'이라는 말까지 썼다)이 결합할 수 있는 기회에 대해, 아니, 필요성에 대해 길게 이야기했다. 이러한 결혼은 오래된 가문에 새 피를 수혈하고 계급 평등을 가져오기 때문에 장려할 만하다는 내용이었다. 게다가 계급 평등은 현재 이탈리아 정치가 지향하는 목표 가운데 하나였다. 돈 파브리초가 기꺼운 마음으로 읽은 대목은 여기밖에 없었다. 자신의 예상을 확인해 주고 선지자의 월계관을 씌워 주었을 뿐 아니라 미묘한 아이러니가 넘치는 문체가 조카의 모습을 마법처럼 불러냈기 때문이다. 활기찬 목소리로 비웃듯이 내는 콧소리, 짓궂게 반짝이는 푸른 눈, 예의 바른 조소가 고스란히 떠올랐다. 돈 파브리초는 혁명적인 내용이 정확히 단 한 장에 담겨 있어서, 원한다면 이 내용만 빼고 다른 이에게 편지를 보여 줄 수 있다는 사실을 알아차리고는 탄크레디의 영리함에 새삼 감탄했다. 탄크레디는 최근 전투 상황을 간략히 설명하고 틀림없이 1년 안에 '새로운 이탈리아의 수도가 될 장엄한 로마'에 갈 거라고 전한 뒤, 과거에 받았던 관심과 애정에 감사하며 감히 '미래의 제 행복이 걸린' 임무를 부탁 드리게 된 점을 사과하며 편지를 마무리했다. 그리고 영주에게만 인사를 전했다.

이 놀라운 편지를 처음 읽었을 때 돈 파브리초는 약간 현기증이 났다. 그는 상황이 매우 빠르게 변하고 있다는 점에 다시 한번 주목했다. 요즘식으로 표현하자면 팔레르모와 나폴리 사이를 운항하는 크고 편안한 비행기에 탑승했다고 생각했는데, 초음속 제트기에 갇혀 성호를 그을 틈도 없이 목적지에 도착한 사실을 알아차린 사람과 비슷한 심경이었다. 그의 본성의 두 번째 층인 애정 층이 표면에 올라와 일시적인 육체적 만족과 영원한 경제적 안정 모두를 확보하기로 한 탄크레디의 결정을 반겼다. 그러나 잠시 후 탄크레디가 믿기 어려울 정도로 자신감에 차 있다는 사실에 생각이 미쳤다. 마치 안젤리카가 벌써 자신의 청혼을 받아들이기라도 한 듯한 태도였다. 하지만 결국에는 결혼과 같은 은밀한 문제를 두고 돈 칼로제로와 이야기를 나눠야 한다는 굴욕감이 모든 생각을 휩쓸어 가 버렸다. 내일이면 사자 같은 자기 성격에는 비위가 상히는 일이지만, 신중하고 영리하게 미묘한 협상안을 탁자에 올려야 한다고 생각하자 짜증이 밀려와 다른 생각들이 비집고 들어올 틈을 주지 않았다.

돈 파브리초는 유리 갓을 씌운 푸르스름한 램프의 불빛이 비치는 침대에 아내와 누웠을 때 아내에게만 편지 내용을 말했다. 마리아 스텔라는 처음에는 아무 말도 하지 않은 채 여러 번 성호를 그었다. 그러더니 오른손이 아니라 왼손으로 그었어야 한다고 말했다. 이런 깜짝 놀랄 말을 한 후엔 봇물 터지듯 말이 쏟아져 나왔다. 그녀는 침대에 앉아 손가락으로 시트를 구겼는데, 그녀의 입에서 나오는 말들이 활활 타오르는 횃불처럼 달빛이 비치는 문 닫힌 방 안을 붉게 물들였다. "난 그애가 콘체타와 결혼하길 바랐어요! 다른 자유주의자들처럼 그애도 배신자예요. 처음에는 국왕을 배신하더니 이제는 우리를 배신하잖아요! 위선적인 얼굴과 달콤한 말과 독이 가득 든 행동으로 말이에요! 우리와 다른 피가 섞인 사람을 집에 들여 놓으니 이런 일이 벌어지는 거예요!" 여기서 그녀는 가족 간에 벌어진 사건에 갑옷 입은 기병들을 출격시켰다. "내가 항상 말했잖아요! 하지만 아무도 내 말을 듣지 않았어요. 난 멋이나 부리는 그 녀석을 좋아한 적이 단 한 번도 없어요. 당신만 그애라면 사족을 못 썼죠!" 사실 그녀 역시 탄크레디의 감언에 빠져 있었고 아직도 탄크레디를 사랑했다. 하지만 '당신 잘못이에요!'라고 소리치는 데서 오는 쾌감은 인간이 누릴 수 있는 가장 큰 쾌감으로서 모든 진실과 감정을 압도해 버렸다. "게다가 지금은 뻔뻔하게 외삼촌에게, 살리나의 영주이자 친아버지보다 백배나 더 잘해 준 당신에게, 자신이 기만한 여자애의 아버지에게 그런 임무까지 맡기잖아요. 그 창녀의 아버지에게, 악당에게 수치스러운 요청을 하게 만들잖아요! 그러면 안 돼요, 파브리초, 그러지 말아요, 그러지 말아요, 그러면 안 돼요!" 그녀의 목소리가 날카로워졌고 몸이 굳기 시작했다. 아직 침대에 등을 대고 누워 있던 돈 파브리초는 서랍장 위에 진정제인 쥐오줌풀이 있는지 확인하려고 옆쪽을 슬그머니 쳐다보았다. 약병은 거기에 있었고 작은 은수저도 코르크 마개 위에 비스듬히 놓여 있었다. 푸른빛이 감도는 어둑한 실내에서 약병은 히스테리의 폭풍에 맞선 안전한 등대처럼 반짝였다. 일어나서 그것을 가져오고 싶은 생각이 잠시 들었으나 일어나 앉는 데 만족했다. 그렇게 해서 약간이나마 위신을 되찾았다.

"스텔라, 말도 안 되는 소리 말아요. 당신은 지금 무슨 말을 하는지도 모르고 있어. 안젤리카는 창녀가 아니야. 어쩌면 그렇게 될지도 모르지. 하지만 지금은 그저 다른 아가씨들과 같은, 아니, 좀 더 예쁜 아가씨요. 모두 그렇듯이 탄크레디를 조금 많이 사랑할지도 모르고. 게다가 돈이 있소. 대부분은 우리 돈이었지만 이제는 돈 칼로제로가 지나치게 잘 관리하고 있지. 탄크레디에게는 돈이 절실히 필요하오. 탄크레디는 귀족이고 야심이 있고 낭비벽도 있어. 탄크레디가 콘체타에게 언약을 한 것도 아니잖소. 아니, 돈나푸가타에 도착한 뒤로 그 아이를 함부로 대하고 있는 쪽은 콘체타야. 그리고 그애는 배신자가 아니야. 시류를 따르고 있을 뿐이지. 그렇소. 정치적 행농에서나 사생활에서나. 게다가 그애는 내가 아는 가장 사랑스러운 젊은이요. 그건 당신도 나만큼 잘 알 거요, 스텔라."

다섯 개의 크고 굵은 손가락이 그녀의 작은 머리를 쓰다듬었다. 이제 그녀는 흐느껴 울었다. 정신을 차리고 물을 한 모금 마시자 분노의 불길은 슬픔이 되었다. 돈 파브리초는 따뜻한 침대에서 벗어나 이미 서늘해진 방 안을 맨발로 가로질러 서랍장까지 갈 필요가 없어지길 바랐다. 아내를 진정시키는 데 효과가 있으리라 확신하며 짐짓 화가 난 체했다. "난 내 집에서, 내 방에서, 내 침대에서 우는 소리는 듣고 싶지 않소! 이렇게 '해요' '그러면 안 돼요' 이런 말도 마찬가지요. 결정은 내가 해. 당신은 꿈도 꾸기 전부터 이미 난 다 결정했소. 그러니 이제 그만해!"

소리 지르길 싫어하는 그가 넓은 가슴에 숨을 모아 크게 소리를 질렀다. 앞에 탁자가 있다고 생각하고 주먹을 내리치다 보니 무릎이었다. 무릎이 아팠고 그도 진정을 했다.

영주 부인은 겁에 질린 강아지처럼 조그맣게 훌쩍였다. "이제 그만 잡시다. 내일 사냥을 가야 해서 일찍 일어나야 해. 이제 그만해요! 결정된 것은 결정된 거야. 잘 자요, 스텔라." 그는 먼저 화해의 표시로 아내의 이마에, 사랑의 표시로 입술에 입을 맞추었다. 다시 침대에 누워 벽 쪽으로 몸을 돌렸다. 비단 벽지에 드리워진 그의 그림자는 하늘색 지평선에 솟은 산등성이 같았다.

스텔라도 다시 자리에 누웠다. 오른쪽 다리에 영주의 왼쪽

다리가 살짝 닿자 힘과 자신감이 넘치는 남자의 아내라는 게 위로가 되었고 자랑스럽기도 했다. 탄크레디는 아무래도 상관없었다…… 콘체타까지도…….

　그가 자주 사냥을 하러 가는 장소들을 향기롭고 고풍스러운 전원이라고 부를 수 있다면, 면도날 위를 걷는 듯한 일상과 여러 생각은 이 전원에서 잠시 걸음을 멈추었다. '전원'이라는 단어에는 노동에 의해 변형된 땅이라는 의미가 내포되어 있다. 하지만 경사진 언덕을 뒤덮은 관목 숲은 페니키아인, 도리아인, 이오니아인이 고대의 아메리카라고 할 시칠리아에 상륙했던 때와 다름없이 좋은 향기를 내며 뒤얽혀 있었다. 돈 파브리초와 투메오는 언덕을 오르내리고 미끄러졌다. 2500년 전 스파르타의 아르키다모스 왕과 소피스트인 필로스트라토스가 그랬던 것처럼 지치기도 했고 가시에 긁히기도 했다. 그들은 똑같은 식물을 보았고 똑같이 땀으로 목욕을 해서 옷이 몸에 달라붙었다. 쉴 새 없이 무심히 불어오는 바닷바람에 은매화와 스파티움이 흔들렸고 백리향 향기가 사방으로 퍼져 나갔다. 생각에 잠겨 개들이 갑자기 멈춰 섰는데, 애처로이 먹이를 기다리는 그들의 긴장감은 아르테미스[73]가 사냥감의 출현을 기원하던 그날의 심정과 똑같았다. 근심 걱정이 얼굴에서 지워지면서 본질적인 요소만 남은 삶은 견딜 만해 보였다.

---

73) 그리스 신화에 나오는 사냥, 달, 다산, 순결의 여신.

그날 아침 언덕 정상에 오르기 전 아르구토와 테레시나는 먹잇감의 냄새를 맡은 사냥개 특유의 경건한 춤을 추기 시작했다. 몸을 쭉 폈다가 꼿꼿하게 세우더니 조심스럽게 앞발을 들고 나지막이 으르렁거렸다. 몇 분 뒤 쏜살같이 풀숲을 달려가는 진회색 털에 뒤덮인 작은 엉덩이가 보였다. 거의 동시에 총성이 두 번 울려 퍼졌고 조용히 기다리던 시간이 끝났다. 아르구토가 영주의 발밑에 아직 숨이 붙어 있는 짐승을 내려놓았다. 산토끼였다. 초라한 진회색 털은 그의 목숨을 구해 주기에 역부족이었다. 토끼는 주둥이와 가슴에 끔찍한 치명상을 입었다. 돈 파브리초는 커다란 검은 눈이 자신을 보고 있음을 알아차렸다. 금방 청록색 막이 낀 눈은 비난의 기색 없이 그를 바라보았지만 세상의 모든 질서에 놀라 슬퍼하고 있었다. 부드러운 털에 감싸인 귀는 이미 차가워졌고 힘이 남아 있는 작은 다리는 경련을 일으키며 규칙적으로 발버둥을 쳤다. 아직 살아 있어서 불가능한 탈출을 꿈꾼다는 표시였다. 토끼는 살 수 있다는 처절한 희망에 고문을 당하며 죽어 가고 있었다. 많은 인간이 그렇듯이 이미 붙잡혔는데도 아직 탈출할 수 있으리라 상상하면서. 동정 어린 손끝으로 가여운 주둥이를 어루만지자 토끼는 마지막으로 몸을 떨더니 숨을 거두었다. 하지만 돈 파브리초와 투메오는 즐거웠다. 돈 파브리초는 사냥의 즐거움에 더해 연민을 느끼며 위안을 받는 기쁨도 맛보았다.

사냥꾼들이 산 정상에 도착했을 때 드문드문 서 있는 낙엽 활엽 교목과 코르크참나무 사이로 시칠리아의 진정한 모습이 나타났다. 거기서 바로크풍의 도시와 오렌지밭은 사소한 장식에 불과했다. 건조한 등성이들이 서로 포개지고 이어져 끝없이 물결쳤다. 실의에 빠진, 비이성적인 등성이들이 그리는 선, 혼미한 창조의 순간에 잉태된 선들은 인간의 정신이 파악할 수 없는 대상이었다. 바람의 방향이 바뀌며 미친 듯이 파도가 일어나는 순간, 바다는 겁에 질려 돌처럼 굳어 버렸다. 웅크린 돈나푸가타는 이름 없는 땅에 숨어 있었다. 사람은 보이지 않았다. 드문드문 늘어선 포도나무들에만 몇 차례 사람이 지나간 흔적이 보였다. 언덕 너머 다른 쪽에서는 땅보다 더 거칠고 황량한 쪽빛 바다 한 조각이 눈에 들어왔다. 세상의 모든 것을 향해 가벼운 바람이 불어왔다. 배설물, 썩은 고기, 샐비어 냄새가 고르게 널리 퍼졌다. 무심히 지나가는 바람 속에서 이런 사물 하나하나는 지워지고 배제되었다가 다시 모였다. 토끼가 남긴 유일한 흔적인 핏방울들이 바람에 말랐다. 바람은 훨씬 더 멀리까지 가서 가리발디의 머리카락을 휘날리게 했고, 나폴리 왕국 병사들의 눈에 먼지를 불어 넣었다. 병사들은 달아나려고 발버둥 치던 토끼처럼 아무 소용 없는 헛된 희망에 속아서 급히 가에타 요새를 보강하는 중이었다.

영주와 오르간 연주자는 코르크참나무 그늘 아래에서 휴식을 취했다. 나무 병에 담긴 미지근한 포도주를 마시고, 돈 파브리초가 사냥 가방에서 꺼낸 구운 닭고기와 돈 치초가 가져온 생밀가루를 뿌린 달콤한 '무폴레티'를 곁들여 먹었다. 보기에는 못생겼지만 맛은 좋은 달짝지근한 '인솔리아' 포도도 맛보았다. 빚을 받아 내는 일 이외에는 관심이 없는 집행관처럼 그들 앞에 태연히 서 있는 사냥개들의 허기를 넓적한 빵으로 달래 주었다. 돈 파브리초와 돈 치초가 입헌군주제의 태양 아래에서 막 잠이 들려던 참이었다.

하지만 총으로 토끼를 죽이고, 찰디니[74]의 대포가 나폴리 왕국 병사들을 불안에 떨게 하고, 정오의 열기가 사람들을 잠들게 했지만 개미 떼를 막을 수는 없었다. 돈 치초가 뱉어 버린 썩은 포도 알 몇 개에 이끌린 개미들이 오르간 연주자의 침이 뒤범벅된 살짝 썩은 포도 알에 달라붙으려고 희망에 들떠서 새까맣게 떼를 지어 달려왔다. 대담한 개미 떼들은 무질서하지만 단호하게 앞장을 섰다. 서너 마리로 이루어진 몇몇 무리는 잠시 멈춰서 이야기를 나누기도 했다. 몬테모르코산 정상의 4번 코르크참나무 아래 2번 개미집에 터잡은 조상 이래 이어진 영광을 찬양하고 미래의 번영을 기원하는 게 분명했다. 모여 있던 개미들은 다른 개미들과 함께 확실한 미래를 향해 다시 행진하기 시작했다. 반짝이는 개미의 등들이 기쁨으로 떨렸다. 틀림없이 개미들 대열 위로 찬가가 울려 퍼졌으리라.

구체적으로 언급하기에는 적절치 않은 몇 가지 생각이 연상되고 결부되었다. 분주하게 움직이는 개미들 때문에 잠은 멀리 달아나 버렸다. 얼마 전 돈나푸가타에서 직접 경험한 국민투표의 날이 떠올랐다.

---

74) 엔리코 찰디니(Enrico Cialdini, 1811~1892). 이탈리아의 군인, 정치인, 외교관. 가에타 공격을 지휘했다.

투표가 진행되던 며칠간은 놀라움은 둘째로 치더라도 풀어야 할 수수께끼 몇 가지를 남겼다. 개미들 말고는 분명 아무도 신경 쓰지 않는 이 자연 앞에서라면 어쩌면 그런 수수께끼 하나를 풀 수 있을지도 모른다. 개들은 종이로 오려 낸 그림처럼 납작하게 몸을 쭉 뻗고 잠들어 있었다. 머리를 축 늘어뜨린 채 나뭇가지에 걸린 토끼는 계속 불어오는 바람에 밀려 비스듬하게 매달려 있었다. 투메오는 담배를 피우느라 아직 잠이 들지 않았다.

"돈 치초, 자네는 21일에 어느 쪽에 투표했나?"

불쌍한 남자는 움찔했다. 같은 동네 사람들이 다 그렇듯이, 많은 일에서 자신을 보호해 주는 울타리를 벗어난 순간에 갑작스러운 질문을 받자 어떻게 대답해야 할지 몰라 머뭇거렸다.

깜짝 놀라 머뭇거렸을 뿐인데 영주는 돈 치초가 겁을 낸다고 오해해서 화를 냈다. "그래, 누가 무서워서 그러나? 여기에는 우리 두 사람하고 바람하고 개뿐인데."

영주가 안심해도 된다고 거론한 세 증인이 사실 별로 마음에 들지는 않았다. 바람은 원래 수다쟁이였고 영주는 절반만 시칠리아인이었다. 완전히 믿을 만한 증인은 개뿐이었지만, 이마저도 그것이 명료하게 말을 하지 못하기 때문일 뿐이었다.

하지만 돈 치초는 정신을 차렸고 농부의 기지를 발휘해서 정답을 말했다. 그러니까 대답을 하지 않은 것이나 마찬가지였다. "죄송합니다, 각하. 각하께서 하나마나한 질문을 하셨습니다. 아시다시피 돈나푸가타 주민 모두가 '찬성'에 투표했으니까요."

사실 돈 파브리초는 그런 사실을 알았다. 바로 이 때문에 논 치초의 대납은 작은 수수께끼를 역사적인 수수께끼로 바꾸었다. 투표하기 전에 많은 사람이 그를 찾아와서 조언을 구했다. 그는 모두에게 찬성표를 던지라고 권했다. 진심이었다. 돈 파브리초는 사실 다른 행동은 상상조차 하지 못했다. 투표가 진부한 연극이라 할 만큼 결과가 뻔했기 때문이고, 반대표를 던졌음이 밝혀질 경우 소박한 사람들이 처할 곤경을 감안했기 때문이고, 어떤 역사적 필요성 때문이기도 했다. 하지만 그는 자기가 많은 사람을 설득하지 못했다는 사실을 알아차렸다. 시칠리아 사람들의 추상적인 마키아벨리즘이 작동하여, 관대한 기질을 타고난 이 사람들이 취약한 토대에 복잡한 가설물을 세우는 경우가 많아졌다. 치료에는 아주 능하지만 근본적으로 혈액과 소변에 대한 잘못된 분석을 근거로 치료하면서, 그런 잘못을 수정하기에는 너무 게으른 임상 의사들처럼 시칠리아 사람들은 (당시의) 환자를, 그러니까 자기 자신을 죽이고 있었다. 문제에 대한, 아니면 적어도 상대에 대한 실제 이해가 거의 뒷받침되지 않은, 고도로 정제된 교활함이 가져온 결과였다. '아드 리미나 가토파르도룸'[75]으로 여행을 다녀온 사람들 가운데 어떤 이들은 살리나의 영주가 혁명(그 외딴 마을에서는 최근 변화를 그렇게 규정했다)에 찬성표를 던지기는 불가능하다고 판단했다. 또한 그의 말을 정반대 결과를 얻기 위한 반어적인 말로 해석했다. 이 순례자들은 좋은 사람들이

---

75) '표범들의 문턱으로(ad limina Gattopardorum)'라는 뜻의 라틴어.

었다. 그의 서재를 나서면서 서로 윙크하며 허용된 만큼의 존경을 영주에게 표했으며, 자신들이 영주의 속내를 꿰뚫어 보았음을 자랑스러워했다. 그리고 통찰력이 빛을 잃어 가는 순간에 발휘된 자신들의 통찰력을 축하하기 위해 손을 비볐다. 반면 영주의 말에 울적해하며 떠난 사람들도 있었는데 그들은 영주가 변절자거나 정신이상자라고 확신했으며 그의 말에 귀 기울이지 않기로 결심했다. 그리고 아직 증명되지 않은 선보다 이미 알려진 악이 낫다는 오래된 속담을 따르기로 다짐했다. 이 사람들은 개인적인 이유에서도 국가의 새로운 현실을 인정하기를 꺼렸다. 종교적인 신념 때문이기도 했고 구체제의 혜택을 받았으며 새 체제에 민첩하게 적응하지 못한 탓이기도 했다. 마지막으로 혼란스러운 해방의 시기에 그들의 닭 몇 마리와 콩 몇 자루가 사라졌으며 자원병으로 구성된 가리발디 군대든, 강제 징집된 부르봉 왕조의 군대든 빌어먹을 짓을 저질렀기 때문이기도 했다. 그는 적어도 십여 명은 '반대'에 표를 던질 것이라는 안타깝지만 분명한 인상을 받았다. 소수이기는 했지만 돈나푸가타의 유권자가 많지 않다는 사실을 고려하면 무시하기 힘든 숫자였다. 한편 자신에게 찾아온 사람들은 이 지방의 소수 엘리트이며, 팔라초에 올 꿈도 꾸지 않는 유권자 수백 명 가운데 찬성표를 던지리라 확신할 수 없는 사람들이 있음을 고려해, 영주는 돈나푸가타에서 30표 정도의 반대표가 나오리라 예상했다.

국민투표 날은 바람이 많이 불고 흐렸다. 거리에는 지쳐 보이는 젊은이들이 무리 지어 어슬렁거렸는데 쓰고 있는 모자의 리본에는 '찬성'이라고 적힌 종이가 꽂혀 있었다. 회오리바람에 버려진 종이들과 쓰레기들이 날아다니는 가운데 사람들이 〈라 벨라 지고진〉[76] 몇 소절을 노래했는데, 이는 곧 아랍풍의 구슬픈 노래로 변해 버렸다. 시칠리아에서 부르는 노래는 아무리 쾌활한 멜로디라도 그런 변화를 겪을 수밖에 없었다. 추 메니코의 선술집에 앉아 있는 '외지인 얼굴'(그러니까 지르젠티 지역 출신)도 두셋 보였다. 그들은 부활한 이탈리아에 통합된 새로운 시칠리아의 '찬란한 운명과 진보적인 미래'를 찬양했다. 몇몇 농부가 묵묵히 그들의 말을 들었다. 농부들은 과도한 '괭이질' 탓에, 혹은 오래전부터 일이 없어 빈둥거리며 굶주림에 시달린 탓에 하나같이 표정이 사나웠다. 그들은 침과 가래를 뱉었지만 아무 말도 하지 않았다. 사실 너무 조용해서 (나중에 돈 파브리초가 한 말에 따르면) '외지인 얼굴'들이 일곱 과목[77]중 수사학보다 산술학을 더 앞에 두기로 결정했을 게 분명했다. 영주는 오후 4시경 투표를 하러 갔다. 피로네 신부는 오른쪽에서, 돈 오노프리오 로톨로는 왼쪽에서 영주와 함께했다. 피부가 흰 영주는 눈살을 찌푸린 채 조심스레 시청을 향해 걸었다. 거리의 지저분한 쓰레기들을 휩쓸며 불어오는 바람을 피하려고 종종 두 손으로 눈을 가렸는데, 흔한 결막염을 예방하기 위해서였다. 걸어가면서 피로네 신부에게 바람이

---

76) 1858년 작곡되어 이탈리아 통일운동 시기에 유명해진, 애국을 고취하는 노래.

77) 중세 대학에서 가르치던 문법, 논리학, 수사학, 산술학, 기하학, 음악, 천문학.

없으면 공기는 썩은 연못 같아지겠지만, 건강을 가져오는 바람이 쓰레기들도 끌고 온다고 말했다. 그는 3년 전 고인인 된 페르디난도 2세 국왕을 알현하러 카세르타에 갈 때 입었던 검은 프록코트 차림이었다. 페르디난도 국왕은 운 좋게도 적절한 때에 세상을 떠서 불순한 바람이 몰아치는 이런 날을 목도하지 않아도 됐다. 자신의 어리석음을 봉인하는 날 말이다. 하지만 그의 죽음이 꼭 어리석은 탓일까? 이는 티푸스로 죽은 사람도 어리석어서 죽었다고 말하는 것과 같다. 그는 산더미처럼 쌓인 쓸데없는 서류들을 분주히 정리하던 왕을 떠올렸다. 그리고 왕의 불쾌한 얼굴에 자신을 이해하고 가엾게 보아 달라는, 의식하지 못한 수많은 호소가 담겨 있었다는 사실을 갑자기 깨달았다. 이러한 생각은 우리가 너무 늦게 깨닫는 사실들이 다 그렇듯이 유쾌하지 않았다. 영주의 모습은 눈에 보이지 않는 장례 마차를 따라가는 사람처럼 엄숙하고 어두웠다. 분노에 찬 발에 부딪혀 거칠게 튕겨 나가는 길 위의 돌멩이들만이 그의 내적 갈등을 드러냈다. 말할 필요도 없이 그가 쓴 중산모 리본은 어떤 종이도 꽂히지 않고 깨끗했다. 하지만 그를 아는 사람들 눈에는 윤기 나는 펠트 모자 위에서 '찬성'과 '반대'가 교대로 나타나는 것 같았다.

투표소가 있는 시청에 도착한 돈 파브리초는 문에 머리가 닿을 정도로 키가 큰 자신이 들어서자 투표소에 있던 사람 전원이 자리에서 일어서는 것을 보고 깜짝 놀랐다. 그보다 먼저 와서 투표를 하려던 농부들 몇 명이 옆으로 밀려났다. 그래서 돈 파브리초는 기다리지 않고 애국심 넘치는 세다라 시장의 손에 '찬성' 표를 넘겨주었다. 하지만 피로네 신부는 조심성을 발휘해 이 마을의 거주자로 등록하지 않았기 때문에 투표를 하지 않았다. 돈 오노프리오는 영주의 명령에 따라 복잡한 이탈리아 문제에 대한 자신의 의견을 단 두 음절로 표시했다. 피마자기름을 두말없이 마시는 어린아이와 같은 선량한 마음으로 간결하게 빚어 낸 걸작이었다.

모두 투표를 마친 뒤 세다라 시장은 위층의 시장 집무실에서 '한잔하자'고 초대했지만 피로네 신부는 금주를, 돈 오노프리오는 복통이라는 적당한 이유를 들어 아래층에 머물렀다.

돈 파브리초는 혼자서 다과 접대를 받아야 했다. 돈 칼로제로의 책상 뒤에는 가리발디와 (이미) 비토리오 에마누엘레의 석판화가 눈부시게 빛났는데 초상화들은 다행히 정면이 아니라 오른쪽에 걸려 있었다. 전자는 미남이고 후자는 못생겼지만 둘 다 수염이 얼굴을 거의 덮을 정도로 풍성하다는 공통점이 있었다. 작은 탁자에는 가장자리를 따라 파리똥이 묻은 아주 오래된 비스킷 접시 하나와, 로솔리오가 가득 담긴 높이가 낮고 폭이 넓은 유리잔 열두 개가 놓여 있었다. 로솔리오 잔은 모두 열두 개로 빨간색, 초록색, 흰색 액체가 든 잔이 각각 네 개였다. 흰색은 중앙에 있었다. 노골적으로 새로운 국기를 상징하는 이 잔들을 보며 영주는 미소 지었는데, 양심의 가책이 미소에 묻어났다. 그는 흰색 잔을 들었는데 사람들이 생각하듯, 부르봉 왕조의 깃발에 뒤늦은 경의를 표하기 위해서가 아니라 흰색 로솔리오가 소화가 좀 더 잘되기 때문이었을 것이다. 게다가 세 종류의 로솔리오는 똑같이 달고 끈적이고 역겨운 맛이었다. 그는 건배를 하지 않는 훌륭한 취향을 지녔는데, 아무튼 돈 칼로제로의 말처럼 기쁜 일일수록 소리를 내지 않는 편이 좋았다. 돈 칼로젤로는 돈 파브리초에게 지르젠티 시 당국에서 보낸 편지를 보여 주었다. 돈나푸가타의 근면한 시민들에게 하수 처리 시설 공사비 2000리라[78]를 지원해 주겠다는 내용이었다. 이 공사는 시장이 장담하듯 1961년 안에 끝날 예정이었는데, 프로이트가 수십 년 뒤에 설명할 메커니즘 중의 하나인 '랍수스'[79]였다. 그렇게 두 사람은 헤어졌다.

해가 지기 전 돈나푸가타의 창녀(여기에도 창녀가 있었지만 집단에 속하지 않은 개인 사업자로 열심히 일했다) 서너 명이 삼색 리본을 머리에 달고 광장에 나와 여자들이 선거에서 배제된 점에 항의했다. 불쌍한 여자들은 가장 진보적인 자유주의자들에게도 조롱을 당해서 집으로 돌아가야만 했다. 그렇다고 해서 나흘 뒤《조르날레 디 트리나크리아》[80]지가 돈나푸가타에서 벌어진 일을 팔레르모 사람들에게 알리는 것을 막지는 못했다. 기사에 따르면 "돈나푸가타에서 아름다운 성(性)을 대표하는 점잖은 여성 몇 명이 사랑하는 조국의 새롭고 찬란한 운명에 대한 확고한 신념을 표명했다. 그들은 애국심 넘치는 지역 주민들의 호응을 받아 광장을 행진했다."

---

78) 1861년부터 2002년까지 통용된 화폐 단위.
79) '말실수(lapsus)'라는 뜻의 라틴어. 프로이트에 따르면 말실수는 말하는 사람의 무의식을 보여 준다고 한다.
80) '트리나크리아 신문'라는 뜻의 이탈리아어. 그리스어로 '세 개의 뾰족한 곳'이라는 뜻으로 세 개의 곶이 있는 시칠리아 영토를 가리킨다.

투표소의 문이 닫히고 개표 작업이 시작됐다. 밤이 깊어지면서 시청의 중앙 발코니 문이 활짝 열리더니 허리에 심색 띠를 맨 돈 칼로제로가 나타났다. 촛대를 든 소년 두 명이 양쪽에 서 있었는데 촛불은 바람이 불어 금방 꺼져 버렸다. 어둠 속의 보이지 않는 군중을 향해 그가 돈나푸가타의 국민투표 결과를 발표했다.

등록 선거인 515명: 투표인 512명: '찬성' 512명 '반대' 0명

어두운 광장 아래쪽에서 박수와 만세 소리가 터져 나왔다. 안젤리카는 음울한 분위기를 풍기는 하녀와 함께 집 발코니에서 아름답고 탐욕스러운 손으로 박수를 쳤다. 여러 말이 떠들썩하게 오갔다. 어둠 속에서 최상급과 이중자음이 뒤섞인 형용사들이 튀어나와 벽과 벽 사이에서 충돌했다. 폭죽들이 천둥소리를 내며 왕(새로운 왕)과 가리발디 장군에게 소식을 알렸다. 삼색 불꽃 몇 개가 어두운 마을에서 별 하나 없는 밤하늘로 올라갔다. 8시가 되자 모든 게 끝났고, 태초부터 매일 밤 그랬듯이 어둠만 남았다.

몬테모르코산 정상은 이제 환한 빛 속에서 모든 것이 선명해졌다. 하지만 그날 밤의 어둠은 돈 파브리초의 마음 깊은 곳에 여전히 남아 있었다. 그의 불편함은 불분명하여 더욱 고통스러운 양상으로 나타났다. 무슨 큰 문제들에서 비롯된 불편은 아니었다. 큰 문제들은 국민투표를 시점으로 해결책이 도

출되었다. 양 시칠리아 왕국의 크나큰 이익, 그가 속한 계급의 이익, 개인적인 이익은, 상처를 입었지만 여전히 중요한 이 모든 사건과 무관했다. 상황이 이러하므로 더 많은 요구를 내놓는 것은 적절치 않았다. 그의 불편함은 본질적으로 정치적 성질을 띠지는 않았다. 오히려 우리가 일컫는 비합리적 원인들, 그러니까 층층이 쌓인 자신에 대한 무지에 파묻혀 있기에 비합리적인 원인들 가운데 하나에 훨씬 더 깊이 뿌리내리고 있었다.

이탈리아는 돈나푸가타의 음침한 밤에 탄생했다. 게으른 팔레르모와 요동치는 나폴리에서 그랬듯이 잊혀진 바로 그 마을에서 태어났다. 그러나 그곳엔 이름을 알 수 없는 사악한 요정이 있었음이 틀림없다. 어쨌든 태어났으니 이런 형태로 살아가기를 바라야 한다. 다른 것은 더 나쁠지도 모르니 말이다.

맞다. 그런데 불안을 떨칠 수 없다. 이건 어떤 의미일까. 그는 너무나 무미건조하게 숫자를 발표하던 때나 너무 과장된 말들이 이어질 때도 뭔가가, 누군가가 죽었다는 생각이 들었다. 마을의 어느 모퉁이에서, 혹은 대중의 의식 어느 구석에서 그랬는지는 신만이 알았다.

시원한 바람이 돈 치초의 졸음을 날려 버렸고 영주의 크고 위엄 있는 모습이 두려움을 쫓아 버렸다. 이제 그의 의식의 표면에는 분노만 떠올랐다. 아무 소용 없지만 그래도 무시할 수 없는 분노였다. 그는 일어서서 손짓을 하며 사투리로 말했는데 우스꽝스럽지만 옳은 말을 하는 가련한 꼭두각시 같았다.

"각하, 저는 '반대' 표를 던졌습니다. '반대'요. 백번을 해도

'반대'입니다. 각하의 말씀도 기억합니다. 쓸요성이며 무익함, 단결, 호기 같은 말을 하셨지요. 각하의 말씀이 맞지만 지는 정치는 잘 몰라요. 그건 다른 사람들이 알아서 하라죠. 하지만 치초 투메오는 신사입니다. 비록 엉덩이가 해진 바지를 입는(그러더니 꼼꼼하게 기운 사냥 바지의 엉덩이를 쳤다.) 가난하고 보잘것없는 인간이지만 말입니다. 저는 은혜를 잊지 않아요. 그런데 시청에 있는 그 더러운 놈들이 제 의견을 씹어 삼켜 버렸어요. 그러고는 놈들이 원하는 대로 개똥으로 만들어 버렸죠. 저는 검은색이라고 했는데 그놈들은 흰색이라고 하더군요! 제 의견을 말할 수 있는 딱 한 번의 기회였는데, 흡혈귀 같은 세다라가 저를 지워 버리고 저 같은 놈은 이 세상에 없는 것처럼, 제 생각 따위는 아무런 의미도 없는 것처럼 굴었어요. 고인이 된 레오나르도의 아들 프란체스코 투메오 라 만나를, 돈나푸가타 성모교회의 오르간 연주자를, 자기보다 천배나 나은 저를 말입니다. 그…… (여기서 마음을 진정시키려고 손가락을 깨물었다) 건방진 딸이 태어났을 때 직접 마주르카를 작곡해서 축하도 해 준 저에게 말입니다!"

마침내 수수께끼를 푼 돈 파브리초에게 평화가 찾아왔다. 이제 그는 돈나푸가타에서, 다른 수백 군데에서, 더러운 바람이 불던 그날 밤 목 졸려 죽은 사람이 누구인지 알게 되었다. 바로 신뢰라는 신생아였다. 가장 소중히 키워야 할, 나중에 튼튼히 자라면 야만적인 파괴 행위가 얼마나 어리석고 불필요한지를 증명했을 피조물이었다. 돈 치초의 반대표, 돈나푸가타의 50표가량의 반대표, 왕국 전체의 십만 여 '반대'표는 결과에 아무런 영향도 미치지 못했지만 분명 그 자체로 의미심장할 것이다. 영혼이 상처 입지 않게 해 주었을 테니까. 6개월 전에는 전제주의적인 목소리가 들렸다. "내 말을 따라라. 그러지 않으면 매를 맞을 것이다." 이제는 그러한 위협의 말이 고리대금업자의 부드러운 말로 대체되었다. "당신이 서명하지 않았나요? 안 보입니까? 너무 분명하잖아요! 당신은 우리가 하는 말에 따라야 해요, 왜냐, 약속어음을 봐요! 당신의 뜻은 우리의 뜻과 똑같답니다."

돈 치초가 다시 열변을 토했다. "각하처럼 지체 높으신 분에게는 다른 문제입니다. 영지 하나 더 늘었다고 특별히 감사하지 않으실 수 있습니다. 그런데 저 같은 사람에게 빵 한 조각에 감사하는 건 의무입니다. 개인적인 이득을 챙길 기회를 이용하는 게 자연법칙인 세다라 같은 장사꾼에게도 다른 문제지요. 우리같이 보잘것없는 사람들은 세상을 있는 그대로 받아들입니다. 각하께서도 알다시피 돌아가신 제 아버지는 산 오노프리오 왕궁 사냥터 관리인이었습니다. 영국인들이 이 땅에 와 있던 페르디난도 4세 폐하 때 말입니다. 고단한 삶이었지만 초록색 왕실 제복을 입고 은색 명표를 단 아버지는 위엄이 있었습니다. 저는 당시 칼라브리아 공작부인이셨던 스페인 출신의 이사벨라 왕비님의 은혜를 입어 공부를 했고, 각하의 자비로 영광스럽게도 성모교회 오르간 연주자가 되었습니다. 그리고 생활이 아주 어려웠을 때 어머니는 나폴리 왕궁에 탄원의 편지를 보냈는데 그러면 죽음처럼 확실하게 5'온차'가 도착했습니다. 나폴리에서는 우리를 좋아했고 우리가 선량하고 충성스러운 백성임을 알았습니다. 국왕이 오시면 아버지의 어깨를 두드리며 말했습니다. '돈 레오나르도, 그대 같은 사람이 내겐 꼭 필요하다네. 그대는 내 왕위와 내 사람들의 충실한 버팀목이야.' 그러면 시종무관이 금화를 나눠 주었지요. 요즈음은 진정한 왕들의 이런 관대한 행동을 거지에게 적선을 한 거나 다름없다고 하지요. 아무것도 받지 못한 사람들이 하는 헛소리예요. 그건 헌신에 대한 당연한 보상이었습니다. 지금 왕과 왕비들이 하늘에서 이 모양을 본다면 뭐라고 하겠습니까? '돈 레오나르도 투메오의 아들이 우리를 배신했구나!' 천국에서라도 진실을 알면 다행이죠. 압니다, 각하. 각하 같은 분들이 제게 말했어요. 그런 일은 왕실의 문제이고 그들의 일일 뿐이라고요. 사실이겠지요. 아니, 사실입니다. 하지만 금화 5온차를 받은 것도 사실입니다. 그 돈은 우리가 겨울을 나는 데도움이 되었어요. 이제 그 빚을 갚을 기회가 왔는데 제 의사는 묵살되었습니다. '당신 의견은 필요없소.' 제 '반대'는 '찬성'으로 바뀌었습니다. '충성스러운 백성'이던 저는 졸지에 '부르봉의 개자식'이 된 겁니다. 이제 전부 사보이아르도[81]가 됐지요! 하지만 저도 사보이아르도[82]는 커피와 함께 먹습니다!" 그는 엄지와 검지 사이에 과자를 들고 커피를 찍어 먹는 시늉을 했다.

  돈 파브리초는 돈 치초를 항상 좋아했는데 이는 연민에서

---

81) 이탈리아의 통일을 이룬 사보이아 왕국 사람들이라는 뜻
82) 사보이아 지역의 전통 과자. 손가락 모양으로 생겼으며 티라미수를 만드는 데 사용된다.

비롯된 감정이었다. 젊은 시절에는 예술에 재능이 있다고 믿었지만 나이가 들어 그렇지 않음을 깨달았고, 그래도 작고 초라해진 꿈을 주머니에 넣은 채 보잘것없는 위치에서도 자신의 일을 계속 해 나가는 사람에 대한 연민이었다. 또 가난하지만 점잖은 그에게 호감을 느끼기도 했다. 그런데 이제는 감탄하는 마음까지 생겼다. 그리고 실로 마음 깊은 데서, 거만한 그의 마음 속에서 혹시 돈 치초가 살리나의 영주인 자신보다 훨씬 신사답게 행동한 것은 아닌지를 묻는 목소리가 들려왔다. 그리고 모든 세다라, 소수의 표를 바꿔치기한 돈나푸가타에서 많은 표를 바꿔치기한 팔레르모, 토리노의 세다라에 이르기까지 이들은 개인의 양심을 목 졸라 죽이는 범죄를 저지른 게 아닐까? 그때 돈 파브리초는 알지 못했지만, 이후 수십 년 동안 남부 사람들은 게으르고 굴종적인 사람들이라고 비난받게 되는데, 이들에게 처음 주어진 자유로운 의사 표현이 그토록 어리석게 왜곡돼 버린 것이 그 이유 중 하나라고 할 수 있다.

돈 치초는 속내를 다 털어놓았다. 이제 진솔하지만 아주 드물게 나타나는 '엄중한 신사'의 면모는, 훨씬 자주 나타나지만 덜 진솔한 '속물'에게 자리를 내주었다. 돈 치초 투메오는 지금은 부당하게 비방이나 하는 동물 종인 '수동적인 속물'에 속하기 때문이었다. 그러나 코흐[83] 이전에도 결핵 환자들이 있었듯이 옛날에도 자신보다 사회적 지위가 높은 사람에게 복종

---

83) 하인리히 헤르만 로베르트 코흐(Heinrich Hermann Robert Koch, 1843~1910). 독일의 의사, 세균학자. 결핵균과 콜레라균을 발견하고 투베르쿨린을 만들었다.

하고 흉내 내고 특히 기분을 상하지 않게 하려는 사람늘은 있었다. 그들의 행동은 삶의 최고 법칙에 따른 것이다. 사실 '속물'은 부러움의 반대말이다. 당시 이런 유형의 사람들은 다양한 이름으로 모습을 보였다. '헌신적', '충실한', '충성스러운'이라는 형용사가 따라다녔다. 귀족의 얼굴에 스치는 희미한 미소만으로도 하루가 환하게 빛났으므로 행복한 삶을 살았다. 그와 같은 애정 어린 호칭과 함께한 덕분에 기운을 북돋는 은혜를 지금보다 훨씬 많이 받았다. 그래서 속물적이고 친절한 돈 치초는 돈 파브리초의 심기를 건드렸을까 봐 두려웠다. 그래서 자기 때문에, 그는 그렇게 생각했다, 잔뜩 찌푸린 영주의 양미간을 펴게 할 방법을 서둘러 찾았다. 다시 사냥을 하자고 제안하는 게 제일 적당했다. 그리고 정말 그렇게 되었다.

오후 낮잠을 즐기던 운 나쁜 멧도요새 몇 마리와 토끼 한 마리가 갑작스레 날아든 사냥꾼들의 총알에 쓰러졌다. 그날의 총격은 특히 가혹했는데 살리나와 투메오, 두 사람 다 아무 죄 없는 짐승들을 돈 칼로제로 세다라와 동일시하며 즐거워했기 때문이다. 그러나 간헐적인 총성, 공중에 흩어져 잠깐 햇빛에 반짝이는 털 뭉치나 깃털만으로 그날 영주의 기분이 밝아지지는 않았다. 시간이 흐르고 돈나푸가타로 돌아갈 시간이 다가올수록 평민 시장과 나누어야 할 대화가 떠오르면서 걱정과 짜증과 굴욕이 그를 짓눌렀다. 속으로 멧도요새 두 마리와 토끼 한 마리를 '돈 칼로제로'라고 불러 보았지만 아무 소용도 없었다. 이미 끔찍한 두꺼비를 삼켜 버리기로 작정했지만, 그래도 적에 대해 좀 더 알아보는 게 좋을 성싶었다. 더 정확히 말하자면 자신이 하려는 일에 대한 사람들의 의견을 듣고 싶었다. 그래서 그날 돈 치초는 두 번째로 단도직입적인 질문을 받고 깜짝 놀랐다.

"돈 치초, 내 말 좀 잠깐 들어 주게. 자네가 동네 사람들을 잘 알아서 묻네만, 돈나푸가타에서는 돈 칼로제로를 어떻게 생각하나?"

사실 투메오는 시장에 대한 자신의 의견을 충분히 밝혔다고 생각해서 그런 뜻으로 대답하려는 순간 여기저기서 들었던 막연한 소문이 불현듯 떠올랐다. 사람들은 돈 탄크레디가 안젤리카를 바라보는 눈빛이 예사롭지 않다고 수군댔다. 그러자 자신의 추측이 사실이라면 아까 괜히 속마음을 노골적으로 드러냈다는 후회가 밀려들었다. 영주를 불쾌하게 만들었을지도 모르니 말이다. 그래도 마음 한구석에서는 안젤리카에 대해 호의적으로 말하지 않았던 게 기뻤다. 뿐만 아니라 아까 깨물었던 오른쪽 둘째손가락에 아직도 살짝 느껴지는 통증은 마음을 진정시키는 효과가 있었다.

"어쨌든 각하, 돈 칼로제로는 최근 몇 달 동안에는 성공한 다른 사람들보다 특별히 더 나쁘지는 않았습니다." 과하지 않은 적절한 칭찬이었으나 돈 파브리초의 고집을 꺾기에는 충분하지 않았다. "이보게, 돈 치초, 난 돈 칼로제로와 가족에 대한 진실을 알고 싶은 거라네."

"각하, 사실 돈 칼로제로는 굉장한 부자입니다. 영향력도 대단하고요. 구두쇠(딸이 기숙학교에 있을 때 돈 칼로제로와 아내는 달걀 프라이 하나를 둘이 나눠 먹었다고 합니다.)이지만 필요할 때는 쓸 줄도 압니다. 세상에 돌아다니는 '타리'[84]는 누군가의 주머니에 들어가게 되니까, 많은 사람이 돈 칼로제로의 주머니에 의지해서 살아갑니다. 그래서 그가 친구처럼 굴면 진짜 친구니까, 그렇게 불러야 하지요. 그는 소작료를 받고 땅을 빌려주는데 농민들은 소작료를 내느라 죽지 못해 살고 있습니다. 그렇지만 한 달 전에는 가리발디 상륙 시기에 자신을 도와주었던 파스콸레 트리피에게 50온차를 빌려주었답니다. 그것도 무이자로 말입니다. 이건 정말이지 팔레르모에서 로살리아 성녀가 페스트의 유행을 막아 주신 이래로 처음 일어난 기적입니다. 게다가 그자는 불길할 정도로 머리가 잘 돌아갑니다. 각하께서도 지난봄에 그자를 보셨을 겁니다. 마차를 타고, 노새를 타고, 걸어서, 비가 오나 눈이 오나 가리지 않고 박쥐처럼 온 섬을 돌아다녔으니까요. 그가 지나간 길에는 비밀 모임이 만들어지고 앞으로 들어올 사람들을 위한 길이 마련되었습니다. 하느님이 내리신 형벌입니다, 각하, 형벌이에요! 그런데 지금까지 말씀 드린 일은 그자가 거둘 성공의 시작에 불과합니다! 몇 달 후면 토리노 의회의 의원이 될 겁니다. 그리고 몇 년 뒤에 교회 재산이 매물로 나오면 몇 푼 안 되는 돈으로 마르카와 마시다로 영지를 손에 넣고 말 겁니다. 그렇게 해서 이 지방 최고의 지주가 될 겁니다. 각하, 이런 위인이 돈 칼로제로입니다. 틀림없이 새로운 인간상이지요. 하지만 그렇게 되어야만 한다는 게 안타깝습니다."

---

84) 시칠리아에서 사용되던 동전. 30타리는 1온차에 해당한다.

돈 파브리초는 몇 달 전 햇살이 환히 비추던 천체관측소에서 피로네 신부와 나눈 대화를 떠올렸다. 예수회 신부가 예견했던 일은 현실이 되었다. 그러나 새로운 움직임에 동참해서, 자신이 속한 계급의 몇몇 사람들에게 유리한 방향으로 나아가면 그럭저럭 좋은 전략 아닐까? 돈 칼로제로와 곧 만나야 한다고 생각하면서 솟아오르던 짜증이 줄었다.

"돈 치초, 그 집안의 다른 사람들은 진짜 어떤가?"

"각하, 돈 칼로제로의 아내는 저를 빼고는 아주 오래전부터 아무도 본 사람이 없습니다. 집을 나서는 일이라고는 새벽 5시 첫 미사에 참석할 때뿐이랍니다. 사람이 아무도 없는 때지요. 오르간 연주를 하지 않는 시간인데 한번은 그녀를 보려고 일부러 일찍 일어났습니다. 돈나 바스티아나가 하녀와 함께 들어왔는데 저는 고해소 뒤에 숨어 있었던지라 얼굴을 제대로 보지는 못했습니다. 하지만 미사가 끝나자 그녀는 더위를 견디지 못하고 검은 베일을 벗었습니다. 맹세컨대, 각하, 그녀는 눈부시게 아름다웠습니다! 바퀴벌레 같은 돈 칼로제로가 사람들 눈에 띄지 않게 숨겨 두려고 바깥출입을 못 하게 했다 해도 이해가 될 정도였어요. 그렇지만 아무리 철통같이 비밀을 지키려는 집에서도 소문은 새어 나오기 마련입니다. 하녀들의 입을 통해서 말이지요. 아마도 돈나 바스티아나는 짐승에 가까운 것 같습니다. 읽고 쓸 줄도 모르고 시계도 볼 줄 모르며 말도 제대로 못 한답니다. 아름답고 관능적이고 거친 암말 같다고 할까요. 딸을 예뻐할 줄도 모른다고 해요. 잠자리에만 능한 여자인 겁니다." 왕비들의 사랑을 받았고 영주들을 추종하는 돈 치초는 간결하게 이야기하느라 신경을 많이 썼는네, 완벽했다고 사평하며 만족스럽게 웃었다. 자신의 인격을 말살해 버린 자에게 조금이나마 복수할 길을 찾은 것이다. 그가 말을 이었다. "게다가 그럴 수밖에 없을 겁니다. 각하, 돈나 바스티아나가 누구 딸인지 아시지요?" 그가 발끝으로 몸을 돌려 멀리 모여 있는 집들을 둘째손가락으로 가리켰다. 집들은 가파른 언덕에서 밑으로 흘러내릴 것 같았고 초라한 종탑이 못처럼 박혀 있어, 그 덕분에 집들이 겨우 붙어 있는 듯 보였다. 그러니까 십자가에 못 박힌 마을이었다. "각하의 땅인 룬치에 사는 소작인의 딸입니다. 진짜 이름은 페페 준타인데 워낙 더럽고 인상도 사나워서 다들 '똥덩어리 페페'라고 불렀지요. 지저분한 말을 써서 죄송합니다, 각하." 그러더니 만족스러운 듯이 테레시나의 한쪽 귀를 손가락에 돌돌 감았다. "돈 칼로제로가 바스티아나를 데리고 도망가고 2년 뒤에 페페는 람핀제리로 가는 좁은 길에서 시체로 발견됐어요. 등에 사냥용 '총알' 열두 발이 박혀 있었답니다. 돈 칼로제로는 항상 운이 좋다고들 해요. 페페가 점점 성가시게 굴고 포악스러워졌으니까요."

돈 파브리초가 대부분 익히 아는 이미 지나간 일이었다. 하지만 안젤리카 외할아버지의 별명은 처음 들었다. 이 별명은 심오한 역사적 관점을 제시했으며 뛰어넘기 어려운 심연을 드러냈다. 그에 비하면 돈 칼로제로는 정원의 꽃밭이었다. 그는 정말 발밑의 땅이 꺼지는 기분이었다. 탄크레디가 이 사실까지도 받아들일 수 있을까? 그 자신은? 신랑의 외삼촌인 살리나의 영주와 신부의 외할아버지 사이를 인척 관계로 연결할 공통점이 있을지 골똘히 생각해 보았다. 결국 찾지 못했고 그런 건 애초에 있지도 않았다. 안젤리카는 안젤리카다. 꽃처럼 아름다운 아가씨이고 외할아버지의 별명은 장미꽃을 피워 내는 거름으로나 쓰일 것이다. '논 올렛.'[85] 그가 또다시 반복했다. '냄새가 나지 않아.' 그뿐 아니라 '옵티메 포이미남 아크 콘투베르니움 올렛.'[86]

"돈 치초, 짐승 같은 어머니와 똥 냄새 나는 외할아버지 이야기는 다 하면서 정작 내가 제일 관심을 가진 시뇨리나 안젤리카 이야기는 하지 않는군."

탄크레디의 결혼 계획에 대한 비밀은, 혹시라도 운 좋게 위장되지 않았다면 순식간에 사방으로 퍼졌을 것이다. 물론 몇 시간 전까지만 해도 초기 단계이기는 했지만 말이다. 매력적인 미소를 지으며 돈 칼로제로의 집을 자주 방문했던 젊은이는 분명 사람들 눈에 띄었을 것이다. 도시에서는 일반적이고 무의미한 작은 배려들이 돈나푸가타 사람들의 청교도적 시선에는 강렬한 열망의 표시로 비쳤을 법했다. 사람들 입에 가장 많이 오르내린 것은 첫 번째 방문이었다. 햇볕을 받으며 앉아 있던 노인들과 전쟁놀이를 하던 아이들이 모두 보았고 모두

---

85) '그녀는 냄새가 나지 않아(Non olet).'라는 뜻의 라틴어. '논에서는 냄새가 나지 않는다(Pecunia non olet).'라는 뜻의 라틴어 격언을 인용한 표현이다.
86) '그녀에게는 여자 냄새와 야생의 냄새가 나(optime foeminam ac contubernium olet).'라는 뜻의 라틴어.

이해했고 모두 반복해서 말했다. 열두어 개의 복숭아에 담긴 의미를, 그러니까 중매와 최음의 의미가 담겨 있음을, 경험이 아주 많은 노파에게 조언을 구하거나 불가사의한 비밀을 밝혀 주는 책들에 의지해 이해했다. 가장 먼저 찾은 책은 농민들의 아리스토텔레스라 할 만한 루틸리오 베닌카사의 책이었다. 다행스럽게도 우리 시칠리아에서 비교적 흔한 현상이 발생했다. 험담을 하려는 욕구가 진실을 가린 것이다. 다 같이 바람둥이 탄크레디라는 꼭두각시를 만들어 냈다. 그러니까 탄크레디는 안젤리카를 성적인 대상으로 점찍어 유혹하기 위해 이리저리 궁리하는 바람둥이일 뿐이었다. 그게 전부다. 팔코네리 영주와 똥덩어리 페페의 손녀가 결혼할 수 있다는 단순한 생각은 시골 사람들 머리를 스치지도 않았다. 그렇게 사람들은 불경스러운 말을 입에 담는 사람이 신을 경배하는 것과 똑같이, 영주 집안에 경의를 표했다. 탄크레디가 떠나면서 이런 상상은 갑자기 중단되었고 다시 화제에 오르지 않았다. 다른 사람들과 마찬가지로 돈 치초 투메오도 젊은이의 불장난을 이야기하는 나이 많은 남자처럼 즐거운 분위기로 영주에게 대답했다.

"각하, 시뇨리나에 대해서는 할 말이 없습니다. 스스로 말하니까요. 그 눈, 피부, 화려한 외모가 말하는 바는 너무나 분명해서 누구라도 알 수 있지요. 돈 탄크레디 역시 잘 이해했다고 생각합니다. 이렇게 생각하는 게 너무 불순할까요? 그애는 외할아버지의 거름 냄새가 아니라 제 어머니의 미모를 고스란히 물려받았어요. 게다가 똑똑하기도 해요! 피렌체에서 불과 몇 년 보내지도 않았는데 어떻게 변했는지 각하께서도 보지 않으셨습니까? 진짜 숙녀가 되었어요." '완벽한 숙녀'라는 말의 뉘앙스에 무감각한 돈 치초가 말을 이었다. "완벽한 숙녀가 말입니다. 기숙학교에서 돌아왔을 때 초대를 받아서 갔는데, 제가 옛날에 작곡한 마주르카를 그애가 연주했습니다. 연주는 서툴렀지만 그애를 보는 것만으로도 황홀했어요. 길게 땋은 검은 머리, 눈매, 다리, 가슴……! 아아! 거름 냄새 따위는 떠오르지도 않았답니다! 그애의 이불에서는 천국의 냄새가 날 게 틀림없어요!"

영주는 짜증이 났다. 계급이 추락하는 시절이지만 자기 계급에 대한 자부심은 여전했으므로 미래의 조카며느리의 관능적인 매력을 외설스럽게 칭송하는 말에 기분이 상했다. 돈 치초가 감히 어떻게 미래의 팔코네리 영주 부인에게 서정적이지만 음탕한 표현을 입에 올린단 말인가. 하지만 사실 불쌍한 투메오는 아무것도 몰랐다. 게다가 몇 시간 후면 파다하게 알려질 사실이었다. 그는 단번에 마음을 먹고 투메오에게 표범같지만 친근한 미소를 지으며 말했다. "진정하게, 돈 치초, 진정하라고. 조카가 나보고 시뇨리나 안젤리카에게 청혼을 해달라는 편지를 보냈네. 앞으로 그애 이야기를 할 때는 평상시에 자네답게 예의를 지켜 주게. 자네에게 처음 하는 이야기일세. 하지만 이런 특권을 누리는 대신 대가를 치러야 해. 팔라초로 돌아가면 테레시나와 함께 총기실에 자네를 가둬 둘 생각이야. 거기서 총기들을 청소하고 기름칠을 하며 시간을 보내면 될 걸세. 돈 칼로제로가 나를 만나고 돌아가자마자 자유의 몸이 될 거야. 그전까지는 비밀이 새어 나가는 걸 원치 않아."

갑작스러운 소식에 돈 치초의 백 가지 신중함, 백 가지 속물근성이 한가운데를 맞은 나인핀스[87]의 핀들처럼 순식간에 쓰러졌다. 아주 오래된 감정만이 살아남았다.

"각하, 이건 더러운 짓입니다! 각하의 자식이나 다름없는 조카 분이 각하의 적들과 결혼한다니요. 그자들은 항상 각하의 발목을 붙잡았어요. 제가 생각했듯이 그애를 유혹한 것은 정복 행위였어요. 그러니까 이건 조건 없는 항복이고요. 팔코네리 가문은 끝장난 겁니다. 살리나 가문도요!"

말을 마친 돈 치초는 고개를 푹 숙였다. 너무나 괴로워서 땅속으로 꺼져 버리고 싶었다. 영주의 얼굴이 보라색으로 변했다. 귀까지 보라색으로 물들었고 흰자위에는 핏발이 서 있었다. 그는 주먹을 불끈 쥐고 돈 치초 쪽으로 한 걸음 내디뎠다. 하지만 그는 무엇보다 사물의 장단점을 파악하는 데 단련된 과학자였다. 게다가 사자 같은 외모 뒤에 회의론자의 얼굴을 숨기고 있었다. 오늘 이미 많은 일을 겪었다. 국민투표 결과, 안젤리카 외할아버지의 별명, 사냥용 '총알'! 게다가 투메오의 말이 맞았다. 투메오는 자신이 아는 전통을 솔직히 말했다. 하지만 그는 어리석었다. 이 결혼은 모든 일의 끝이 아니라 시작이다. 그는 수백 년 된 관습의 틀에 갇혀 있었다.

---

87) 아홉 개의 핀(pin)을 세워 놓고 공을 굴려 쓰러뜨리는 실내 경기. 현대 볼링 경기의 전신.

영주가 주먹을 다시 폈다. 손톱자국이 손바닥에 남아 있었다. "집에 가세나, 돈 치초. 자네가 이해하기 힘든 일들이 있다네. 됐네, 방금 한 약속은 잘 기억하고 있겠지?"

길을 향해 내려갈 때, 누가 돈키호테이고 누가 산초 판사인지 구별하기가 쉽지 않았다.

정확히 4시 30분에 돈 칼로제로가 도착했다는 연락을 받았을 때 영주는 아직 몸치장을 마치지 못했다. 그래서 시장에게 서재에서 잠시 기다려 달라고 전한 뒤 차분히 얼굴과 머리를 매만졌다. 그는 '레모리시오', 그러니까 영국에서 상자로 들여오는 진한 흰색 로션인 앳킨슨사의 '라임 주스'를 머리에 발랐다. 로션의 명칭은 노래들처럼 문화적 변형을 견뎌 내야 했다. 그는 검은 프록코트 대신 예상되는 축하 분위기에 적당해 보이는 연보라색 옷으로 바꿔 입었다. 아침에 서둘러 면도를 하면서 깨끗하게 제거되지 않아 제멋대로 턱에서 자란 금발 수염 몇 개를 핀셋으로 뽑았다. 그는 피로네 신부를 불렀다. 나가기 전 탁자에 있던 《블래터 데어 힘멜스포르슝》[88] 발췌 인쇄본을 집어 들어 돌돌 말아서 십자가를 그렸다. 이 경건한 행위는 시칠리아에서는 생각보다 자주 이뤄지는, 종교적 의미가 없는 행동이었다.

서재로 이어지는 방 두 개를 지나면서 영주는 자신이 매끈한 털에 향기로운 냄새가 나는 위풍당당한 표범이라고 착각했

---

88) '천문 연구 학술지(Blätter der Himmelsforschung)'라는 뜻의 독일어.

다. 두려움에 사로잡힌 조그만 자칼의 사지를 갈기갈기 찢어 놓을 표범. 하지만 그와 같은 본성을 타고난 사람이 걸머진 십자가라고 할 법한 무의식적인 연상 작용에 의해 프랑스의 역사화 한 장이 머리를 스쳐 지났다. 깃털로 장식한 모자에 화려한 제복을 차려입은 오스트리아의 원수와 장군들이, 조롱하는 표정의 나폴레옹 앞에서 항복하는 그림이었다. 패자들은 분명 기품이 있었지만, 승자는 초라한 회색 외투를 입은 작은 남자였다. 부적절하게 떠오른 만토바와 울마의 그림에 기분이 상한 표범은 화가 나서 서재에 들어섰다.

키가 작고 왜소하며 면도도 서툴게 한 돈 칼로제로가 서재에 서 있었다. 영리함이 번득이는 눈이 아니었다면 정말 조그만 자칼처럼 보였을 것이다. 하지만 그의 지능은? 영주가 지향하는 추상적인 목표와는 정반대로 물질적인 목표를 겨냥했기에 교활함의 표시로 받아들여졌다. 영주가 타고난 감각, 다시 말해 상황에 맞게 옷을 입는 감각이 없는 돈 칼로제로는 거의 상복처럼 입고서도 잘 갖춰 입었다고 믿었다. 그는 피로네 신부처럼 검은 옷을 입었다. 하지만 한쪽 구석에 앉은 신부가 타인의 결정에 관여하고 싶어 하지 않는 사제들의 추상적이고 냉담한 분위기를 풍겼다면, 돈 칼로제로의 얼굴에는 보기에도 고통스러울 정도로 간절한 기대가 담겨 있었다. 그들은 대규모 말싸움 전투에 앞서 무의미한 국지전을 시작했다. 먼저 본격적인 공격을 시작한 사람은 돈 칼로제로였다.

"각하." 그가 물었다. "돈 탄크레디에게 좋은 소식 받으셨습니까?" 당시 소도시에서는 시장이 비공식적으로 우편물을 확인할 수 있었다. 탄크레디의 편지가 유난히 고급스러웠기에 눈여겨본 듯했다. 영주는 이런 생각이 떠오르자 화가 나기 시작했다.

"아니요, 돈 칼로제로, 아니요. 내 조카가 미쳤소……."

하지만 영주들의 수호신이 있었다. '예의'라는 여신으로서, 표범이 잘못된 길에 들어서려고 하면 그들을 구하기 위해 개입한다. 하지만 그녀에게 큰 대가를 치러야 한다. 아테나가 오디세우스의 방종을 막으려고 개입하듯이, 예의는 심연의 가장자리에서 나타나 앞으로 발을 내디디려는 돈 파브리초를 막았다. 하지만 그는 일생에 단 한 번 솔직해짐으로써 구원의 대가를 치러야 했다. 그는 아주 자연스럽게, 잠시 머뭇거리지도 않고 하던 말을 마무리했다.

"당신 딸에게 완전히 미쳐 있어요, 돈 칼로제로. 어제 내게 편지를 보냈어요." 시장은 표정이 조금도 변하지 않았고 놀랄 만큼 침착했다. 그는 미소 지으며 손에 든 모자의 리본을 자세히 살폈다. 피로네 신부는 천장이 튼튼한지 확인하는 건축가처럼 천장을 올려다보았다. 돈 파브리초는 기분이 나빴다. 돈 칼로제로가 잠자코 있었으므로, 상대를 놀라게 하는 데서 오는 사소한 만족감조차 느끼지 못했다. 그래서 돈 칼로제로가 입을 열려고 하는 걸 눈치채자 안도했다.

"그럴 줄 알았습니다, 각하, 그럴 줄 알았습니다. 돈 탄크레디가 떠나기 전날 밤인 9월 25일 화요일에 두 사람이 키스하는 것을 목격했습니다. 각하의 정원에서, 분수 옆에서요. 월계수 울타리는 생각처럼 촘촘하지 않아서요. 한 달 동안 저는 조카 분께서 뭔가 행동에 나서기를 기다렸습니다. 그래서 오늘 각하께 그분의 의도가 어떤지를 여쭤 보러 오려던 참이었습니다."

말벌들이 떼를 지어 따가운 독침을 쏘며 돈 파브리초를 공격했다. 무엇보다 아직 그리 늙지 않은 남자들이 다 그렇듯이 육체적 질투라는 독침이 첫 번째로 날아왔다. 탄크레디는, 그로서는 영원히 알지 못할 딸기의 맛을 보았다. 그다음으로는 사회적 굴욕이라는 독침이 날아왔다. 경사스러운 소식을 전달하는 전령이 아니라 피의자가 되어 버린 데서 느끼는 감정이었다. 세 번째로는 개인적 분노라는 독침이 날아왔다. 모든 일이 자신의 손바닥 안에 있다는 착각에 빠져 있다가 많은 일이 그가 모르는 사이에 진행된다는 사실을 깨달은 사람이 느끼는 감정이었다.

"돈 칼로제로, 탁자에 놓인 카드를 바꾸지 맙시다. 당신에게 와 달라고 청한 쪽은 나요. 어제 도착한 조카의 편지 내용을 알리고 싶었소. 편지에는 당신 딸에 대한 뜨거운 마음이 고스란히 담겨 있었어요. 그러나 나는……." (여기서 영주는 잠시 망설였다. 시장의 날카로운 시선을 받으며 거짓말을 하기는 아무래도 쉽지 않기 때문이다.) "나는 그 정도로 강렬한지는 몰랐어요. 편지 말미에 당신을 통해 시뇨리나 안젤리카에게 청혼해 달라고 내게 부탁했소."

돈 칼로젤로의 안색은 여전히 변화가 없었다. 피로네 신부는 노련한 건축가에서 이슬람교의 현자로 변했다. 손깍지를 끼고 엄지를 서로 빙빙 돌렸는데, 안무가를 방불케 하는 상상력을 과시하며 엄지손가락을 뒤집고 방향을 바꾸기도 했다. 침묵이 길어졌다. 영주는 더 이상 참기가 힘들었다. "자, 돈 칼로제로, 지금 나는 귀하의 생각을 듣고 싶어 기다리는 중이오."

영주가 앉은 의자의 오렌지색 가장자리 장식으로 시선을 돌렸던 시장은 잠시 오른손으로 눈을 가렸다가 다시 눈을 들었다. 그런 행동에 변화했는지 두 눈은 갑자기 순박해 보였고 매우 기쁜 소식에 깜짝 놀란 듯했다.

"죄송합니다, 영주님."(즉시 '각하'라는 말을 생략하자 돈 파브리초는 모든 일이 순조롭게 흘러가고 있다는 생각이 들었다.) "너무 놀랍고 기쁜 소식이어서 할 말을 잊었습니다. 하지만 저는 현대적인 아버지이기 때문에 저희 가정의 위안인 그 천사에게 의사를 물어야 합니다. 그전에 확답을 드릴 수는 없습니다. 하지만 아버지로서 성스러운 권리를 어떻게 행사해야 하는지도 알고 있습니다. 저는 안젤리카의 머리와 마음속에 일어나는 일을 다 알고 있습니다. 안젤리카는 저희 가족 모두에게 영광을 안겨 준 돈 탄크레디의 애정에 진심으로 보답하리라고 믿습니다."

돈 파브리초는 진심으로 감동을 받았다. 두꺼비는 삼켜졌고 머리와 내장이 목을 지나 아래로 내려가고 있었다. 아직 씹어야 할 다리가 남아 있었지만, 다른 부위에 비하면 아무것도 아니었다. 요컨대 가장 힘든 일은 마친 것이다. 이런 해방감을 느끼자 탄크레디에 대한 새로운 애정이 싹트기 시작했다. 축하의 답장을 읽으며 반짝일 그의 가느스름한 푸른 눈을 떠올렸다. 사랑으로 맺어진 부부가 보낼 신혼 몇 달을 상상해 보았나. 성확히 말하자면 기억을 떠올려 보았나. 세어하기 어려운 욕망과 춤추는 감각들을 놀랍고도 자비로운 모든 위계의 천사들이 눈부시게 장식하고 지지해 줄 것이다. 영주는 더 나아가 탄크레디의 안정된 삶과, 돈이 없으면 날개가 꺾일 재능을 마음껏 펼칠 가능성을 엿보았다.

영주는 일어서서 아직도 얼떨떨한 표정을 짓고 있는 돈 칼로제로에게 갔다. 그러고는 상대를 의자에서 들어 올려 포옹했다. 시장의 짧은 다리는 공중에서 흔들렸다. 시칠리아의 외딴 지역 한 방에서 털북숭이 파리 한 마리가 거대한 보라색 붓꽃에 매달린, 일본 풍속화를 떠올릴 법한 광경이 펼쳐졌다. 돈 칼로제로가 다시 바닥을 밟았다. '이 사람에게 영국제 면도칼 두어 개를 선물해야겠어.' 돈 파브리초가 생각했다. '이대로는 안 되겠어.'

피로네 신부는 엄지를 돌리던 동작을 멈추고 일어서서 영주와 악수했다. "각하, 이 결혼에 하느님의 가호가 있기를 기원합니다. 각하의 기쁨은 곧 제 기쁨입니다." 돈 칼로제로에게는 아무 말 없이 손끝만 내밀었다. 그러고는 손등으로 벽에 걸린 기압계를 살짝 쳤다. 눈금이 내려갔다. 흐린 날이 예상되었다. 그는 다시 자리에 앉아 성무일과서를 펼쳤다.

"돈 칼로제로." 영주가 말했다. "이 두 젊은이의 사랑은 모든 것의 밑바탕이오. 두 사람의 행복한 미래에 일어날 모든 일의 유일한 토대지요. 이 사실은 우리가 잘 알고 있으니 더 이상 말하지 맙시다. 하지만 우리처럼 나이 든 사람들은 다른 일에 신경을 쓸 수밖에 없어요. 팔코네리 가문이 얼마나 유서 깊은지 굳이 말하지 않아도 되겠지요. 카를루 1세 당조[89]와 함께 시칠리아에 들어왔고 아라곤 왕조와 스페인 왕조, 부르봉 왕조(귀하 앞에서 이 이름을 불러도 된다면) 아래서 번창했습니다. 그리고 육지의 새 왕조에서도 번영할 게 틀림없어요(신의 가호가 있기를)." (돈 파브리초가 빈정거리는 건지 말을 잘 못하는 것인지는 절대 구분하기 힘들었다.) "그애의 선조는 왕국의 귀족이었고, 스페인의 대공이었고 산티아고의 기사였지요. 갑자기 몰타 기사단[90]의 기사가 되고 싶은 충동이 일면, 손가락 하나만 들면 충분했어요. 그러면 콘도티가[91]에서 단숨에 입회서를 만들어 주었지요. 마리토초[92]를 굽듯이 말이오. 적어도 지금까지는 그래요."(돈 칼로제로는 성 요한 예루살렘 기사단의 법령을 정확히 알지 못하기 때문에 이런 짓궂은 빈정거림은 별 효과를 거두지 못했다.) "나는 귀하의 따님이 보기 드문 미모로 유서 깊은 팔코네리 가문의 명예를 더욱 드높이고 그 덕성으로 기품 있는 영주 부인들과 어깨를 나란히 하리라 믿어요. 이 가문의 마지막 영주 부인이며 고인이 된 나의 누님도 하늘에서 신랑 신부를 축복할 겁니다." 돈 파브리초는 사랑하던 누나 줄리아

---

89) Carlu I d'Angiò(1226~1285). 프랑스어로는 '앙주의 샤를'이라 부르며, 시칠리아에서 호엔슈타우펜가를 몰아내고 왕위에 올랐다.
90) 1080년 세워진 기사 수도회. 정식 명칭은 "성 요한의 예루살렘과 로도스와 몰타의 주권 구호 기사수도회"이다.
91) 몰타 기사단의 본부가 이탈리아 로마의 콘도티가 스페인 계단 옆에 있다.
92) 일종의 크림빵으로 로마 시대부터 이어져 온 이탈리아의 전통 디저트.

를 떠올리니 다시 감정이 격해졌다. 그녀는 탄크레디 아버지의 괭기 어린 기행 때문에 평생을 희생했고 멸시당하며 살아야 했다. "그 아이에 대해서는 귀하가 잘 아실 겁니다. 잘 모른다면 제가 전적으로 보장할 수 있습니다. 참으로 선량한 아이입니다, 저만 아는 게 아닙니다. 그렇지 않습니까, 피로네 신부님?"

독서 중에 불려 나온 신실한 예수회 회원은 갑자기 당황스러운 딜레마에 빠졌다. 탄크레디의 고해신부인 그가 알고 있는 자잘한 죄만 해도 여러 개였다. 물론 심각하지는 않지만 어쨌든 지금 말하고 있는 선량함을 얼마간 덜어 낼 정도는 되었다. 게다가, 당연히 부부 간의 군건한 애정과 신뢰를 보장하기 힘들 죄이기도 했다. 말할 것도 없이 신부는 성사(聖事)뿐 아니라 세속적인 편의 때문에라도 그런 말은 할 수 없었다. 게다가 그는 탄크레디를 좋아했다. 이 결혼을 결사 반대하긴 했지만 자신이 아는 이야기는 절대 하지 않았다. 순탄하게 풀려 가는 일을 가로막는 말이나 의구심이 들 말도 하지 않았다. 그는 중요한 덕목들 가운데 가장 유연하고 다루기 쉬운 신중함에서 피난처를 찾았다. "돈 칼로제로, 친애하는 우리 돈 탄크레디의 선한 본성은 어디에도 비길 수 없습니다. 그는 신의 은총과 이 지상의 시뇨리나 안젤리카의 덕성에 힘입어 언젠가 훌륭한 기독교인 남편이 될 겁니다." 위험하지만 신중하게 조건을 단 예언은 문제없이 승인되었다.

"그런데 돈 칼로제로." 영주는 두꺼비의 마지막 연골을 씹으면서 말을 이었다. "팔코네리 가문이 얼마나 유서 깊은지를 귀하에게 알릴 필요가 없듯이, 유감스럽게도 귀하가 이미 알고 있다시피, 내 조카의 경제 상황이 훌륭한 가문의 명성과 어울리지 않는다는 사실도 말할 필요가 없을 거라고 봅니다. 내 매부이자 탄크레디의 아버지인 페르디난도는 앞을 내다볼 줄 모르는 인물이었소. 명문가의 귀족답게 화려한 생활을 한 데다 경솔한 관리인들이 그에 합세해서 내 사랑하는 조카이자 나의 피후견인인 탄크레디의 유산에 심각한 타격을 남겼어요. 마차라 주변의 넓은 영지들, 라바누사의 피스타치오 숲, 올리베리의 뽕나무 농장, 팔레르모의 팔라초 모두, 모두 날아가 버렸지요. 귀하도 잘 알 겁니다, 돈 칼로제로." 돈 칼로제로는 사실 다 알고 있었다. 그가 기억하는 한 가장 큰 제비의 이동에 해당하는 일이었다. 이 사건은 시칠리아 귀족들에게 아직도 공포를 불러일으키지만 신중함을 가져다주지는 않았다. 반면 모든 세다라에게는 기쁨의 원천이었다. "나는 후견을 맡아 수많은 법적 분쟁을 통해, 몇 가지를 희생하면서, 우리 저택 옆에 있는 저택 하나를 겨우 건졌어요. 희생이라고 했지만 나는 성녀와 같던 누님과 사랑스러운 아이에 대한 애정 때문에 기꺼이 그렇게 했소. 멋진 저택입니다. 계단은 마르불리아[93]가 설계했고 살롱은 세레나노가 장식했어요. 하지만 지금은 제일 상태가 좋은 곳도 염소 우리로나 겨우 사용할 정도가 돼 버렸소."

두꺼비의 마지막 뼈들은 짐작보다 역겨웠으나 어쨌든 그것도 삼켜 버렸다. 이제 기분 좋으면서도 진지한 몇 마디 말로

---

93) 주세페 베난초 마르불리아(Giuseppe Venanzio Marvuglia, 1729~1814). 팔레르모 출신 건축가.

입을 헹궈야 했다. "그러나 돈 칼로제로, 이 모든 재앙과 가슴 아픈 일들의 결과가 탄크레디요. 우리 모두 알고 있어요. 선조들이 막대한 유산을 거의 다 낭비하지 않았다면 탄크레디가 기품 있고 섬세하고 매력적인 청년으로 자라지 못했으리라는 사실을 말입니다. 적어도 시칠리아에서는 그래요. 지진과 가뭄을 부르고 멈추는 일종의 자연법칙 같은 거지요."

시종이 쟁반에 불 켜진 램프 두 개를 들고 들어오자 돈 파브리초는 말을 멈추었다. 시종이 램프를 제자리에 놓는 동안 그가 아무 말도 하지 않아 서재에는 기쁨과 비애가 담긴 침묵이 흘렀다. 잠시 후 그가 입을 열었다. "탄크레디는 평범한 젊은이가 아니오, 돈 칼로제로." 그가 계속 말했다. "그애는 신사답고 세련되기만 한 젊은이는 아니오. 배움은 많지 않지만 자신을 둘러싼 것은 속속들이 다 알아요. 남자, 여자, 주변 상황, 시대의 흐름을 말이지요. 야망이 큰데 그럴 만합니다. 그애는 넓은 세계로 나아갈 거요. 귀하의 딸 안젤리카가 그 길을 함께 걷는다면 행운일 겁니다. 그리고 탄크레디와 함께 있으면 가끔 짜증이 날 수는 있지만 지루하지는 않아요. 이건 중요한 사실입니다."

영주가 말한 이 대목에서 묻어 나오는 세속적인 뉘앙스를 시장이 높게 평가했다고 말하면 과장일 것이다. 두 사람의 대화는 탄크레디의 영리함과 기회주의에 대한 시장의 전반적인 확신을 다시 확인시켜 주었을 뿐이었다. 그의 집에는 영리하고 기회를 잘 포착하는 사위가 필요했다. 다른 것은 중요하지 않았다. 시장은 자신이 누구에게도 지지 않는다 생각했고 그렇게 믿었다. 심지어 딸이 그 젊은이를 진정 사랑한다는 사실을 알아차리고는 안타깝기까지 했다.

"영주님, 그건 저도 알고 있습니다. 다른 일도 마찬가지입니다. 아무래도 상관없는 일입니다." 그는 감상이라는 옷으로 몸을 감쌌다. "사랑입니다, 영주님, 사랑이 전부지요. 저도 그걸 압니다." 이 불쌍한 남자가 사랑에 대한 자신의 정의를 인정한다면 솔직한 사람일 것이다. "하지만 저는 세상 물정을 잘 압니다. 그래서 제 카드도 꺼내 보여 드리고 싶습니다. 제 딸의 지참금은 말할 필요도 없습니다. 그애는 제 심장에서 흐르는 피이고 제 내장의 간입니다. 저는 제 재산을 물려줄 사람이 아무도 없어요. 제가 가진 것은 모두 그 아이 겁니다. 하지만 젊은이들은 당장 믿을 수 있는 게 무엇인지 당연히 알아야 하지요. 결혼 계약서에 제 딸에게 세테솔리의 영지, 그러니까 644살마[94], 그러니까 지금으로 따지자면 1680헥타르의 땅을 양도한다는 조항을 넣겠습니다. 전부 밀밭으로 바람도 잘 통하는 최고의 토양입니다. 지빌돌체에 있는 포도밭과 올리브밭 180살마도 양도할 겁니다. 그리고 결혼식 날에는 신랑에게 각각 1000'온차'가 든 자루 스무 개를 선물할 계획입니다. 이러고 나면 저는 빈털터리나 다름없을 겁니다." 그는 아무도 그렇게 생각하지 않을 거라고 확신하며 즐겁게 덧붙였다. "하지만 자식인데 어쩌겠습니까. 그 돈이면 이 세상에 있는 만나자[95]

---

94) 이탈리아의 다양한 지역에서 면적을 잴 때 사용하던 단위.
95) 영주가 말한 '마르불리아'를 잘못 발음한 것인데, 이탈리아어로 '빌어먹을'이라는 뜻도 있다.

의 계단과 소르초네로의 천장들을 전부 다 수리하고도 남을 겁니다. 안젤리카는 들림없이 편안하게 살 겁니다."

그의 말을 듣던 두 사람은 당황스러웠다. 돈 파브리초는 놀라움을 숨기기 위해 자제력을 발휘해야 했다. 탄크레디가 가한 일격은 상상보다 훨씬 강했다. 역겨움이 밀려들기는 했지만 안젤리카의 미모와 신랑의 매력이 천박한 계약을 시로 만들어 냈다. 피로네 신부는 혀를 찼다. 하지만 자신의 놀라움을 드러낸 게 화가 나서, 자기도 모르게 입에서 나온 소리를 감추려고 의자와 신발로 삐걱이는 소리를 내고 성무일과서의 책장을 요란하게 넘겼지만 아무 소용도 없었다. 강한 인상만 남았다.

다행히 이때까지 대화를 주도했던 돈 칼로제로가 뻔뻔하게 꺼낸 말이 당황스러워하던 두 사람을 구해 주었다. "영주님." 돈 칼로제로가 말했다. "지금 제가 하려는 말이 티투스 황제와 베레니체 왕비의 후손이신 영주님께는 아무 감흥도 없으리라는 점은 잘 압니다. 하지만 세다라 집안도 귀족 가문이랍니다. 제게 이르기까지 조상들은 불행히도 빛을 잃고 시골에 묻혀 있었지만 제 서랍에 그와 관련해 정리된 문서들이 있습니다. 언젠가 영주님께서도 조카 분이 세다라 델 비스코토 남작의 딸과 결혼했다는 것을 아실 겁니다. 마차라 항구의 세관에서 일한 공으로 페르디난도 4세 폐하께서 하사하신 작위입니다. 제가 정식 서류를 준비해야 합니다만 연결고리가 하나 부족해서요."

'연결고리'를 상실한 100년 전 사건이나 서류 작업은 수많은 시칠리아 사람들 삶의 중요한 요소였고, 좋은 사람 나쁜 사람을 가리지 않고 수천의 사람들에게 기쁨과 실망을 교대로 안겨 주었다. 하지만 이것은 대충 다루기에는 너무 중요한 문제이므로, 여기서는 가문과 관련된 돈 칼로제로의 즉흥적인 말이, 세부 사항 하나하나까지 모두 챙기고 실현시킨 남자를 보는 최고의 예술적 기쁨을 영주에게 안겨 주었다는 말 정도만 하기로 하자. 웃음을 억누르느라 입안이 달달해져 거의 구역질이 날 정도였다는 것도.

이후 대화는 별 목적도 없이 불필요하게 여러 방향으로 흘러갔다. 돈 파브리초는 어두운 총기실에 갇혀 있는 투메오를 생각했다. 그는 한없이 길어지는 이 시골 방문이 거듭 한탄스러웠다. 그러다가 화가 나서 아예 입을 다물었다. 돈 칼로제로가 이를 눈치를 채고 내일 아침, 의심할 여지가 없는 안젤리카의 동의를 얻어 다시 오겠다고 약속하고 자리를 떠났다. 그는 시장을 배웅했는데 살롱 두 개를 지난 뒤에 다시 포옹을 했다. 시장이 계단을 내려가는 동안, 영주는 계단 위에 우뚝 서서 영리함, 재단이 잘못된 옷, 금붙이, 그리고 무지로 똘똘 뭉친 작은 몸뚱이가, 이제 가족이나 마찬가지인 남자가 점점 작아지는 것을 지켜보았다.

그는 촛대를 들고 투메오를 찾아갔다. 투메오는 체념한 채로 어둠 속에서 파이프 담배를 피우고 있었다. "미안하네, 돈 치초. 하지만 이해해 주게. 그럴 수밖에 없었어." "이해합니다, 각하. 이해합니다. 그래서 일은 다 잘됐습니까?" "아주 잘됐네.

이보다 더 잘될 수가 없어." 투메오가 축하의 말을 우물거리더니 사냥으로 지쳐 잠들어 있던 네레시나의 목줄을 다시 묶고 사냥 가방을 집어 들었다. "내 멧도요도 가져가게. 자네는 받을 자격이 있어. 잘 가게, 돈 치초. 곧 만나자고. 그리고 여러 가지로 미안하네." 화해의 표시로, 그리고 강력한 힘을 상기시키기 위해 힘차게 어깨를 두드렸다. 살리나 가문의 마지막 신자는 가난한 집으로 돌아갔다.

영주가 서재로 돌아와 보니 피로네 신부는 토론을 피해 이미 빠져나가고 없었다. 그래서 일어난 일을 이야기해 주러 아내의 방으로 향했다. 힘차고 빠른 발걸음 소리 덕분에 10미터 밖에서도 그가 오는 것을 알 수 있었다. 그는 딸들의 살롱을 지나갔다. 카롤리나와 카테리나는 털실을 감고 있다가 그가 지나가자 웃으면서 일어섰다. 마드무아젤 돔브뢰유는 서둘러 안경을 벗었고 그의 인사에 조심스럽게 답했다. 콘체타는 등을 돌리고 앉아 레이스를 만들었다. 아버지가 지나가는 소리가 들리지 않았는지 돌아보지도 않았다.

4장

1860년 11월

　결혼 계약을 맺은 뒤로 만남이 잦아지면서 돈 파브리초는 세다라의 장점에 호기심을 품고 감탄하기 시작했다. 자주 만나다 보니 제대로 면도되지 않은 뺨, 평민의 억양, 희한한 옷차림, 찌든 땀 냄새에도 적응이 되었다. 또한 그 남자가 보기 드물게 영리하다는 사실을 알아차렸다. 영주가 보기에 해결이 불가능한 문제들을 돈 칼로제로는 순식간에 해결해 버렸다. 많은 남자들이 정직, 품위, 아마도 교양이라 할 덕목에 구속받는데 돈 칼로제로는 이런 족쇄에서 자유로웠다. 나무를 뽑아 버리고 짐승의 둥지를 짓밟으며, 가시에 긁힌 상처나 짓밟히는 짐승들의 울음소리에 무감각한 코끼리처럼 자신 있게 일직선으로 인생이라는 숲을 헤쳐 나갔다. '죄송하지만 부탁드립니다.' '감사합니다.' '제 청을 들어주시겠습니까.' '정말 친절하십니다.' 같은 상쾌하고 예의 바른 바람이 부는 계곡에서 성장한 영주는 이제 돈 칼로제로와 잡담을 할 때면 자신이 메마른 바람이 휩쓸고 지나가는 허허벌판에 서 있음을 깨닫곤 했다. 마음속으로는 산속의 깊은 계곡을 여전히 좋아했으나, 돈나푸가타의 상록 참나무와 삼나무들을 흔들어 한 번도 들어보지 못한 아르페지오를 연주해 내는 그 강한 바람에 감탄할 수밖에 없었다.

차츰 돈 파브리초는 자기도 모르게 재산과 관련된 수없이 많고 복잡한 문제들, 자신도 잘 알지 못하는 문제들을 돈 칼로제로에게 털어놓았다. 영주가 이해력이 부족해서라기보다 아주 수준이 낮은 문제라고 생각하여 경멸하고 무심하게 처리했기 때문이다. 이러한 무관심은 게으름에서 기인했을 뿐 아니라, 항상 증명되었듯이 손쉬운 방법을 이용할 수 있는 상황에서 비롯되었다. 그러니까 손쉽게 몇 천 헥타르 중 몇 십 헥타르를 팔아서 어려움에서 벗어났던 것이다.

돈 칼로제로는 영주의 이야기를 듣고 문제를 정리해서 조언을 해 주었고 이에 따른 행동은 매우 적절히 즉각 효과를 냈다. 하지만 돈 칼로제로가 잔인할 정도로 효율만을 생각해서 궁리해 낸 조언들, 그리고 선량한 돈 파브리초가 줏대 없이 고분고분 따른 조언들이 가져다준 결과는, 해가 지날수록 살리나 가문이 소작인에게 가혹하다는 평판밖에 남긴 것이 없었다. 사실은 매우 부당한 평판이었지만, 돈나푸가타와 퀘르체타에서 가문의 명성이 땅에 떨어진 것은 두말할 필요도 없었다. 게다가 거센 물살에 떠내려가는 재산을 막아줄 제방 하나 없었다.

영주와의 잦은 만남에 세다라도 어떤 영향을 받았다는 점을 이야기하는 게 공평하리라. 그때까지 세다라는 귀족들을 사업상으로(그러니까 거래 때만) 만났거나, 상대가 오래 숙고한 끝에 초대한 연회에서 만났을 뿐인데 후자는 아주 드문 일이었다. 두 경우 모두 이 독특한 사회 구성원들은 자신들의 가장 훌륭한 면모를 내보이지 못했다. 세다라는 이런 만남을 통해 귀족들은 양 같은 남자들일 뿐이라고 확신했다. 자신들의 재산인 양털을 양털 깎는 사람의 가위에 맡겨 버리며, 설명할 수 없는 명성으로 빛나는 이름을 딸에게 물려주는 사람들일 뿐이었다.

하지만 가리발디가 시칠리아에 상륙한 이후 탄크레디를 알게 되면서 예상치 못한 젊은 귀족 유형과 마주하게 되었다. 그는 자신처럼 건조한 젊은이로, 자신의 미소와 작위를 타인의 호의와 재산과 아주 유리한 조건으로 교환할 줄 알았다. 그리고 이런 '세다라식' 행동을 우아하고 매력적으로 감출 줄도 알았다. 그는 소유하지 못한 매력이었는데 자신도 모르는 사이에, 그리고 어디에서 유래했는지도 인식하지 못한 채 거기에 빠져들었다. 그리고 돈 파브리초를 좀 더 알게 되었을 때 그가 연약하며 자기방어 능력이 부족하다는 사실을 알아차렸다. 그건 미리 형성된, 귀족-양의 특징이었다. 그러나 젊은 팔코네리와 전체적인 분위기는 다르지만 강도는 똑같은 강한 매력 역시 발견했다. 더 나아가 관념을 향한 어떤 힘을, 그리고 다른 사람들한테 빼앗은 게 아니라 자신에게서 나오는 것에서 삶을 형성하려는 성향을 발견했다. 세다라는 이런 관념적인 힘에 강렬한 인상을 받았나. 불론 그가 받은 인상은 정제되지 않았고 여기서 시도했다시피 언어로 표현하기도 힘들었다. 하지만 그는 이런 매력의 상당 부분이 훌륭한 태도에서 기인한다는 점을 알아차렸다. 그리고 교양 있는 사람이 얼마나 호감을 주는지를 알게 되었다. 요컨대 그런 사람은 인간 조건의 대부분을 차지하는 불쾌한 면을 지워 버리면서 유익한 이타주의(형용사의 유용성이 명사의 무용성을 참게 만드는 문구)를 행하기 때문이었다. 돈 칼로제로는 여럿이 식사를 할 때 손에 기름을 묻히고 쩝쩝 소리를 내며 허겁지겁 먹을 필요가 전혀 없다는 것을 서서히 알게 되었다. 대화는 개싸움처럼 진행되지 않을 수 있으며, 여자를 배려하는 일은 그의 생각과 달리 허약함의 표시가 아니라 강한 힘의 표시라는 사실도 깨달았다. '내 말을 한마디도 이해하지 못했군요.'보다는 '제가 제대로 설명을 드리지 못했군요.'라고 말할 때 상대에게 더 많이 얻어낼 수 있다는 점도 깨달았다. 그런 전략을 취하면 음식, 여자, 대화, 상대방은 자신을 잘 대해 준 사람에게 이익을 안겨준다는 것도.

돈 칼로제로가 스스로 깨달은 바를 당장 실행에 옮겼다고 한다면 그건 성급한 말이다. 그후 좀 더 매끈하게 면도하는 법을 알았고 세탁에 사용되는 비누의 양에 전보다 덜 놀랐을 뿐 다른 점은 바뀌지 않았다. 하지만 그때를 기점으로 세다라와 후손들은 끊임없이 세련되게 다듬어졌고 계급 상승을 이루었다. 그들은 3세대에 걸쳐서 유능한 농부에서 무방비 상태의 귀족 신사로 변해 갔다.

안젤리카가 약혼녀로서 살리나 집안을 처음 방문했는데, 이는 완벽한 감독의 연출로 진행되었다. 안젤리카의 행동은 동작 하나, 말 한마디 한마디를 탄크레디가 조언한 것처럼 보일 정도로 완벽했다. 하지만 당시의 느린 통신 환경을 생각해 보면 그랬을 가능성은 희박하다. 한 가지 가정에 의지할 수밖에 없는데, 약혼이 공식화되기 전에 미리 몇 가지 조언을 받았으리라는 것이다. 젊은 영주의 선견지명을 잘 아는 사람조차도 미심쩍어할 가정이었지만 전혀 터무니없지는 않았다. 안젤리카는 흰색과 분홍색 옷을 입고 저녁 6시에 도착했다. 커다란 여름 밀짚모자가 부드럽게 땋은 검은 머리에 그늘을 드리웠다. 모자를 장식한 인조 포도송이와 금빛 밀이삭 들은 지빌돌체의 포도밭과 세테솔리의 곡창 지대를 은근히 연상시켰다. 그녀는 입구의 살롱에 아버지를 세워 두고 넓은 치마를 펄럭이며 집 안의 적지 않은 계단을 가볍게 올라가서 돈 파브리초의 품에 안겼다. 그의 구레나룻에 두 번 입을 맞추었고 순수한 애정이 담긴 두 번의 입맞춤을 돌려받았다. 영주는 아마 어린 아가씨의 뺨에서 나는 치자 향을 맡으려 필요 이상으로 잠시 시간을 끌었을지도 몰랐다. 잠시 후 안젤리카가 얼굴을 붉히며 반걸음 뒤로 물러났다. "저는 너무, 너무 행복해요……." 그녀는 다시 다가가서 발끝으로 꼿꼿이 서서 그의 귀에 대고 속삭였다. "외삼촌!" 연출 면에서 예이젠시테인의 유모차 장면[96]에 비교할 만한 행복 넘치는 '개그'였고 노골적이면서도 비밀스럽게, 영주의 난순한 마음을 황홀경에 빠뜨렸다. 그는 아름다운 아가씨에게 완전히 압도되었다. 그사이 돈 칼로제로가 계단을 올라왔다. 그는 애석하게도 아내가 참석하지 못하게 됐다고 말했다. 어젯밤에 집에서 넘어져서 왼쪽 발을 삐었고 몹시 고통스러워한다고 했다. "아내의 발목은 가지처럼 보라색이 되어 버렸습니다, 영주님." 돈 파브리초는 애무처럼 부드러운 표현을 즐겼는데 한편으로는 투메오가 폭로했던 말이 떠올랐다. 그의 말이 사실이라면 자신이 예의를 갖추어도 그저 예의로 끝나고 말 것이라는 확신이 들어 재미있기도 했다. 그래서 지금 당장 세다라 부인에게 직접 병문안을 가겠다고 제안했다. 돈 칼로제로는 당황해서 쩔쩔매며 아내의 두 번째 질병, 그러니까 이번에는 편두통을 핑계로 방문을 거절했다. 불쌍한 세다라 부인은 계속 어둠 속에 있어야만 했다.

그사이 영주는 안젤리카에게 팔을 내밀었다. 두 사람은 겨우 길을 밝힐 정도로 희미한 램프 불빛이 비치는, 거의 어둠에 잠긴 살롱 몇 개를 지나갔다. 반면 어두운 길이 끝나는 곳에서는 가족들이 모여 있는 '레오폴도 살롱'이 환하게 빛났다. 아무도 없는 어두운 살롱들을 지나 친밀한 분위기의 눈부신 중심을 향해 걸어가는 모양이 꼭 프리메이슨 입회식에라도 가는 듯했다.

가족들은 문가에 모여 있었다. 영주 부인은 남편의 분노에

96) 영화 「전함 포템킨」(1925)의 가장 유명한 장면. 러시아 차르의 군대가 우크라이나의 오데사에서 민간인을 학살하고, 유모차가 계단에서 굴러 내려가는 이 장면은 몽타주 기법으로 유명하다.

직면해 못마땅한 태도를 철회해야 했다. 그녀의 의사는 거부 당했다는 말로는 충분치 않고 즉시 번개에 맞아 완전히 사라져 버렸다고 해야겠다. 그녀는 미래의 아름다운 조카며느리에게 여러 번 입을 맞추었는데, 어찌나 세게 포옹을 했던지 안젤리카의 가슴에는 살리나 가문의 유명한 루비 목걸이 자국이 그대로 남아 있었다. 마리아 스텔라는 아직 어두운 밤도 아닌데 축하의 뜻으로 목걸이를 착용했다. 열여섯 살인 프란체스코 파올로는 아버지의 무기력한 질투의 시선을 받으며 자신도 안젤리카와 키스할 수 있는 특별한 기회를 갖게 되어 기뻤다. 콘체타는 특히 다정했다. 그녀의 기쁨은 지나치게 강렬해서 눈에 눈물이 가득 고일 정도였다. 다른 자매들은 감격해서 안젤리카 곁에서 기뻐하며 크게 환호했다. 피로네 신부는 성직자의 관점에서 여성의 아름다움에 둔감하지 않았는데, 이 아름다움 속에서 신의 선한 의지가 드러났다는 반박하기 어려운 증거를 발견하는 기쁨을 누렸다. 그래서 신부는 지금 온화하고 우아한(소문자 g의)[97] 안젤리카를 보자 그간의 못마땅했던 감정이 눈 녹듯 사라지는 기분이었다. 그래서 중얼거렸다. "신부여, 레바논에서 이리 오너라."[98] 그는 기억 속에서 더 열정적인 시구를 찾지 않도록 조금 애를 써야만 했다. 마드무아젤 돔브뢰유는 가정교사에게 어울리는 태도로 인사했는데, 감동으로 눈물을 흘렸고 안젤리카의 화사한 어깨를 실망이

---

97) 우아함을 뜻하는 grazia의 g를 대문자로 쓰면 le Grazie, 삼미신을 뜻한다.
98) 구약성서의 아가 4장 8절.

담긴 양손으로 꽉 쥐며 말했다. "앙젤리카, 앙젤리카, 팡송 아라 주아 드 탕크레드."[99] 평상시에 아무나 잘 따르던 벤디코만이 낮게 으르렁거리다가 입술을 여전히 떨고 있는, 화난 프란체스코 파올로에게 혼쭐이 나고 조용해졌다.

샹들리에는 마흔여덟 개의 유리 가지로 갈라졌는데 그중스물네 개의 가지에 촛불이 켜졌다. 환하게 타오르는 순백의 초들은 각각 사랑에 빠진 처녀들처럼 보였다. 두 가지 색의 무라노산 꽃들은 휘어진 유리 줄기 위에서 아래를 내려다보며 새로 온 여인에게 감탄했고 순백의 희미한 미소를 지었다. 큰 벽난로는 아직 온기가 있는 살롱을 덥히기 위해서가 아니라 기쁨의 표시로 피워져 있었다. 벽난로 불빛이 바닥에 일렁였고 가구의 칙칙한 금박 장식에 부딪혀 간헐적으로 반짝였다. 벽난로는 진정으로 가정의 난로였으며 집의 상징이었다. 벽난로 속에서 타오르는 장작은 불꽃 튀는 욕망을, 재가 된 장작은 억눌린 열정을 암시했다.

공감대를 최대한 좁히는 데 뛰어난 능력을 가진 영주 부인이 탄크레디의 어린 시절에 있었던 놀라운 일화들을 이야기했다. 그런 일화들을 집요하게 이야기했기 때문에, 여섯 살 때 소란을 피우지 않고 순순히 관장을 받을 정도로 똑똑하고, 열두 살 때는 체리 한 줌을 훔칠 정도로 대담한 청년과 결혼하는 안젤리카는 자신이 행운을 차지했다는 걸 알아야 한다고

---

99) '안젤리카, 안젤리카, 탄크레디가 얼마나 기뻐할까요.(Angelica, Angelica, pensons à la joie de Tancrède.)'라는 뜻의 프랑스어.

확신하는 것처럼 보일 정도였다. 대담한 좀도둑질 일화가 화제에 오르자 콘체타가 웃음을 터뜨렸다. "탄크레디는 아직도 그 나쁜 버릇을 고치지 못했어요." 그녀가 말했다. "아버지, 기억 나세요? 두 달 전 아버지가 아껴 두었던 복숭아를 가져가 버렸잖아요." 그러더니 갑자기 도둑맞은 복숭아 과수원의 주인이라도 되는 양 얼굴이 어두워졌다. 돈 파브리초가 나서서 이런 사소한 화제를 다른 곳으로 돌렸다. 그는 현재의 탄크레디 이야기를 했다. 그는 똑똑하고 주의 깊으며, 언제든 자신을 사랑하는 사람들의 마음을 훔치고 그렇지 않은 사람을 화나게 하는 농담을 즐길 줄 아는 젊은이였다. 그는 탄크레디가 나폴리에 머물 때 알게 된 산칼케코사 공작부인과 관련된 이야기를 들려주었다. 공작부인이 뜨거운 마음으로 푹 빠져 있어서 아침, 오후, 저녁에 집에서 그를 만나고 싶어 했다. 살롱에서든 침실에서든 상관이 없었다. 탄크레디처럼 '레 프티 리앙[100]'들을 재미있게 이야기하는 사람이 아무도 없기 때문이라고 공작부인이 말했다고 한다. 돈 파브리초가 얼른 그때 탄크레디는 겨우 열여섯 살이었고 공작부인은 쉰 살이 훌쩍 넘었다고 말했지만 안젤리카의 눈은 순간 번득였다. 팔레르모 청년들에 관한 정확한 정보와 나폴리 공작부인들에 대한 강한 직관을 가지고 있었기 때문이다.

안젤리카의 이러한 태도가 탄크레디에 대한 사랑에서 비롯되었다고 추론하면 착각일 것이다. 그녀는 사랑 없이 자신

---

100) '사소한 것(les petits riens)'을 뜻하는 프랑스어.

을 잠시라도 소멸시키기에는 너무나 자존심이 강하고 야심만만했다. 게다가 너무 어리고 사회 경험도 제한되어 있어서 아주 미묘하게 형성된 탄크레디의 진정한 자질을 파악하기 힘들었다. 안젤리카는 그를 사랑하지는 않았지만 당시에는 사랑에 빠져 있었다. 이 둘은 상당히 다르다. 푸른 눈, 장난스러운 애정 표현, 갑자기 심각해지는 그의 목소리를 기억해 내기만 해도 가슴이 설렜다. 그때는 탄크레디가 손을 잡아 주기만을 간절히 바랐다. 그러고 나면 그의 손을 잊을 테고 다른 손이 그 자리를 차지할 터였다. 실제로 그렇게 되었지만 당시에는 그가 손을 잡아 주는 일이 그녀에게는 아주 중요했다. 그래서 공작 부인과의 정사 가능성이(사실 있지도 않았던) 폭로되자 너무나 터무니없는 고문 같은 고통에 몸을 떨었다. 바로 과거를 돌아보며 질투하는 것이었다. 그러나 탄크레디와의 결혼이 가져올 성욕을 자극하는 이점과 또 다른 장점들을 냉담하게 검토하면서 공격을 막아 냈다.

돈 파브리초는 계속 탄크레디를 찬양했다. 조카에 대한 애정에 이끌려 그가 미라보[101]라도 되는 듯이 말했다. "그애는 일찍 출발했고 시작이 좋았어. 눈앞에 탄탄대로가 뻗어 있어."

안젤리카가 동의의 뜻으로 고운 이마를 숙였다. 사실 그녀는 탄크레디의 정치적 미래에 신경 쓰지 않았다. 그녀 역시 정

---

101) 오노레 가브리엘 리케티 드 미라보(Honoré Gabriel Riqueti, Comte de Mirabeau, 1749~1791). 프랑스의 정치가, 웅변가. 프랑스 혁명 초기에 성직자, 귀족, 평민으로 구성된 삼부회(三部會)에서 평민인 제3신분의 대표로 활약하였고, 국민의회 성립에 중요한 역할을 했다.

치적인 사건들을 별개의 우주에서 벌어지는 일로 생각하는 어린 아가씨들 중 하나였다. 시간이 흐르면서 카보우르의 연설이 수천 개의 작은 톱니바퀴를 통해 자기 삶에 영향을 미치고 변화시키리라는 생각은 꿈에도 하지 못했다. 그녀는 시칠리아 방언으로 생각했다. '우리는 '밀밭'을 갖게 될 거야. 그거면 충분해. 길은 무슨 길!' 이는 젊은이의 순진한 생각으로, 세월이 흐른 뒤에 하원인 팔라초 몬테치토리오와 헌법재판소인 팔라초 콘술타에서 가장 독이 많은 에제리아[102]가 되었을 때 그녀는 이런 생각을 완전히 버려야만 했다. "안젤리카, 탄크레디가 얼마나 재미있는 녀석인지 넌 아직 모를 거다! 모르는 게 없고 예상치 못한 면을 포착해 내지. 그애와 함께 있으면, 그애가 기분 좋을 때면 세상은 평상시보다 훨씬 우스꽝스럽고 어떤 때는 훨씬 진지해지지." 안젤리카도 탄크레디가 재미있다는 사실을 알았다. 그가 새로운 세상을 보여 줄 수 있기를 기대했지만 지난달 말부터, 그러니까 그 유명한 키스를 했던 날부터 이를 의심하기도 했다. 그것은 공식 확인된 유일한 키스는 아니었다. 사실은 비교 대상인 딱 한 번의 키스, 이미 1년도 넘은 일이지만, 포조아카이아노에서 정원사 청년에게 받았던 입맞춤보다 훨씬 섬세하고 달콤했다. 하지만 안젤리카에게는 약혼자의 재치나 지성은 별로 중요하지 않았다. 어쨌든 정말 다정다감한 데다 아주 '지성적'이기도 한 돈 파브리초가 중요하게 생각하는 만큼은 아니었다. 그녀는 탄크레디에게서 시

---

102) 물의 요정으로 로마의 포르타 카페나에서 근처에서 숭배되었다.

칠리아 귀족 세계에서 탁월한 위치를 차지할 가능성을 보았다. 낭시에는 그 세계가 성이로움으로 가늑 차 있다고 생각했지만 사실은 사뭇 달랐다. 또한 그녀는 탄크레디가 포옹을 나눌 쾌활한 동반자이기를 바랐다. 지적으로도 뛰어나다면 더 이상 좋을 수 없겠지만 신경 쓰지 않았다. 언제든 재미있게 살 수 있었다. 지금은 재치가 있든 바보 같든 그가 여기 있기만 하면 좋겠다고 생각했다. 특히 그가 자주 그랬듯이 땋은 머리 밑의 목덜미를 간질여 주기를 바랐다.

"아, 아, 그이가 여기 함께 있으면 얼마나 좋을까요!"

너무나 솔직한 감탄사에 모두 감동했는데 속내를 모르기 때문에 더욱 그랬다. 아무튼 첫 방문은 순조롭게 마무리됐다. 잠시 후 안젤리카와 그녀의 아버지가 떠났다. 마구간에서 심부름하는 아이가 불 켜진 램프를 들고 앞장섰다. 흔들리는 금색 불빛이 플라타너스에서 떨어진 붉은 잎들을 환히 비추었다. 아버지와 딸은 등에 '사냥용 총알'을 맞아 죽은 똥덩어리 페페에게는 출입이 금지되었던 문을 지나 자기네 집 안으로 들어갔다.

평온을 되찾은 돈 파브리초가 다시 몰두한 습관은 저녁의 책 읽기였다. 가을이어서 묵주기도 후엔 너무 어두워 외출을 하기 힘들어지자 가족들은 저녁 식사를 기다리며 벽난로 주위에 모였다. 그러면 영주는 가족들에게 현대 소설을 조금씩 읽어 주었다. 그러면서 품위 있는 자애로움을 마음껏 드러냈다.

이 시기에는 오늘날까지도 유럽인의 정신을 지배하는 문학적 신화가 소설을 통해 창조되었다. 하지만 시칠리아에는 디킨슨, 엘리엇, 상드, 플로베르, 심지어 뒤마의 존재조차 알려지지 않았다. 새로운 문물을 쉽게 받아들이지 않는 시칠리아의 전통, 다른 언어에 대한 전반적인 무지, 그리고 이건 빠뜨릴 수 없는 사실인데, 부르봉 왕조가 세관에서 시행한 엄격한 검열이 그런 결과를 초래하는 데 일조했다. 사실 비밀 경로를 통해 발자크의 소설 두 권이 가족의 검열관을 자처하는 돈 파브리초의 손에까지 들어왔다. 그는 책을 읽고 불쾌해하며 별로 좋아하지 않는 친구에게 빌려주었다. 그러면서 분명 활력 넘치지만 특이하고 뭐 하나에 '집착하는'(오늘날에는 '편집광적인'이라고 말할 것이다) 재능을 가진 작가에게서 나온 결과물이라고 말했다. 물론 성급한 판단이지만 예리한 구석이 없는 것도 아니었다. 영주가 가족에게 읽어 주는 책의 수준은 다소 낮았다. 미혼인 딸들의 수줍음을 감안하고 아내의 신앙심도 배려해야 했는데, 가족들에게 '저질'이라는 소리를 듣고 싶지 않은 영주 자신의 자존심도 한몫했기 때문이다.

11월 10일경이었고 돈나푸가타 체류도 막바지에 이를 무렵이었다. 장대 같은 비가 쏟아졌고 북서풍이 거세게 불어와서 굵은 빗줄기가 창문을 세차게 두드렸다. 멀리서 요란한 천둥소리가 들렸다. 빗방울들이 이따금 시칠리아의 소박한 굴뚝에서 길을 찾아 안으로 스며들어 잠시 불 위에서 지직거리다가 불타는 올리브나무 장작에 검은 점들을 만들었다. 그날 저녁 영주는 『안지올라 마리아』를 낭독했는데, 거의 마지막 장면에 이르렀다. 꽁꽁 얼어붙은 겨울의 롬바르디아 평원을 지나는 젊은 여주인공의 절망적인 여행을 묘사하는 대목에서는 따뜻한 안락의자에 앉아 이야기를 듣는 시질리아 아가씨들의 마음까지 얼어붙었다. 갑자기 옆방에서 부산스러운 소리가 들리더니 시종 미미가 숨을 헐떡이며 들어왔다. "각하." 그가 예의 따윈 팽개치고 크게 외쳤다. "각하! 탄크레디 도련님이 도착했습니다. 지금 안뜰에서 마차의 짐을 내리는 걸 지켜보고 있습니다. 세상에나, 이게 무슨 일입니까. 이렇게 험한 날씨에!" 그러더니 급히 나가 버렸다.

갑작스러운 소식을 들은 콘체타는 현실과 일치하지 않는 시간 속으로 끌려 들어갔다. 그녀가 소리쳤다. "그이가!" 하지만 다름 아닌 자신의 목소리로 인해 실망스러운 현재로 돌아왔다. 쉽게 상상할 수 있듯이, 비밀스럽고 따뜻한 시간에서 명백하게도 차디찬 시간으로 급격히 이동하자 마음이 아팠다. 다행히 다들 흥분해 있어서 감탄사는 소란에 가라앉아 아무도 듣지 못했다.

돈 파브리초가 성큼성큼 앞장서 나갔고 모두 계단 쪽으로 급히 걸어갔다. 어두운 살롱들을 빠르게 지나서 계단으로 내려갔다. 바깥쪽 계단과 안뜰로 이어지는 큰 문이 활짝 열려 있었다. 바람이 휘몰아쳐서 초상화들이 흔들렸고 습기와 흙냄새가 확 밀려들었다. 번개가 내리치는 하늘을 배경으로 정원의 나무들이 쓰러질 듯 비틀거렸고 비단이 찢기는 소리를 냈다. 돈 파브리초가 막 문으로 나가려던 참에 맨 위 계단에 형체가 불분명하고 무거워 보이는 덩어리가 나타났다. 피에몬테 기병대의 파란색 망토로 몸을 감싼 탄크레디였다. 물에 흠뻑 젖은 망토는 시커멨고 족히 50킬로그램은 나갈 듯했다. "외삼촌, 조심하세요, 포옹은 안 돼요. 물에 젖은 스펀지거든요!" 실내 불빛에 그의 얼굴이 희미하게 보였다. 그가 안으로 들어와서 망토의 옷깃을 묶었던 가느다란 사슬을 풀자 망토가 맥없이 바닥에 떨어져 철퍼덕 소리가 났다. 비 맞은 개 냄새가 났는데 사흘 동안 장화를 벗지 못했던 것이다. 그래도 돈 파브리초는 포옹을 했다. 탄크레디는 자식들보다 더 사랑하는 청년이었다. 마리아 스텔라에게는 사랑하지만 불만스레 비방도 하는 조카, 피로네 신부에게는 언제나 길을 잃지만 언제나 다시 찾아오는 어린 양, 콘체타에게는 잃어버린 사랑과 비슷한 사랑하는 환영이었다. 마드무아젤 돔브뢰유까지 애무에 익숙하지 않은 입술로 그에게 입을 맞추며 소리쳤다. "탕크레드, 탕크레드, 팡송 아 라 주아 당젤리카."[103] 항상 다른 사람의 기쁨을 대신 표현해야만 하는 그녀는 현을 몇 개밖에 쓰지 못하는 악기를 가지고 있었다. 벤디코 역시 놀이 친구, 주먹을 쥐고 자기 주둥이에 바람을 넣는 방법을 누구보다 잘 아는 친구를 다시 만나게 되었지만, 개답게 친구에게는 신경을 쓰지 않고 흥분해서 방 안을 껑충껑충 뛰어다니며 기쁨을 표시했다.

집에 돌아온 젊은이를 중심으로 가족들이 한자리에 모인 순간은 정말 감동적이었다. 탄크레디는 자신이 진짜 가족의 일원이 아니었기에 이 순간이 더욱 소중했고 사랑과 함께 영

---

103) '탄크레디, 탄크레디, 안젤리카 얼마나 기뻐할까요(Tancrède, Tancrède, pensons à la joie d'Angelica).'라는 뜻의 프랑스어.

원한 안성감을 얻을 수 있어서 더욱 행복했다. 감동적이면서도 시간이 꽤 걸리는 싱봉이기도 했나. 흥분이 가라앉자 논 파브리초는 문가에 서 있는 두 사람을 발견했다. 둘 다 빗물을 뚝뚝 흘리며 밝게 웃고 있었다. 탄크레디도 그런 사실을 알아차리고 웃었다. "죄송해요. 흥분해서 잊고 있었어요, 외숙모님." 그가 영주 부인에게 말했다. "허락도 없이 저와 절친한 친구인 카를로 카브리아기 백작과 함께 오게 되었어요. 그런데 이미 아는 분이에요. 가리발디 장군 휘하에 있을 때 저택에 자주 왔으니까요. 그리고 한 사람은 제 부관인 창기병 모로니예요." 병사는 우직해 보이는 얼굴에 미소 지으며 차렷 자세를 했는데 그사이 두꺼운 외투에서 바닥으로 물이 떨어졌다. 하지만 백작은 차렷 자세를 하지 않고 대신 물에 젖어 모양이 일그러진 모자를 벗은 뒤 영주 부인의 손에 입을 맞추었다. 그가 미소를 지었는데, 금빛 콧수염과 프랑스어식 'r' 발음이 아가씨들을 매료시켰다. "이쪽에는 비가 안 온다는 얘길 들었어요! 그런데 맙소사, 이틀 내내 강물 속에 갇혀 있었어요!" 그러더니 진지한 표정이 되었다. "그걸 그렇고, 팔코네리, 시뇨리나 안젤리카는 어디 계신가? 그녀를 보여 주겠다고 나폴리에서 여기까지 날 끌고 오지 않았나. 아름다운 아가씨들은 여러분 계시는데 그분은 없군그래." 그러더니 돈 파브리초를 돌아보았다. "아십니까, 영주님, 이 친구 말을 들어 보면 시뇨리나 안젤리카는 시바의 여왕이더라고요! '포르모시시마 엣 니제리마'[104] 그녀에게 당장 경배하러 가자고. 어서, 게으른 친구야!"

이렇게 말하면서 장교 식당에서나 쓸 법한 말들을, 갑옷을 입고 장식용 술을 단 조상들이 두 줄로 늘어선 근엄한 살롱에서 거침없이 사용했다. 모두 즐거워했다. 하지만 돈 파브리초와 탄크레디는 훨씬 많은 사실을 알았다. 그들은 돈 칼로제로를, '아름다운 짐승'인 그의 아내를, 부유한 그 집안이 믿기 어려울 정도로 방치되어 있다는 사실을 알았다. 순진한 롬바르디아 백작은 상상도 하지 못할 일들이었다.

돈 파브리초가 끼어들었다. "이봐요, 백작님. 시칠리아에는 비가 오지 않는다고 믿다가 이렇게 폭우가 쏟아지는 걸 보지 않았습니까. 마찬가지로 백작님이 이 지역에는 폐렴 따윈 없다고 생각하다가 열이 40도까지 올라가 자리에 눕는 것은 보고 싶지 않습니다. 미미." 그가 시종에게 말했다. "탄크레디 도련님 방과 녹색 손님 방 벽난로에 불을 지피게. 병사에게는 그 옆 방을 내주고. 백작님은 가서 몸을 말리고 옷을 갈아입으시죠. 펀치와 비스킷을 보내겠습니다. 저녁 식사는 두 시간 뒤인 8시입니다." 여러 달 전부터 군대 생활에 익숙해진 카브리아기는 권위적인 목소리에 금방 고개를 숙였다. 그는 인사를 하고 풀이 죽어 시종을 따라갔다. 모로니가 장교들의 작은 상자들을 끌고 녹색 플란넬 칼집에 든 군도를 들고 뒤를 따랐다.

그사이 탄크레디는 편지를 썼다. "사랑하는 안젤리카, 내가 왔어요. 당신을 위해 왔습니다. 나는 고양이처럼 사랑에 빠졌지만 개구리처럼 젖어 있고 떠돌이 개처럼 더럽고 늑대처럼

---

104) '매우 사랑스럽고 아주 검은(formosissima et nigerrima)'이라는 뜻의 라틴어.

배가 고파요. 몸을 씻고 아름다운 여인 중에서도 최고인 당신 앞에 나설 준비가 되면 곧장 달려가겠습니다. 두 시간 뒤가 될 겁니다. 부모님들께 안부 전해 줘요. 당신에게…… 지금은 아무것도 없지만." 영주는 탄크레디가 보여 준 편지를 보고 보내도 좋다고 말했다. 영주는 탄크레디의 서간문체에 항상 감탄했기 때문에 웃으면서 승낙했다. 그래서 편지는 곧장 광장을 가로질러 갔다.

집 안에 기쁨과 활기가 넘쳐흘러서 두 젊은이가 몸을 말리고 씻고 제복을 갈아입고 '레오폴도 살롱'의 벽난로 앞에 앉기까지 15분이면 충분할 정도였다. 그들은 차와 코냑을 마셨고 가족들은 두 사람을 감탄 어린 눈으로 보았다. 당시에는 시칠리아의 귀족 가문보다 군인 모습을 보기 어려웠던 곳은 없었다. 부르봉 왕조 장교들은 팔레르모의 살롱에 나타난 적이 없었고, 살롱을 찾았던 소수의 가리발디 부대원들은 진짜 군인이라기보다는 그림 속의 허수아비 같은 인상을 주었다. 그래서 사실상 이날 온 젊은 두 장교가 살리나 가문 아가씨들이 가까이에서 본 최초의 군인들이었다. 둘 다 '더블 브레스트'[105] 제복을 입고 있었다. 탄크레디의 제복에는 창기병을 상징하는 은색 단추가, 카를로 백작의 제복에는 저격병을 상징하는 금색 단추가 달려 있었다. 높은 옷깃은 검은색 벨벳으로 만들어

---

105) 옷섶을 깊게 겹쳐 가슴을 두 겹으로 덮고 두 줄로 단추를 단 외투나 상의.

겼는데, 탄크레디의 것은 오렌지색으로, 카를로의 것은 진홍색으로 가장자리가 장식되어 있었다. 파란색과 검은색 바지를 입은 두 사람이 벽난로 쪽으로 다리를 길게 뻗었다. 소매의 은색이나 금색 '꽃'들은 팔의 움직임에 따라 소용돌이치기도 하고 튀어 오르기도 하며 끝없이 새로운 모습으로 나타났다. 근엄한 프록코트와 음울한 '연미복'에만 익숙한 딸들에게는 매혹적인 광경이었다. 교훈적인 소설은 안락의자 뒤에 거꾸로 처박혀 있었다.

돈 파브리초는 이해가 잘 안 되었다. 둘 다 빨간 새우처럼 붉고 허름한 셔츠를 입었던 걸 기억했다. "이제 자네들, 가리발디 부대원들은 붉은 셔츠를 입지 않나?" 두 사람이 독사에 물린 듯이 그를 돌아보았다. "맞아요, 가리발디 부대원이었죠, 외삼촌! 예전에는 그랬지만 지금은 달라요. 카브리아기와 저는 몇 달 전부터, 지금은 사르데냐 국왕이지만 얼마 후 이탈리아 국왕이 되실 폐하의 정규군 장교로 근무하고 있어요. 가리발디군이 해산될 때 집으로 가든지 왕의 군대에 남든지 선택할 수 있었어요. 제대로 된 사람들이 다 그랬듯이 이 친구와 저도 '진짜' 군대에 들어갔죠. 가리발디 부대원들과 함께해야 했다면 남지 못했을 거예요, 안 그런가, 카브리아기?" "물론이지, 대단한 패거리였어요! 기습 공격이나 하고 가끔 총격전이나 벌이는 데에 딱 맞는 자들이죠. 그게 전부입니다! 이제 우리는 정상적인 사람들과 함께하고 있습니다. 한마디로 진짜 장교인 거죠." 그가 혐오스럽다는 듯이, 사춘기 소년처럼 얼굴을 찡그리며 짧은 콧수염을 추켜세웠다.

"그런데요, 외삼촌, 한 계급씩 강등됐어요. 우리의 복무 성 헌을 중요하게 반영하지 않은 거죠. 저는 대위에서 중위가 됐 어요." 그러면서 복잡한 문양의 '꽃들'을 보여 주었다. "이 친구 는 중위에서 소위가 됐고요. 하지만 진급한 것처럼 행복하답 니다. 군복을 입고 있으면 전혀 다른 대우를 받으니까요." "저 도 그렇게 생각합니다." 카브리아기가 끼어들었다. "이제 사람 들은 저희가 닭을 훔쳐갈까 봐 걱정하지 않아요." "외삼촌이 보셨어야 하는데! 팔레르모에서 여기 오는데 여러 차례 말을 갈아타야 해서 우편 마차 타는 곳에 들렀거든요. 그냥 이렇게 말하기만 하면 됐답니다. '폐하의 긴급 명령을 수행 중이오.' 그러면 마법처럼 말들이 나타났어요. 우리가 말한 명령서라는 게 봉투에 넣어 봉인한 나폴리 호텔 계산서였는데 말이죠."

군대 이야기가 끝나자 화제가 다양해졌다. 콘체타와 카브리 아기는 조금 떨어져 앉아 있었는데 백작은 그녀에게 나폴리에 서 가져온 선물을 보여 주었다. 선물하기 위해 화려하고 아름 답게 장정한 알레아르도 알레아르디의 시집 『시들』이었다. 짙 푸른 색 가죽에 영주 가문의 왕관이 뚜렷하게 새겨져 있었고 그 밑에는 콘체타의 약자인 'C. C. S.'가 새겨져 있었다. 이 약 자 밑에는 고딕체로 조금 크게 다음과 같이 적혀 있었다. '언 제나 듣지 못하는 그대.' 콘체타가 재미있어하며 웃었다. "왜 듣 지 못한다는 거예요, 백작님. C. C. S.는 아주 잘 들어요." "듣 지 못해요, 맞아요, 듣지 못하죠, 시뇨리나. 제 한숨도, 제 탄식 도. 보이지도 않아요. 당신을 바라보는 제 간절한 눈빛도 보지 못하니까요. 여러분이 팔레르모에서 이곳으로 떠날 때 제가 얼마나 고통스러웠는지 아신다면. 마차가 길에서 사라질 때까지 인사를 하기는커녕 눈길 한 번 돌리지 않더군요! '듣지 못하는'이라는 말이 싫으세요? '잔인한'이라고 썼어야 했는데."

문학적인 말투를 통해 한층 고조된 흥분은 콘체타의 사려 깊은 태도로 금방 얼어붙었다. "긴 여행으로 아직 피곤이 가시지 않아서 신경이 예민해진 것 같아요. 진정하세요. 그보다 아름다운 시를 몇 편 읽어 주시면 좋겠어요."

저격병 장교가 슬픈 목소리로, 이따금 실의에 빠져 낭독을 멈추기도 하면서 감미로운 시를 읽는 동안, 탄크레디는 주머니에서 새틴으로 만든 작은 상자를 꺼냈다. "외삼촌, 반지예요. 안젤리카에게 선물할 반지요. 아니, 제 손을 통해 외삼촌이 선물하는 거지요." 그러더니 상자를 열었다. 평평한 팔각형의 짙은 색 사파이어가 나타났다. 주변에는 작은 다이아몬드들이 촘촘히 박혀 있었다. 약간 어두운 느낌이 나는 보석이지만 당시의 음울한 분위기와 아주 잘 어울렸다. 돈 파브리초가 보낸 300온차의 값어치가 충분히 있어 보였다. 사실 그보다 훨씬 싼 반지였다. 나폴리에서 약탈에 가까운 행동을 일삼고 도주하며 지내던 몇 달 동안 매우 아름다운 저가 보석들을 발견했다. 반지를 사고 남은 차액에서 슈바르트발츠에게 기념품으로 줄 브로치 하나가 탄생했다. 콘체타와 카브리아기도 와서 구경하라고 불렀지만 그들은 오지 않았다. 백작은 이미 반지를 보았고 콘체타는 반지를 보는 기쁨을 나중으로 미루고 싶었다. 반지는 손에서 손으로 전달되었고 감탄과 칭찬을 받았다. 예상대로 높은 안목을 지닌 탄크레디에게 모두 찬사를 보냈다. 돈 파브리초가 물었다. "그런데 치수는 어떻게 한다? 지르센티에 보내서 치수를 맞추어야겠구나." 탄크레디의 눈이 장난스럽게 반짝였다. "그럴 필요 없어요, 외삼촌. 치수는 정확해요. 제가 미리 쟀거든요." 돈 파브리초는 입을 다물 수밖에 없었다. 그는 진정한 고수를 알아보았다.

보석 상자가 벽난로 주위를 한 바퀴 돌고 탄크레디의 손에 다시 돌아갔을 때 문 너머에서 낮은 목소리가 들렸다. "들어가도 될까요?" 안젤리카였다. 흥분한 데다 서두르다 보니 장대비를 피하려고 거친 천으로 만든, 농부들이 사용하는 거대한 망토인 '스카폴라레'를 두를 수밖에 없었다. 뻣뻣하게 주름 잡힌 짙푸른 망토에 감싸인 그녀의 몸은 가냘파 보였다. 비에 젖은 두건 밑의 초록색 눈은 불안하고 당황스러운 기색이 역력했다. 두 눈에는 관능적인 욕망이 담겨 있었다. 안젤리카의 아름다움과 거친 망토가 뚜렷이 대비되었고, 그런 모습을 본 탄크레디는 채찍을 한 대 맞은 기분이었다. 그는 일어서서 아무 말 없이 그녀에게 달려갔고 키스를 했다. 오른손에 든 반지 상자가 부드럽게 휘어진 안젤리카의 목덜미를 간질였다. 그는 곧 상자를 열어 반지를 꺼내 그녀의 약지에 끼웠다. 상자가 바닥에 떨어졌다. "받아요, 안젤리카, 탄크레디가 당신에게 주는 선물이오." 빈정대고 싶은 마음이 고개를 들었다. "반지에 대해서는 외삼촌에게도 감사해야 해요." 그러더니 안젤리카를 다시 안았다. 두 사람 모두 관능적인 갈망에 사로잡혀 몸을 떨었다. 두 사람에게는 살롱과 주변에 있는 사람들이 아주 멀게만 느껴졌다. 탄크레디는 키스를 거듭하면서 자신이 시칠리아를, 이토록 아름다우면서도 믿을 수 없는 땅을 다시 손에 넣은 기분이었다. 팔코네리 가문이 수세기 동안 군림한 땅을, 지금 무의미한 반란 끝에 (그의 선조들에게 항상 그랬듯이 그에게 항복하는) 육체적 희열과 황금빛 수확이 약속된 시칠리아를 되찾은 듯했다.

반가운 손님들이 도착한 후에 팔레르모로 돌아가는 일은 연기되었다. 즐겁고 유쾌한 2주가 흘렀다. 두 장교와 여행을 함께한 종류의 폭풍우는 다시 찾아오지 않았고, 산마르티노의 여름106)이 눈부시게 빛났다. 시칠리아에 찾아온 진정한 기쁨의 계절이었다. 하늘은 푸르고 청명했다. 혹독한 계절로 가는 도중에 나타난 온화한 오아시스 같은 철이었다. 부드럽게 감각들을 설득하여 다른 길로 이끄는가 하면 따뜻한 온기를 통해 비밀스레 알몸을 드러내라고 감각들을 자극했다. 돈나푸가타 팔라초에서 관능이 알몸을 드러냈다고 말하면 적절치 않지만, 열정적인 관능은 넘쳐났는데 자극적일수록 대부분 억제되어 있었다. 80년 전 살리나 팔라초는 죽어 가던 18세기가 탐닉했던 어두운 쾌락을 즐기는 장소였다. 그러나 카롤리나 영주 부인의 엄격한 관리, 왕정복고 시대의 새로운 종교적 성향, 관능에 너그러운 돈 파브리초의 성격 때문에 기이한 과거의 기억들까지 잊혀졌다. 분을 바른 작은 악마들은 쫓겨났지만,

---

106) 늦가을과 겨울 사이에 비정상적으로 날씨가 계속 따뜻해지는 철을 가리킨다.

당연히 아직도 유충 상태로 존재하며 거대한 건물의 어느 다락방 먼지 너미들 밑에서 동면했다. 앞으로 기억될지도 모르지만, 안젤리카가 팔라초에 오면서 유충들이 조금씩 살아나기도 했다. 하지만 사랑에 빠진 두 젊은이가 나타나면서 집 안에 숨어 있던 본능들은 정말로 살아났다. 본능들은 이제 햇빛에 잠이 깬 개미들처럼, 어쩌면 독성이 없을지도 모르나 더할 나위 없이 활기차게 도처에서 모습을 드러냈다. 건축물과 예상치 못한 곡선을 그려 내는 로코코풍의 장식물도 누워 있는 몸과 봉긋한 가슴을 연상시켰다. 문이 열릴 때마다 은밀한 침실 커튼이 살랑이는 소리를 냈다.

카브리아기는 콘체타를 사랑하고 있었다. 하지만 그는 아직 어린 청년으로 탄크레디와 외모뿐 아니라 내면 역시 많이 달랐다. 프라티와 알레아르디의 쉬운 리듬으로, 밝은 달빛 아래에서 콘체타의 마음을 빼앗기를 꿈꾸며 열렬히 구애하는 마음을 표현했다. 그러나 논리적으로 어떤 결과가 날지는 생각하려 들지 않았고 게다가 귀 먼 콘체타는 아예 구애의 싹을 잘라 버렸다. 그가 녹색 방에 틀어박혀 좀 더 구체적인 공상에 빠졌는지 어쨌는지는 아무도 모른다. 분명한 사실은 그해 가을 돈나푸가타에서 펼쳐진 사랑의 무대에서 백작은 배경화의 흘러가는 구름과 흐릿한 지평선을 그리는 데만 공헌했을 뿐 무대를 구성하는 건축물을 설계하지는 못했다. 한편 다른 두 딸 카롤리나와 카테리나는 분수가 소곤거리는 소리, 마구간에서 발정 난 말들이 바닥을 차는 소리, 낡은 가구들에서 나무좀들이 보금자리를 집요하게 파내는 소리들에 뒤섞여,

11월에 팔라초에 울려 퍼지던 욕망의 교향곡에서 자신들이 맡은 역을 훌륭하게 해냈다. 그녀들 역시 젊고 매력적이었다. 애인은 없었지만 다른 사람들 사이에서 교차되는 자극적인 기류에 빠져들었다. 콘체타가 자주 거부하는 카브리아기의 입맞춤, 탄크레디를 만족시키지 못하는 안젤리카의 포옹들이 반향을 일으켜 순진무구한 아가씨들의 몸을 스쳐 갔다. 그녀들 역시 꿈을 꾸었다. 멋져 보이는 땀에 젖은 머리카락, 짧은 신음소리를 꿈꾸었다. 심지어 피뢰침 역할을 해야 하는 박복한 마드무아젤 돔브뢰유까지 혼탁하고 웃음이 넘치는 소용돌이에 매료되었다. 정신과 의사가 환자의 광기에 감염되어 굴복하고 말 듯이. 하루 종일 도덕적인 추격과 매복을 거듭한 끝에 쓸쓸히 침대에 누우면 시든 가슴을 더듬으며 탄크레디, 카를로, 파브리초 등 아무 이름이나 중얼거렸다······.

이런 관능적인 황홀경의 원동력이자 중심은 물론 탄크레디와 안젤리카였다. 결혼이 장래 일이긴 하지만 언약을 한 사이이므로 이 대사는 서로에 대한 갈망으로 달아오른 거친 땅에 안전한 그림자를 드리웠다. 귀족들의 관행을 알 리 없는 돈 칼로제로는 귀족 사회에서는 언약을 한 사이에 오랜 시간 함께 대화를 나누어야 한다고 믿었고, 영주 부인 마리아 스텔라는 안젤리카의 잦은 방문과 자유분방한 태도가 세다라가 속한 계급에서는 늘 있는 일이라고 생각했다. 물론 자기 딸들이라면 허락하지 않을 일이었다. 그렇게 해서 안젤리카는 팔라초를 점점 더 자주 방문하다가 이제는 살다시피 했다. 그녀는 공식적으로만 아버지나 하녀를 대동하고 왔다. 아버지는 안젤리카를 데려다준 뒤 곧 숨겨진 음모를 찾아내기 위해(아니면 음모를 꾸미기 위해) 시청 집무실로 향했다. 하녀 역시 커피를 마시러 식료품 저장실로 가서 거기 있던 운 나쁜 하인들을 성가시게 했다.

탄크레디는 안젤리카에게 복잡하게 뒤얽힌 팔라초 전체를 소개해 주고 싶었다. 예전에 사용하던 객실, 새롭게 꾸민 객실, 거실, 부엌, 예배당, 극장, 화랑, 가죽 냄새가 나는 마차 차고, 마구간, 무더운 온실, 통로, 복도, 계단, 테라스, 주랑, 그리고 무엇보다 수십 년 전부터 사람이 살지 않고 방치되어, 복잡하고 신비한 미궁이 되어 버린 독립된 구역들을 보여 주고 싶었다. 그는 자신이 관능이라는 태풍 한가운데에 숨겨진 장소로 여자를 이끌고 있다는 사실을 깨닫지 못했다(아니, 너무 잘 알았는지도 모른다). 그 무렵 안젤리카는 탄크레디가 결정하기를 원했다. 무한히 넓은 건물을 샅샅이 둘러보는 일은 끝이 없었다. 미지의 세계를 항해하는 것 같았는데, 돈 파브리초조차 들어가 본 적 없는 외지고 독립된 구역들도 있었기 때문이다. 게다가 돈 파브리초는 다 아는 방만 있는 팔라초에는 살 가치가 없다고 자주 말했기 때문에 이 집은 그에게 적지 않은 기쁨을 안겨 주었다. 두 연인은 어두운 방, 햇빛이 환한 방, 화려한 방, 초라한 방, 텅 빈 방, 잡다한 가구의 잔해들에 뒤덮인 방으로 만들어진 배를 타고 키테라섬[107])을 향해 출발했다.

---

107) 그리스의 섬으로 신화에 의하면 사랑의 여신의 섬이다. 바다의 물거품에서 태어난 아프로디테가 처음으로 발을 디딘 섬이라고 한다.

마드무아젤 돔브뢰유나 카브리아기가 함께 떠나거나 두 사람 다 같이 가기도 했다(피로네 신부는 예수회 교단의 신부로서 현명하게 그들과 함께하기를 항상 거절했다). 외적인 모양새는 제대로 갖추었다. 하지만 팔라초에서 뒤쫓아오는 사람을 따돌리는 일은 어렵지 않았다. 아무 복도로나 들어가서(복도는 아주 길고 좁고 구불구불하고 창살이 달린 작은 창문들이 나 있어서 지나가기가 보통 괴로운 게 아니었다) 발코니 쪽으로 방향을 틀어 보조 계단을 올라가기만 하면 됐다. 그러면 두 젊은이는 다른 사람에게서 멀어져서 눈에 보이지 않았고 무인도에 단둘이 있는 것과 마찬가지였다. 그들을 바라보는 것이라고는 미숙한 화가가 어디를 바라보는지 알 수 없게 그려 놓은 빛바랜 파스텔 초상화나, 금세 두 사람의 뜻에 동의하는 약간 지워진 양치기 소녀 천장화가 전부였다. 게다가 카브리아기는 금세 피곤을 느껴서 가던 길에 잘 아는 방이 나타나거나 정원으로 이어지는 계단을 발견하면 그쪽으로 슬며시 나가 버렸다. 친구를 배려하기 위해, 또 한편 콘체타의 차디찬 손을 바라보며 탄식하기 위해서였다. 하지만 가정교사는 좀 더 오래 버텼는데 항상 그렇지는 않았다. 얼마 동안은 멀리서 그들을 부르는 소리가 계속 들려왔는데 대답 없는 외침에 그쳤다. "탕크레드, 앙젤리카, 우 에트 부?"[108] 그러고 나면 사방이 고요했다. 쥐들이 천장을 달리는 소리나 100여 년 된 잊힌 편지가 바람에 날려 바닥을

---

108) '탄크레디, 안젤리카, 어디 있어요(Tancrède, Angelica, où ètes-vous)?' 라는 뜻의 프랑스어.

스치는 소리만 간간이 들릴 뿐이었다. 이런 것은 두 사람이 원하던 두려움을 불러일으켰고 서로 몸을 밀착시킬 구실이 되어 주었다. 짓궂고 집요한 에로스가 항상 그들과 함께했는데 위험과 매력으로 가득한 게임에 두 연인을 끌어들였다. 두 사람 다 어린 티를 갓 벗었기에 아직은 게임 자체를 즐겼으며 서로를 쫓다가 시야에서 놓치고 다시 만나면서 재미있어했다. 하지만 서로의 몸에 닿을 때면 날카로운 감각들에 압도당해 그녀와 깍지를 낀 그의 다섯 손가락이 망설이듯 관능적으로 움직이며 손등의 푸르스름한 정맥을 손끝으로 부드럽게 어루만졌다. 이는 두 사람 모두를 뒤흔들었으며 더 깊고 은밀한 애무의 서곡이었다.

한번은 안젤리카가 바닥에 세워 놓은 거대한 그림 뒤에 숨었다. 잠시 '안티오티카 공성전에 참여한 아르투로 코르베라'가 그녀의 기대에 찬 불안을 달래고 지켜 주었다. 하지만 탄크레디가 찾아냈을 때 그녀의 얼굴에는 거미줄이 뒤얽혀 있었고 손은 먼지투성이였다. 탄크레디는 그녀를 꼭 껴안았다. 그녀는 "안 돼요, 탄크래디, 안 돼요."라는 말만 반복했는데 실제로는 거부가 아니라 유혹이었다. 사실 그는 파란 눈으로 그녀의 초록 눈을 뚫어지게 바라보기만 했기 때문이다. 또 한 번은 맑게 갠 쌀쌀한 어느 날 아침 아직 여름옷을 입고 있던 그녀가 몸을 떨었다. 너덜너덜한 천에 덮인 소파에 앉아 있던 탄크레디가 그녀의 몸을 따뜻하게 해 주려고 꼭 껴안았다. 향기로운 숨결에 그의 앞머리가 흔들렸다. 황홀하고도 고통스러운 순간으로서, 욕망은 고문과도 같았지만 자제는 기쁨이 되었다. 버려진 독립 구역에 있는 방들은 정확한 특징이나 이름이 없었다. 그래서 두 사람은 신대륙을 탐험한 사람들처럼 지나가는 방마다 이름을 붙였는데 주로 거기에서 일어난 일을 이름으로 사용했다. 장식용 캐노피가 달린 침대가 유령같이 서 있는 넓은 침실은 나중에 '고통의 방'으로 기억되었다. 타조 깃털 때문에 장식용 캐노피가 해골 같았기 때문이다. 낡아서 여기저기 부서진 슬레이트 계단은 탄크레디가 '행운의 미끄럼 계단'이라고 불렀다. 두 사람은 자신들이 어디쯤 있는지를 알지 못할 때가 여러 번 있었다. 빙글빙글 돌고, 다시 제자리로 돌아왔다가 서로를 뒤쫓고, 한참을 멈춰 서서 소곤거리고 포옹을 나누다가 방향감각을 잃어버린 것이다. 그러면 유리가 없는 창문으로 몸을 내밀어서 안뜰 모습과 정원 풍경을 보고 자신들이 팔라초 어느 부분에 있는지를 알아냈다. 그렇게 해도 여기가 어디인지 도무지 알 수 없을 때가 있었다. 넓은 안뜰이 아니라 구석진 작은 뜰 쪽으로 창문이 나 있기도 했기 때문이었다. 이 뜰은 이름도 모르고 한 번도 본 적이 없었는데, 죽은 고양이 한 마리와 토한 건지 버린 건지 모르는 토마토소스 파스타 한 줌만이 어딘지를 표시해 줄 뿐이었다. 그리고 다른 쪽 창문에서 은퇴한 늙은 하녀가 두 사람을 알아보았다. 어느 날 오후 다리가 셋 달린 큰 서랍장 안에서 '뮤직박스' 네 개를 발견했다. 18세기에 인위적으로 만들어 내는 단순한 음악을 즐길 수 있었던 뮤직박스였다. 네 개 중 세 개는 먼지가 쌓이고 거미줄투성이였으며 소리가 나지 않았다. 하지만 맨 나중에 만들어지고 짙은 색 나무 상자가 잘 닫혀 있던 네 번째 뮤직박스는, 구리 돌기들이 박힌 실린더가 돌아갔다. 그러사 금속편들이 진동하면서 갑사기 은은한 음색으로 섬세하고 맑은 선율을 빚어냈다. 유명한 파가니니의 「베니스의 사육제」였다. 그들은 환상을 불러일으키지 않는 유쾌한 리듬에 맞추어 키스를 했다. 그리고 포옹을 풀었을 때 음악이 이미 한참 전에 끝나 버렸으며 둘이서 환청으로 들리는 음악에 의존해 포옹했을 뿐이라는 사실을 알고 깜짝 놀랐다.

한번은 색다른 놀라움을 경험했다. 두 사람은 오래된 객실의 어떤 방에서 가구 뒤에 숨겨진 문을 발견했다. 100년도 넘게 달려 있던 자물쇠는 자신을 강제로 열려고 비틀거나 돌리기를 즐기는 손가락들에게 굴복하고 말았다. 문 뒤에는 장밋빛 대리석으로 만든 길고 좁은 계단이 부드럽게 곡선을 그리며 위쪽으로 뻗어 있었다. 계단 꼭대기에는 솜을 두툼하게 넣어 가죽으로 감싼 문이 열려 있었다. 가죽은 너덜너덜했다. 문은 사랑스럽고 특이한 작은 독립 구역으로 이어졌다. 보통 크기의 살롱을 중심으로 여섯 개의 작은 방이 모여 있었다. 방바닥과 살롱 바닥에는 순백의 대리석이 깔려 있었고, 모두 한쪽에 있는 좁은 배수관 쪽으로 약간 기울어져 있었다. 회반죽을 바른 낮은 천장은 기괴한 색상으로 채색되어 있었는데, 다행히 습기 때문에 원래 모습을 확인할 수 없었다. 벽에는 깜짝 놀랄 만큼 큰 거울이 너무 낮게 걸려 있었는데 그중 하나는 한복판 부위가 산산조각 나 있었다. 거울 하나하나에는 18세기에 만들어진 곡선형 촛대가 달려 있었다. 창문들은 외따로 떨어진 작은 뜰 쪽을 바라보았다. 뜰은 회색빛이 감도는 우물을 연상시켰다. 다른 문이나 창문은 전혀 보이지 않았다. 방 뿐만 아니라 살롱에도 아주 넓은 소파들이 자리 잡고 있었는데 못이 박힌 지점에 찢긴 비단의 흔적들이 보였다. 소파의 팔걸이는 얼룩덜룩했다. 섬세하고 복잡하게 조각한 작은 벽난로들 위에는 격정에 사로잡혀 뒤엉킨 나체상들이 놓여 있었으나 분노한 망치에 두들겨 맞은 듯이 훼손되어 있었다. 습기로 인해 위쪽 벽이 얼룩져 있었고 적어도 사람 키 높이의 아래쪽에도 얼룩이 보였다. 거기에서 습기는 이상한 형상들을 어두운 색조로 그려냈고, 평범하지 않은 부조(浮彫)를 빚어냈다. 불안해진 탄크레디는 안젤리카가 살롱의 장롱에 손을 대지 못하게 하고 직접 문을 열었다. 장롱은 아주 깊었고 기괴한 물건들이 들어 있었다. 가느다란 비단끈 뭉치들과 음란한 은색 상자들이 보였다. 상자의 바깥쪽 바닥에는 라벨이 붙어 있었고 거기에는 우아한 필체로 뭐라고 적혀 있었다. 아마 뭔지 모를 내용물을 알리는 글씨 같았다. 그 글씨는 'Estr. catch,' 'Tirch-stram,' 'Part-opp.'라는 약자들이었는데, 약병 문구 같았다. 내용물이 증발돼 버린 작은 병들도 눈에 띄었고, 구석에는 더러운 천 한 필이 세워져 있었다. 짧은 채찍과 황소 힘줄로 만든 승마용 채찍도 한 묶음 있었는데, 은 손잡이가 달린 게 있는가 하면 고급스러운 비단을 채찍 중간 부분까지 씌운 것도 있었다. 흰색 바탕에 파란 줄무늬가 새겨진 비단은 아주 낡았는데 거무스름한 긴 얼룩 세 개가 두드러졌다. 용도가 무엇인지 알기 힘든 금속 도구도 있었다. 탄크레디도 겁이 났는데 자신이 팔라초에 맴도는 관능적인 불안을 발산하는 비밀의 중

추에 도달했음을 알았기 때문이다. "갑시다, 안젤리카. 여긴 별로 흥미로운 게 없어요." 그는 문을 잘 닫고 조용히 계단을 내려가서 장롱을 원래 위치로 돌려놓았다. 그날 하루 종일 탄크 레디의 키스는 꿈속에서처럼, 그리고 속죄하듯 가벼웠다.

솔직히 돈나푸가타에서 표범 문장 다음으로 흔한 물건은 바로 채찍이었다. 수수께끼 같은 작은 독립 구역을 발견한 다음 날 두 연인은 또 다른 채찍을 우연히 발견했다. 이 채찍은 사실 남들에게 알려지지 않은 구역이 아니라 팔라초에서 가장 외진, '공작(公爵)-성자'의 독립된 구역이라고 하여 다들 우러러 받드는 곳에 있었다. 17세기 중엽에 살리나 가문의 한 조상이 개인 수도원처럼 사용하던 곳이었다. 그는 거기에서 은둔하며 참회를 하고 천국으로 향하는 여정을 준비했다. 방들은 비좁고 천장은 낮았으며, 흙벽돌이 깔린 바닥이며 하얀 회반죽을 바른 벽들이 가난한 농부의 초라한 집을 연상시켰다. 마지막 방은 발코니로 이어졌는데, 거기서는 영지와 영지들이 이어져 있는 드넓은 노란 땅들이 내려다보였다. 모든 것이 쓸쓸한 빛에 잠겨 있었다. 한쪽 벽에는 실물 크기보다 훨씬 큰, 거대한 십자가상이 걸려 있었다. 순교한 예수의 머리는 천장에 닿았고 피 흘리는 발은 바닥을 스쳤다. 옆구리의 상처는 잔인한 박해로 마지막 구원의 말조차도 하지 못했던 입 같았다. 신성한 시신 옆에는 손잡이가 짧은 채찍 하나가 못에 걸려 있었다. 손잡이에서 여섯 가닥의 가죽 끈이 갈라져 나와 있었는데, 가죽은 이미 딱딱해졌고 개암만 한 둥근 납덩이가 끝에 달려 있었다. 바로 공작-성자의 '고행'의 표시였다. 이 방에서 살리나 공작 주세페 코르베라는 신과 자신의 영지 앞에서 홀로 자신의 몸을 채찍질했다. 분명 흙 위로 흘러내리는 자신의 피가 저 땅을 구원해 주리라 생각했을 터였다. 경건하게 정신이 고양되면 그런 속죄의 세례를 통해서만 저 땅이 진정으로 자신의 소유가 되고, 말 그대로 진짜 자신의 피와 살이 된다고 생각했을 것이다. 하지만 땅은 살리나 가문의 손에서 빠져나가 버렸고 거기서 내려다보이는 대부분의 땅은 다른 사람 소유가 되었다. 그중에는 돈 칼로제로의 땅도 있었다. 다시 말해 안젤리카의 땅, 그러니까 향후에 태어날 두 사람 아들의 땅이었다. 피를 흘리며 얻는 구원과 마찬가지로 아름다움을 통한 구원은 탄크레디에게 현기증을 불러일으켰다. 안젤리카는 무릎을 꿇고 못 박힌 그리스도의 발에 입을 맞추었다. "봐요, 당신은 이 도구나 마찬가지요. 똑같은 목적에 쓰이니까." 탄크레디가 그렇게 말하면서 채찍을 보여 주었다. 무슨 말인지 이해하지 못한 안젤리카가 고개를 들고 아름다우나 공허한 미소를 지었다. 그가 몸을 숙이고 무릎을 꿇은 그녀에게 강렬한 키스를 퍼부었다. 입술에 상처가 나고 입안의 피부가 벗겨져 그녀는 신음이 절로 났다.

두 사람은 그렇게 꿈을 꾸듯이 매일 팔라초를 누비고 다녔다. 사랑으로 구원받을 지옥을 발견했고 그동안 무심히 지나쳤던, 그런 사랑이 더럽힌 천국을 보았다. 판돈을 채우기 위해 벌이는 게임을 중단해야 할 위험이 점점 커지고 두 사람을 압박했다. 마침내 그들은 탐색을 마치고 가장 외진 방에 마음이 쏠려 그곳으로 향했다. 아무리 크게 비명을 질러도 누구에게도 들리지 않을 정도로 외졌지만 비명은 들리지 않고 애원과 낮은 흐느낌만 늘릴 수도 있었다. 하지만 그들은 순진하게 서로를 아끼며 꼭 붙어 있기만 했다. 오래된 손님 방들은 그들에게 가장 위험한 곳이었다. 따로 분리돼 있고 관리가 잘되어 있었다. 방마다 멋진 침대가 있고 매트리스를 깔끔하게 말아 두었는데 매트리스는 손으로 한 번 치면 펼쳐질 수 있었다……. 어느 날, 탄크레디는 뜨거운 피가 시키는 대로 매듭을 짓기로 결심했다. 이런 문제에 맞닥뜨리면 머리는 아무 할 말이 없었다. 그날 아침 안젤리카가 요염하게 말했다. "나는 당신의 수련 수녀예요." 이 말은 선명한 유혹으로 작용해 탄크레디는 그들 사이에 흐르던 욕망이 처음 마주친 순간을 떠올렸다. 이미 여자가 자신을 다 내주려 하고, 남자가 그녀를 덮치려 할 때 교회의 우렁찬 종소리가 누워 있는 두 사람 몸에 수직으로 내리꽂혀 울림이 가라앉지 않았다. 서로에게 파고들던 입술이 떨어지며 웃음이 터져 나왔다. 그들은 다시 정신을 차렸다. 탄크레디는 다음 날 떠나야만 했다.

피할 수 없는 고통을 배경으로 죄 많은 인생을 살게 될 탄크레디와 안젤리카의 파란만장한 삶에서 그때가 가장 좋은 시절이었다. 하지만 두 사람은 그러한 사실을 알지 못한 채로 구름과 바람으로만 이루어졌을 뿐인데, 구체적인 무엇이라고 생각했던 미래를 뒤쫓았다. 늙고 부질없이 지혜로워졌을 때 두 사람은 끊임없이 그 시절을 돌이켜 보았으며, 그리움과 후회를 떨칠 수 없었다. 그때는 욕망이 존재했으나 항상 패배하던 시기였고, 잠자리 기회가 수없이 주어지기도 하고 거부당하기도 했다. 억제된 관능적인 충동이 잠시 체념으로 변하기도 하는, 그러니까 진정한 사랑으로 승화되기도 하는 때였다. 그때는 성(性)적으로도 좋은 결과를 얻지 못했던 결혼 준비 기간이었다. 하지만 절묘하면서도 간결한, 완전체 같은 기간이었다. 잊힌 오페라, 그러니까 은근한 암시와 익살로 수치심을 가리고 공연 중에 조화롭게 연주되지 않아 실패한 아리아들이 담긴 오페라의 서곡 같았다.

도덕적인 행동이 빛을 잃고 미덕이 잊히고, 특히 욕망만이 영원한 세계로 유배되었던 안젤리카와 탄크레디가 살아 있는 사람들의 세계로 돌아오면 다들 유쾌하게 빈정거리며 그들을 맞았다. "얘들아, 너희들 무슨 바보 같은 짓을 하는 거냐. 먼지투성이구나. 탄크레디, 꼴이 어떤지 좀 봐라." 돈 파브리초가 웃었다. 그러면 조카는 먼지를 털러 갔다. 카브리아기는 의자에 걸터앉아 유감스러운 표정으로 '비르지니아' 담배를 피우면서 친구를 지켜보았다. 탄크레디는 얼굴과 목을 씻다가 석탄처럼 시커멓게 변하는 물을 보며 투덜거렸다. "시뇨리나 안젤리카가 내가 본 중 가장 아름다운 '약혼녀'라는 점은 부정하지 않겠네. 그렇기는 하지만 이게 자네의 행동을 변명해 주진 않아. 세상에나, 좀 자제하게! 오늘은 세 시간이나 단둘이 있지 않았나. 그렇게 사랑한다면 당장 결혼을 해서 사람들의 비웃음을 사지 않게 해. 오늘 그녀의 아버지가 집무실에서 나왔을 때 여전히 방들의 대양을 항해하는 두 사람을 보고 어떤 표정을 지었는지 봤어야 해! 자제를 해, 친구, 제어장치가 필요해. 자네 시칠리아 사람들은 그게 부족해!"

그는 사시보나 나이가 많은 전우이자, '듣지 못하는' 콘체타의 사촌에게 어른스럽게 조언을 해 줄 수 있어서 기뻤다. 하지만 탄크레디는 머리를 말리면서 화가 났다. 기차라도 멈출 수 있을 정도로 많은 제어장치를 보유한 그에게 제어장치가 없다고 비난하다니! 하지만 오만한 저격병 장교의 말에도 일리는 있었다. 사람들 눈도 생각할 필요가 있었다. 하지만 저격병 장교는 질투로 인해 지나치게 도덕적인 인간이 되어 버렸다. 콘체타에게 끈질긴 구애를 했지만 아무 성과도 없으리라는 점이 분명했기 때문이다. 그리고 안젤리카. 오늘 그가 입술 안쪽을 깨물었을 때 피 맛은 얼마나 감미롭던지! 그의 품에 안긴 그녀의 나긋함이란! 사실 상식적인 일은 아니었다. "내일 피로네 신부님과 트로톨리노 몬시뇰과 함께 교회를 방문할 걸세."

한편 안젤리카는 딸들의 방으로 옷을 갈아입으러 갔다. "메, 앙젤리카, 에-스 디외 포시블 드 스 메트르 앙 엉 텔 레타?"[109] 돔브뢰유는 아름다운 안젤리카가 보디스와 짧은 페티코트 바람으로 팔을 씻는 동안 화를 냈다. 차가운 물이 흥분을 가라앉혀 주었다. 가정교사의 말을 인정해야만 했다. 지칠대로 지치고 먼지를 뒤집어쓰고 사람들의 비웃음을 살만한 가치가 있는가? 게다가 무엇을 위해서? 그의 눈길을 받고 머리를 어루만지는 섬세한 손길을 느끼고, 거기서 조금 더 나가

---

109) '그런데, 안젤리카, 맙소사, 어떻게 이런 꼴이 될 수 있어요(Mais, Angelica, est-ce Dieu possible de se mettre en un tel état)?'라는 뜻.

서……. 아직도 입술이 아팠다. '이제 됐어. 내일은 다른 사람들과 살롱에 있을 거야.' 하지만 막상 내일이 되면 다시 그의 눈과 손길의 마법에 걸려 두 사람은 미친 숨바꼭질을 되풀이했다.

각자의 계획은 달랐지만 한 방향으로 흐르고 있었기에 저녁 식사 때 사랑에 빠진 두 사람이 가장 차분해 보이는 역설적인 결과를 가져왔다. 다음 날 펼쳐질 환상적인 모험을 기대하기 때문이었다. 그들은 다른 사람이 누군가에게 아주 사소한 애정이라도 드러내면 이를 놀리는 재미를 즐겼다. 탄크레디는 콘체타에게 실망했다. 나폴리에서는 콘체타를 생각하며 일말의 가책을 느꼈다. 그래서 자신을 대신해 주길 바라며 카브리아기를 데려왔다. 그러한 미래에 대한 배려에는 연민도 담겨 있었다. 성품이 예리하면서도 느긋한 탄크레디는 영리하게 돈나푸가타에 도착하자 자신이 그녀를 떠나서 애석해 하는 듯한 분위기를 연출했다. 그리고 친구가 품을 법한 감정을 부추겼다. 아무 소용 없었다. 콘체타는 기숙학교 여학생 시절에 대한 잡담을 늘어놓기만 할 뿐 사랑에 빠진 백작에게는 차가운 눈길을 던졌다. 심지어 눈빛에는 약간의 경멸까지 담겨 있었다. 콘체타는 어리석었다. 백작에게서 좋은 점을 하나도 발견하지 못했다. 대체 뭘 원하는 걸까? 카브리아기는 잘생긴 젊은이였고 성격도 집안도 좋았다. 브리안차에 넓은 목장들도 가지고 있었다. 요컨대 '최고의 신랑감'이었다. 그렇다. 콘체타는 자신을 사랑했다. 안 그런가? 백작 역시 한때는 그녀를 좋아했다. 안젤리카만큼 미인이 아니고 굉장한 부자도 아니었지만 그녀에게는 안젤리카가 절대 가질 수 없는 뭔가가 있었다. 그러나 인생은 일마나 만만치 않은지, 노대제가! 콘체타는 그런 사실을 알아야 한다. 게다가 왜 자신에게 그리 차갑게 구는 걸까? 특히 성령수녀원에서 그렇게 사람을 민망하게 만든 후에도 여러 차례 말이다. 표범은 확실히 표범이다. 하지만 오만한 동물에게도 한계를 지위야 했다. '자제를 해야 해, 사촌아, 제어장치가 필요해. 너희 시칠리아 여인들은 그게 부족해!'

하지만 안젤리카는 속으로 콘체타에게 동의했다. 카브리아기는 무색무취했다. 탄크레디를 사랑했다가 카브리아기와 결혼한다면 마르살라 포도주를 마신 뒤 맹물을 마시는 거나 진배없으리라. 그렇다, 콘체타는 앞서 경험했기에 그런 사실을 알았다. 하지만 어리석은 두 자매, 카롤리나와 카테리나는 맹한 눈으로 카브리아기를 바라보았고 둘 다 '몸을 떨며' 그가 다가오면 넋을 잃었다. 그런데! 아버지처럼 양심의 가책이 없는 안젤리카는 왜 둘 중 누구라도 콘체타를 바라보는 백작의 시선을 끌려고 애쓰지 않는지 이해가 되지 않았다. '그 나이 또래 남자들은 다 강아지 같은데. 휘파람 한번 불면 당장 달려온다고. 둘 다 어리석기는. 배려, 금지, 자존심을 앞세우니 결과는 뻔할 거야.'

저녁 식사 후, 남자들이 담배를 피우는 살롱에서, 집 안에서 유일하게 담배를 피우는 탄크레디와 카브리아기가 보통 때와 다른 분위기로 대화를 나누었다.

결국 백작은 친구에게 사랑의 희망을 다 잃었다고 고백했다. "그녀는 너무 아름답고 순수해. 그런데 나를 사랑하지 않

아. 기대한 내가 어리석었어. 이제 가슴에 후회라는 비수를 꽂은 채 여길 떠나려고 해. 내 마음을 확실히 전하지도 못했어. 그녀가 나를 땅바닥에 기어 다니는 벌레 취급 하는 게 느껴져. 그것도 당연해. 그러니 난 이제 날 좋아하는 벌레를 찾아야 해."

나이가 열아홉 살이라 사랑의 불행은 웃어넘길 수 있었다.

이미 보장된 행복의 절정에 있던 탄크레디가 위로해 보려 했다. "이보게. 난 콘체타를 태어났을 때부터 알고 있어. 세상에서 가장 사랑스럽고 모든 미덕을 갖춘 좋은 아이지. 하지만 좀 폐쇄적이고 너무 내성적이야. 자신을 지나치게 높이 평가하지나 않는지 걱정스럽고. 게다가 뼛속까지 시칠리아 사람이어서 마카로니 파스타 한 접시 먹으려면 일주일 전에 생각해야 하는, 밀라노처럼 거지 같은 동네에는 절대 적응하지 못할거야!"

탄크레디의 농담은 통일 직후 사용되던 표현들 가운데 하나였는데 이 말에 카브리아기도 웃음을 되찾았다. 고통과 슬픔은 그에게 오래 머물지 않았다. "물론 그녀를 위해 시칠리아 마카로니 몇 상자쯤은 준비해 둘 용의가 있는데! 어쨌든 다지난 일이야. 다만 친절하게 대해 준 자네 외삼촌과 외숙모께서 나를 싫어하지 않으시길 바랄 뿐이야. 별다른 일도 없이 자네들과 놀기만 하다가 갔다고 말이야." 탄크레디는 친구를 안심시켰고 그는 진심으로 마음을 놓았다. 사실 카브리아기는 우울한 감상에 빠지기도 하지만 쾌활하고 유머러스한 면도 있어서 콘체타만 빼고(게다가 어쩌면 콘체타까지도) 가족 모두 그를 좋아했다. 카브리아기는 다른 사람 이야기를, 그러니까 안젤리카 이야기를 했다.

"팔코네리, 자네는 진짜 운이 좋은 사람이야! 이런 돼지우리에서(이런 말 용서해 주게, 친구) 시뇨리아 안젤리카 같은 보석을 찾아내다니. 얼마나 아름다운지, 오오, 그 아름다움이란! 그런 미인을 데리고 밀라노 대성당보다 더 넓은 이런 대저택의 제일 한적한 구석을 몇 시간씩 돌아다니다니! 미모가 뛰어날 뿐 아니라 지성적이고 교양이 있어. 선량하기도 하지. 눈을 보면 얼마나 선한 사람인지 알 수 있어. 사랑스럽고 솔직 담백하고 순진무구하지."

카브리아기는 황홀한 표정으로 계속 안젤리카의 장점을 늘어놓았고 탄크레디는 즐거운 눈으로 그를 지켜보았다. "사실은 자네가 진짜 선량한 사람이어서 그런 거야, 카브리아기." 넌지시 한 말이어서 밀라노식 낙천주의자는 미처 알아듣지 못했다. 백작이 말했다. "이봐, 우린 며칠 후면 떠나잖아. 이제 남작 영애의 어머니를 뵐 때가 된 것 같지 않아?"

탄크레디는 롬바르디아인의 목소리로 자신의 약혼자가 귀족 칭호로 불리는 것을 처음 들었다. 잠시 동안 누구를 가리키는지 알지 못했다. 그의 내면에 있던 영주가 반발을 했다. "남작 영애라니 당치않아, 카브리아기! 내가 사랑하는 아름답고 사랑스러운 아가씨야. 그거면 충분해!"

정말 '그거면 충분하다'는 말은 사실이 아니었다. 그러나 탄크레디는 진심이었다. 선조들과 마찬가지로 대토지를 물려받는 것을 당연시했기에 지빌돌체와 세테솔리, 그리고 금화 자루들이 샤를 당주 시대부터, 오래전부터 자신의 소유인 듯했다.

"미안하지만 안젤리카의 모친을 만날 수 없어. 내일 치료를 위해 시아카로 떠나서서. 몸이 많이 편찮으시거든, 안타깝게도."

그는 남은 비르지니아를 재떨이에 눌렀다. "이제 살롱으로 돌아가지. 이야기는 충분히 했으니까."

그러던 어느 날 돈 파브리초는 지르젠티 도지사에게 아주 정중한 편지를 한 통 받았다. 몬테르추올로의 기사이자 도청의 비서관인 아이모네 슈발레가 정부에서 매우 중시하는 사안을 두고 의논하기 위해 돈나푸가타를 방문한다는 내용이었다. 놀란 돈 파브리초는 다음 날 아들 프란체스코 파올로를 우편 마차가 서는 곳으로 보내 '미수스 도미니쿠스'[110]를 마중하게 했다. 그리고 팔라초에서 머무르도록 초대했다. 이것은 진정한 환대이자 자비로운 행동이었다. 다 쓰러져 가는 추 메니코의 여관에서 피에몬테 귀족의 몸을 밤새 고문할 수천 마리의 벌레에 그를 맡기지 않겠다는 뜻이기 때문이다.

어둠이 내릴 무렵 역마차가 도착했다. 마부석에는 무장한 경비병이, 마차에는 표정이 굳은 손님 몇 명이 타고 있었다. 마차에서 슈발레가 내렸는데 당황한 표정과 조심스러운 미소를 띠고 있어 금방 알아볼 수 있었다. 그는 한 달 전부터 시칠리

---

110) 미수스 도미니쿠스(missus dominicus). '왕국 순찰사'라는 뜻의 라틴어.

아 섬에서, 그것도 가장 토속적인 지역에서 지내는 중이었다. 그는 피에몬테의 몬페라토에 작은 땅을 소유했는데, 거기에서 곧장 시칠리아로 왔다. 소심하고 관료적인 기질을 타고난 사람인지라 시칠리아 생활이 쉽지 않았다. 그의 머릿속에는, 타지에서 온 사람이 얼마나 강심장인지 시험해 보려고 시칠리아인들이 즐겨 들려주는 강도 이야기들이 잔뜩 들어 있었다. 한 달 전부터 자신의 사무실 수위들이 암살자로 보였고, 책상에 놓인 나무로 만든 편지 칼조차 단검 같았다. 게다가 올리브기름 범벅인 요리들은 한 달 동안 위를 뒤집어 놓았다. 지금 그는 어둑해질 무렵 회색 천으로 된 여행 가방을 들고, 역마차가 자신을 내려놓은 자리에 서서 삭막한 거리를 바라보았다. 앞쪽에 다 쓰러져 가는 집이 있었는데 하얀 바탕에 파란색의 큰 글씨로 '비토리오 에마누엘레'라고 쓰인 이정표로 장식돼 있었다. 이것만으로는 여기 이 장소가 자기 나라 안이라는 사실이 믿기지 않았다. 몇몇 농부들이 여인상 기둥처럼 집에 기대 서 있었는데 그들에게 말을 걸어 볼 엄두도 나지 않았다. 그의 말이 통하지 않으리라고 확신한 데다 뒤집히기는 했지만 소중한 위장이 아무 대가 없이 칼에 찔릴지도 모른다는 두려움이 작용했기 때문이다.

프란체스코 파올로가 다가와서 자기소개를 하자 눈이 휘둥그레졌는데 이제 끝장이라고 생각했기 때문이었다. 하지만 단정하고 솔직해 보이는 금발 머리 젊은이의 외모에 적잖이 안심이 되었다. 그리고 자신이 팔라초 살리나에 초대를 받아 숙박을 해도 된다는 사실을 알고 깜짝 놀랐고 마음이 놓였다.

어둠 속에서 팔라초까지 가는 길은 예의 바른 피에몬테 사람과 시칠리아 사람(이탈리아에서 가장 고집이 센) 사이에 벌어진 전투로 활기를 띠었다. 가방을 서로 들겠다고 실랑이를 했는데 결국 아주 가볍기는 하지만 기사도 정신이 투철한 두 경쟁자가 같이 들고 가기로 했다.

팔라초에 도착해서 첫 번째 뜰에 무장을 하고 서 있는 수염이 덥수룩한 '수비대원'들의 얼굴을 보자 몬테르추올로의 슈발레는 다시 마음이 어지러웠다. 그러다가 자신을 친절하게 맞이하는 영주와 함께 얼핏 봐도 화려한 방들로 인해 갑자기 정반대 방향으로 마음이 움직였다. 피에몬테의 하급 귀족 가문의 후손으로 자신의 땅에서 소박하지만 품위 있게 살던 슈발레는 이렇게 큰 집에 초대받은 적도 없거니와 소심한 성격 탓에 더욱 주눅이 들었다. 반면 지르젠티에서 들었던 피비린내 나는 일화와 그가 도착한 마을의 극도로 오만한 모습, 뜰에 진을 친 '도적들'(그는 그렇게 생각했다)이 공포를 불러일으켰다. 그래서 이런 상반된 감정에 시달리며 저녁 식사를 하러 내려갔다. 자신에게 익숙한 환경보다 훨씬 훌륭한 곳에 와 있는 사람의 불안과 아무 죄 없이 산적의 함정에 빠진 사람의 공포를 동시에 느낀 것이다.

그는 시칠리아 땅에 발을 디딘 이래 처음으로 맛있는 저녁을 먹었다. 매력적인 아가씨들과 근엄한 피로네 신부, 품위 있고 태도가 훌륭한 돈 파브리초를 보자 돈나푸가타의 팔라초가 도적 카프라로의 소굴이 아니며 여기서 살아 나갈 수 있으리라고 확신하게 되었다. 카브리아기 덕분에 더 안심이 되었

다. 그가 알기로 카브리아기는 열흘 전부터 여기 머무르고 있
있는데 아주 편안히 지내는 분위기였고, 필코네리라는 젊은이
와 굉장히 친한 사이이기도 했다. 시칠리아인과 롬바르디아인
이 우정을 나누다니, 정말 기적 같아 보였다. 저녁 식사가 끝
나자 돈 파브리초에게 다가가서 개인 면담을 요청했다. 그는
내일 아침 떠날 계획이었다. 하지만 영주가 표범 같은 미소를
지으며 큰 손으로 그의 어깨를 쳤다. "절대 안 됩니다, 기사님."
그가 말했다. "지금 기사님은 내 집에 있으니 내가 풀어 주고
싶을 때까지 인질로 잡을 겁니다. 내일은 떠날 수 없어요. 그
점을 확실히 하기 위해 내일 오후까지 기사님과 단둘이 이야
기하는 즐거움을 미루겠습니다." 세 시간 전만 해도 훌륭한 기
사를 공포에 떨게 했을 말이지만 이제 그는 기뻤다. 그날 밤에
는 안젤리카가 오지 않아서, 네 명이 하는 휘스트 카드 게임
을 했다. 돈 파브리초, 탄크레디, 피로네 신부가 함께했는데 그
는 두 번을 이겨서 3리라 35첸테시모를 땄다. 이후 자기 방으
로 돌아가서 깨끗한 시트를 즐기며 편안하게 깊이 잠들었다.

다음 날 아침 탄크레디와 카브리아기는 슈발레를 안내해서
정원을 한 바퀴 돌아보았고 갤러리와 태피스트리 수집품들도
구경시켜 주었다. 마을도 둘러보았다. 11월의 금빛 햇살이 쏟
아지는 마을은 전날 밤처럼 그리 음산하지 않았다. 심지어 웃
는 사람까지 보였다. 몬테르추올로의 슈발레는 차츰 시칠리아
의 시골에서도 안심하기 시작했다. 탄크레디는 이런 사실을
알아차렸고, 타지인에게 끔찍한 이야기를 들려주고 싶어 하는

시칠리아인 특유의 장난기가 발동했다. 그런데 그런 이야기들은 안타깝게도 진짜로 일어난 일이기도 했다. 그들은 조잡한 벽돌들이 밖으로 튀어나오게 정면을 장식한 어딘지 우스운 팔라초 앞을 지나게 되었다. "슈발레 기사님, 이 팔라초는 무톨로 남작의 집이랍니다. 지금은 사람이 살지 않아 문이 닫혀 있습니다. 10년 전 남작의 아들이 도적들에게 붙잡혀 간 뒤로는 가족들이 지르젠티로 옮겨 간 탓이죠." 피에몬테인이 떨기 시작했다. "가여워라! 몸값을 아주 많이 지불했겠군요!"

"아니요, 당장에는 한 푼도 내지 않았습니다. 남작은 여기 있는 사람들이 다 그렇듯이 현금이 없었고 형편이 어려운 상황이었습니다. 하지만 아이는 어쨌든 돌려받았습니다. 하지만 할부로요." "뭐라고요, 영주님, 그게 무슨 말입니까?" "할부요. 말 그대로입니다. 돈을 여러 차례 분할해서 내고, 일부분씩 돌려받은 거예요. 처음에는 오른손 둘째 손가락이 돌아왔어요. 일주일 후에는 왼쪽 발이, 그리고 마지막에는 머리가 돌아왔는데 무화과가 수북이 담긴 멋진 바구니 속에 들어 있었어요 (8월이었거든요). 눈을 부릅뜨고 있었고 입가에는 피가 말라붙어 있었다고 해요. 저는 그때 어려서 직접 보지는 못했습니다. 하지만 차마 눈 뜨고는 보기 힘든 광경이었다고 합니다. 바구니는 저 계단, 문 앞에 있는 두 번째 계단에 놓여 있었답니다. 머리에 검은 숄을 두른 노파가 가져왔다는데 본 사람은 아무도 없습니다." 슈발레의 눈이 공포로 얼어붙었다. 이미 들었던 이야기였지만, 아름다운 태양 아래 기괴한 선물이 놓여 있었던 계단을 직접 보는 건 차원이 다른 문제였다. 그의 관료적 영혼이 위기에 빠진 그를 구해 주러 달려왔다. "부르봉 왕가의 경찰이 얼마나 무능했으면 그런 깁니까. 이제 곧 여기에 우리 카라비니에리[111]들이 올 겁니다. 그런 끔찍한 일은 이제 끝입니다." "그럼요, 슈발레, 분명히 그럴 겁니다."

그러다가 그들은 '신사들의 클럽' 앞을 지났다. 광장의 플라타너스 그늘 아래에는 철제 의자들이 놓여 있고 상복을 입은 남자들이 모여 있었다. 매일 펼쳐지는 광경이었다. 정중한 인사와 미소가 오갔다. "저 사람들을 잘 보십시오, 슈발레, 저 장면을 잘 기억해 두셔야 합니다. 1년에 두 번 저 신사들 가운데한 명이 자신의 안락의자에 앉은 채로 목숨을 잃습니다. 어스름한 저녁 빛 속에서 총을 맞는 겁니다. 총을 쏜 사람이 누군지는 아무도 알지 못합니다." 슈발레는 육지 사람의 피를 가까이에서 느끼고 싶어서 카브리아기의 팔에 몸을 기대 보려했다.

잠시 후 가파르고 좁은 길 맨 꼭대기에서, 갖가지 색깔의 속옷을 널어놓은 빨랫줄들 사이로 소박한 바로크 양식의 작은 성당이 나타났다. "저건 산타 닌파 성당입니다. 5년 전 사제가 미사를 집전하다가 살해당했습니다." "어찌 그런 끔찍한 일이! 성당에서 총을 쏘다니요!" "총이라니요, 슈발레! 우리도 모두 독실한 가톨릭 신자랍니다. 감히 그런 불경한 짓은 하지 못하지요. 그저 영성체 포도주에 독을 넣었을 뿐입니다. 말하

---

111) 비토리오 에마누엘레 2세가 창설한 사르데냐 왕국의 헌병대. 1861년 통일 이후 이탈리아의 정부군이 되었다.

자면 더 신중하고, 게다가 전례를 따른 방법이라 할 수 있지요. 누가 그런 짓을 했는지는 밝혀지지 않았답니다. 사제는 아주 훌륭한 분이어서 원한을 산 사람도 없었으니까요."

한밤에 잠이 깨어 침대 밑에 벗어 둔 자신의 양말 위에 앉아 있는 유령을 본 사람이, 짓궂은 친구들의 장난이라고 애써 믿으면서 공포에서 벗어나려 하듯이 슈발레는 놀림을 당하고 있다고 믿으면서 자신을 달랬다. "재미있어요, 영주님, 아주 흥미로워요! 당신은 소설을 써야겠어요. 이런 이야기를 너무 잘하는군요!" 하지만 목소리가 떨렸다. 탄크레디는 측은한 생각이 들었다. 그래서 팔라초로 돌아가기 전에 그런 종류의 일들을 상기시킬 만한 장소 서너 군데를 더 지나긴 했지만 연대기 작가 역할을 자제했다. 그리고 국가의 상처를 치유할 영원한 치료제가 되어 준 벨리니와 베르디 이야기를 꺼냈다.

오후 4시에 영주는 서재에서 기다리겠다고 슈발레에게 전갈을 했다. 서재는 작은 방이었는데 벽에 설치된 유리 상자에는 박제된 자고새 몇 마리가 보관되어 있었다. 다리가 붉고 몸은 잿빛인 자고새로 희귀종들이었는데 과거 사냥의 전리품이었다. 한쪽 벽은 수학 잡지들이 연도별로 빼곡하게 꽂힌 높고 좁은 책장이 고상한 분위기를 자아냈다. 손님용 대형 소파 위로는 마치 작은 별들처럼 가족의 조그만 초상화들이 걸려 있었다. 돈 파브리초의 아버지인 파올로 영주는 거무스름한 피부에 입술은 사라센인처럼 두툼했는데 검은색 궁정복을 입었다. 성 야누아리우스 훈장이 달린 장식띠가 대각선으로 궁정복을 가로질렀다. 카롤리나 영주 부인은 금발머리를 탑처럼 올렸고 파란 눈은 근엄하게 빛났다. 피올로 영주가 사망한 뒤의 모습이었다. 돈 파브리초의 누나인 줄리아 팔코네리 영주 부인은 정원 벤치에 앉아 있었다. 오른쪽 땅에는 붉은빛을 띤 자주색 양산이 펼쳐져 있었고 왼쪽에는 들꽃을 든 세 살짜리 탄크레디가 노란 얼룩처럼 그려져 있었다(이 초상화는 집행관들이 팔코네리 저택의 재산 목록을 작성할 때 돈 파브리초가 몰래 주머니에 넣어 가져온 것이었다). 그보다 조금 아래에는 장남인 파올로의 초상화가 걸려 있었는데, 파올로는 몸에 딱 붙는 승마 바지를 입고, 목을 구부리고 눈을 번득이는 사나운 말을 타려는 동작을 취하고 있었다. 그리고 잘 모르는 숙모와 숙부들의 초상화도 걸려 있었는데 보석을 자랑하거나 세상을 떠난 사랑하는 사람의 흉상을 가리키며 애통해 하는 모습들이었다. 그런 조그마한 여러 별들의 제일 위쪽에 가장 큰 초상화가 북극성처럼 자리 잡고 있었다. 스무 살을 갓 넘긴 돈 파브리초 자신의 초상화였다. 사랑에 푹 빠진 듯한 표정의 앳된 신부가 그의 어깨에 검은 머리를 기댄 모습이었다. 금색 구레나룻이 이제 막 자라기 시작한 장밋빛 얼굴의 주인공인 그가 파란색과 은색의 왕실 근위대 제복을 입고 만족스러운 듯 환하게 웃었다.

슈발레는 자리에 앉자마자 자신이 맡은 임무를 설명했다. "순조로운 합병 이후, 그러니까 제 말은 사르데냐 왕국과 시칠리아가 상서로이 통합된 이후 토리노 정부에서는 시칠리아의 저명 인사 몇 분을 왕국의 상원의원으로 임명할 계획입니다.

도의 관계 부처에서 중앙 정부가 검토할, 그리고 혹시 국왕께서 임명하실 수도 있는 인사들 명단을 작성하는 임무를 맡았습니다. 그리고 당연히 지르젠토에서는 영주님의 성함이 즉시 거론되었습니다. 유서 깊은 저명한 이름이며, 개인적으로 얻은 신망, 과학적인 업적, 최근의 사건들에서 보여 주신 품위 있고 자유로운 태도로 인해 더욱 돋보이는 이름이지요." 짧은 연설은 오래전에 준비되었을 뿐 아니라 수첩에 연필로 간결하게 메모가 되었다. 수첩은 슈발레의 바지 뒷주머니에 꽂혀 있었다. 하지만 돈 파브리초는 살아 있는 사람 같지 않았다. 무거운 눈꺼풀 사이로 눈동자만 겨우 보일 뿐이었다. 금빛 털에 뒤덮인 한쪽 손이 꼼짝도 하지 않은 채 책상에 놓인, 설화석고로 만든 성 베드로 성당의 돔을 완전히 가렸다.

시끄럽게 떠들기를 좋아하는 시칠리아인들이, 뭔가를 제안하면 엉큼하게 아무 말도 하지 않는 데 익숙해진 슈발레는 단념하지 않았다. "제 윗분들은 토리노로 이 명단을 보내기 전에 영주님께 알리고, 이 제안을 수락하실지를 여쭤 보는 게 순서라고 생각했습니다. 당국에서 큰 기대를 거는, 영주님의 동의를 얻는 것이 제가 맡은 임무입니다. 게다가 제게는 영광스러운 임무이고 덕분에 영주님과 가족 분들, 이 아름다운 팔라초와 그림 같은 돈나푸카타를 알게 되는 기쁨을 누렸습니다."

듣기 좋은 찬사의 말은 수련 잎에서 떨어지는 물방울처럼 영주의 몸에서 미끄러져 흘러내릴 뿐이었다. 자부심이 강한 동시에 자신이 그렇다는 사실에 익숙한 남자들이 누리는 특

4장   221

권 중 하나였다. '여기 이 친구는 내게 커다란 명예를 주러 왔나고 생각하는군.' 그가 생각했다. '무엇보다 시칠리아 왕국 의회 의원이기도 했던 내게. 상원의원이라는 게 그와 비슷하겠지. 사실 선물이란 주는 사람에 따라 가치를 평가해야 해. 농부가 가져온 페코리노 치즈 한 조각은 줄리오 라스카리의 저녁 식사 초대보다 더 값지지. 문제는 내가 페코리노 치즈 냄새만 맡아도 구역질을 한다는 거지. 그러니까 감사의 마음은 보이지 않고 구역질이 나서 찡그린 코는 너무나 또렷하게 보일 뿐이지.' 사실 상원에 대한 그의 생각도 모호했다. 아무리 생각을 해 봐도 로마 원로원, 무례한 갈리아인의 머리를 지팡이로 때려 지팡이가 부러졌다는 파피리우스 원로원 의원, 칼리굴라 황제가 원로원 의원으로 만들어 주었다는 말〔馬〕 인시타투스밖에 생각나지 않았다. 어쩌면 아들 파올로라면 말에게 그런 영광을 준 게 지나친 행동이 아니라고 생각할 수도 있었다. 피로네 신부가 이따금 입버릇처럼 꺼내던 말, '세나토레! 보니 비리, 세나투스 아우템 말라 베스티아'[112]라는 말도 자꾸 떠올라서 짜증이 났다. 지금은 파리에도 제국의 원로원이 있지만, 그건 고액의 보수를 받는 부당 이익 취득자들 모임에 불과했다. 팔레르모에도 원로원이 있었지만 그저 시 행정가들로 구성된 위원회에 불과했다. 이른바 행정가라는 게 어떤 사람들이었던가! 살리나에게는 대수로운 일이 아니었다. 그는

---

112) '원로원 의원! 원로원 의원들은 훌륭한 사람이지만 원로원은 못된 짐승 같습니다(Senatore! boni viri, senatus autem mala bestia).'라는 뜻의 라틴어.

확인을 하고 싶었다. "기사님, 상원의원이 진짜 뭔지 설명을 좀 해 주시겠습니까? 옛 군주제 시대에 발간되던 신문에는 이탈리아 반도의 다른 국가들 헌법 체계를 다룬 기사가 실릴 수 없었지요. 제가 2년 전 토리노에 일주일 머문 적이 있기는 한데 뭔가를 알기에는 부족한 시간이지요. 상원의원이 무슨 일을 합니까? 단순 명예직, 그러니까 일종의 훈장 같은 건가요? 아니면 입법과 의결 기능을 수행하는 겁니까?"

이탈리아의 유일한 자유국가를 대표하는 피에몬테 사람이 목소리를 높였다. "영주님. 상원은 왕국의 최고 의회입니다! 군주의 지혜로 선발된 우리 나라의 최고 정치인들이 거기에서, 정부가 혹은 정치인들이 나라 발전을 위해 제의한 법률을 심의하고 토론하고 승인하거나 거부합니다. 상원은 나라 발전에 박차를 가하기도 하고 제동을 걸기도 합니다. 잘하도록 격려하고 지나치지 않게 저지합니다. 의원직을 수락하시면 영주님께서는 선출된 다른 대표들과 나란히 시칠리아를 대표하게 되실 겁니다. 변화와 굴곡이 많은 현대 세계에 이제 모습을 드러내기 시작한 이 아름다운 땅의 목소리를 들려주실 겁니다. 치유할 상처가 많고 충족되어야 할 정당한 욕구가 많은 이 땅의 목소리를 말입니다."

벤디코가 문 뒤에서 들여보내 달라고 '군주의 지혜'를 구하지 않았다면 슈발레는 그런 어조로 한참 동안 이야기를 이어갔을 것이다. 돈 파브리초는 문을 열기 위해 일어나는 시늉을 했지만 느릿느릿 움직여서 피에몬테 사람이 벤디코에게 문을 열어 주게 했다. 벤디코는 꼼꼼하게 한참 동안 슈발레의 바지 냄새를 맡았다. 곧 그가 좋은 사람이라고 확신하고는 창 밑으로 가서 웅크리고 잠을 잤다.

"제 말을 잘 들어 주십시오, 슈발레. 상원의원이 명예의 표시라거나 명함에 적을 단순한 직함 같은 거라면 저는 기꺼이 수락했을 겁니다. 이탈리아의 미래를 위해 매우 중요한 이 시기에 국가가 맡긴 임무에 동의하고, 분열되었다는 인상을 주지 않는 게 각자의 의무라고 생각합니다. 다른 나라들이 우리를 불안한 눈으로 혹은 어떤 기대를 가지고 지켜보고 있으니 말입니다. 둘 다 근거 없는 사실임이 드러나겠지만 어쨌든 현재로서는 그런 시선이 존재합니다."

"그렇다면, 영주님, 왜 수락하지 않으시는 겁니까?"

"제 말을 계속 들어 주세요, 슈발레. 이제 설명하겠습니다. 우리 시칠리아인은 우리와 종교가 다르고 우리 언어를 사용하지 않는 통치자들에게 오랜 세월 지배를 받았습니다. 그래서 지나치리만큼 신중하게 행동하는 게 습관이 되었어요. 그러지 않았다면 비잔틴의 세금 징수관, 베르베르인[113]의 아미르[114], 스페인의 총독들 치하에서 살아남지 못했을 겁니다. 일이 그렇게 됐고 우리는 어쩔 도리가 없습니다. 나는 '참여'가 아니라 '동의'라고 했습니다. 최근 여섯 달 동안, 당신네 편 가리발디가 마르살라에 발을 들여놓은 이후 우리의 의사와는 상관없이 너무 많은 일들이 벌어졌습니다. 구체제의 지배 계

---

113) 북아프리카의 모로코, 알제리, 튀니지, 리비아 내륙에 사는 사람들을 가리키는데, 대부분 이슬람으로 개종했다.
114) '사령관', '총독'을 뜻하는 아랍어.

급에 속했던 사람에게 그 일을 발전시키고 완성시켜 달라고 요청하기는 무리일 정도로 말입니다. 지금 나는 잘잘못을 논하고 싶지는 않습니다. 나는 상당히 잘못되었다고 생각하지만 말이지요. 하지만 우선은 당신이 우리와 1년은 살아야만 이해가 가능한 이야기를 하려고 합니다. 시칠리아에서는 잘하거나 못하는 게 중요하지 않아요. 우리 시칠리아인이 절대 용서하지 않는 죄는 그저 '하는' 것뿐입니다. 우리 시칠리아 사람들은 늙었어요, 슈발레, 너무 늙었어요. 외부에서 완벽하게 완성되어 들어온 눈부시고 이질적인 문명을 우리 어깨에 짊어지고 산 지가 2500년은 되었어요. 우리에게서 싹트지 않았고 우리 것이라고 부를 수 있는 거라곤 하나도 없는 문명을 말입니다. 우리는 슈발레 당신처럼, 영국 여왕처럼 백인입니다. 하지만 2500년 전부터 우리는 식민지에 살았어요. 불평하는 말은 아닙니다. 대부분의 잘못은 우리에게 있으니까요. 하지만 우리는 지쳤고 공허합니다."

이제 슈발레는 당황했다. "어쨌든 이제 다 끝났습니다. 이제 시칠리아는 더 이상 정복당한 땅이 아니라 자유국가의 자유로운 한 지역이 되었습니다."

"슈발레, 의도는 좋아요. 하지만 너무 늦었어요. 게다가 제가 이미 말했듯이 대부분은 우리 잘못입니다. 당신은 조금 전에 경이로운 현대 세계에 새로운 모습을 보일 젊은 시칠리아를 이야기했지요. 내가 보기에는 휠체어에 앉아 런던 만국박람회에 끌려 나온 백 살 먹은 노파처럼 보여요. 노파는 아무것도 이해하지 못하고 아무것에도, 셰필드의 철강 공장에도 맨체스터의 방적 공장에도 관심이 없어요. 그저 침으로 얼룩진 베개와 요강을 밑에 둔 침대로 빨리 돌아가고 싶은 생각뿐이지요."

그는 여전히 온화하게 말을 이어 갔으나 한 손으로 성 베드로 성당을 움켜쥐었다. 다음 날 돔 위의 작은 십자가가 부러진 채 발견되었다.

"잠입니다, 친애하는 슈발레, 시칠리아인이 원하는 것은 잠입니다. 그들은 자신들을 깨우는 사람들을 항상 증오할 겁니다. 아무리 좋은 선물을 가져다준다 해도 말입니다. 그리고 우리끼리 하는 말이지만, 새 왕국이 우리에게 줄 선물이 과연 얼마나 될지 의문이 듭니다. 시칠리아에서 본질은 꿈속에서 표현되며 가장 폭력적이기도 합니다. 우리의 관능은 망각에 대한 갈망에서 탄생하며, 총을 쏘고 칼을 휘두르는 행위는 죽음에 대한 갈망에서 비롯됩니다. 우리의 게으름, 향신료가 들어간 우리의 셔벗[115]은 관능이 뒤섞인 부동의 상태에 대한 갈망, 한 번 더 말하지만 죽음에 대한 갈망에서 시작됩니다. 우리의 명상은 허무를 향해 있어서, 열반의 수수께끼를 탐색하고자 합니다. 특정 시칠리아 사람들, 반쯤 잠에서 깬 사람들이 지나칠 정도로 강한 권력을 갖게 되는 까닭도 이 때문입니다. 시칠리아는 예술이나 지적인 면에서 한 세기 늦은 것으로 유명한데, 그런 이유도 여기 있습니다. 우리는 새로운 것들이 죽었다고 느낄 때만, 삶의 흐름에 아무 영향도 미치지 못한다

---

115) 과즙에 물이나 우유, 설탕을 넣어 살짝 얼린 것.

고 느낄 때만 매료됩니다. 여기서 현재의, 우리가 살아가는 동시대의 신화들이 만들어지는 믿기 어려운 현상이 나타납니다. 진정으로 오래된 것이라면 숭배할 만하지만, 그런 신화를 만드는 행위는 과거로 돌아가려는 음울한 시도일 뿐입니다. 죽었기 때문에 우리를 매료시키는 과거로 말입니다."

선량한 슈발레가 그의 말을 다 이해한 것은 아니었다. 특히 마지막 구절은 더 그랬다. 그는 깃털 장식을 한 말들이 끄는 형형색색의 마차들을 보았고, 용감한 꼭두각시들이 등장하는 인형극 이야기를 들었다. 슈발레 역시 그러한 것들이 진짜 오래된 전통이라고 생각했다. 그가 말했다. "그런데 조금 과장하시는 것 아닌가요, 영주님? 저도 토리노에서 시칠리아 이주자들을 알고 지냈는데 그중에 한 사람인 크리스피를 예로 들면 전혀 잠이 많아 보이지 않았어요."

영주는 짜증이 났다. "시칠리아인은 아주 많으니 예외가 있겠지요. 게다가 반쯤 잠에서 깬 사람도 있다고 아까 말했지 않소. 크리스피라는 젊은이가, 나는 확실히 아니겠지만, 당신이라면 그 젊은이가 늙어서 우리의 관능이 뒤섞인 혼란 상태에 빠졌는지 아닌지를 관찰할 수 있을지도 모르겠군요. 모두 그러니까요. 내 설명이 부족했나 봅니다. 나는 시칠리아 사람이라고 말했는데, 여기에 시칠리아, 환경, 기후, 풍경도 덧붙여야 옳을 겁니다. 이런 것들이 모두 함께, 어쩌면 외세의 지배와 부당한 강탈보다 더 많이 우리의 정신을 형성하는 데 기여한 힘입니다. 시칠리아 풍경은 음란하리만큼 부드럽거나 저주스러울 정도로 거칠 뿐 중간이 없습니다. 이성적인 존재들이 살아가게 만들어진 땅이 다 그렇듯이 이곳은 절대 편협하지 않고 소박하지 않고 편안하지 않습니다. 지옥 불과 가까운 에트나 화산 옆의 란다초에서 불과 몇 킬로미터 떨어지지 않은 곳에 아름다운 타오르미나만(灣)이 자리 잡고 있습니다. 두 군데 다 과도하고, 그래서 위험합니다. 6개월 동안 40도에 가까운 열기가 우리를 괴롭힙니다. 세어 보십시오, 슈발레, 한 번 세어 봐요. 5월, 6월, 7월, 8월, 9월, 10월. 30일씩 여섯 번 머리 위로 맹렬한 햇볕이 쨍쨍 내리쬐는 겁니다. 길고 음산한 우리의 여름은 러시아의 겨울과 필적할 만한데, 우리는 그 여름과 싸우지만 승리하는 경우가 거의 없습니다. 기사님은 아직 모르시겠지만 시칠리아에는 성경의 저주받은 도시에서처럼 불이 내린다고 할 수 있어요. 시칠리아인이 그러한 여섯 달 중 어느 달에나 진짜 열심히 일하려면, 세 달 동안 사용하고도 남을 에너지를 쏟아부어야 한다고 할 수 있습니다. 그리고 물 문제가 있지요. 물은 구할 수 없거나 멀리서 길어 와야 합니다. 물 한 방울은 땀 한 방울로 대가를 치러야 합니다. 그러고 나면 비가 내리는데, 항상 폭우가 쏟아져서 말라비틀어진 강에 미친 듯이 강물이 넘쳐흐르고 일주일 전 갈증으로 허덕이던 인간과 짐승이 바로 익사를 합니다. 이런 폭력적인 풍경, 잔인한 기후, 모든 측면에서 지속되는 긴장감, 웅장하지만 우리가 만들지 않았기에 이해할 수 없으며 말 못하는 아름다운 유령처럼 우리 주위에 서 있는 과거의 기념비들이 있습니다. 어디서인지 모르지만 무장을 하고 이 땅에 상륙해서, 우리에게 즉시 섬김을 받고 금방 증오의 대상이 되었으며 항상 이해할 수 없던 통치자들이 있었습니다. 우리에게는 그들이 수수께끼 같은 예술 작품들로, 어딘가에서 사용할 세금을 거둬 가는 구체적 존재인 세금 징수관들로 표현되었을 뿐입니다. 이 모든 것이 우리의 성격을 형성했습니다. 그렇게 해서 우리의 성격은 무시무시하게 고립된 섬 같은 영혼만이 아니라, 피할 수 없는 외부 사건에서도 영향을 받습니다."

슈발레는 아침에 들은 무시무시한 이야기보다 이 작은 서재에서 환기되는 이념적 지옥이 더 당황스러웠다. 무슨 말이라도 하고 싶었으나 돈 파브리초는 이제 너무 흥분해서 그의 말에 귀를 기울이지 않았다.

"저는 섬에서 뭍으로 터전을 옮긴 일부 시칠리아 사람들은 본래 성향을 잘 지울 수 있다는 걸 부정하지 않습니다. 하지만 그러려면 아주 아주 어릴 때 떠나야 합니다. 스무 살이면 이미 늦습니다. 그때는 이미 겉껍질이 다 만들어져 있습니다. 그러면 제 나라는 다른 나라들과 마찬가지로 악독한 비방을 받고 있고 정상적인 문명은 여기에 있고 바깥은 이상한 곳이라는 확신을 고수할 것입니다. 죄송합니다, 슈발레, 제가 얘기를 질질 끌어서 당신을 불편하게 한 것 같습니다. 에스겔이 이스라엘의 불행을 한탄하는 말을 들으러 여기까지 오신 건 아니잖아요. 이제 본론으로 돌아가죠. 저를 상원의원으로 생각해 주신 정부에 크게 감사드리며, 책임자께도 진심으로 감사드린다고 전해 주십시오. 하지만 저는 받아들일 수 없습니다. 저는 부르봉 체제와 불가피하게 타협했고, 체면 때문에 애정 없이 거기에 묶여 있는 구계급의 대표자입니다. 저는 구시대와 신시대라는 두 마리 말 위에 걸터앉아 어느 쪽도 편치 않은 불행한 세대에 속합니다. 더군다나 당신이 분명 눈치채셨겠지만 저는 환상이 없는 사람입니다. 다른 사람들을 이끌고자 하는 사람은 자신을 속일 능력이 필요한데, 이렇게 미숙한 저를 상원이 어떻게 입법자로 받아들이겠습니까? 우리 세대는 구석으로 물러나서 젊은이들이 이 화려하게 장식된 관대(棺臺) 주변에서 재주넘고 공중제비하는 모습이나 구경해야 합니다. 이제는 '왜'보다는 '어떻게'에 마음을 열고 자신의 구체적인 관심사를 모호한 정치적 이상으로 포장하는 일, 제 말은, 양자를 조화시키는 일에 능숙한, 민첩한 젊은이들이 필요합니다." 그는 말을 멈추었고 성 베드로 돔을 가만히 놔두었다. 그리고 다시 말을 이었다. "당신의 윗사람들에게 전할 조언을 하나 해도 될까요?"

"물론이지요, 영주님. 잘 귀담아듣겠습니다. 하지만 저는 여전히 조언보다는 동의를 해 주시기를 바라고 있습니다."

"상원을 위해 추천하고 싶은 사람이 있습니다. 칼로제로 세다라입니다. 그 자리에 앉는 데는 저보다 그 사람이 더 많은 장점을 가지고 있습니다. 가문은 오래되었거나 그렇게 될 거라고 들었습니다. 당신이 일컫는 명성 이상으로 그 사람은 힘을 가지고 있습니다. 과학적 장점은 없을지 몰라도 실용적인 장점이 있습니다. 아주 뛰어나지요. 지난 5월의 위기 동안 그의 태도는 흠잡을 데 없었을 뿐 아니라 매우 유용했습니다. 그가 저보다 환상이 많다고 생각하지는 않지만 그는 필요할 때 환상을 만드는 법을 알 만큼 아주 민첩합니다. 당신들에게 딱 맞는 사람입니다. 하지만 그가 하원의원 선거에 출마하고 싶어 한다는 얘기가 들리므로 서두르셔야 할 겁니다."

세다라에 대해서는 도에서 많이 얘기되고 있었고 시장으로나 개인으로나 그가 벌인 활동은 잘 알려져 있었다. 슈발레는 치가 떨렸다. 그는 정직한 사람이었고 입법부에 보이는 존중은 그가 드러낸 의도와 마찬가지로 순수했다. 그렇기에 차라리 아무 말도 하지 않는 편이 낫겠다고 생각했다. 그가 타협하지 않은 것은 잘한 일이었다. 사실 잘난 돈 칼로제로는 10년 후에 상원의원의 옷을 걸치게 되었으니 말이다. 하지만 슈발레는 정직했어도 어리석지는 않았다. 그는 시칠리아에서 부당하게도 지성이라는 이름을 취하던 민첩한 정신을 소유하고 있지는 않았지만 사물을 느리지만 확고하게 인식했다. 그래서 남부 사람들이 타인의 고통에 대해 보이는 둔감함은 가지고 있지 않았다. 돈 파브리초의 비통과 낙담을 이해했고, 그가 한 달 동안 목격한 비참, 혐오, 우울한 무관심이 밴 광경들이 순식간에 다시 보였다. 지난 몇 시간 동안 그는 살리나 가문의 부유함과 위엄을 부러워했지만 이제는 자신의 포도밭, 카살레 근처의 몬테르추올로, 보잘것없고 평범하지만 평온하고 살아 있는 땅을 부드러운 시선으로 떠올렸다. 그는 절망하는 영주만큼이나 맨발의 아이들, 말라리아에 걸린 여자들, 그의 사무실에 자주 명단이 올라오는 무고하다고는 할 수 없는 희생자들을 동정했다. 결국 모두 한 우물 구덩이에 갇혀 있는 재난의 동료들이었다.

그는 마지막 노력을 하고 싶었다. 그는 일어섰고 목소리에는 격정이 실렸다. "영주님, 영주님의 사람들이 처해 있는 이 물질적 빈곤과 **무분별한** 도덕의 부재에서 비롯된 비참한 상태를 조금이라도 개선시키기 위해 하실 수 있는 일을, 그것을 치유하려는 시도를 정말 진정으로 거부하시는 겁니까? 풍토는 극복될 수 있고, 정부에 대한 나쁜 기억은 지워질 수 있으며, 시칠리아 사람들은 더 좋아지기를 바랄 것입니다. 정직한 사람들이 물러서면 주저함이 없는 사람들, 앞을 내다볼 줄 모르는 사람들, 즉 세다라 같은 사람들이 그 자리를 차지할 것입니다. 그러면 모든 것이 예전과, 수백 년 전과 똑같아질 것입니다. 영주님, 영주님께서 말씀하셨던 자랑스러운 진실이 아니라 영주님의 양심에 귀 기울이십시오. 협력해 주십시오."

돈 파브리초는 미소 지었고 그의 손을 잡고 자기 옆 소파에 그를 앉혔다. "슈발레, 당신은 신사이십니다. 당신을 알게 된 것을 행운으로 생각합니다. 당신 말이 모두 옳습니다. 다만 '시칠리아 사람들은 더 좋아지기를 바랄 것입니다'라고 하신 말씀은 틀렸습니다. 개인적인 일화를 하나 말씀드리겠습니다. 가리발디가 팔레르모에 들어오기 이삼일 전에 저는 영국 해군 장교 몇 명을 소개받았는데, 그들은 사태의 추이를 지켜보기 위해 정박한 배 위에서 임무를 수행하고 있었지요. 그들은 어떻게 알았는지는 모르겠지만 제가 바닷가에, 바다를 마주 보는 곳에 집을 가지고 있다는 걸 알고 있었어요. 지붕에 테라스가 있어서 도시 주변을 빙 둘러 있는 산을 볼 수 있는 집이지요. 그들은 방문을 요청했는데, 집에 와서 가리발디 군인들이 돌아다닌다고 들었지만 배에서는 확실히 알 수 없는 지점을 조망해 보겠다는 거였어요. 제가 집 위쪽으로 안내했는데, 그들은 불그스름한 구레나룻이 있었지만 앳돼 보이는 순진한 젊은이들이었어요. 그들은 놀라운 풍광에, 빛의 현란함에 매료되었어요. 하지만 음산하고 낡고 불결한 길을 보고 기겁을 했다고 고백했지요. 제가 당신에게 하려고 애썼듯이, 하나는 다른 하나의 결과라는 설명은 그들에게 하지 않았어요. 그러자 그들 중 한 명이 이탈리아 자원병들이 정말 무엇을 하러 이곳 시칠리아에 오는지 물었어요. '데이 아 커밍 투 티치 어스 굿 매너스, 벗 원트 석시드, 비코즈 위 아 갓즈'라고 대답했지요. '그들은 우리에게 좋은 매너를 가르치려고 오지만 우리가 신이기 때문에 성공하지 못할 거요'라고 말입니다. 이해하지 못했을 거라고 생각하는데, 하지만 그들은 웃으면서 떠났어요. 그래서, 친애하는 슈발레 씨. 저는 당신에게도 이렇게 대답합니다. 시칠리아 사람들은 자신들이 완벽하다고 믿고 있다는 단순한 이유 때문에 절대로 더 좋아지려고 하지 않는다는 겁니다. 그들의 허영심은 그들의 비참보다 더 강합니다. 낯선 사람들의 침입은, 그들이 외지인이든 독립적인 정신의 시칠리아인이든, 완벽에 도달했다는 그들의 몽상을 뒤흔드는 사태이며, 아무것도 바라지 않는 만족감을 방해하는 위험입니다. 열 몇 개의 민족에게 짓밟혔어도 그들은 호화로운 장례식을 누릴 자격이 있는 제국의 과거가 있다고 믿고 있어요. 슈발레, 당신은 정말로 당신이 시칠리아를 보편적 역사의 흐름 속으로 끌어들일 수 있다고 믿는 최초의 사람이라고 생각하십니까? 얼마나 많은 무슬림 이맘, 얼마나 많은 루제로 왕의 기사,

얼마나 많은 슈바벤의 서기, 얼마나 많은 앙주의 남작, 얼마나 많은 기톨릭의 법관들이 허니같이 그런 아름다운 몽상에 빠졌는지 모릅니다. 그리고 얼마나 많은 스페인 총독, 얼마나 많은 카를로스 3세의 개혁 각료들이 그랬는지, 그리고 또 누가 더 있어서 그들도 그랬는지도 모릅니다. 시칠리아는 그들의 부름에도 불구하고 잠을 자고 싶었습니다. 시칠리아는 부유하고 현명하고 정직하고 모두에게 존경과 부러움을 사는데, 한마디로 완벽한데, 그들의 말을 들어야 할 이유가 어디 있겠습니까?

지금 우리 중에도 프루동과 이름을 기억할 수 없는 키 작은 독일 유대인이 쓴 글을 맹종하여 이곳저곳에서 벌어지는 썩어 빠진 사태의 책임이 봉건주의에 있다고, 그러니까 말하자면 나한테 있다고들 하고 있어요. 그럴지도 모르죠. 하지만 봉건주의는 어디에서나 있었고 외국의 침략도 마찬가지였어요. 당신 조상들인 슈발레나 영국의 대지주들이나 프랑스의 영주들이 살리나 가문보다 더 잘 통치했다고 생각하지는 않아요. 그런데 결과가 달랐습니다. 그런 차이가 난 이유는 모든 시칠리아 사람의 눈에서 반짝이는 우월감, 우리가 자부심이라고 부르지만 실은 아무것도 보지 못하는 우월감에서 찾아야 할 것입니다. 지금 그리고 앞으로도 오랫동안 어떤 일도 할 수 없습니다. 애석한 일이지만 정치적으로 손가락 하나 까딱할 수 없습니다. 그렇게 하면 그들이 내 손가락을 깨물 겁니다. 이 말들은 시칠리아 사람들에게는 할 수 없는 연설입니다. 그리고 당신이 이렇게 말했다면 저 역시 상처받았을 겁니다.

늦었습니다, 슈발레. 만찬을 들려면 가서 옷을 갈아입어야 해요. 저는 몇 시간 동안 교양인 행세를 해야 합니다."

다음 날 아침 일찍 슈발레는 다시 길을 떠났는데, 돈 파브리초는 사냥을 할 생각이었기에 우편 마차 타는 곳까지 그와 동행할 수 있었다. 돈 치초 투메오가 함께했는데 그의 어깨는 두 배 무게의 소총, 즉 자기와 돈 파브리초의 총에 눌렸고 마음은 분노로 변한 짓밟힌 자존심에 짓눌렸다.

새벽 5시 반의 희붐한 빛 속에 갇힌 돈나푸가타는 황량하고 처량해 보였다. 모든 집 앞에는 빈곤한 식탁에서 나온 쓰레기가 초라한 벽을 따라 쌓여 있었고, 떨고 있는 개들이 채워도 채워도 채워지지 않는 식탐을 부리며 그것을 뒤적이고 있었다. 어떤 문들은 벌써 열려 있었고 다닥다닥 붙어 자는 사람들에게서 나는 악취가 길로 쏟아져 나왔다. 등불 심지에서 나오는 희미한 빛으로 어머니들이 결막염을 앓는 아이들의 눈꺼풀을 살피고 있었다. 그들은 대부분 검은 옷을 입었는데, 많은 이들이 '목축로'의 모퉁이를 도는 사람들의 발에 걸려 그들을 넘어지게 하는 시체들의 아내였다. 남자들은 '곡괭이'를 끼고, 하느님이 도우사, 자신들에게 일을 줄 사람들을 찾아 나섰다. 노곤한 침묵이 흐르거나 히스테릭하게 찢어질 듯이 외치는 화난 목소리가 들렸다. 성령수도원 쪽에서는 주석빛 여명이 납빛 구름 위로 조금씩 스며들기 시작했다.

슈발레는 생각했다. '이런 상황은 오래가지 않을 것이다. 새롭고 민첩한 현대적인 행정부가 모든 것을 바꿀 것이다.' 영주는 우울했고 이렇게 생각했다. '이 모든 일을 이렇게 지속되게 놔두어선 안 될 것이다. 하지만 늘 지속되겠지. 물론 인간사라는 시간으로 볼 때의 '늘'이다. 100년, 200년…… 그후에는 달라지겠지. 하지만 더 나빠질 게 분명해. 우리는 표범, 사자였다. 우리를 대신할 사람들은 자칼, 하이에나가 될 것이다. 이들 모두, 그러니까 표범, 자칼, 양은 계속해서 자신들이 세상의 소금이라고 믿을 것이다.' 그들은 서로에게 감사를 표하며 작별 인사를 나눴다. 슈발레는 토사물 색깔의 바퀴 네 개가 지탱하는 우편 마차에 올라탔다. 굶주리고 상처투성이인 말이 긴 여정을 시작했다.

　날이 밝았다. 겨우 구름 덮개를 뚫고 나온 빛이 언제부터 끼었는지 모를 창문의 때에 막혀 버렸다. 슈발레는 혼자였고 이리저리 부딪히고 충격을 받으면서 집게손가락 끝에 침을 묻혀 유리를 눈알 크기만큼 닦았다. 그는 보았다. 그의 눈앞에 펼쳐진 잿빛 풍경이 걷잡을 수 없이 요동을 쳤다.

5장

1861년 2월

    피로네 신부의 고향은 시골로, 아주 작은 마을인 산코노이
다. 지금은 버스 덕분에 팔레르모에 딸린 작은 위성 가운데
하나가 되었지만, 한 세기 전만 해도 아주 멀리 떨어진 다른
행성계에 속했다. 팔레르모에 가는 데 마차로 네다섯 시간이
나 걸렸으니 말이다.

    우리의 예수회 신부의 아버지는 성 엘레우테리오 수도원이
산코노 지역에 소유한 영지 두 군데의 '감독관'이었다. 수도원
은 이 영지를 소유한 걸 자랑스러워했다. 당시 이 '감독관'이라
는 직업은 영혼과 육체의 건강에 매우 위험했는데, 이상한 사
람들을 만나고 온갖 이야기를 들을 수밖에 없었기 때문이다.
그런 얘기들이 쌓이면 병이 들고, 병자는 '갑자기'(이 말이 정확
한 표현이다) 뻣뻣해진 채 어느 담벼락 밑에 쓰러져 죽어 버렸

다. 이야기들은 모두 그의 뱃속에 봉인돼 버려서 할 일 없는 자들이 호기심으로 끄집어내는 짓도 할 수 없게 되어 버렸다. 하지만 피로네 신부의 아버지 돈 가에타노는 그런 직업병을 피할 수 있었다. 늘 조심하고 신중히 예방 요법을 사용하며 위생 관리를 철저히 한 덕분이었다. 그렇게 살면서 아몬드 꽃 사이로 바람이 소리를 내던 어느 화창한 2월 일요일에 폐렴으로 평화롭게 숨을 거두었다. 그는 아내와 세 자녀(두 딸과 신부)를 비교적 좋은 재정 환경에 두고 떠났다. 영리한 사람이었기에 수도원에서 지급하는 엄청나게 빈약한 월급을 절약했고, 세상을 떠날 당시 계곡 아래쪽에 아몬드나무 몇 그루와 경사면에 포도나무 몇 그루, 위쪽에 돌이 많은 목초지를 소유하고 있었다. 알다시피 가난한 사람이 가질 법한 것들이다. 하지만 낙후한 산코노 경제 여건에서는 어느 정도 비중 있는 재산이라고 하기에 충분했다. 그는 또한 팔레르모 방향 마을 입구에 정육면체 형태의 작은 집을 소유하고 있었다. 겉은 파란색이고 내부는 흰색이며, 아래층에 방 네 개, 위층에 방 네 개가 있었다.

피로네 신부는 이 집을 열여섯 살에 떠났다. 교구 학교 성적이 좋아서, 주교관을 쓴 성 엘레우테리오 대수도원장의 호의로 대주교좌 신학교에 들어갈 수 있었다. 하지만 몇 년이 지나여러 번 고향 집에 돌아왔다. 자매들의 결혼을 축복하거나 죽어 가는 돈 가에타노에게 불필요한 일이지만, 죄를 사해 주기(물론 세속적으로) 위해서였다. 그리고 이제 1861년 2월 말, 열다섯 번째 아버지 기일에 돌아온 것이다. 이날은 아버지가 세상을 떠나던 날과 똑같이 바람이 불고 맑았다.

말의 꼬리가 코앞에 보이는 자리에 앉아서 다리를 늘어뜨리고 이리저리 흔들거리며 다섯 시간을 달렸다. 처음에는 마차의 측면 화판에 새로 그린 애국적인 그림을 보자 구역질이 났고, 불꽃색 가리발디가 바다색 성녀 로살리아와 팔짱을 낀 비유적인 묘사를 보니 메스꺼움이 절정에 다다랐다. 하지만 이런 증상을 극복하고 나니 다섯 시간 동안은 즐거웠다. 팔레르모에서 산코노까지 올라가는 계곡은 해안의 화려한 풍경과 내륙의 냉혹한 풍경이 어우러져 있었다. 여기에 자주 부는 돌풍은 공기를 신선하게 해 주었지만, 아주 정밀하게 조준해서 쏜 총알의 궤적을 꺾는 것으로 유명해서, 복잡한 탄도 문제에 직면한 사격수들은 다른 데서 연습하는 편을 선호했다. 마차꾼은 고인을 잘 알았고, 그의 공적에 대해 오랫동안 이야기했다. 성직자인 아들 귀로 듣기에 조금 불편하긴 해도 거기에 익숙한 사람에게는 기분 좋게 들리는 말이었다

그는 도착하자마자 기쁨의 눈물이 섞인 인사를 받았다. 어머니는 슬픔에는 시효가 없음을 나타내는 검은색 양모 상복을 입고 과부의 새하얀 머리카락과 분홍빛 얼굴을 뽐내고 있었다. 신부는 그런 어머니를 포옹하고 축복했고 누이들과 조카들에게 인사를 건넸다. 하지만 조카들 가운데 카멜로는 곱지 않은 눈으로 보았는데, 축하한답시고 모자에 꽃 모양의 삼색기 모표를 달고 오는 최악의 취향을 드러냈기 때문이다. 집 안에 들어서자마자 늘 그랬듯이 아주 달콤하면서도 격렬하게 밀려드는 젊은 시절의 기억에 휩싸였다. 모든 것이 변함이 없었다. 테라코타 바닥도 소박한 가구도 변함없이 붉은색이었

고 좁은 창문으로 들어오는 빛도 여전했다. 구석에서 잠깐 짖던 개 로메오는 어린 시절 같이 뒹굴며 놀았던 사냥개 치르네코 델레트나의 손자의 손자였는데 그 개와 똑같이 생겼다. 부엌에서는 토마토, 양파, 양고기를 넣어 끓이는 '라구'에서 수백년 동안 변함없던 향기가 뿜어져 나왔다. 특별한 날에 먹는 '아넬레티'라는 작은 반지 모양의 파스타 면에 부어 넣을 라구였다. 돌아가신 부친의 힘겨운 노력으로 얻은 평온함을 보여주는 것들이었다.

그들은 곧 추모 미사를 드리러 성당으로 향했다. 그날 산코노는 상태가 최상이었는지 온갖 배설물을 거의 자랑스러운 듯 실컷 내보이고 있었다. 검은색 젖통이 달린 영리한 작은 염소들과 작은 망아지처럼 검고 날씬한 시칠리아 새끼 돼지들이 사람들 사이에서 서로 쫓으며 가파른 길을 올라가고 있었다. 피로네 신부가, 말하자면, 지역의 영광이 되고 나서부터는 많은 여자와 어린이, 심지어 젊은 남자들까지 주위에 몰려들어 축복을 청하거나 옛날 일을 추억했다.

성당의 성구실(聖具室)에서 그들은 본당 신부와 재회했고 미사를 마친 다음에는 옆 예배당에 있는 묘비로 갔다. 여자들은 대리석에 입 맞추면서 눈물을 흘리고 아들은 신비한 라틴어로 큰 소리로 기도했다. 일행이 집으로 돌아왔을 때 '아넬레티'가 식탁에 올려졌고, 피로네 신부는 살리나 저택의 미식으로 입맛이 망가지는 일은 없었던지 그것을 매우 즐겼다.

저녁이 되자 친구들이 인사를 나누려고 찾아와서 그의 방에 모였다. 팔 세 개짜리 구리 램프가 천장에 매달려 기름 심지의 희미한 불빛으로 사물을 비추었고, 한쪽 구석에 있는 침대는 화려한 매트리스와 숨이 막힐 듯 빨갛고 노란 이불을 자랑했다. 방의 다른 구석은 '침밀레'라는 매트로 된 높고 견고한 울타리가 쳐져 있었는데, 가족을 위해 매주 방앗간으로 가는 꿀색 밀을 보호하기 위해서였다. 벽에는 곰보 자국처럼 얽죽얽죽한 부조가 있었는데, 거기에서는 성 안토니오가 신성한 아기를, 성 루치아가 뽑아낸 자기 눈을 보여 주고, 성 프란체스코 하비에르가 깃털을 꽂고 옷을 제대로 입지 않은 인디언 무리에게 열변을 토하고 있었다. 밖에는 별이 빛나는 황혼 속에서 바람이 휘파람을 불며 자기 방식대로 홀로 망자를 추념했다. 방 한가운데에는 램프 아래쪽으로 납작하고 커다란 화로가 놓여 있었다. 화로 둘레에는 광택을 낸 나무 띠가 둘러쳐져 있어서 거기에 발을 올려 둘 수 있었다. 주위로는 끈으로 엮어 만든 의자들이 손님들과 함께 빙 둘러서 있었다. 의자에는 본당 신부와 이 지역의 지주인 스키로 형제, 그리고 아주 나이가 많은 약초꾼인 돈 피에트리노가 앉아 있었다. 그들은 올 때부터 표정이 어두웠는데 내내 그랬다. 여자들이 아래층에서 바쁘게 움직이는 동안 그들은 정치 이야기를 하며 팔레르모에서 도착한 피로네 신부로부터 위로가 되는 소식을 얻기를 기대했다. 피로네 신부는 '고귀하신 분들' 사이에서 살았으니 많은 것을 알고 있을 터였다. 소식에 대한 욕망은 충족되었으나 위로에 대한 갈망은 실망스러웠다. 그들의 예수회 친구가 절반은 솔직하게, 절반은 전략적으로 아주 캄캄한 앞날을 보여 주었기 때문이다. 가에타에서는 아직도 부르봉 깃발이 휘날리고 있지만 봉쇄는 철통같았고 요새의 화약고가 차례로 폭파되있다고 했으며 명예 말고는 구해 낼 세 전혀 없다고, 그러니까 많지 않다고 했다. 또 러시아는 친구이지만 멀리 있고 나폴레옹 3세는 가까이에 있지만 믿을 수가 없다고도 했다. 예수회 신부는 바실리카타와 테라디라보로 지역의 반란자들 이야기는 별로 하지 않았는데, 그들이 마음속 깊이 부끄러웠기 때문이다. 그는 이렇게 신앙 없이 약탈로 이탈리아라는 국가가 형성되는 현실을 받아들일 수밖에 없으며, 이 국가는 피에몬테에서 여기까지 콜레라처럼 퍼질 징수법과 징집법을 근간으로 한다고 말했다. 독창성이라곤 없는 그의 결론은 이러했다. "여러분은 앞으로 그들 때문에 우리 눈에 흘릴 눈물조차 남지 않을 현실에 맞닥뜨릴 것입니다."

이 말에 전통적으로 시골 사람들이 늘 하던 불평의 합창이 섞여 들어갔다. 스키로 형제와 약초꾼은 벌써 세금에 물어뜯기는 느낌을 받았다. 스키로 형제는 특별 기부금과 추가 금액을 물어야 했다. 약초꾼은 충격적인 소식을 전했다. 시청에 불려 가 앞으로 매년 20리라를 납부하지 않으면 약초를 팔지 못한다는 얘기를 들었다고 한다. "이 센나, 이 흰독말풀, 주님께서 만들어 주신 이 성스러운 약초들은 날씨가 맑든 궂든 정해진 낮과 밤에 내가 산에 가서 내 손으로 채집해요! 이것을 모두의 공동 소유인 햇볕에 말리고 할아버지 때부터 쓰던 절구로 내가 직접 가루로 만들어요! 이게 시청의 그자들과 무슨 상관이 있나요? 왜 내가 20리라를 그자들에게 내야 하나요? 단지 그자들의 잘난 얼굴을 구경한 값으로 말이오?"

이 말은 치아가 빠진 입에서 뭉개져서 나왔지만, 그의 눈은 강한 분노로 아주 까매졌다. "제 말이 틀렸나요, 그렇지 않나요, 신부님? 말씀해 주세요!"

예수회 신부는 그를 좋아했다. 자신이 참새에게 돌을 던지던 소년이었을 때 이미 어른이었던 그의 모습이 기억났다. 그때 이미 한시도 쉬지 않고 돌아다니면서 약초를 채집하느라 등이 굽어 있었다. 그는 여자들에게 달인 약을 팔 때마다 '아베마리아'나 '성부께 영광을', 이런 기도를 아주 많이 하지 않으면 약효가 없을 거라고 말했다. 신부는 그런 약초꾼이 고마웠다. 신중한 두뇌의 소유자인 신부는 그 혼합물에 정말 무엇이 들어 있는지 그리고 무슨 희망을 부추겨 그런 약을 원하게 하는지는 알려고 하지 않았다.

"당신 말이 맞아요, 돈 피에트리노, 백번 옳아요. 왜 아니겠어요. 하지만 그들이 당신과 당신 같은 불쌍한 사람들에게서 돈을 뺏지 않는다면, 교황과 전쟁을 벌이고 교황의 소유물을 약탈하는 데 들어가는 돈은 어디서 구할 수 있을까요?"

육중한 문짝을 넘어 들어온 바람에 흔들리는 희미한 불빛 아래서 대화는 계속되었다. 피로네 신부는 앞으로 교회 재산도 몰수될 수밖에 없으리라는 이야기를 장황하게 늘어놓았다. 대수도원이 이곳 주변을 온화하게 지배하고 혹독한 겨울에 수프를 나누어 주었는데 이 역시 끝이라고 했다. 그때 스키로 형제의 동생이 만일 그렇게 되면 가난한 농민들이 작은 땅뙈기나마 가질 수 있을 거라고 말했다. 이 신중하지 못한 말에 신부가 단호히 경멸을 표하자 그의 목소리는 기어들어 갔다. "앞으로 보게 될 겁니다, 돈 안토니오, 곧 알게 될 거예요. 시상이 모든 것을 사늘일 테고 첫 할부금이야 낼 수 있겠지요. 하지만 벌어진 일은 어찌할 수 없으니 나중에는 나 몰라라 할 거요. 그런 일이 피에몬테에서 이미 일어났소."

그들은 올 때보다 훨씬 더 어두운 얼굴로 돌아갔고 두 달 동안이나 투덜거렸다. 약초꾼만 남았는데, 그날 밤을 새울 참이었다. 초승달이 떴고 피에트라치 바위 산으로 로즈메리를 따라 가야 했기 때문이다. 그는 손에 들고 다니는 작은 등불을 가져왔는데 집 밖으로 나가면 곧바로 길을 나설 터였다.

"하지만, 신부님, '귀하신 분'들과 함께 사시니까 묻습니다. '나으리'들은 저 큰 불에 대해서는 어떻게 말하나요? 그리고 저 위대하신, 화 잘 내고 거만하신 살리나의 영주께서는 뭐라고 말하나요?"

피로네 신부는 이 질문을 자신에게 여러 차례 던져 본 적이 있다. 하지만 대답하기 쉽지 않았다. 특히 거의 1년 전 어느 날 아침 천체관측소에서 돈 파브리초가 해 준 이야기를 자신이 무시하거나 과장 해석했기 때문에 더욱 그랬다. 이제야 그런 사실을 깨달았지만 돈 피에트리노가 이해할 수 있도록 쉽게 옮길 방법을 찾을 수가 없었다. 이 사람은 결코 바보는 아니지만 추상적인 것들보다는 자신이 캔 약초가 감기를 막고 소화를 돕고, 아마, 정력에도 좋은 효과가 있다는 사실 쪽을 더 잘 이해했다.

"이봐요, 돈 피에트리노, 당신이 '나으리'라고 부르는 그들은 이해하기가 쉽지 않아요. 그들은 하나님께서 직접 창조하신 세계가 아니라 수세기 동안의 매우 특별한 경험, 그들 자신의 고민과 기쁨을 통해 스스로 창조한 특별한 우주에서 삽니다. 그들은 강력한 집단 기억을 가지고 있기에, 당신과 저는 전혀 신경도 쓰지 않는 일들이지만 그들에게는 중요한 사안들을 두고 걱정하거나 기뻐합니다. 유산으로 물려받은 기억, 희망, 계급 불안과 관련이 있기 때문이지요. 하느님의 섭리가 원하는 바는 이런 것이에요. 결국 최종 승리는 영원한 교회에 돌아가고, 저는 이런 교회의 가장 영광스러운 질서의 일부로서 겸손하게 존재하는 것이지요. 당신은 질서라는 계단의 다른 끝에 있어요. 제 말은 가장 낮은 곳이 아니라 완전히 다른 곳이라는 뜻입니다. 당신이 오레가노가 무성한 군락이나 최음제 딱정벌레인 청가뢰가 빽빽하게 모여 있는 곳(돈 피에트리노, 당신도 찾는 것이겠지요?)을 발견할 때는 자연과 직접 소통하지요. 이 자연은 하느님께서 선과 악의 구분 없이 창조하신 것이어서 인간이 자유롭게 선택할 수 있습니다. 사악한 늙은 여자나 욕망에 불타는 젊은 여자들에게 상담해 줄 때 당신은 수백 년의 심연 속으로 내려가 골고다의 빛 이전의 암흑시대에 이르게 됩니다."

노인은 어리둥절한 표정으로 그를 쳐다보았다. 자기는 살리나의 영주가 새로운 상황에 만족하는지를 알고 싶은데 상대는 청가뢰와 골고다의 빛 이야기나 하고 있었다. '책을 너무 많이 읽더니 미쳐 버렸군. 불쌍한 친구야.'

"'나으리'들은 그런 존재가 아닙니다. 그들은 이미 조작된 것들에 의지해 살아갑니다. 우리 성직자들은 그들에게 영생에 대한 확신을 주기 위해 봉사합니다. 당신네 약초꾼들이 그늘에게 피부를 부드럽게 하는 약이나 흥분제를 제공함으로써 봉사하듯이 말이지요. 그렇다고 그들이 나쁘다는 말은 아닙니다. 절대로 그렇지 않아요. 그들은 다를 뿐이지요. 그들이 우리에게 그토록 이상해 보이는 이유는 성인이 아닌 모든 사람이 향해 가는 단계에 이미 도달했기 때문이지요. 이 세상의 재물에 물릴 대로 물려서 무관심한 단계에 이른 것입니다. 바로 그래서 우리에게는 아주 중요한 것들에 신경을 안 쓰는지도 몰라요. 산에 사는 사람들이 들판의 모기에 신경 쓰지 않고 이집트에 사는 사람들이 비웃을 거들떠보지 않듯이 말입니다. 하지만 산 사람은 눈사태를, 이집트 사람은 악어를 두려워합니다. 우리가 거의 신경 쓰지 않는 것들이지요. 그런데 그들에게 우리가 생각하지도 않는 두려움이 생겼어요. 저는 진지하고 현명한 사람인 돈 파브리초가 다림질이 잘못된 셔츠 칼라 때문에 표정이 어두워지는 것을 보았고, 라스카리의 영주가 부왕의 팔라초에서 오찬을 할 때 자리를 잘못 지정받았다고 화가 나서 밤새 잠을 자지 못했던 일을 잘 알고 있어요. 이 말을 들으니, 단지 빨래나 의전 때문에 마음이 혼란해지는 유의 인간들이 행복하고 그래서 더 우월한 부류라는 생각이 들지 않나요?"

돈 피에트리노는 이제 아무것도 알아듣지 못했다. 기이한 일들이 점점 늘어났고 이제는 셔츠 깃과 악어까지 등장했다. 하지만 시골의 소박한 상식이 여전히 그를 떠받쳐 주고 있었다. "하지만 만약 그렇다면, 신부님, 그들은 모두 지옥에 갈 거예요!" "왜 그렇죠? 조건에 따라 결정되는 이 세상에서 어떻게 살아왔느냐에 따라 어떤 사람은 지옥에 가고 어떤 사람은 구원받겠지요. 어림잡아 말하면, 예컨대 살리나는 경쟁을 잘하고 규칙을 잘 지키고 반칙을 하지 않았기 때문에 구원을 받아야 합니다. 주 하느님은 자신들이 알고 있는 신성한 법을 자발적으로 어기는 자들과 자발적으로 잘못된 길을 택하는 자들을 벌하지만, 가야 할 길을 따르는 자들은 악행을 저지르지 않는 한 언제나 괜찮습니다. 돈 피에트리노, 만약 당신이 알면서도 박하 대신에 독미나리를 팔았다면 당신은 지옥에 떨어질 겁니다. 하지만 당신이 진실로 그렇다고 믿고 그랬다면, 타나 아줌마는 소크라테스처럼 가장 고귀한 죽음을 맞을 테고, 당신은 성스러운 옷에 작은 날개를 단 채, 순백의 모습으로 곧장 천국에 갈 겁니다."

소크라테스의 죽음 운운하는 이야기는 약초꾼이 알아듣기에는 너무 무리라 그는 이해하기를 포기하고 잠이 들었다. 피로네 신부는 이것을 눈치채고 기뻐했다. 자기 말을 못 알아들을까 봐 걱정할 필요 없이 거리낌 없이 말을 해도 되었기 때문이다. 그는 말이 하고 싶어졌다. 내면에서 희미하게 휘몰아치는 생각을 어지럽지만 구체적인 문장들로 표현해 고정하고 싶었다.

"또 그들은 좋은 일도 많이 해요. 한 가지 예만 들면, 거리로 나앉을 판이었던 가족들이 그들의 으리으리한 저택에서 쉼터를 제공받았는데 이런 사례가 얼마나 많은지 몰라요. 이걸 보더라도 알 수 있지요! 아무런 대가도 요구하지 않아요. 심지어 좀도둑질을 하지 말라는 요구도 하지 않아요. 이것은 과시하기 위해서가 아니라 날리 행농하지 놋하게 만드는, 아득한 조상 대대로 전해 오는 일종의 본능에서 비롯된 것이지요. 비록 그렇게 보이지는 않지만, 그들은 다른 많은 사람들보다 덜 이기적입니다. 그들의 화려한 집, 호화로운 파티에는 뭔가 비인간적인 게 깃들어 있어요. 웅장한 교회 전례와 다소 비슷하지요. 사실은 '아드 마요렘 젠티스 글로리암'116) 거행하는, 그들을 적잖이 구원하는 일이지요. 그들은 샴페인 한 잔을 마시려면 다른 사람들에게 쉰 잔을 내놓지요. 종종 있는 일이지만 그들이 누군가를 나쁘게 대할 때, 그들 개인의 인간성이 아닌, 존재를 인정받고자 하는 그들의 계급 때문에 죄를 짓는 것입니다. '파타 크레스쿤트'.117) 예를 들면, 돈 파브리초는 자기 조카 탄크레디를 보호하고 교육했어요. 요컨대, 불쌍한 고아를 구해 줬는데, 안 그랬더라면 그 아이는 파멸의 길을 갈 수도 있었을 겁니다. 그러나 당신은 이렇게 말할 테지요. 그 청년도 다른 사람을 위해 찬물에 손가락 하나 담그지 않을 나으리이기 때문에 구원받았다고 말입니다. 사실입니다. 하지만 진심으로, 돈 파브리초가 마음 깊이, '타인'을 모두 잘못 만들어진 표본들, 즉 도공의 손에서 보기 흉하게 태어나서 불에 구

---

116) 가문의 더 큰 영광을 위하여(ad maiorem gentis gloriam). 예수회의 신조인 '하느님의 더 큰 영광을 위하여(ad maiorem Dei gloriam)'를 본뜬 라틴어.

117) '운명은 성장한다(Fata crescunt).' 피로네 신부가 라틴어 격언인 것처럼 지어낸 말.

울 가치도 없는 작은 마욜리카 도자기들로 여긴다면, 왜 그렇게까지 해야 했을까요?

이봐요, 돈 피에트리노, 당신이 지금 자고 있지 않다면 벌떡 일어나서 저에게 이렇게 말했을 겁니다. 나으리들이 다른 사람들을 그렇게 경멸하는 것은 잘못이며, 우리는 모두 사랑과 죽음에 이중으로 예속되어 있으므로 창조주 앞에서 평등하다고 말입니다. 그리고 저는 당신 말에 동의할 수밖에 없었을 거예요. 하지만 저는 이렇게 덧붙였을 겁니다. 경멸은 보편적인 악습이기에, '나으리'들만을 비난하는 것은 옳지 않다고 말입니다. 대학에서 가르치는 사람들은 비록 겉으로 드러내지 않더라도 교구 학교의 교장을 경멸해요. 그리고 당신이 잠 들어 있기에 주저 없이 하는 말이지만, 우리 성직자들은 평신도보다 우월하다고 여기고, 우리 예수회는 나머지 성직자들보다 우월하다고 여겨요. 이건 당신네 약초꾼들이 이빨쟁이들을 업신여기고, 이빨쟁이들은 다시 당신네를 비웃는 것과 같아요. 의사들은 그들 시각으로 다시 이빨쟁이와 약초꾼들을 조롱하지만, 심장이나 간이 곤죽 상태인데도 계속 살 수 있다고 우기는 병자들에게 얼간이 취급을 받지요. 판사에게 변호사는 법 집행을 지연시키려는 성가신 존재에 불과한 자로 보이는 반면, 문학 작품은 그러한 판사의 거만과 나태, 때로는 그보다 더 나쁜 짓에 대한 풍자로 넘쳐납니다. 자기 자신을 경멸하는 사람은 괭이질하는 사람밖에 없어요. 이들도 남을 조롱하는 법을 배우면 이 순환고리는 완성되겠지요. 그러면 꼭대기부터 다시 시작해야겠지요.

돈 피에트리노, 얼마나 많은 직업 명이 멸칭이 되었는지 생각해 본 적 있나요? '파키노', '차바티노', '파스티치에레'부터 시작해서 프랑스어인 '레트르'와 '퐁피에'에 이르기까지 수도 없지요.[118] 사람들은 짐꾼이나 소방관의 장점은 생각하지 않고 그들의 사소한 결점만 보고 촌놈이니 허풍쟁이니 하는 거지요. 제 말이 안 들리니까 말할 수 있는데, 요즘 '제주이타'[119]라고 하면 무슨 뜻으로 쓰이는지 저도 잘 알고 있어요.

　그래서 이 귀족들은 자신들에게도 불행이 있다는 걸 수치로 여깁니다. 제가 본 어느 비참한 사람은 다음 날 자살할 결심을 하고도 첫 성찬식 전날의 소년처럼 밝게 웃고 활기찬 모습을 보였죠. 반면에 돈 피에트리노, 저는 알아요. 당신의 센나 달인 약을 당신이 직접 마셔야 하는 상황이 온다면 당신이 한탄하는 소리가 온 나라에 울려 퍼지리라는 걸. 분노와 조롱은 나으리들이 하는 일이지만 슬퍼하고 불평하는 일은 아니지요. 사실인데, 제가 한 가지 비법을 알려드리죠. 슬퍼하고 불평하는 '나으리'를 만나면 그의 족보가 어떻게 나뭇가지처럼 뻗어 가는지를 살펴보세요. 곧 마른 가지 하나를 발견할 겁니다.

　그들은 소멸시키기 어려운 계급입니다. 끊임없이 자신을 고쳐 새롭게 하고 필요할 때는 잘 죽는 법, 다시 말해 마지막에 씨앗을 뿌리는 법을 알고 있기 때문이지요. 프랑스를 보세요.

---

118) 차례대로 '짐꾼', '구두수선공', '제빵사', '기병', '소방사', '예수회 신부'를 뜻한다. 이 말에는 또한 '거친 사람', '서투른 사람', '날림으로 일하는 사람', '난폭한 사람', '술고래'라는 뜻도 있다.
119) '예수회 수사(신부)'라는 뜻. '위선자'라는 뜻도 있다.

그들은 우아하게 학살당했지만, 지금도 이전과 마찬가지로 존속합니다. '이전과 마찬가지로'라고 말한 까닭은, 사람을 고귀하게 만드는 것은 광대한 토지와 봉건적 권리가 아니라 차이이기 때문이지요. 그들이 저에게 말해 줬는데, 파리에는 반란과 전제주의 때문에 망명을 떠나 비참한 신세가 된 폴란드 백작들이 있다고 해요. 이들은 마차꾼 일을 하지만 부르주아 고객을 찌푸린 표정으로 쳐다보는데, 이 불쌍한 고객들은 영문도 모른 채 마차에 오르고 교회에 들어간 개처럼 기를 못 펴는 분위기에 휩싸이는 거지요.

그리고 또, 돈 피에트리노, 당신에게 말하고 싶은데, 예전에 여러 차례 일어났듯이 이 계급이 사라진다면, 그에 상응하는 다른 계급이 똑같은 장점과 똑같은 '결점'을 가진 채 즉시 형성될 겁니다. 이 계급은 더 이상 혈연에 기초하지 않을 겁니다. 잘은 모르겠지만…… 지식에 기초하겠지요. 한 지역에 오래 존속해 온 역사나 어떤 성스러운 책에 대해 더 잘 안다고 할 때 들먹이는 지식 말입니다.

그때 나무로 된 계단에서 어머니의 발걸음 소리가 들렸다. 그녀는 웃으면서 들어왔다. "아니 얘야, 무슨 얘기를 그렇게 하고 있어? 친구가 잠들어 있는 거 안 보이니?"

피로네 신부는 약간 부끄러웠고 어머니의 물음에는 대답하지 않고 이렇게 말했다. "이제 이분을 밖으로 모셔다 드리려고 해요. 안됐어요. 밤새 추운 곳에 있어야 하니까요." 그는 손등불의 심지를 빼내서 천장의 큰 등불에 대고 불을 붙였는데, 까치발을 하다가 사제복에 기름을 묻혔다. 심지를 제자리에 넣고 나서 등의 작은 문을 닫았다. 돈 피에트리노는 꿈속을 항해하고 있었다. 침이 입술에서 흘러내려 옷깃에 번져 있었다. 그를 깨우는 데 시간이 걸렸다. "죄송해요, 신부님, 이상하고 혼란스러운 말을 하고 계셔서 깜박 잠이 들었어요." 그들은 웃었고, 아래층으로 내려갔다. 그리고 밖으로 나갔다. 어둠이 작은 집과 마을과 계곡을 덮어서, 언제나 그렇듯이 무뚝뚝해 보이는 가까운 산조차도 가까스로 보일 뿐이었다. 바람은 잔잔해졌지만 날은 매우 추웠다. 별들은 성난 듯이 빛나며 수천 도의 열을 내뿜었지만 불쌍한 노인 하나를 따뜻하게 해 주지 못했다. "불쌍한 돈 피에트리노! 외투를 하나 더 가져다드릴까요?" "감사하지만 괜찮습니다. 이런 상황에 이제 익숙해졌어요. 내일 만나면 살리나의 영주가 혁명을 어떻게 견뎌 냈는지 말해 주실 거죠?" "지금 당장 한마디로 말씀드리지요. 혁명은 없었고 모든 것은 예전처럼 계속되리라고 그는 말하고 있어요."

"맙소사, 바보 아닌가요? 아니, 하느님께서 창조하시고 내가 직접 거두었는데 나한테 약초 값을 치르라고 시장이 요구하는 게 당신한테는 혁명으로 보이지 않나요? 그렇다면 신부님도 머리가 망가진 게 아닌가요?"

손등불의 불빛이 획획 흔들리며 멀어지더니 결국 펠트 천처럼 두터운 어둠 속으로 사라졌다.

수학도 신학도 모르는 사람에겐 세상이 거대한 수수께끼처럼 보이리라고 피로네 신부는 생각했다. "주님, 오직 주님의 전지전능하심만이 이토록 많은 복잡한 일을 고안하실 수 있습니다."

다음 날 아침 복잡한 일이 또 하나 신부 손에 떨어졌다. 본당에 가서 미사를 봉헌하려고 내려오다 부엌에서 양파를 썰고 있는 누이 사리나를 보았다. 사리나의 눈에서 눈물이 흘렀는데, 하는 일에 비해 눈물을 너무 많이 흘렸다.

"무슨 일이니, 사리나? 무슨 문제라도 생겼니? 낙심하지 마라, 주님께서 함께 아파하시고 위로하신다."

이 다정한 목소리는 불쌍한 여인이 아직 조금 가지고 있던 망설임을 없애 버려서, 그녀는 식탁에 엎드려 끈적거리는 바닥에 얼굴을 댄 채 큰 소리로 울기 시작했다. 흐느끼는 소리 사이로 계속 같은 말이 들렸다. "안젤리나, 안젤리나…… 비첸치노가 알면 둘 다 죽일 거야…… 안젤리나…… 비첸치노가 그들을 죽일 거야!"

피로네 신부는 두 손을 넓고 검은 띠 속으로 찔러 넣고 엄지만 내보인 채 그녀를 바라보고 서 있었다. 상황을 이해하기 어렵지 않았다. 안젤리나는 사리나의 아직 결혼하지 않은 딸이고, 불같이 화낼까 봐 그들이 두려워하는 비첸치노는 안젤리나의 아버지이자 피로네 신부의 매부였다. 이 방정식에서 유일한 미지수는 다른 한 사람, 즉 안젤리나의 애인일 가능성이 높은 남자의 이름이었다.

피로네 신부는 어제 그 아이를 다시 보았다. 마지막으로 본 해가 7년 전, 우는 아이일 때였는데 이제 처녀가 되어 있었다. 열여덟 살은 되었을 텐데 외모가 아주 못났다. 여기 시골 사람들처럼 입이 튀어나왔고, 눈은 주인 없는 개처럼 겁에 질려 있었다. 신부는 그녀가 도착했을 때 즉시 알아봤고 마음속에서는 '안젤라'의 애칭인, 평민다운 그 이름만큼이나 빈궁해 보이는 안셀리나와 죄 큰 살리나 가문의 평화를 뒤흔든, 아리오스토[120]의 작품에 나오는 이름만큼 화려한 안젤리카가 인정사정없이 비교되었다.

그래서 불행이 더 커 보였고 신부는 이 일에 완전히 빨려들고 말았다. 친척을 만날 때마다 가시를 만난다는 돈 파브리초의 말이 떠올랐는데 이 말을 기억해 내어 후회스러웠다.

그는 허리띠에서 오른손을 꺼내고 모자를 벗고 누이의 들썩이는 어깨를 두드렸다. "사리나, 이러지 마! 다행히 내가 여기 있잖아. 울어도 소용없어. 비첸치노는 어디 있어?" 비첸치노는 이미 스키로 형제의 농지 수비대원을 만나러 리마토로 떠났다. 다행히도 두 사람은 그가 불시에 들이닥쳐 놀랄 걱정 없이 이야기할 수 있었다. 흐느끼며 눈물을 삼키고 코를 푸는 사이사이로 이런 구접스러운 이야기가 쏟아져 나왔다. 안젤리나(정확하게는, 은칠리나)가 유혹에 넘어갔는데, 큰 날벼락은 산마르티노로 접어드는 늦여름에 떨어졌다. 그녀는 애인을 만나러 돈나 눈치아타네의 건초더미 속으로 들어갔으며, 이제 임신 3개월이 되었고, 공포에 질려 어머니에게 사실을 털어놓았다. 그사이 배가 불러 와서 비첸치노가 알면 칼부림이 날 거라는 얘기였다. "내가 말을 안 했으니 나도 죽일 거야. 그이는 '명예의 사나이'거든."

---

120) 루도비코 아리오스토(1474~1533). 이탈리아 시인으로 대표작은 「광란의 오를란도」이다. 이 작품에서 안젤리카는 빼어난 미인으로 유명하며 주인공 오를란도가 사랑하는 여인이다.

사실 비첸치노의 낮은 이마, 관자놀이에 자란 머리카락인 '카치올라니', 건들거리는 걸음걸이, 언제나 부풀어 있는 오른쪽 바지 주머니를 보면 그가 '명예의 사나이', 즉 어떤 살육도 저지를 수 있는 폭력적인 명칭이 가운데 하나임을 단번에 알 수 있었다.

사리나가 처음보다 더 격렬하게 흐느껴 울었다. 기사도 정신의 귀감인 남편에게 실망을 안겨 준 것도 미칠 듯이 후회되었기 때문이다.

"사리나, 사리나, 또 그런다! 그러지 마! 그 젊은 남자는 안젤리나와 결혼해야 해. 결혼하게 될 거야. 내가 그 남자 집에 가서 그와 식구들과 이야기하면 다 해결될 거야. 비첸치노는 약혼 사실만 알게 될 테고 그의 소중한 명예는 그대로 유지될 거야. 그런데 누가 그랬는지 내가 알아야겠어. 알면 말해 줘."

누이가 고개를 들었다. 이제 그녀의 눈에서는 더 이상 동물적인 칼부림에 대한 공포가 아닌, 오빠가 당장은 해독할 수 없는, 더 구체적이고 더 심각한 공포가 읽혔다.

"산티노 피로네가 그랬어! 투리의 아들 말이야! 상처를 주려고 그렇게 한 거야. 나한테, 우리 어머니한테, 그리고 우리 아버지에 대한 성스러운 기억에 상처를 주려고 말이야. 나는 걔에게 말도 걸지 않았어. 모두들 걔가 착한 아들이라고 하는데, 나는 걔가 나쁜 놈이고 불명예를 입은 파렴치한 아버지에 걸맞은 아들이라고 말했어. 나중에 기억이 났어. 걔가 11월 그 무렵에 친구 두 명이랑 여기를 계속 지나다녀 눈에 띄었는데 구애 표시로 귀 뒤에 빨간 제라늄 한 송이를 꽂고 다녔어. 꼭 지옥 불 같았어!"

예수회 신부는 의자를 끌어와 농생 옆에 앉았다. 미사를 늦추어야 할 일임이 분명해졌다. 일은 심각했다. 유혹자인 산티노의 아버지인 투리는 신부의 큰아버지이고 돌아가신 선한 영혼의 형이었다. 20년 전, 이 형은 농지 수비대원 일에 고인과 동업을 했는데 한창 일이 많고 벌이도 좋던 때였다. 그후 다툼으로 형제가 갈라졌다. 각자 숨길 일이 많아 어느 쪽도 명확하게 말하지 않아서 치유할 수 없을 만큼 뿌리가 깊고 복잡하게 뒤얽힌 집안싸움 중 하나가 됐다. 사실은 이러했다. 고인이 작은 아몬드 과수원을 소유하게 되었을 때 형인 투리는 절반이 사실상 자기 것이라고 주장했다. 돈의 절반, 즉 노동력의 절반을 자신이 제공했다는 이유를 댔다. 하지만 매매계약서에는 소유자란에 가에타노, 즉 고인의 이름만 적혀 있었다. 투리는 입에 거품을 물고 산코노 거리를 휘젓고 다녔다. 이제는 돌아가신 그분의 명성이 위태로워졌지만 친구들이 개입해서 최악의 상황은 피하게 되었다. 아몬드 과수원은 가에타노 소유가 되었지만 피로네 집안이 둘로 갈라져 생긴 심연은 메울 수 없게 되었다. 투리는 동생의 장례식에도 참석하지 않았고 누이들의 집에서는 '파렴치한'으로 불렸다. 뭐, 그게 다였다. 예수회 신부는 본당 신부가 받아쓰기를 해서 보낸 편지를 통해 이 모든 사정을 알았고 예의 파렴치한에 대해서는 매우 개인적인 생각을 갖게 되었지만 자식 된 도리 때문에 발설은 하지 않았다. 아몬드 과수원은 이제 사리나의 소유였다.

모든 일이 분명해졌다. 이 일은 사랑이나 열정과는 아무런 상관이 없었다. 그냥 어떤 불미스러운 일을 다른 불미스러운 일로 복수한 사건일 뿐이었다. 그러나 이 문제는 바로잡을 수 있었다. 예수회 사제는 바로 이 시기에 자신을 산코노로 인도하신 하느님의 섭리에 감사했다. "사리나, 두 시간 안에 문제를 해결할 테니 나를 도와줘야 해. 키바로(아몬드 과수원)의 절반을 은칠리나에게 지참금으로 줘야 해. 그거 말고는 바로잡을 방법이 없어. 그 바보 같은 애가 너를 망쳤어." 신부는 생각했다. 주님은 때때로 발정 난 암캐도 당신의 공의를 수행하기 위해 사용하신다.

사리나는 분노했다. "키바로의 절반이라니! 그 파렴치한의 새끼에게? 절대로 안 돼! 차라리 죽는 게 나아!"

"알았어. 그럼 미사 끝나고 비첸치노한테 가서 얘기할게. 겁내지 마, 내가 진정시키도록 노력할게." 그는 모자를 다시 쓰고 손을 허리춤에 넣었다. 그는 인내심과 자신감을 갖고 기다렸다.

비첸치노가 분노하리라는 각본은 예수회 신부에 의해 수정되고 삭제되었지만 불행한 사리나는 알아차리지 못하는 것처럼 보였다. 그녀는 세 번째로 울기 시작했다. 하지만 흐느낌은 조금씩 잦아들었고 마침내 그쳤다. 그녀가 일어섰다. "하느님의 뜻이 이루어지소서. 일을 바로잡아 주세요. 사는 게 사는 게 아니에요. 하지만 그 아름다운 키바로는 어쩌지요? 우리 아버지의 피땀인데요!"

사리나는 다시 눈물을 흘리려 했지만 피로네 신부는 이미 떠난 뒤였다.

성찬 전례와 함께 미사가 끝나고 본당 신부가 건넨 커피 한 잔을 마신 예수회 신부는 곧장 큰아버지 투리의 집으로 향했다. 가 본 적은 없었지만 마을 꼭대기, 치쿠 장인의 대장간 근처에 있는 매우 열악한 오두막이라는 사실을 알고 있었다. 그는 곧바로 오두막을 발견했다. 창문도 없고 햇빛이 들어오도록 문이 열려 있었기 때문에 문지방에 멈춰 섰다. 어둠 속 안쪽에는 노새 마구와 안장에 다는 자루와 또 다른 자루가 쌓여 있었다. 돈 투리는 아들의 도움을 받아 노새꾼으로 일하고 있었다.

"도라치오!" 피로네 신부가 외쳤다. 성직자들이 출입 허가를 요청할 때 사용하던 '데오 그라티아스(아가무스)'[121]의 줄임말이었다. 한 노인이 "누구세요?"라고 외치더니 누군가가 방 뒤쪽에서 일어나 문 쪽으로 다가왔다. "저는 당신의 조카인 사베리오 피로네 신부입니다. 괜찮으시다면 말씀 좀 나누고 싶은데요."

두 사람은 별로 놀라지 않았다. 적어도 두 달 전부터 피로네 신부나 그를 대신할 사람이 찾아오리라고 예상했다. 큰아버지 투리는 활기차고 몸이 우뚝하게 곧은 노인이었다. 햇볕과 우박에 그을고 단련되었으며 얼굴에는 보통 형편이 좋지 않은 사람들에게 보이는 깊게 파인 험한 주름이 잡혀 있었다. 고난의 삶을 보여 주는 흔적이었다.

"들어오게." 그는 웃지 않고 말하며 길을 비켜 주었다. 그리

---

121) '(우리는) 하느님께 감사를 (드립니다)'라는 뜻의 라틴어.

고 마지못해 손에 입을 맞추는 동작을 취했다. 피로네 신부는 커다란 나무 안장 중 하나에 걸터앉았다. 환경은 여느 때와 마찬가지로 열악했다. 암탉 두 마리가 모퉁이에서 바닥을 긁고 있었고 사방에서 곰팡내, 젖은 옷 냄새, 찌든 가난의 냄새가 났다.

"큰아버지, 큰아버지를 못 뵌 지 여러 해가 지났지만 다 제 잘못만은 아니었어요. 아시다시피 저는 마을에 머물지 않았으니까요. 반면에 큰아버지는 제수인 어머니 집에 한 번도 걸음을 하지 않았어요. 그래서 우리는 유감이 많았어요." "그 집에는 절대 발을 들여놓지 않겠네. 거기를 지나칠 때면 속이 뒤집히네. 투리 피로네는 20년이 지난 지금도 자기가 당한 부당한 처사를 잊지 못하고 있네."

"물론 이해합니다. 하지만 저는 오늘 노아의 방주에 있던 작은 비둘기처럼 홍수가 끝났음을 큰아버지께 확인시켜 드리기 위해 왔습니다. 여기 오게 되어 매우 기쁩니다. 어제 집에서 큰아버지의 아들 산티노가 내 조카 안젤리나와 결혼을 약속했다는 소식을 들었을 때도 마찬가지였어요. 둘은 착한 애들이라고 들었기 때문에 그들의 결합으로 우리 집안 사이에 있었던, 이런 말을 해서 죄송하지만, 제가 늘 불쾌하게 생각했던 다툼이 종식될 것입니다."

투리의 얼굴에 가식이라고 하기에는 너무도 분명한 놀라움이 드러났다.

"자네가 신부님으로서 이 성스러운 사제복을 입고 있지 않았으면 거짓말을 하고 있다고 말했을 거네. 자네 집안의 여자들이 무슨 이야기를 했는지 누가 알겠나. 산티노는 평생 안젤리나에게 말 한번 선넨 석이 없네. 아버지의 뜻을 거스르기에는 너무 순종적인 아들이네."

예수회 신부는 노인의 무뚝뚝함 그리고 거짓말에도 태연히 응하는 태도에 감탄했다.

"큰아버지, 제가 잘못 알고 있을 수도 있는데, 한번 상상해보세요, 이런 말도 들었어요. 큰아버지가 지참금 액수에 합의했고 오늘 큰아버지와 조카, 두 사람이 '승인'을 하기 위해 우리 집에 오기로 되어 있다고요. 이 할 일 없는 여자들이 무슨 허튼소리를 하는지 모르겠어요. 하지만 이 이야기가 사실이 아니더라도 그들이 진심으로 무엇을 원하는지 보여 줍니다. 큰아버지, 제가 여기 있을 필요가 없겠습니다. 지금 당장 집에 가서 제 누이를 혼내겠어요. 실례 많았습니다. 건강하신 모습을 뵈니 정말 기뻤어요."

노인의 얼굴에 열렬한 관심의 표시가 보이기 시작했다. "잠깐만요, 신부님. 웃기기는 하지만 자네 집안 수다를 좀 더 들려주게. 그래, 지참금에 대해서는 어떤 말을 하던가?"

"제가 뭘 알겠어요, 큰아버지! 키바로의 절반이라고 하는 말을 들은 것 같아요! 은칠리나는 그들의 눈에 넣어도 아프지 않을 아이이며 집안의 평화를 위해서라면 아무리 큰 희생이라도 받아들일 거라고 말했어요."

돈 투리는 더 이상 웃지 않았다. 그는 자리에서 일어났다. "산티노!" 하고 그는 고집 센 노새들을 부를 때와 같이 힘차게 외쳤다. 아무도 오지 않자 그는 더 크게 외쳤다. "산티노! 성모님이 피 흘리실 지경인데, 대체 뭐 하는 거냐?" 피로네 신부가 움찔하자 그는 자기도 모르게 굽신거리는 몸짓으로 자기 입을 막았다.

산티노는 옆 마당에서 짐승들 털을 손질하다 손에 글겅이를 들고 겁에 질린 채로 걸어 들어왔다. 스물두 살의 잘생긴 청년으로, 아버지를 닮아 키가 크고 마른 체격에 눈매가 아직 부드러웠다. 전날 다른 사람들과 마찬가지로 마을 거리를 걷는 예수회 신부를 봤기 때문에 그를 금방 알아봤다.

"얘가 산티노네. 그리고 이분은 네 사촌 사베리오 피로네 신부님이야. 신부님이 오셔서 다행으로 여겨라. 그렇지 않았다면 네 귀를 잘라 버렸을 거야. 네 아버지인 나도 모르는 이 사랑놀이가 대체 뭐냐? 아들은 아버지를 위해 태어났지 치마나 쫓아다니려고 태어난 것이 아니다."

청년은 아마도 순종할 수 없어서가 아니라 약속을 깬 것이 부끄러워 무슨 말을 해야 할지 모르는 듯했다. 이 곤란한 상황에서 벗어나기 위해 글겅이를 바닥에 내려놓고 신부의 손에 입 맞추러 갔다. 신부는 이를 드러내고 미소 지으며 간단히 축복을 내렸다. "산티노, 나는 네가 그럴 자격이 없다고 생각하지만 하느님께서 너에게 축복을 내리시길 바란다."

노인은 이어서 이렇게 말했다. "여기 네 사촌이 간청하고 간청해서 결국 동의하게 됐다. 그런데 왜 진작 말하지 않았니? 이제 몸을 씻고 은칠리나 집으로 바로 가자."

"잠시만요, 큰아버지, 잠시만요." 피로네 신부는 아직 아무것도 모르는 '명예의 사나이'와 이야기할 거리가 남아 있다는 생각이 들었다. "집에서는 분명 준비를 하고 싶을 거예요. 오늘 밤 1시쯤에 큰아버지를 기다린다고 했으니까요. 그때 오세요, 큰아버지를 만나면 잔치가 벌어질 겁니다." 그러고 나서 신부는 떠났다. 아버지와 아들의 포옹을 받고 말이다.

주사위 모양의 작은 집으로 돌아온 피로네 신부는 매부 비첸치노가 이미 돌아왔음을 알았다. 그래서 누이를 안심시키기 위해 자랑스러운 남편의 등 뒤에서 윙크나 할 수밖에 없었다. 결국 두 시칠리아 남자 사이의 일 아닌가, 그것만으로도 충분했다. 그는 매부에게 할 말이 있다고 말했고 두 사람은 집 뒤에 있는, 골격만 보이는 페르골라를 향해 걸었다. 사제복의 아래쪽 가장자리가 흔들거리면서 예수회 사제 주위로 철통같은, 일종의 움직이는 경계선을 그었고, '명예의 사나이'의 실룩대는 뚱뚱한 엉덩이는 거만한 위협의 영원한 상징이었다. 대화는 예상과는 전혀 달랐다. 은칠리나의 결혼이 급하다는 것을 확신하게 된 '명예의 사나이'는 제 딸의 행동에는 돌을 보듯 무관심해졌다. 대신, 지참금을 암시하는 말이 처음으로 나오자 눈이 희번덕거렸고 관자놀이의 핏줄이 부풀어 오르며 걸음걸이가 미친 듯이 흔들렸다. 입에서 음란함이 담긴 말과 욕설이 쏟아져 나왔으며 다 죽이겠다는 말로 정점을 찍었다. 딸의 명예를 지키기 위해 한 번도 움직이지 않았던 그의 손은 오른쪽 바지 주머니 쪽으로 돌진해서 그 위를 신경질적으로 만지작거렸다. 아몬드나무를 지키기 위해 다른 사람들 피를 마지막 한 방울까지 흘리게 만들기로 결심했다는 의미였다.

피로네 신부는 추잡한 말은 그냥 자연스럽게 사그라들게 내버려두다가 종종 신성모독으로 넘어갈 때는 빠르게 성호를 긋는 일로 만족했고 대학살을 예고하는 몸짓에는 신경도 쓰지 않았다. 잠시 말이 멈춘 사이에 그는 이렇게 말했다. "이해가 돼, 비첸치노. 이 모든 사태를 정리하는 일에 나도 뭔가 기여하고 싶군. 팔레르모로 돌아가서, 선한 영혼 아버지의 유산에 대한 나의 소유권을 보장하는 사적인 합의서를 휴지 조각으로 만들어 자네에게 보내 주겠네."

이 진정제는 금방 약발이 들었다. 비첸치노는 예상되는 유산의 가치를 짐작하느라 말이 없었다. 햇살과 차가움이 가득한 공기 속에서는 은칠리나가 삼촌의 방을 쓸면서, 하고 싶었던 노래를 음정이 맞지 않게 부르는 소리가 울려 퍼졌다.

오후가 되자 큰아버지 투리와 산티노가 말끔히 씻고 아주 깨끗한 흰 셔츠를 입고 방문했다. 약혼한 두 남녀는 나란히 붙은 의자에 앉아 가끔씩 서로의 얼굴을 보며 말없이 웃음을 터뜨렸다. 그들은 참으로 행복했다. 그녀는 '정착'을 하고 잘생긴 사내를 마음대로 가질 수 있게 되어서 행복했다. 사내는 아버지의 조언을 따랐고 그 결과 하녀와 아몬드 과수원 절반이 생겼으며, 귀에 다시 꽂은 제라늄이 이제 어느 누구에게도 지옥 불로 비치지 않게 되어서 행복했다.

이틀 후 피로네 신부는 팔레르모로 떠났다. 가는 길에 모두 즐겁지만은 않았던 인상들을 정리해 보았다. 늦여름에 열매를 맺은 동물적인 사랑과 계획한 구애로 되찾아 간 가련한 아몬드 과수원 절반은 최근에 복격한 다른 사건들이 보였던 촌스럽고 비참한 면모를 고스란히 보여 주었다. 대단한 나으리들은 과묵해서 이해할 수 없고 농민들은 숨김없이 다 말하지만, 악마는 이들을 똑같이 제 손아귀 안에 두었다.

살리나 저택에서 그는 매우 기분이 좋은 영주를 보았다. 돈 파브리초는, 나흘 동안 잘 보냈는지, 잊지 않고 어머니에게 안부를 전했는지를 물었다. 사실 그는 신부의 어머니를 알고 있었다. 어머니는 6년 전에 저택의 손님으로 왔고, 이 홀로 된 여인의 차분함이 주인네의 마음을 끌었다. 예수회 사제는 안부 전하는 걸 까맣게 잊었지만 그 일엔 입을 다물었다. 대신에 어머니와 누이가 영주님께 존경의 인사를 전해 달라 했다고 말했다. 그냥 겉치레로 지어낸 말이라 거짓말보다는 덜 심각했다. 그리고 이렇게 덧붙였다. "각하, 내일 마차를 내어주실 수 있는지 여쭙고 싶습니다. 제 조카딸이 오촌과 약혼을 했는데, 대주교좌에 가서 혼인 허가를 받아야 합니다."

"물론이오, 피로네 신부님, 원하신다면 물론이오. 그런데 모레 내가 팔레르모에 가야 하는데 그날 나와 함께 가실 수 있을 텐데요. 그렇게 급한 일인가요?"

6장

1862년 11월

영주 부인 마리아 스텔라가 마차에 올라 파란색 공단 쿠션에 앉아서 바스락거리는 드레스 주름을 최대한 자기 쪽으로 모았다. 그러는 사이 콘체타와 카롤리나도 올라탔다. 그들은 서로 마주 앉았는데 똑같이 입은 분홍색 드레스에서 제비꽃 향기가 은은히 퍼졌다. 그리고 누군가의 발 하나가 승강대 계단에 놓이자 무게의 균형이 무너져 마차가 높은 완충장치 위에서 흔들렸다. 돈 파브리초가 올라탄 것이다. 마차는 달걀 속처럼 꽉 들어찼다. 비단과 크리놀린 드레스[122] 세 개가 만드는 물결이 거의 머리 높이까지 솟구치고 서로 부딪히고 섞였다.

---

122) 코르셋으로 허리를 잘록하게 조이고 드레스 자락이 밑단으로 갈수록 새장이나 종 모양으로 풍성하게 퍼진 드레스.

아래 바닥에는 신발들이 서로 뒤엉켜 있었는데, 아가씨들의 비단 구두, 영주 부인의 황갈색 구두, 영주의 빛나는 가죽 구두였다. 이들은 각자 다른 발의 존재로 고통받았으며 이제는 자신의 발이 어디에 있는지도 알지 못했다.

두 개짜리 계단의 승강대가 닫혔고 하인에게 명령이 내려졌다. "폰텔레오네 팔라초로 가게." 하인은 다시 마부석에 올랐고 말고삐를 잡고 있던 말 먹이꾼이 옆으로 조금 비켰다. 마부는 거의 들리지 않게 혀를 찼고, 마차는 미끄러지듯 움직이기 시작했다.

그들은 무도회에 갔다.

당시 팔레르모는 간헐적으로 도래하는 세속적인 시기를 지나느라 무도회가 성행했다. 피에몬테 사람들이 들어온 뒤, 아스프로몬테 사태[123]를 치르고 징수와 폭력의 망령을 쫓아낸 다음 '세계'를 구성한 사람들 200명은 지치지 않고 늘 똑같이 만나서 여전히 존재하는 것을 축하했다.

서로 다른 날이기는 하지만 똑같은 파티가 너무 자주 열렸기 때문에 살리나 영주 가족은 팔레르모에 있는 자신들의 팔라초에 3주 동안 머물러야 했다. 거의 매일 저녁 산 로렌초 저

---

123) 1862년 8월 29일 이탈리아 남부 아스프로몬테산에서 벌어진 전투를 가리킨다. 가리발디는 교황청을 유지하고 이미 이탈리아 왕국에 합병된 지방을 반환하려는 움직임에 반대하며, 이탈리아 통일을 완수하기 위해 자원병 3천 명을 이끌고 로마로 진군하려 했으나, 아스프로몬테산에서 이탈리아 왕국의 정규군에게 저지당했다. 이 과정에서 가리발디는 부상을 당하고 포로가 되었다.

택에서 팔레르모까지 먼 길을 오가는 일을 피하기 위해서였다. 여성용 드레스가 나폴리에서 관을 닮은 길고 검은 상자에 담겨 왔고 재봉사, 미용사, 제화업자가 정신없이 드나들었으며 일에 쫓긴 하인들이 드레스 제작자에게 주문을 하며 재촉했다. 폰텔레오네 팔라초의 무도회는 그 짧은 시즌에 열리는 가장 중요한 행사였다. 가문과 팔라초의 화려함과 하객의 수 때문에 모두에게 중요했는데, 조카의 아름다운 약혼녀 안젤리카를 '사교계'에 소개해야 하는 살리나 가족에게는 더욱 중요한 행사였다. ·

10시 30분밖에 안 됐다. 언제나 파티가 모든 열기를 발산했을 때 도착하는 살리나 영주가 무도회에 나타나기에는 조금 이른 시각이었다. 이번에는 세다라 가족이 입장할 때 그 자리에 있어야 했기에 달리할 수 없었다. 세다라 가족은 반짝이는 초대장에 적힌 시간을 문자 그대로 받아들여야 하는 사람들이었다.("그들은 아직 잘 모르지, 불쌍하게도.") 초대장을 그들에게 마련해 주는 데 약간의 노력이 필요했다. 아무도 그들을 알지 못해서 마리아 스텔라 영주 부인은 열흘 전에 마르게리타 폰텔레오네를 방문해야 했다. 물론 만사 순조롭게 진행되었지만, 그래도 이것은 탄크레디의 약혼 때문에 표범의 예민한 발에 박힌 가시 중 하나였다.

폰텔레오네 팔라초로 가는 짧은 여정에는 어두운 골목이 미로처럼 얽혀 있었으며 마차는 천천히 나아갔다. 살리나 거리, 발베르데 거리, 내리막인 밤비나이 거리를 거쳐 갔는데, 낮에는 작은 밀랍 인형 가게로 인해 축제 분위기를 내지만 밤에는 음울한 분위기를 풍기는 장소였다. 잠을 자거나 자는 척하는 검은 집들 사이로 발말굽 소리가 조심스럽게 울려 퍼졌다.

무도회를 세상의 지루한 의무가 아니라 파티로 여기는 이해할 수 없는 존재들인 젊은 처녀들은 속삭이는 목소리로 행복하게 수다를 떨었고, 마리아 스텔라 영주 부인은 냄새를 맡는 약인 '방향염'이 든 작은 병을 잘 가져왔는지 지갑을 만져 보았다. 한편, 돈 파브리초는 안젤리카의 아름다움이 그녀를 모르는 사람들에게 미칠 영향과 탄크레디의 행운이 그를 잘 아는 바로 그 사람들에게 미칠 영향을 짐작해 보았다: 그러나 한 가지 그림자가 만족스러운 기분에 그늘을 드리웠다. 돈 칼로제로의 '연미복'은 어떤 모습일까? 확실히 돈나푸가타에서 입었던 것과는 다를 것이다. 돈 칼로제로는 탄크레디가 하자는 대로 했다. 탄크레디는 그를 최고의 재단사에게 끌고 갔고 가봉할 때도 같이 갔다. 공식적으로는 탄크레디가 결과에 만족한 듯했지만 다음 날 지인에게 이런 말을 했다고 한다. "연미복은 그런대로 훌륭한데 안젤리카의 아버지는 '세련된 맛'이 부족하네." 부인할 수 없는 사실이었다. 하지만 탄크레디에게는 완벽한 면도와 품위 있는 구두가 보장되었다. 이것만으로도 뭔가 대단하지 않은가.

내리막길인 밤비나이 거리가 산 도메니코 성당의 둥근 후진(後陳) 쪽과 맞닿는 지점에서 마차가 멈추었다. 희미한 종소리가 들리더니 길 굽이에서 한 사제가 성찬과 성배를 들고 나타났다. 뒤따르는 제단 시종 소년이 금으로 수놓은 흰 우산을 그의 머리 위로 들었고, 앞에서는 다른 사제가 왼손에 커다란 촛불을 들고 오른손으로는 아주 경쾌하게 은빛 종을 흔들었다. 여기 닫혀 있는 집들 가운데 한 곳에 죽음의 고통이 내려앉았다는 표시였다. 그러니까 노자(路資) 성체였다. 돈 파브리초는 내려서 포장도로에 무릎을 꿇었고, 숙녀들은 성호를 그었다. 종소리는 산 자코모 쪽으로 향하는 골목길로 들어서면서 희미해졌고 마차는 건강에 적신호가 와서 부담을 느끼는 승객들을 태우고 이제 가까워진 목적지를 향해 다시 출발했다.

그들은 목적지에 도착했고 현관에서 내렸다. 마차는 먼저 온 마차와 마차꾼들이 내는 소리와 움직임으로 소란스러운 널따란 뜰 가운데로 사라졌다.

계단은 소박한 재질로 만들어졌지만 비율이 고상하게 맞았고 각 계단 옆에는 손질하지 않은 꽃들이 자연의 거친 향기를 퍼뜨리고 있었다. 다시 양쪽으로 층계가 나뉘는 층계참에는 얼굴에 분을 바른 두 시종이 미동도 없이 서 있었는데, 이들 제복의 적자색은 회색 진줏빛 주변에 생기를 가져다주었다. 작은 창살이 쳐진 높은 창문 두 개에서 어린애 같은 웃음소리와 웅얼대는 소리가 흘러나왔다. 파티에서 제외된 폰텔레오네의 손주들이 손님들을 놀리며 앙갚음하는 것이었다. 숙녀들은 비단 주름을 부드럽게 매만졌고, 돈 파브리초는 팔 아래에 '오페라 모자'를 끼고 한 걸음 뒤에 서 있었으나 그들보다 머리 하나만큼 더 커서 우뚝해 보였다. 첫 번째 살롱의 문에서 그들은 집주인 부부를 만났다. 주인인 돈 디에고는 회색 머리에 배가 나왔지만 냉엄해 보이는 눈 때문에 평민 외모에서 구원을 받았다. 그의 아내 돈나 마르게리타는 보석 머리띠와 반짝이는 세 겹 에메랄드 목걸이를 과시했지만 매부리코 사제 같은 얼굴이었다.

"일찍들 오셨군요! 더할 나위 없이 좋네요. 하지만 '영주님네' 손님들은 아직 나타나지 않았으니 안심하세요." 새로운 지푸라기 조각이 표범의 예민한 작은 발톱을 괴롭혔다. "탄크레디도 벌써 왔어요."

사실 살롱의 반대편 구석에서는 풀뱀처럼 검고 마른 그의 조카가 서너 명의 젊은이들과 빙 둘러서서 위험천만한 이야기를 하며 큰 소리로 웃고 있었지만, 그는 늘 그랬듯이 불안한 눈으로 현관문을 바라보고 있었다. 춤은 이미 시작되었고 무도회장에서 오케스트라의 선율이 서너 개, 아니면 대여섯 개의 살롱을 가로질러 흘러나왔다.

"그리고 저희는 아스프로몬테산에서 전투를 훌륭하게 이끌었던 팔라비치노 대령도 기다리고 있습니다."

폰텔레오네 영주가 말한 이 문장은 단순해 보여도 그렇지가 않았다. 표면적으로는 정치적인 의미 없이 그저 가리발디 장군의 발에 총을 쏜 재치, 섬세함, 감정, 거의 부드러움이라할 만한 미덕을 칭찬하려는 언사였다. 모자를 살짝 들어 인사하고 무릎 꿇고 손에 입 맞추었던 행동에 대한 찬사이기도 했다. 그러한 동작은 부상을 당해 칼라브리아의 산밤나무 아래 누워 있던 영웅을 우러른 행동이었고, 그때 영웅은 미소를 지었을 텐데, 이는 그에게 어울릴 법한 냉소가 아니라 감격에서 우러나온 것이었으리라(가리발디에게는 아쉽게도 유머 감각이 없었으니까 말이다). 영주의 정신의 중간층에서 이 말은 전술적 의미를 띠고 있었는데, 걸맞은 조치를 취하고 대대를 적절히 배치했으며, 칼라타피미에서 란디가 어이없이 실패한 임무를 똑같은 적에 맞서 완수한 대령을 칭찬하려는 것이었다. 하지만 영주의 마음속 밑바닥에서 대령이 "전투를 훌륭하게 이끌었다"는 말은 대령이 가리발디를 저지하고, 격파하고, 부상을 입히고, 생포하는 데 성공함으로써 옛 질서와 새 질서 사이에 어렵사리 타협의 공간을 마련했다는 뜻이었다.

치켜세우는 말과 그보다 더 크게 치켜세우는 생각들이 불러내고 만들어 낸 듯, 대령이 계단에 모습을 드러냈다. 훈장, 사슬, 박차, 장식 등이 찰랑찰랑 소리를 내는 가운데 그가 다가왔는데, 패딩이 잘된, 두 줄 단추 달린 제복을 입고 깃털 모자를 팔 아래에 끼고 칼등이 곡선을 그리는 군도를 왼쪽 손목에 걸고 있었다. 세상 경험이 풍부한 남자였으며 이제 온 유럽이 다 알고 있듯 의미 가득한 손등 입맞춤을 전문으로 삼은, 매너가 둥글둥글한 남자였다. 그날 저녁 그의 향기로운 콧수염이 자기 손가락 위에 머물렀던 모든 여성은 이미 대중 매체가 격찬했던 역사적 순간을 떠올리며 그 이유를 이해하게 되었다.

폰텔레오네 부부가 쏟아 내는 찬사를 견뎌 내고 돈 파브리초가 내민 두 손가락을 꽉 잡은 다음, 팔라비치노는 한 무리의 여성들이 피워 올리는 향수 안개 속에 파묻혔다. 그가 의식적으로 남자다움을 과시하려는 동작이 어깨 위로 솔직하게 드러났고 딱딱 잘라 밀하는 소리도 들려왔다. "저는 울었습니다, 백작부인. 아이처럼 울었습니다." 또는 "그분은 대천사처럼 아름답고 고요했습니다." 대령의 남성적인 감성은 그가 이끈 보병대가 벌인 총격전으로 이미 그에 대해 확신이 서 있던 여성들을 매료시켰다.

안젤리카와 돈 칼로제로가 늦어서 살리나 부부는 먼저 다른 살롱에 들어가려고 했는데, 탄크레디가 일행을 뒤로하고 로켓처럼 입구를 향해 돌진했다. 기다리던 사람들이 도착한 것이다. 장밋빛 크리놀린 드레스가 질서 정연하게 소용돌이치는 가운데 안젤리카의 하얀 어깨가 강하고 부드러운 팔로 이어졌고 의도적으로 수수한 진주로 장식한, 젊음으로 매끄러운 목 위로는 작은 머리가 도도하게 솟아 있었다. 광택이 나는 긴 장갑에서 작지는 않지만 조각처럼 잘 다듬어진 손이 미끄러져 나왔을 때 나폴리 사파이어가 빛났다. 돈 칼로제로가 불타는 장미를 지키는 생쥐처럼 그녀의 뒤를 따랐다. 그의 옷은 세련미는 없었지만 이번에는 품위가 있었다. 유일한 실수는 단춧구멍에 최근에 수여받은 이탈리아 왕관 십자 훈장을 달고 온 것이다. 탄크레디는 그것을 곧 자신의 연미복에 있는 비밀 호주머니에 숨겨 버렸다.

안젤리카의 약혼자는 이미 그녀에게 가르친 바 있었다. 돋보이려면 기본적으로 무심해야 한다고.("당신은 나와 함께 있을 때만 감정을 드러내고 이야기할 수 있어요. 다른 사람들에게는 미래의 팔코네리 영주 부인으로서 누구보다 우월하고 누구와도 동등해야 해요.") 그래서 안젤리카가 집주인 부부에게 건넨 인사에는 자연스럽지는 않지만 처녀의 겸손함과 신흥 귀족의 거만함과 젊은이 특유의 우아함이 성공적으로 뒤섞여 있었다.

팔레르모 사람들은 결국 이탈리아 사람이기 때문에 아름다움이 가지는 매력과 돈이 주는 위신에 누구 못지않게 민감하다. 게다가 무일푼으로 악명 높은 탄크레디는 아무리 매력이 넘친다 해도 바람직하지 않은 짝으로 판단되었다(사실, 이미 때는 늦었지만, 나중에 드러나게 되었듯 잘못된 판단이었다). 따라서 미혼 여성보다 기혼 여성들에게 더 높은 평가를 받았다. 이러한 장점과 단점이 합쳐져 안젤리카는 예상치 못한 따뜻한 환영을 받았다. 사실 말하자면 금화로 가득 찬 아름다운 그리스 항아리 암포라를 제 손으로 발굴하지 못한 것을 후회하는 젊은이들도 있었을 것이다. 하지만 돈나푸가타는 돈 파브리초의 영지이고, 그가 거기서 보물을 발견하여 사랑하는 탄크레디에게 넘겨주었다. 자기 땅에서 유황 광산을 발견했다면 남이 애석해할 일이 아니지 않은가. 그것은 돈 파브리초의 소유였고 남들이 뭐라 할 말은 없었다.

하지만 이러한 미약한 반감조차도 그녀의 눈빛 앞에서는 사라졌다. 자기소개를 하고 춤을 청하려는 젊은이들이 한꺼번에 몰려들었다. 안젤리카는 한 사람 한 사람에게 딸기 같은 입술로 미소를 지어 보였고 댄스 카드를 보여 주었는데, 이러한 폴카, 마주르카, 왈츠 카드 뒷면에는 '팔코네리'라고 자필 서명이 돼 있었다. 젊은 여성들 사이에서는 이제 "말을 놓고 서로 이름을 부르자"는 제안이 쏟아졌고, 한 시간 후 안젤리카는 어머니의 야생성과 아버지의 인색함을 전혀 모르는 사람들 사이에서 편안함을 느꼈다.

그녀의 침착한 태도는 한순간도 흔들리지 않았다. 정신을 딴 데 두고 혼자 헤매지 않았고 발을 놈놈에 딱 붙이고 있었으며 다른 여성들이 보통 내는 소리(이것도 꽤 높은 편이었다)보다 목소리를 높이지도 않았다. 탄크레디가 전날 이렇게 말했기 때문이다. "이봐요, 내 사랑, 우리는(그리고 지금 당신도) 집과 가구를 다른 무엇보다 소중히 여기고 있어요. 이를 대충 보아넘기는 일보다 우리를 더 화나게 하는 행위는 없으니까 무엇을 보든지 다 칭찬해요. 물론 폰텔레오네 팔라초는 그럴 만하지만, 당신은 더 이상 무엇을 봐도 놀라는 지방 사람이 아니니 언제나 칭찬을 조금씩 유보하도록 해요. 감탄하되 항상 이전에 본 어떤 원형과 비교해서 뛰어나다고 말해요." 돈나 푸가타의 팔라초를 오랫동안 방문하면서 안젤리카는 많은 것을 배웠기 때문에 그날 저녁 모든 태피스트리에 감탄하면서도 피티 팔라초[124]에 있는 태피스트리의 테두리가 가장 아름답다고 말했다. 돌치[125]가 그린 성모를 칭찬하면서도 대공의 것이 우울을 더 잘 표현했다는 점을 기억해 냈다. 또한 사려 깊은 젊은 신사가 가져온 케이크 조각에 대해서도, 아주 훌륭하며 살리나의 요리사인 '몬수 가스톤'[126]의 솜씨와 거의 같

---

124) 메디치 가문과 경쟁하던 피티 가문이 세운 팔라초로 피렌체에서 가장 규모가 크다.
125) 카를로 돌치(Carlo Dolci, 1616~1687). 바로크 시대의 화가로 피렌체에서 주로 활동했다.
126) '몬수 가스톤'은 프랑스어 '무슈 가스통(Monsieur Gaston)'의 이탈리아 방언식 발음.

다고 말했다. '몬수 가스통'이 요리사 세계의 라파엘로이고, 피티의 태피스트리가 태피스트리 세계의 '몬수 가스통'이므로, 아무도 거기에 탓할 거리를 찾을 수 없었을뿐더러 실제로 다들 기분이 좋아졌다. 이렇게 해서 안젤리카는 이미 그날 저녁부터 예의 바르지만 융통성 없는 예술 감정가라는 명성을 얻기 시작했다. 그 명성은 긴 생애 동안 비공식적으로 그녀를 따라다녔다.

안젤리카가 월계관을 독차지하는 동안 마리아 스텔라는 오랜 친구 두 사람과 함께 소파에서 수다를 떨었고, 수줍음이 많은 콘체타와 카롤리나는 아주 예의 바른 젊은이들을 차갑게 얼어붙게 만들었다. 돈 파브리초는 살롱을 돌아다니다가 만난 여성들의 손에 입맞춤하고 축하하고 싶은 남성들의 어깨를 세게 두드리고 있었지만 나쁜 기운이 천천히 자기를 침범한다고 느꼈다. 무엇보다도 집이 마음에 들지 않았다. 폰텔레오네는 70년 동안 가구를 새로 들이지 않아 여전히 마리아 카롤리나 왕비 시절을 연상케 했는데 자기 취향이 현대적이라고 생각하는 돈 파브리초는 그에 분개했다. '하느님, 디에고의 수입이라면 이 모든 '트레모,'[127] 이 변색된 거울들을 없애기는 식은 죽 먹기일 텐데요! 그가 자단(紫檀) 목재와 플러시 천으로 만든 멋진 가구 좀 사게 하시고 편히 살게 하소서. 그리하여 손님이 이 지하 묘지를 돌아다니는 일이 없도록 하소서.

---

127) 18세기 후반 프랑스에서 유래한 '트뤼모(trumeau)' 거울의 이탈리아식 명칭.

이 말은 꼭 해야겠군!' 하지만 그러지 않았다. 이러한 의견은 기분이 나쁜 데서, 반항 취향에서 비롯된 것이고 곧 잊혀졌다. 자신도 산 로렌초나 돈나푸가타에서 아무것도 바꾸지 않았기 때문이다. 그렇기는 하지만 이 점은 그의 불편함을 가중하기에 충분했다.

그는 무도회에 온 여자들도 마음에 들지 않았다. 나이 든 이들 중 두세 명은 한때 그의 정부였다. 하지만 지금은 세월과 며느리들의 무게에 짓눌려 20년 전의 모습을 찾아보기가 어렵다는 사실을 깨달았다. 그런 비슷비슷한 가벼운 여자들을 쫓아다니느라(그리고 따라잡느라) 최고의 시절을 낭비했다고 생각하자 짜증이 났다. 젊은 여자들조차도 한두 명을 제외하고는 눈에 띄지 않았다. 회색 눈과 엄격하면서도 온화한 태도가 감탄을 자아낸 아주 젊은 팔마의 공작부인, 그가 더 젊었다면 매우 독특한 조화를 이루어 냈을 투투 라스카리를 제외하면 말이다. 그러나 다른 여자들은…… 안젤리카가 돈나푸가타의 어둠 속에서 나와 팔레르모 여자들에게 아름다운 여인이 무엇인지를 보여 준 것은 좋았다.

그가 틀렸다고 할 수 없는 일이었다. 당시는 성적 무기력과 토지에 대한 타산으로 사촌 간 결혼이 성행했으며 탄수화물이 풍부해짐에 따라 음식의 단백질 부족 현상이 더욱 악화되었다. 게다가 신선한 공기를 쐬고 운동을 하는 일이 전혀 없었던 탓에 믿을 수 없을 정도로 키가 작고 피부가 놀랄 만큼 올리브색에 가까워진 여자들이 많았다. 참을 수 없을 정도로 수다스러운 그런 젊은 여자들이 살롱을 꽉 채웠다. 그들은 한데 뭉쳐서 시간을 보내고 있었는데, 겁에 질린 청년들을 한목소리로 불러 대기만 할 뿐, 개구리로 가득한 연못 위를 백조처럼 미끄러지듯 지나가는 금발의 마리아 팔마와 몹시도 아름다운 엘레오노라 자르디넬리 같은 몇몇 미녀들을 돋보이게 하는 배경 신세밖에 되지 못하는 듯했다. 영주는 그들을 보면 볼수록 더 화가 났다. 긴 시간의 고독과 추상적인 생각으로 조절되어 있던 그의 마음은 긴 갤러리를 통과하는 순간 흐트러지고 말았다. 갤러리 가운데 있는 쿠션 의자에 모여 큰 군집을 이루던 미물들이 일종의 환각을 불러일으킨 것이다. 그는 마치 백 마리가 넘는 작은 원숭이들을 지키는 동물원 관리인이 된 듯했다. 원숭이들이 갑자기 샹들리에 위로 올라가서 꼬리를 감고 매달린 채 엉덩이를 보이며 평화로운 방문객들 머리 위로 견과류 껍질을 던지고 괴성을 지르고 이를 드러낼 것만 같았다.

이상하게도 종교적인 느낌이 그를 동물학적인 관점에서 멀어지게 했다. 사실 크리놀린 드레스를 입은 원숭이 무리 가운데서 성스럽게 계속 마리아를 부르는 단조로운 소리가 들려왔다. "마리아, 마리아!" 그 불쌍한 원숭이 딸들이 끊임없이 외쳤다. "마리아! 정말 아름다운 집이에요!" "마리아! 팔라비치노 대령은 정말 잘생겼어요!" "마리아! 발이 아파요!" "마리아! 나 너무 배고파요! 언제 '부페'[128]가 열리나요?" 이 성모송 합창에 나오는 성모의 이름이 갤러리를 가득 채웠고, 브라질 숲의

---

128) 프랑스어 뷔페(buffet)의 이탈리아식 발음.

명주원숭이인 '위스티티'들이 가톨릭으로 개종한 것을 아직 보지 못했기 때문에 원숭이들을 다시 여자로 바꾸어 놓았다.

약간 메스꺼움을 느낀 영주는 다음 살롱으로 들어갔다. 여기에는 다양하고 적대적인 남성 부족이 진을 치고 있었다. 젊은이들은 춤을 추고 있었고 다른 사람들은 모두 나이 든 이들로서 친구들이었다. 그는 그들 사이에 잠깐 앉았다. 하늘에 계신 여왕을 헛되이 부르는 사람들이 없는 대신에 평범하고 시시한 이야기들이 공기를 흐려 놓고 있었다. 이 신사들 가운데서 돈 파브리초는 '겉도는' 사람으로 통했다. 수학에 대한 관심은 거의 죄에 가까운 도착으로 간주되었다. 그가 살리나의 영주가 아니었다면, 그리고 훌륭한 기수이자 지칠 줄 모르는 사냥꾼이며 적당한 오입쟁이로 알려지지 않았다면, 시차 측정과 망원경으로 인해 거의 추방당할 위험에 처했을 것이다. 하지만 그에게 말을 거는 사람은 찾기 힘들었다. 그의 무거운 눈꺼풀 사이에서 엿보이는 차가운 푸른 눈동자에 상대방은 화가 났다. 그는 자신이 믿은 바와 달리 존경심이 아니라 두려움 때문에 자신이 고립된다는 사실을 종종 알아차렸다.

그는 자리에서 일어섰다. 우울함을 넘어 이제 진짜 기분이 나빠졌기 때문이다. 무도회에 오는 게 아니었다. 스텔라와 안젤리카, 그리고 딸들은 알아서 아주 잘해 냈을 테고, 자신은 살리나 거리에 있는 집 테라스 옆의 작은 서재에서 분수 소리를 듣고 혜성의 꼬리를 잡으려 애쓰며 행복하게 지내고 있었을 테니까. '됐어, 난 지금 여기 있어. 떠나면 실례가 될 거야. 가서 춤추는 사람들이나 보자.'

무도회장은 온통 금색이었다. 문틀은 매끄러운 금빛 돌림
띠로 장식돼 있었고 문의 조금 어두운 부분은 거의 은빛으로
빛났다. 다 닫혀 있는 창문의 덧문들은 바깥에 있는 무가치한
것에 대한 관심을 차단해서 전체 공간에 보석 상자에 들어온
것 같은 자랑스러운 분위기를 불어넣었다. 그것은 요즘 장식업
자들이 자랑하는 뻔뻔한 금도금이 아니라 북쪽 나라 소녀들
의 머리카락처럼 창백하게 마모된 금이었다. 또한 아름다움은
드러내고 비용은 생각지 않도록 귀중한 소재를 절제된 방식
으로 사용하여 그 가치를 숨기고 있었다. 샹들리에에 반사된
불빛으로 인해 일시적으로 홍조를 띤 것처럼 보이는 흐릿한
색의 로코코 양식 꽃 매듭이 여기저기 패널에 달려 있었다.

돈 파브리초가 어둡고 굳은 표정으로 문에 들어섰을 때 태
양처럼 찬란한 색조와 광채, 그리고 다양하게 변하는 그림자
가 보였지만 마음은 오히려 아프기만 했다. 이 휘황찬란하게
귀족적인 홀에서 시골 이미지가 떠올랐기 때문이다. 이곳의
화려한 색조는 광활한 돈나푸가타 주변 들판의 색조가 되었
다. 태양의 폭정 아래 자비를 구하는 황홀한 분위기였다. 8월
중순의 영지와 마찬가지로 이 홀에서도 수확은 오래전에 끝
나 열매는 다른 곳에 저장되어 있었고, 추억도 불타고 쓸모없
게 된 그루터기 색으로만 남아 있었다. 뜨거운 공기를 가로지
르는 왈츠의 음들은 바람이 목마른 대지 위를 쓸고 지나가며
끊임없이 연주하는 애도 음악을 양식화한 듯 보였다. 어제, 오
늘, 내일, 언제나, 언제나, 언제나 끊임없이 말이다. 그는 춤추
는 여자들 무리를 보며 마음까지는 아니더라도 몸에 끌리는

여자들 수를 세어 보았는데 모두 비현실적으로 보였다. 그들은 심지어 어지러운 꿈보다 너 불안정한, 소멸되지 않은 기억을 직조해 내는 원료로 만들어졌다. 천장에는 황금색 긴 의자에 기대어 있는 신들이 여름 하늘처럼 미소 짓다가도 냉혹하게 변하는 표정으로 내려다보고 있었다. 그들은 자신들이 영원하다고 믿고 있었다. 1943년 펜실베이니아주 피츠버그에서 만들어진 폭탄이 그 믿음이 틀렸다는 것을 증명할 때까지 말이다.

"아름답습니다, 영주님, 아름답습니다! 요즘 시세의 순금으로는 이런 것들을 만들 수가 없습니다!" 세다라가 영주 옆에 자리를 잡았고, 우아함에는 무감각하고 금전적 가치에만 집중하는 눈치 빠른 작은 눈으로 주변을 이리저리 살폈다.

돈 파브리초는 갑자기 그가 끔찍하게 싫어졌다. 그가, 그와 같은 수많은 사람이 성공해서 위세를 떨치고 어두운 음모를 꾸미고 집요한 탐욕과 욕망으로 이제 이 팔라초들을 어두운 죽음의 분위기로 감쌌기 때문이다. 지금 돈 파브리초에게 검은 연미복을 입고 춤추는 사람들이 썩은 먹이를 찾아서 이제는 사라진 작은 계곡 위를 돌아다니는 까마귀 떼로 보였다면, 이는 세다라와 그의 동료들, 그들의 원한, 그들의 열등감, 그들이 꽃피우지 못한 것 때문에 빚어진 것이었다. 그는 세다라에게 불쾌하게 대답하면서 발치에서 멀리 떼어 내고 싶었다. 하지만 그럴 수가 없었다. 그는 손님이었고 사랑스러운 안젤리카의 아버지였다. 그는 아마 다른 사람들만큼 불행했을지도 모른다.

"아름답소, 돈 칼로제로, 아름답소. 하지만 아무리 아름다 워도 우리 두 아이들만큼은 아니구려." 그 순간 안젤리카와 탄크레디가 그들 앞을 지나갔다. 장갑 낀 탄크레디의 오른손 이 그녀의 잘록한 허리에 놓였고 두 사람은 두 팔을 뻗어 서 로를 껴안으며 상대의 눈을 뚫어지게 보고 있었다. 탄크레디 의 검은색 연미복과 안젤리카의 분홍색 드레스가 서로 뒤섞 여 묘한 보석을 만들어 냈다. 그들은 함께 춤을 추는 두 젊은 연인이 보일 수 있는 가장 격정적인 광경을 연출하고 있었다. 서로의 결점에 눈을 감고 운명의 경고에 귀를 막고 인생의 모 든 길이 무도회장 바닥처럼 매끄러우리라는 착각에 빠져 있었 다. 감독이 대본에 지하의 무덤과 독약과 관련한 이야기가 쓰 여 있다는 사실을 숨긴 채 줄리엣과 로미오 역할을 맡긴 것을 모르는 순진한 배우들이었다. 둘 다 선하지 않았고 각자 계산 으로 가득 차 있었으며 은밀한 목표로 부풀어 있었다. 그러나 불분명하지만 순진한 야망은 탄크레디가 그녀의 귀에 장난기 어린 부드러운 말을 속삭이고 안젤리카의 머리카락에서 향기 가 나며 죽을 운명에 있는 몸을 서로 꽉 붙들 때는 사라졌다. 그러는 동안은 둘 다 사랑스럽고 감동적이었다.

두 젊은이는 멀어져 갔다. 그들보다 덜 아름답지만 똑같이 감동적인 다른 쌍들도 지나갔는데, 제각기 맹목적인 순간에 몰두했다. 돈 파브리초의 마음이 누그러졌다. 그의 혐오는 두 어둠, 즉 태어나기 전의 어둠과 죽은 후의 어둠 사이에서 비치 는 미약한 빛 한 줄기를 즐기려는 덧없는 존재들에 대한 연민 으로 바뀌었다. 죽어야만 하는 이들에게 어떻게 분노할 수 있을까? 그것은 비열한 짓이었다. 60년 전 시장 광장에서 사형수들을 모욕했던 생선 장수 여자들이 했던 짓처럼 말이다. 쿠션 의자에 앉은 작은 원숭이들과 멍청한 늙은이인 그의 친구들조차 도시의 밤거리에서 도살장에 끌려가며 울부짖는 소들처럼 불쌍하고 죽음에서 구할 수 없는 소중한 존재들이었다. 그들은 모두 어느 날, 그가 세 시간 전에 산 도메니코 성당 뒤편에서 들었던 종소리를 들을 것이다. 우리는 영원을 제외하고는 무엇도 증오할 수 없다.

그리고 살롱을 가득 메운 모든 사람들, 이 추한 여자들, 이 어리석은 남자들, 이 자만하는 두 남녀의 혈관에는 모두 같은 피가 흘렀고, 그들은 돈 파브리초 자신이었다. 그들을 통해서만 그는 자신이 이해되었고 그들을 통해서만 편안했다. '나는 아마도 저들보다 더 똑똑하고 확실히 더 교양 있을 테지만, 나는 저들과 같은 종족이며 저들과 하나가 되어야 한다.'

그는 돈 칼로제로가 카초카발로 치즈의 가격이 오를 수 있다는 얘기를 조반니 피날레와 나누는 가운데 이런 축복에 희망을 걸며 눈이 반짝이고 온화해지고 있음을 알아차렸다. 그래서 죄책감 없이 몰래 빠져나올 수 있었다.

지금까지는 누적된 울화가 그에게 힘을 주었지만 이제는 긴장이 풀리면서 피로가 몰려왔다. 벌써 2시였다. 그는 사람들, 사랑하는 이들, 형제들, 그러니까 좋지만 늘 지겨운 사람들한테서 멀리 떨어져 조용히 앉을 수 있는 장소를 찾다가, 작고 조용하며 불이 켜져 있고 텅 빈 도서실을 발견했다. 그는 자리에 앉았다가 일어나 작은 탁자에 놓인 물을 마셨다. '물이 정말 최고구나.' 이렇게 시칠리아 사람처럼 생각하며 입술에 남은 물방울을 닦아 냈다. 그는 다시 자리에 앉았다. 도서실이 마음에 들었고 곧 편안함을 느꼈다. 인적이 드문 방이 그렇듯 사람 냄새가 나지 않기에 이 도서실은 그가 점유해도 거부하지 않았다. 폰텔레오네는 그곳에서 시간을 낭비하는 부류가 아니었다. 그는 앞에 걸린 그림 한 점을 바라보았다. 그뢰즈의 「의로운 자의 죽음」129)을 잘 복제한 그림이었다. 노인은 침대에서 매우 깨끗한 리넨을 덮고 있고 천장을 향해 팔을 들어 올린, 슬픔에 잠긴 손자와 손녀들에게 둘러싸여 마지막 숨을 쉬고 있었다. 소녀들은 예쁘고 발랄했으며 흐트러진 옷차림에서 슬픔보다는 방종이 느껴져서 이들이 그림의 실제 주인공임을 단번에 알 수 있었다. 그런데도 돈 파브리초는 디에고가 항상 이 우울한 장면을 눈앞에 두고 있다는 사실에 잠시 놀랐다. 하지만 틀림없이 기껏해야 1년에 한 번이나 이 방에 들어올 거라고 생각하며 안심했다.

그는 즉시 자신의 죽음도 마찬가지일까, 자문했다. 아마도 리넨이 그림처럼 깨끗하지 않으리라는 점을 빼고는 그럴 것이다(그는 죽어 가는 사람의 시트는 항상 더럽고 거기에는 분비물, 배설물, 약 얼룩…… 이 있다는 걸 알았다). 그리고 콘체타와 카롤리나와 다른 여자들은 옷을 더 단정하게 입을 거라고 기대했다.

---

129) 프랑스의 화가인 장바티스트 그뢰즈(Jean-Baptiste Greuze, 1725~1805)는 사실 '의로운 자의 죽음'이라는 제목의 그림은 남기지 않았다. 서술된 것으로 보아 '벌 받은 아들'로 보인다.

하지만 대체로 거의 같을 것이다. 언제나 그렇듯이 다른 사람들의 죽음을 생각하면 불안하지만 자신의 죽음을 생각하면 안심이 되었다. 아마도 자신의 죽음은 무엇보다 온 세상의 죽음이 될 테니까 그렇지 않을까?

그래서 그는 카푸친 수도회 지하 묘지에 있는 가족묘를 조금 손질할 필요가 있다고 생각했다. 지하실에 시체를 목매달아 걸어두고 서서히 미라가 되는 것을 지켜보는 일이 이제 허용되지 않는다는 사실이 안타까웠다. 그랬더라면 자신은 덩치와 키가 커서 벽에 거대한 형상을 드리웠을 테고 양피지처럼 변한 얼굴에 떠오른 움직이지 않는 미소로 소녀들을 놀라게 했을 것이다. 그는 아주 긴 흰색 피케 바지를 입었을 것이다. 아니다. 화려한 축제의 옷, 아마 지금 입고 있는 옷과 똑같은 연미복을 입었을지도 모른다.

문이 열렸다. "외삼촌, 오늘 밤 정말 멋지세요. 연미복이 진짜 잘 어울리세요. 그런데 뭘 보고 계세요? 죽음 양에게 구애하시는 건가요?"

탄크레디는 안젤리카와 팔짱을 끼고 있었다. 둘 다 여전히 관능적인 춤의 여운에서 벗어나지 못했고 피곤에 절어 있었다. 안젤리카는 자리에 앉아 탄크레디에게 관자놀이를 닦을 손수건을 달라고 부탁했고, 돈 파브리초가 자신의 손수건을 건네주었다. 두 젊은이는 아주 무심하게 그림을 바라보았다. 두 사람에게 죽음에 대한 지식은 순전히 지적인 무엇, 말하자면 문화적인 사실일 뿐 뼛속까지 파고드는 경험이 아니기 때문이다. 죽음은 의심의 여지 없이 존재하지만 다른 사람들이 사용하는 것일 뿐이다. 돈 파브리초는, 이 최고의 위안에 무지하기에 젊은이들이 노인보다 고통을 더 심하게 느낀다고 생각했다. 노인들에게 죽음은 비상구에 더 가깝다.

"영주님." 안젤리카가 말했다. "여기 계시다는 걸 알게 되었어요. 저희도 쉬러 왔지만 부탁할 것도 있으니 거절하지 않으셨으면 좋겠어요." 그녀의 눈은 장난스럽게 웃었고, 손은 돈 파브리초의 소매 위에 얹혀 있었다. "저는 영주님과 다음 마주르카를 함께 추고 싶어요. 거절하지 마시고 받아 주세요. 영주님께서는 춤을 아주 잘 추시는 분으로 알려져 있잖아요." 영주는 기뻐했고 기운이 솟구치는 기분이었다. 카푸친 수도회 지하 묘지와는 얼마나 다른가! 털이 많은 그의 뺨이 기쁨으로 떨렸다. 그러나 '마주르카'라고 생각하니 조금 두려워졌다. 발을 구르고 몸을 돌리는 이 군대 무용은 이제 자신의 관절에 맞는 춤이 아니었다. 안젤리카 앞에 즐거이 무릎 꿇을 수야 있지만 그다음에 일어나기 힘들면 어떡하지?

"고맙구나, 안젤리카. 네가 나에게 다시 젊음을 가져다주는구나. 기꺼이 받아들이겠지만 마주르카는 안 돼. 첫 번째 왈츠를 출 기회를 주겠니?"

"탄크레디, 외삼촌이 얼마나 좋으신 분인지 봤지요? 외삼촌은 당신처럼 까탈스럽지 않으셔요. 영주님, 이이는 제가 영주님께 부탁하는 걸 원치 않았어요. 질투가 많거든요."

탄크레디가 웃으며 말했다. "외삼촌처럼 잘생기고 우아한 사람이 있으면 질투해야 마땅해요. 하지만 이번엔 반대하지 않겠어요." 세 사람은 모두 미소 지었는데 돈 파브리초는 그들이 자기를 기쁘게 하려고 이런 계획을 세웠는지, 아니면 놀리려고 그랬는지 알 수가 없었다. 어쨌든 그늘은 사랑스러운 사람들이니 상관없었다.

자리를 떠나면서 안젤리카는 안락의자 커버를 손으로 쓰다듬어 보았다. "이 의자들은 멋지네요. 색깔도 좋고요. 하지만 영주님 집에 있는 것들은⋯⋯." 배가 지정된 항로로 가속도를 내고 있었다. 탄크레디가 끼어들었다. "그만해요, 안젤리카. 우리 둘은 가구에 대한 당신의 지식이 없어도 당신을 사랑해요. 의자는 내버려두고 춤을 추러 가요."

무도회장으로 가는 길에 돈 파브리초는 여전히 이야기를 나누는 세다라와 조반니 피날레를 보았다. '루셀라', '프리민티오', '마르촐리노' 같은 단어들이 들렸다. 그들은 곡물 종자의 장점을 비교하고 있었다. 피날레가 농업을 혁신한답시고 망가뜨리고 있는 마르가로사 농장으로 세다라를 곧 초대할 거라고 영주는 예견했다.

안젤리카와 돈 파브리초 쌍은 놀라운 인상을 남겼다. 영주의 거대한 발은 놀랍도록 섬세하게 움직였고 상대 여인이 신은 비단 구두에 닿을 위험은 전혀 없었다. 그의 손은 그녀의 허리를 힘 있게 꽉 쥐었고, 턱은 그녀의 머리카락이 만드는 망각의 강 레테의 물결 위에 얹혀 있었다. 안젤리카의 파인 가슴에서는 '마레샬 부케' 향기, 무엇보다 젊고 매끄러운 피부의 향기가 흘러나왔다. 그의 기억 속에는 투메오가 했던 '그애의 이불에서는 천국의 냄새가 나는 게 틀림없다'라는 말이 떠올랐다. 부적절하고 무례한 표현이지만 정확한 표현이었다. 그 탄크레디가…….

안젤리카가 말했다. 그녀의 자연스러운 허영심은 끈질긴 야망만큼이나 훌륭히 충족되었다. "정말 행복해요, 외삼촌. 모두가 너무 친절하고 잘해 줬어요. 탄크레디를 사랑해요. 외삼촌도 사랑합니다. 이게 다 외삼촌 덕이에요. 그리고 탄크레디 덕이에요. 외삼촌이 원하지 않으셨다면 이 일이 어떻게 끝났을지 안 봐도 뻔해요." "나는 아무 관련이 없다, 안젤리카. 모든 것은 다 너 자신 덕이야." 사실이었다. 탄크레디 같은 사람이라면 재색을 겸비한 그녀를 거부할 수 없었을 것이다. 탄크레디는 무슨 수를 써서라도 그녀와 결혼했으리라. 돈 파브리초는 콘체타의 거만한 패배의 눈빛을 떠올리니 가슴이 아팠다. 하지만 잠시 그랬을 뿐이다. 한 바퀴 돌 때마다 어깨에서는 세월이 1년씩 떨어져 나갔고, 이윽고 그는 바로 이 방에서 스텔라와 춤을 추던 스무 살의 자신을 발견했다. 실망도 지루함도 남은 시간도 아직 모르던 시절이었다. 잠시나마 그의 눈에는 다시 죽음이 '다른 사람들을 위한 것'으로 보였다.

그는 지금의 느낌과 잘 맞아떨어지는 추억에 깊이 빠진 나머지 어느 순간 안젤리카와 단둘이 춤을 추고 있다는 사실을 알아차리지 못했다. 탄크레디가 부추겼는지 다른 커플들도 춤을 멈추고 지켜보고 있었다. 폰텔레오네 부부도 그 자리에 있었는데, 그들은 감동을 받은 듯했고 나이를 먹은 만큼 아마 이해도 하는 듯했다. 그러나 스텔라 역시 나이를 먹었지만 문밑에서 바라보는 그녀의 눈빛은 어두웠다. 오케스트라가 침묵하자 박수가 터져 나올 뻔했지만, 누가 보든 돈 파브리초는 사자 같아서 그런 부적절한 행동을 감행할 수가 없었다.

왈츠가 끝나자 안젤리카는 돈 파브리초에게 같은 식탁에서 함께 식사하자고 제안했다. 그는 기뻤지만 바로 그 순간 젊은 시절의 기억이 너무나 생생히 떠올라서 늙은 삼촌과 함께하는 저녁 식사가 얼마나 어색할지를 깨달았다. 한편 스텔라는 지척에 있었다. '연인들은 자기들끼리 있거나 모르는 사람들과 함께 있고 싶지. 노인이나, 더 나쁘게는, 친척과 함께하고 싶어 하지는 않아.'

"고맙구나, 안젤리카, 하지만 입맛이 없구나. 그냥 서서 뭐 좀 먹어야겠다. 내 생각은 하지 말고 탄크레디와 함께 가거라."

그는 둘이 떠날 때까지 잠시 기다렸다가 자신도 뷔페실로 들어갔다. 아주 길고 좁은 탁자가 안쪽 끝에 있었고, 디에고의 할아버지가 마드리드 대사로 있던 시절 스페인 궁정에서 선물로 받은 유명한 열두 개의 베르메이 촛대에 불이 켜져 있었다. 빛나는 금속으로 된 높은 받침대 위에는 여섯 명의 운동선수와 여섯 명의 여자가 번갈아 서 있었고 이들의 머리 위에는 열두 개의 촛불로 장식된 은도금 샤프트가 있었다. 솜씨 좋은 금세공 장인은 남성들이 보이는 평온한 여유와 부당한 무게를 견디는 어린 여성들의 우아한 노력을 심술궂게 표현했다. 열두 점의 걸작이었다. "'살마'로 치면 얼마나 값이 나갈지 모르겠네요."라고 불행한 세다라가 말했을 게 틀림없다. 돈 파브리초는 언젠가 디에고가 이 촛대 하나하나가 담긴 상자들을 보여 주었던 일을 회상했다. 녹색 모로코 가죽으로 된 커다란 상자들이 쌓여 있었는데 옆면에는 폰텔레오네 가문의 세 갈래 방패 문장과 기부자들의 머리글자가 금으로 새겨져 있었다.

촛대 아래에, 멀리 천장까지 높이 올라간 다섯 단의 접시에는 절대 바닥나지 않는 '리포스토 과자'가 피라미드처럼 쌓여 있었고 큰 무도회의 차탁(茶卓)들이 단조로운 풍요로움을 과시하며 펼쳐져 있었다. 붉은 산호색을 띠는 산 채로 삶은 바닷가재, 밀랍과 고무 같아 보이는 송아지 쇼프루아, 부드러운 소스에 담근 강철색 농어, 오븐의 열기로 금빛을 낸 칠면조, 다진 내장으로 장식한 황금빛 토스트 더미 위에 기대어 있는 뼈 없는 멧도요, 젤리 갑옷을 입은 장밋빛 푸아그라가 있었다. 오로라 빛깔의 젤라틴, 이외에도 잔인한 색깔의 진미 열 가지가 놓여 있었다. 탁자 끝에는 기념비 같은 수프 은그릇 두 개가 있고, 여기에는 호박색이 나게 끓인 맑은 콩소메가 담겨 있었다. 넓은 주방의 요리사들은 이 만찬을 준비하기 위해 전날 밤부터 땀을 흘려야 했다.

'오, 정말 굉장하군! 돈나 마르게리타는 손님 치르는 법을 잘 알아. 하지만 이걸 다 해치우려면 내 배 말고 다른 사람들의 배가 필요하겠군.'

그는 크리스털과 은빛으로 반짝이는 오른쪽 음료 탁자를 외면하며 왼쪽 후식 탁자로 향했다. 말 털처럼 짙은 갈색의 무수한 바바 케이크, 생크림이 눈처럼 쌓인 몽블랑 케이크, 아몬드의 흰색과 피스타치오의 초록색으로 무늬가 들어간 도

핀 베녜가 있었고, 카타니아 평야의 부식토처럼 갈색을 띠고 기름진 초콜릿 프로피테롤이 작은 언덕을 이루었다. 사실 평야의 부식토는 여러 경로를 통해 언덕들을 만들어 냈다. 분홍빛 파르페, 샴페인 파르페, 주걱으로 나눌 때 뽀드득거리며 벗겨지는 회색 파르페, 경쾌한 곡조를 내는 설탕에 절인 검은 체리, 신맛이 날 것 같은 노란색 파인애플, 갈아 놓은 피스타치오의 어두운 녹색을 두른 '대식욕의 승리'가 보였다. 그리고 부끄러움을 모르는 '처녀의 케이크'가 있었다. 돈 파브리초는 이중 두 개를 달라고 했는데, 접시에 받고 보니 성녀 아가타가 잘린 두 가슴을 보여 주는 불경스러운 모양 같았다. '교황청은 어떻게 이런 케이크를 금지할 생각을 하지 않았을까?' '대식욕[130]의 승리'(대죄인 대식욕!)라니. 수도원에서도 팔고, 잔치판에 온 사람들이 먹어 치우는 성녀 아가타의 가슴이라니! 이런!'

바닐라, 와인, 분 냄새가 가득한 방에서 돈 파브리초는 자리를 찾아 헤매고 다녔다. 탄크레디가 그를 발견하고 의자를 손으로 치며 자리가 있음을 알려주었다. 그 옆에서 안젤리카는 자신의 머리 모양이 괜찮은지 은접시 뒷면에 비추어 보며 확인하는 중이었다. 돈 파브리초는 고개를 저으며 거절의 미소를 지었다. 그는 계속 찾아다녔다. 어떤 탁자에서 팔라비치노의 만족스러운 목소리가 들려왔다. "내 인생 최고의 감정은……" 그의 옆에 빈자리가 있었다. 그러나 얼마나 지루한 사

---

130) 기독교에서 규정한 일곱 가지 대죄(교만, 식욕, 시기, 분노, 음욕, 탐욕, 나태) 중 하나.

람인가! 안젤리카의 의도적이지만 상쾌한 진심, 탄크레디의 건조한 익살을 듣는 편이 결국 더 낫지 않을까? 아니다. 다른 사람을 지루하게 만드느니 내가 지루해지는 게 낫다. 그는 실례를 구하고 대령 옆에 앉았다. 그가 오자 대령이 일어섰는데 이것이 표범의 호감을 조금이나마 불러일으켰다. 돈 파브리초는 자신이 고른 디저트에 들어 있는 블랑망제, 피스타치오, 계피의 세련된 혼합물을 맛보며 팔라비치노와 대화를 나누었는데, 그가 여성에게나 어울리는 달콤한 문구만 말하는 바보가 결코 아니라는 사실을 깨달았다. 그 역시 '나으리'였다. 제복 칼라에 수놓인, 저격수를 의미하는 맹렬한 불꽃에 가려지곤 했지만, 병영과 추종자들의 불가피한 수사(修辭)에서 벗어나 출신 성분에 걸맞은 환경에 놓이자 자기 계층에 대한 근본적인 회의감이 다시 조용히 고개를 들었다.

"이제 좌파는 제가 8월에 부하들에게 장군에게 발포하라고 명령했다는 이유로 저를 십자가에 못 박아 처형하려 합니다. 하지만 영주님, 제가 받은 서면 명령으로 제가 또 무엇을 할 수 있겠습니까? 하지만 고백하자면, 아스프로몬테산에서 수백 명의 붉은 셔츠 입은 자들을, 가망 없는 광신도 꼴을 한 자들, 잔뜩 찌푸린 전문 선동꾼들을 보았을 때 저는 위에서 내려온 명령이 제 생각과 너무 일치해서 기뻤어요. 제가 그들을 쏘라고 명령하지 않았다면 그들은 제 병사들과 저를 다진 고기로 만들었을 겁니다. 물론 별거 아닌 문제지만요. 그렇지만 결국 프랑스와 오스트리아의 개입을 불러와, 기적으로 탄생한 이 이탈리아 왕국이 전례 없는 혼란에 휘말려 붕괴했을

지도 모릅니다. 그렇지 않을 것이라고 누가 장담하겠습니까? 저는 이 점 또한 자신 있게 말씀드립니다. 제가 벌인, 아주 짧은 총격전은 무엇보다도 가리발디 장군에게 유익했습니다. 그에게 붙어 있던 갱단한테서 자유롭게 해 주었으니까요. 그들은 아마도 대담하지만 실현 가능성이 없는 목적, 파리의 튈르리 궁과 로마의 파르네세 팔라초에 있는 이들이 원하는 목적을 이루기 위해 가리발디를 이용한 잠비안키 같은 사람들입니다. 가리발디와 함께 마르살라에 도착한 사람들과 다른 사람들이지요. 이들 중 가장 지혜로운 사람들만 이탈리아 통일은 일련의 '1848년 혁명'으로 성취될 수 있다고 믿었어요. 장군은 제가 무릎을 꿇은 순간, 유명한 사건이지요, 제게 따뜻하게 악수를 청했습니다. 5분 전에 발에 총알이 박힌 사람이라면 보통 보일 수 없는 행동이지요. 그 끔찍한 산비탈에 있던 모든 사람들 중에 유일하게 괜찮은 사람이었던 장군이 낮은 목소리로 뭐라고 말했는지 아십니까? '고맙습니다, 대령님.' 무엇에 감사하냐고요? 그를 평생 절름발이로 만든 것에 대해서요? 분명히 그건 아니지요. 그를 따르는 의심스러운 자들의 무모함, 어쩌면 그보다 더 나쁜 비겁함을 자기 눈으로 확인하게 해 준 것에 대해서지요."

"그런데 죄송하지만, 대령님, 손에 입을 맞추고 모자를 벗어 무릎을 꿇고 찬사를 바쳤다니, 다소 과장된 행동이라고 생각하지 않으십니까?"

"정직하게 말해서, 아닙니다. 진심에서 우러나와서 존경을 표했으니까요. 밤나무 아래 땅바닥에 누워 몸이 아픈, 마음이 더 아픈 불쌍한 거인을 봐야 했으니까요. 얼마나 고통스러웠겠습니까? 그는 수염과 주름이 있지만 늘 보여 왔듯이 무모하고 순진무구한 소년 같은 모습이 그대로 드러났습니다. 그에게 어쩔 수 없이 해를 끼쳐야 했다는 감정에서 벗어나기 어려웠지요. 제가 왜 그런 감정을 가질 수밖에 없었을까요? 영주님, 저는 여인의 손에만 입맞춤하는데, 이탈리아 왕국을 구원한 손은 우리 군인들이 경의를 표해야 할 여인의 손이기도 하기에 제가 입맞춤을 한 것입니다."

웨이터가 지나가기에 돈 파브리초는 몽블랑 케이크 한 조각과 샴페인 한 잔을 가져다 달라고 말했다. "대령님, 아무것도 안 드시겠습니까?" "아무것도 안 먹겠습니다, 고맙습니다. 샴페인 한 잔 정도는 좋습니다." 그는 계속 말했다. 약간의 총격과 많은 수완으로 이루어진 기억, 그와 비슷한 부류를 매료시키는 기억을 떨쳐낼 수 없는 게 분명했다. "장군의 부하들은 제 대원들이 무장을 해제하자 고함을 치며 욕설을 퍼부었지요. 누구를 향한 욕설인지 아십니까? 유일하게 직접 대가를 치렀던 장군을 향한 욕설이었어요. 치욕스럽지만 자연스러운 것이었죠. 그들은 어린애 같지만 위대한 인격체인 장군이 자신들의 손에서 벗어나는 걸 보았습니다. 장군은 그들 중 많은 사람의 음침한 책동을 덮을 수 있는 유일한 사람이었습니다. 그리고 제 예의가 불필요했더라도 저는 앞으로도 기꺼이 그렇게 할 것입니다. 여기 이탈리아에서 우리는 정감 어린 말과 입맞춤에 있어서는 절대로 과장하지 않습니다. 그것은 우리가 가진 가장 효과적인 정치적 논증법입니다."

그는 따라 준 포도주를 마셨는데, 그래서 더더욱 기분이 씁쓸해지는 듯했다. "왕국 건국 이후 내륙에 가 본 적이 없으시다고요? 운이 좋으시군요. 보기 좋은 광경이 아니었어요. 우리가 통일된 이후 이렇게 분열된 적은 없었어요. 토리노는 수도가 되기를 원치 않고 밀라노는 우리 정부가 오스트리아보다 열등하다고 생각합니다. 피렌체는 예술 작품을 빼앗길까 봐 노심초사하는가 하면 나폴리는 잃어버린 산업 때문에 울고 있어요. 여기 시칠리아에서는 크고 비이성적인 문제가 발생하고 있습니다……. 지금은 당신의 겸손한 하인 덕분에 붉은 셔츠단이 더 이상 회자되지 않지만, 다시 입에 오르내릴 것입니다. 이들이 사라지면 다른 색 옷을 입은 다른 이들이 올 테고, 다시 붉은색 옷을 입은 자들이 올 것입니다. 그리고 어떻게 끝날까요? 우리 이탈리아의 상징인 '큰 별'이 있다고들 하죠. 그럴지도 모르죠. 하지만 고정된 별조차 사실 고정된 게 아니란 점을 영주님은 저보다 더 잘 알잖습니까." 약간 취한 듯이 그는 예언했다. 돈 파브리초는 불안한 앞날을 내다보자니 가슴이 조여 오는 듯했다.

춤은 오랫동안 계속되었고 이제 아침 6시가 되었다. 모두가 지쳐서 적어도 세 시간 동안은 침대에 있고 싶어 했을 것이다. 그러나 일찍 떠나는 것은 파티 실패를 선언하고 수고를 많이 한 불쌍한 주최자를 불쾌하게 하는 일과 다름없었다.

숙녀들의 얼굴은 상기되었고 드레스는 구겨졌으며 숨소리가 무거웠다. "마리아! 얼마나 피곤한지 몰라! 마리아! 얼마나 졸리는지!" 지저분한 넥타이 위의 남자들 얼굴은 노랗게 주름 지고 입에는 쓴 침이 잔뜩 고여 있었다. 사람들은 오케스트라 악단석과 같은 층에 있는 방치된 작은 방을 더 자주 들르게 되었다. 스무 개의 큰 요강이 질서정연하게 배치된 방이었다. 그 시간에는 요강이 거의 모두 가득 차 있었는데 일부는 내용물이 바닥으로 넘치기도 했다. 무도회가 끝나고 있음을 감지한 졸린 하인들은 더 이상 샹들리에의 양초를 바꾸지 않았다. 양초의 짧은 토막들은 불길한 기운을 띤 썩다른 빛을 자욱하게 퍼뜨렸다. 텅 빈 뷔페 실에는 치워진 접시들과 손가락 길이 만큼 포도주가 담긴 잔들만 있었고, 웨이터들은 주위를 둘러보며 그것을 급하게 마셨다. 새벽빛이 덧문의 이음새 사이로 스며들었다. 평민에게 걸맞은 바깥 기운과 함께.

사람들이 서서히 떠날 준비를 했고 돈나 마르게리타 주변에는 떠나려는 사람들이 벌써 나와 있었다. "정말 아름다웠어요! 꿈같았어요! 옛날 옛적으로 돌아간 것처럼요!" 탄크레디는 돈 칼로제로를 깨우느라 애를 썼다. 그는 따로 떨어져 있는 안락의자에서 고개를 뒤로 젖힌 채 잠들어 있었는데, 바짓단이 무릎까지 올라갔고 실크 양말 위로 속옷 끝자락이 보일 정도로 그야말로 시골 사람 같은 모습이었다. 팔라비치노 대령의 눈 밑에도 다크 서클이 졌다. 그는 자신의 이야기를 듣고 싶어 하는 사람들에게 집에 가지 않고 폰텔레오네 팔라초에서 연병장으로 바로 가겠다고 선언했는데, 사실 이것은 무도회에 초대받은 군인들이 철칙으로 삼는 전통이었다.

가족이 마차에 올라타자(안개 때문에 쿠션이 축축해져 있었다) 돈 파브리초는 집으로 걸어가겠다고 밀했다. 두통이 났는데 신선한 공기를 좀 마시면 좋을 것 같아서라고 했다. 사실 그는 별을 보며 위안을 얻고 싶었다. 저 위 하늘 꼭대기에는 여전히 별들이 몇 개 남아 있었다. 항상 그랬듯이, 별을 보면 생기가 솟았다. 별들은 멀고 전지전능하면서도 그의 계산에 너무 유순했다. 항상 너무 가깝고 나약하면서도 지나치게 다투기를 좋아하는 인간들과는 정반대였다.

거리에는 수레를 끄는 회색 당나귀 키보다 네 배나 높은 쓰레기 더미를 실은 수레 몇 대가 이미 움직이고 있었다. 덮개를 덮지 않은 긴 수레에는 얼마 전에 도살된 소들이 실려 있었는데 이미 4등분 되어 수치를 모르는 죽음과 함께 내부 장기를 드러내고 있었다. 간격을 두고 몇 개의 굵고 붉은 방울이 포장도로에 떨어졌다.

옆 골목에서 돈 파브리초는 바다 위에 펼쳐진 하늘 동쪽을 엿보았다. 금성인 비너스가 가을 수증기를 터번처럼 감싼 채로 거기 있었다. 그녀는 항상 돈 파브리초를 기다리는 충실한 여자였다. 그가 아침에 외출할 때, 돈나푸가타에서는 사냥 전에, 지금처럼 무도회가 끝난 후에도 말이다.

돈 파브리초는 한숨을 쉬었다. 언제쯤이면 그녀는 덧없지 않은 만남을 허락하기로 결심할까? 육체를 벗어나, 영원한 확실성을 지닌 그녀의 영역에서 이루어질 만남을.

7장

1883년 7월

　돈 파브리초는 이런 느낌을 늘 알고 있었다. 수십 년 동안, 모래시계 속에서 좁은 구멍으로 서두르지 않고 쉼 없이 하나씩 모여들어 빠져나가는 모래 알갱이들처럼 자신의 생명을 지탱하는 체액, 존재하려는 힘, 인생 자체가 (그리고 어쩌면 계속 살아가려는 의지까지도) 천천히 그러나 끊임없이 빠져나가는 느낌을 받았다. 이 끊임없는 사라짐의 느낌은 격렬한 활동을 하거나 뭔가에 큰 관심을 기울이는 어떤 순간에는 사라졌지만, 침묵이나 성찰을 하는 아주 짧은 기회가 생기면 무심하게 다시 나타났다. 귀에서 계속 윙윙거리는 소리처럼, 사위가 고요할 때 들리는 추시계의 똑딱 소리처럼, 우리가 듣지 않아도 항상 깨어 지켜보고 있다는 사실을 확신하게 해 주었다.

　다른 순간에는, 모래알이 사르륵 미끄러져 내려가는 소리를 듣고 시간의 입자들이 그의 삶에서 벗어나 영원히 떠나는 설 느끼려면 조금만 더 주의를 기울이면 되었다. 게다가 그런 감각은 처음부터 어떤 불쾌감과 관련돼 있지도 않았다. 오히려 이 지각할 수 없는 생명력의 손실은, 말하자면 살아 있다는 느낌을 뒷받침하는 증거이자 조건이었다. 그리고 무한한 바깥 공간을 면밀히 조사하고 광활한 내면의 심연을 살펴보는 데 익숙한 그에게는 전혀 불쾌한 것이 아니었다. 하지만 그것은 개인적인 특성이 지속적으로 미세하게 붕괴한다는 느낌을 주면서도, 어딘가 다른 곳에 덜 의식적이면서 더 큰 개성(하느님 감사합니다)을 다시 만들어 내리라는 막연한 예감과 결합되었다. 그 모래 알갱이들은 잃어버린 게 아니다. 사라지기는 하지만 우리가 모를 어딘가에 축적되어 더 오래 지속되는 덩어리로 굳어진다. 하지만 그가 생각한 덩어리는 실제 무게에 걸맞은 정확한 표현이 아니었다. 모래 알갱이도 마찬가지인데, 좀 더 비슷한 것은 좁은 연못에서 증발하는 수증기 입자다. 그것은 하늘로 올라가 가볍고 자유로운 큰 구름이 된다. 때때로 그는 생명이라는 저수지가 수십 년간 내용물을 유출했음에도 여전히 무언가를 남길 수 있다는 사실에 놀랐다. '피라미드만큼 큰 것이 아니라도 말이다.' 더 자주 있는 일이지만, 어떤 때는 주변에서는 아무도 이런 느낌을 받지 않는데 거의 자신만이 이 지속적인 누출을 느낀다는 사실에 자부심을 느꼈다. 자기 주변에서 윙윙거리는 총알을 무해한 파리라고 착각하는 징집병을 노병이 경멸하듯 그는 다른 사람을 경멸할 이유를 거기서 찾기도 했다. 이유는 알 수 없지만 사람들은 이를 고백하지 않고 직감하지도 못하며 그 일을 다른 사람들에게 맡긴다. 그러나 주변 사람들 중 이를 직감하는 사람은 아무도 없었다. 현세와 동일한 내세를 꿈꾸던 딸들 중 누구도 그토록 많은 법관, 요리사, 수도자, 시계공을 곁에 두고도 그러지 않았다. 스텔라마저도 당뇨병으로 인한 괴저로 잠식당하고 있어도 여전히 고통스러운 생존에 비참하게 매달렸다. 탄크레디만이 겸연쩍게 "외삼촌, 죽음 양에게 구애하시는 건가요?"라고 농담했을 때 그것을 잠시나마 이해한 듯했다. 이제 구애는 끝났다. 아름다운 여인은 승낙을 했고, 마지막 탈출에 해당하는 기차 좌석 한 칸이 예약된 것이다.

이제 사정이 달라졌고 완전히 바뀌었다. 그는 트리나크리아 호텔에서 발코니의 안락의자에 긴 다리를 담요로 감싼 채 앉아 있었고, 라인 폭포의 소리와 비교할 만한 영적 굉음과 함께 거대하게 밀려왔다 밀려가는 파도처럼 생명이 빠져나가는 것을 느꼈다. 7월 말 월요일 한낮이었다. 진하고 기름지고 무력한 팔레르모 바다는 주인의 위협에 모습을 보이지 않으려는 개처럼 믿을 수 없을 정도로 미동도 없이 납작하게 눈앞에 펼쳐져 있었다. 꿈쩍도 하지 않고 높이 뜬 태양은 널찍이 다리를 뻗은 채로 돈 파브리초를 무자비하게 채찍질하고 있었다. 정적은 절대적이었다. 최상의 빛 아래에서 그는 자신에게서 쏟아져 나오는 내면의 소리 외에 아무 소리도 들을 수 없었다.

그는 몇 시간 전, 아침에 나폴리에서 돌아왔다. 세몰라 교수와 상담을 하러 갔었다. 마흔 살이 된 딸 콘체타와 손자 파브리치에토를 데리고 마치 장례식 행렬처럼 침울한 여정을 떠났다. 출발한 항구와 도착한 나폴리 항구의 북적거림, 선실의 매캐한 냄새, 편집증적인 도시의 끊임없는 소음에 매우 화가 났다. 이는 불평하는 약자들이 토해 내는 것으로, 그들을 더 지치고 약하게 만들었다. 살아갈 세월을 안장 가방에 아직 많이 넣어 둔 선한 기독교인들이 보이는 반응과는 반대되는 격분이었다. 그래서 귀갓길은 육로를 고집했다. 신중하지 못한 결정으로 의사도 말렸지만 고집을 부렸다. 그의 위엄이 드리우는 그림자가 여전히 압도적이어서 결국 그가 이겼고 36시간을 뜨거운 상자 안에 갇혀 있어야 했다. 열병을 앓는 중에 꾸는 꿈처럼 계속 생겨나는 터널 연기에 질식했고, 슬픈 현실이 분명히 보이는 트인 구간에서는 햇빛에 눈이 멀고, 겁에 질린 손자에게 부탁해야 했던 온갖 질 낮은 서비스에 굴욕을 당해야 했다. 그들은 불길한 풍경과 저주받은 산악과 병든 듯 가라앉은 평원을 가로질러 갔다. 바실리스크 도마뱀 같은 이 칼라브리아[131]의 풍경은 시칠리아의 풍경이나 별반 차이가 없었음에도 그에게는 야만적으로 보였다. 철로가 아직 완성되지 않아서 레조와 가까워지는 마지막 구간에서는 메타폰토 방향으로 크게 우회했다. 그리하여 조롱하듯 시바리와 크로토네라는 관능적이고 육체적인 이름을 달고 있는 달 표면 같은 풍경을 지나갔다. 인자한 미소를 건네는 해협을 건너 메시나에 도착했지만 펠로리타니 산맥의 마른 언덕 때문에 또 한 번 빙돌아가야 했다. 방금 전에 보인 미소가 거짓인 것 같았다. 마

---

131) 이탈리아 남부의 가난한 주이며 주도는 포텐차이다.

치 재판을 잔인하게 길게 지연하는 듯했다. 그들은 카타니아로 내려갔다가 다시 카스트로조반니를 향해 올라갔다. 기관차는 그 환상적인 비탈을 버둥거리며 올라갔는데 혹사당한 말처럼 주저앉을 것만 같았다. 그리고 굉음을 내며 하강한 끝에 마침내 팔레르모에 도착했다. 도착하자마자 가족들 얼굴에는 여행의 성공에 만족하는, 보통 때와 다름없는 미소가 피어났다. 사실, 그는 기차역에서 자신을 기다리던 사람들의 위로 섞인 미소, 그들이 가식적으로, 그것도 심하게 가식적으로 기뻐하는 모습에서 세몰라가 내린 진단의 진정한 의미를 알게 되었다. 의사는 환자를 안심시키는 말을 늘어놓았을 뿐이다. 그는 기차에서 내린 후 과부처럼 슬픔에 잠긴 며느리, 이를 드러내며 미소 짓는 아이들, 눈에 불안감이 역력한 탄크레디, 성숙한 가슴으로 인해 아주 팽팽한 비단 조끼를 입은 안젤리카를 포옹했는데, 그때 폭포가 포효하는 소리가 들렸다.

아마도 기절을 한 모양이었다. 마차에 어떻게 오게 되었는지 기억이 나지 않았다. 자신은 다리를 오므린 채 누워 있고 탄크레디만 옆에 있음을 알아차렸다. 마차는 아직 움직이지 않았고 밖에서 가족들이 떠드는 소리가 들려왔다. "아무 일도 아니야." "여행이 너무 길었어." "이런 더위라면 우리 모두 기절할 거야." "집까지 가면 너무 힘드실 거야." 그는 다시 온전히 정신을 차렸다. 콘체타와 프란체스코 파올로가 나누는 진지한 대화가 들렸다. 품위 있는 탄크레디와 그의 갈색과 베이지색 체크 양복, 갈색 중산모를 알아보았다. 그리고 조카의 미소에 예전 같은 조롱기가 아니라 우울한 애정이 깃들어 있다는 걸 느꼈다. 또 이 때문에 조카가 자신을 사랑한다는 달콤 쌉 싸래한 느낌을 받았다. 그리고 조카가 항상 부려 왔던 자신의 익살을 부드러운 태도로 씻어 버리자 자신이 이제 끝이라는 사실을 알았다. 마차가 움직이며 오른쪽으로 방향을 틀었다. "그런데 우리 어디로 가는 거냐, 탄크레디?" 그의 목소리에 놀 란 탄크레디는 메아리치는 내면의 굉음을 들었다. "외삼촌, 우 리는 트리나크리아 호텔로 가요. 외삼촌은 피곤하고 집은 멀 리 떨어져 있으니 하룻밤 쉬고 내일 집으로 돌아가려고 해요. 그게 좋지 않겠어요?" "그럼 우리 바닷가 집으로 가자. 그곳이 더 가까워." 하지만 그럴 수는 없었다. 그가 잘 알고 있듯이 그 집은 시설이 갖추어져 있지 않았다. 가끔 바다를 바라보며 아 침 식사를 할 때만 사용되었으며 침대조차 없었다. "호텔에 가 면 더 나아질 거예요, 외삼촌. 모든 편의를 잘 누릴 수 있을 거 예요." 그들은 그를 갓난아이처럼 대했다. 사실 그는 갓난아이 의 기력밖에 남아 있지 않았다.

그가 호텔에서 누린 첫 번째 편의는 의사의 진단이었다. 아 마 실신했을 때 급히 소환된 듯했다. 그러나 흰 가운을 입고 비싼 금테 안경을 쓴 웃는 얼굴로 그를 항상 치료해 주던 카 탈리오티 의사 같은 사람은 아니었다. 악마 같은 가련한 남자 는 그 빈곤한 지역의 의사로, 수많은 임종의 고통을 무력하게 목격하기만 할 뿐인 증인이었다. 다 해진 프록코트를 입었고 흰털이 삐죽삐죽 나온 궁핍하고 메마른 얼굴, 굶주린 지식인 의 환멸에 찬 얼굴을 하고 있었다. 가슴 주머니에서 꺼낸, 쇠 사슬을 잃어 버린 시계에서는 가짜 금박을 뚫고 나온 푸른

녹이 보였다. 그 역시 노새에 실려 다니는 가죽 주머니 같은 신세여서 부대끼며 닳고 닳다가 저도 모르게 마지막 기름 한 방울을 흘릴 법한 존재였다. 그는 맥박을 잰 다음 장뇌액을 처방했다. 썩은 치아를 보이며 웃었지만 안심을 시키기보다는 오히려 동정을 구하는 미소였다. 그러고는 고양이 걸음으로 살금살금 물러나며 그곳을 떠났다.

곧 근처 약국에서 장뇌액이 도착했고 약은 돈 파브리초에게 도움이 되었다. 그는 조금 기운이 나는 듯했지만, 급히 빠져나가는 시간은 전혀 누그러지지 않고 맹위를 떨쳤다.

돈 파브리초는 옷장 거울에 비친 자신의 모습을 보았다. 자기 자신보다는 자기가 입은 옷을 더 잘 알아볼 수 있었다. 큰 키가 더 껑충해 보였고 뺨은 푹 꺼졌으며 사흘이나 깎지 못한 수염이 더부룩하게 자라 있었다. 크리스마스 때 파브리치에토에게 선물한 쥘 베른의 책 삽화에 나오는 광기 어린 영국인처럼 보였다. 꼴이 아주 엉망이 된 표범이었다. 하느님은 왜 아무도 제 얼굴로 죽는 것을 원하지 않으실까? 모두가 이렇게 된다. 사람은 죽을 때 얼굴에 가면을 쓴다. 심지어 젊은이조차도, 얼굴이 피범벅이 된 군인조차도 그렇다. 놀라서 도망친 말에서 떨어져서 사람들이 길바닥에서 일으켜 세웠을 때 얼굴이 일그러지고 짓이겨져 있었던 바울도 그랬다. 노인이 된 그에게서 도망치는 생명의 포효가 그렇게 우렁차다면, 젊은 몸에서 순식간에 비워지는, 속이 가득 찬 저장고가 내는 소리는 얼마나 요란할까? 그는 제 모습을 잃도록 변장을 강요하는 이 불합리한 규칙을 힘닿는 데까지 어기고 싶었다. 하지만 그런 힘을 낼 수 없음을 느꼈다. 이제 면도칼을 들어 올리는 게 마치 예전에 책상을 들어 올리는 일과 같았기 때문이다. 그는 프란체스코 파올로에게 "이발사를 불러야겠다"고 말했다. 하지만 곧바로 이렇게 생각했다. '아니야. 이건 불쾌하지만 공식적인 게임의 규칙이야. 면도는 나중에라도 받을 수 있어.' 그는 큰 소리로 말했다. "그냥 놔둬. 나중에 생각해 보자." 나중에 이발사가 위에서 웅크린 채 면도해서 시체의 모양이 빠질 거라는 생각이 들었지만 상관하지 않았다.

웨이터가 미지근한 물이 담긴 대야와 스펀지를 들고 들어와 재킷과 셔츠를 벗기고 아이를 씻듯, 죽은 사람 몸을 씻듯, 그의 얼굴과 손을 씻어 주었다. 철로에서 하루 반 동안 쌓인 그을음을 씻어 내느라 물조차 음울한 색깔이었다. 천장이 낮은 방은 숨이 막힐 지경이었다. 열기 때문에 냄새가 더 심해졌고 먼지가 심하게 쌓인 플러시 천의 악취가 강했다. 짓밟힌 바퀴벌레 수십 마리의 잔해가 소독약 냄새를 풍겼으며, 침대 옆 작은 탁자 근처에서는 오래 묵은 다양한 오줌을 연상시키는 냄새가 끈질기게 흘러나와 방을 음울하게 만들었다. 그는 창의 덧문을 열라고 말했다. 호텔은 그늘 속에 있었지만 금속 같은 바다에서 반사되는 빛에 눈이 부셨다. 하지만 감옥의 악취를 맡는 것보다는 나았다. 그는 발코니에 안락의자를 갖다 놓으라고 말했다. 누군가의 팔 부축을 받으며 몸을 끌고 밖으로 나갔다. 몇 미터를 걸은 다음 앉으니 산에서 여섯 시간 사냥을 한 후에 느꼈던 상쾌함이 살아났다. "나 혼자 있고 싶다고 모두에게 말해. 기분이 좋아졌어. 좀 자야겠다." 그는 실제로

졸렸지만 지금 졸음에 굴복하는 것은 갈망했던 파티 직전에 케이크 한 조각을 먹는 것만큼이나 어리석은 일이라는 사실을 깨달았다. 그는 미소를 지었다. "나는 언제나 현명한 대식가였지." 그러고는 바깥의 고요함과 내면의 무서운 굉음에 빠져들었다.

그는 고개를 왼쪽으로 돌렸다. 등성이가 움푹 파인 몬테펠레그리노산과 조금 뒤에 있는 언덕 두 개가 보였는데 그 발치에 그의 집이 있었다. 닿을 수 없을 정도로 멀리 떨어져 있는 느낌이었다. 그는 자신의 천체관측소, 이제 수십 년 동안 먼지가 쌓일 망원경, 역시 먼지로 돌아간 가련한 피로네 신부, 그림 같은 영지의 풍경, 벽을 장식하는 비단에 그려진 작은 원숭이들, 스텔라가 죽음을 맞이한 큰 황동 침대를 회상했다. 그에게 소중했을지라도 이제 쓸모없어 보이는 모든 것들, 금속 공예품들, 태피스트리들, 흙과 풀즙으로 물들인 천들을 생각했다. 그가 살아 숨 쉬게 했지만 이제 곧 무고하게 내팽개쳐져 폐기와 망각의 나락으로 떨어질 물건들이었다. 이 사랑하는 가여운 것들의 종말이 임박했음을 생각하니 가슴이 저려왔고 고통도 잊어버렸다. 자기 뒤에 있는 집들과 산의 축대, 그리고 태양이 내리쬐는 광활한 땅들을 생각하다 보니 돈나푸가타가 명확히 그려지지 않았다. 마치 꿈속에 나타난 집처럼 보였다. 더 이상 자신의 소유가 아닌 듯했다. 이제 남은 것은 진이 다 빠진 이 몸뚱이, 발밑에 있는 발코니 석판들, 심연으로 쏟아져 들어가는 시커먼 물들뿐이었다. 그는 혼자였고 뗏목을 타고 사나운 물살의 먹이가 되어 떠밀려 다니는 표류자었다.

물론 아들들이 있었다. 아들들이. 유일하게 그를 닮은 조반니는 더 이상 여기에 없었다. 몇 년에 한 번씩 런던에서 안부 인사를 보냈는데, 이제는 석탄업을 하지 않고 보석을 거래했다. 스텔라가 죽은 뒤 그녀 앞으로 짧은 편지가 왔고 얼마 지나지 않아 팔찌가 든 작은 소포가 도착했다. 조반니도 그랬다. 그 역시 "죽음 양에게 구애를" 했다. 그는 모든 것을 버림으로써 가능한 한 많은 죽음을 스스로 준비했다. 그 죽음은 계속 삶을 이어 나가면서 감당할 만했다 그런데 다른 사람들은…… 손자들도 있었다. 살리나 가족의 막내 파브리치에토가 있었다. 아주 잘생기고 활기차고 너무 사랑스러웠다.

그리고 너무 역겨웠다. 말비카의 기질이 두 배로 나타나고 본능적으로 쾌락을 즐기고 부르주아적 우아함을 추구하는 그의 성향 때문이었다. 반대로 생각해도 소용이 없었다. 마지막 살리나는 돈 파브리초 자신이었고, 지금 호텔 발코니에서 죽음을 기다리는 쇠약한 거인이었다. 고귀한 가문의 의미는 모두 전통과 긴요한 기억에서 찾을 수 있는데, 그는 다른 가문과 구별되는 특이한 기억을 가진 마지막 사람이기 때문이다. 파브리지에토는 중학교 친구들과 똑같은 사소한 기억, 값싼 간식에 대한 기억, 선생님에게 한 사악한 농담, 장점보다는 가격만 보고 산 말에 대한 기억을 가지고 있을 것이다. 이름의 의미는 공허한 자만이 될 것이며, 이름을 가진 자는 다른 사람들이 자신보다 더 많이 과시하게 될까 봐 늘 자기를 들볶을 것이다. 부유한 결혼 생활을 과시하는 사냥은 관습적인 일상

이 되어 버릴 테고, 더 이상 누구도 탄크레디처럼 대담하고 약
탈적인 모험은 하지 않을 것이다. 누가 알겠는가. 섬세하고 미
묘한 돈나푸가타의 태피스트리나 라가티시의 아몬드 숲, 어쩌
면 암피트리테의 분수까지도 곧 소화될 푸아그라 요리로, 자
신들이 한 화장보다 더 덧없는 바타클랑[132]의 여인들로 변신
하는 기괴한 운명을 맞게 될지 말이다. 그리고 자신, 돈 파브
리초에 대해 유일하게 남을 기억은 7월 어느 날 오후 리보르
노에 수영하러 가기로 했는데 하필 바로 그 시간에 늙고 성미
급한 할아버지가 돌아가셔서 수영을 못했다는 정도이리라. 살
리나 가문은 언제나 살리나 가문으로 남는다고 그는 말해 왔
다. 그는 틀렸다. 마지막 살리나는 그였다. 가리발디, 그 수염
난 불카누스가 결국 이겼다.

　같은 발코니로 열려 있는 옆방에서 콘체타의 목소리가 들
려왔다. "그렇게밖에 할 수 없었어. 그분을 오게 해야 했어. 그
분을 부르지 않았다면 나는 위로를 받지 못했을 거야." 그는
단번에 그 사람이 신부라는 것을 알아차렸다. 잠시 동안이나
마 사제의 면회를 거부하고 거짓말을 하고 자신은 아무것도
필요하지 않다고 외치고 싶었다. 하지만 바로 그런 생각이 어
리석다는 것을 깨달았다. 그는 살리나의 영주였고 살리나의
영주로서 사제를 옆에 두고 죽어야 했다. 콘체타의 말이 옳았
다. 죽음을 맞는 수많은 사람이 원하는 것을 무슨 이유로 피
해야 하는가? 그래서 노자 성체 성사의 종소리를 기다리며 침

---

132) 프랑스 파리에 위치한 극장.

묵에 빠졌다. 폰텔레오네 집에서 추었던 춤 속으로 빠져들었다. 그의 품에 안긴 안젤리카에게서는 꽃 같은 향기가 났다. 그 소리 역시 들려왔다. 피에타 본당은 거의 맞은편에 있었다. 축제 때처럼 맑고 선명한 소리가 계단을 따라 올라와 복도로 쏟아져 들어왔고 문이 열리자 날카로운 소리로 변했다. 호텔 매니저가 앞장서 들어왔는데, 이 스위스 남자는 자신의 업소에 죽어 가는 사람이 있다는 사실에 매우 짜증이 나 있었다. 이어 본당 사제 발사노 신부가 가죽 함으로 보호한 용기에 성체를 모시고 들어섰다. 탄크레디와 파브리치에토는 안락의자를 다시 방에 들였고 다른 사람들은 무릎을 꿇었다. 그는 목소리보다는 몸짓으로 "나가거라! 나가거라!"라고 표시했다. 그는 고해를 하고 싶었다. 잘한 일도 있고 못한 일도 있었다. 모두 나갔지만, 막상 말을 하려니 할 말이 별로 없다는 사실을 깨달았다. 몇 가지 구체적인 죄가 기억나긴 했지만, 너무 사소해서 이 무더운 날에 고귀하신 신부를 귀찮게 할 가치가 없어 보였기 때문이다. 죄가 없다고 느껴서가 아니라 죄는 이것저것 하나하나일 뿐만 아니라 인생 전체가 죄라는 사실, 진정한 죄는 오직 하나, 원죄라는 사실, 그리고 고해를 하기에는 이제 시간이 없다는 사실 때문이었다. 그의 눈빛은 분명 사제가 참회의 표정으로 착각할 법한 동요를 보였고, 사실 어떤 의미에서는 그러했다. 그는 용서를 받았다. 사제의 턱이 그의 가슴에 얹혀 있는 듯했다. 그의 입술 사이로 성체 조각을 넣으려고 사제가 무릎을 꿇어야 했기 때문이다. 그런 다음 사제는 길을 닦는다는, 기억도 할 수 없는 음절들을 중얼거리고는 물러났다.

안락의자는 이제 더 이상 발코니로 끌려 나가지 않았다. 파브리치에토와 탄크레디가 옆에 앉아 각자 그의 손을 잡았다. 소년은 임종의 고통을 처음 목격하는 사람이 보이는 자연스러운 호기심으로 그를 뚫어져라 쳐다보고 있었다. 하지만 죽는 사람은 아무개가 아니라 할아버지였다. 둘은 큰 차이가 있다. 탄크레디는 그의 손을 꽉 붙잡고 이야기를 했는데, 그것도 많이, 아주 유쾌하게 했다. 그는 자신이 참여한 프로젝트를 설명하고 정치적 사건에 대해 논평했다. 그는 의회 의원이었고 리스본 공사관 자리를 약속받았으며 많은 비밀과 재미있는 사실을 알고 있었다. 콧소리 나는 목소리와 재치 있는 어휘는 점점 더 시끄럽게 분출하는 생명수를 공허하게 장식하고 있었다. 영주는 수다에 감사를 표했고 그의 손을 있는 힘을 다해 꽉 잡으려 했으나 헛수고였다. 감사를 표했으나 그는 영주의 말을 듣지 않고 있었다. 영주는 자신의 삶을 결산하고 있었는데, 엄청난 적자의 잿더미 속에서 행복한 순간의 금싸라기를 모으고 싶었다. 그것은 여기에 있었다. 결혼하기 전 두 주, 결혼 후 여섯 주, 파올로가 태어났을 때 살리나 가문 가계도의 가지를 하나 더 늘린 데 자부심을 가졌던 삼십 분이었다. (이제는 알고 있듯이 터무니없는 자부심이었지만 거기에는 진정한 자존감이 있었다.) 조반니가 사라지기 전에 나눈 대화가 생각났다. 솔직히 말해서 그것은 독백이었지만, 그러면서 그는 그 아이에게서 자신과 닮은 영혼을 발견했다고 믿었다. 천체관측소에서 보낸 많은 시간은 계산을 통해 추상화하고 도달할 수 없는 것을 추구한 시간이었다. 하지만 이러한 시간은 삶의 대차 대조표에서 흑자로 기록될 수 있을까? 죽음의 시복에서 미리 증여된 것들이 아닐까? 아무려면 어떠랴. 그것들은 어쨌든 이 세상에 있었다.

아래, 호텔과 바다 사이의 거리에서는 아코디언 연주자가 걸음을 멈추고 그 계절에 찾아보기 힘든 외지인들을 감동시키려는 간절한 바람으로 연주하고 있었다. 〈하느님께로 날개를 펼친 그대여〉[133]가 들려왔는데, 순간 돈 파브리초에게서 떠나지 않고 아직 남아 있던 무언가가 생각났다. 이탈리아에서 이 같은 기계 음악으로 인해 사람의 임종의 고통 속에 얼마나 많은 씁쓸함이 뒤섞이는지를 말이다. 이를 느낀 탄크레디가 발코니로 달려가 동전을 던지며 조용히 하라는 손짓을 보냈다. 바깥이 다시 조용해지고 내면에서 들리는 소리가 더 커졌다.

탄크레디가 있었다. 그의 흑자 자산을 이루는 많은 것들은 탄크레디에게서 나왔다. 그의 이해력은 아이러니로 인해 더욱 값졌고, 그가 인생의 어려움을 헤쳐 나가는 모습은 미학적인 즐거움을 안겼으며, 그의 냉소는 절도와 애정이 있었다. 그다음, 개들이 있었다. 푸피는 어린 시절의 큰 발바리였고, 톰은 충동적인 푸들로서 믿음직한 친구였다. 즈벨토는 눈빛이 순했고, 벤디코는 바보 같은 짓을 해서 유쾌함을 주었다. 포

---

133) 도니제티의 오페라 「람메르무어의 루치아」의 마지막 부분에 등장하는 아리아.

프는 부드러운 발을 가졌는데, 이 포인터는 지금 이 순간 그를 찾아 덤불 속으로, 저택의 안락의자 밑으로 돌아다닐 테지만 그를 찾지는 못할 것이다. 또 말들이 몇 마리 있었는데 이들은 이미 멀리 떠났고 남이 되었다. 그리고 돈나푸가타로 돌아갔을 때의 처음 몇 시간이 있었다. 그곳의 돌과 물이 전통과 영속을 표현한다는 느낌이 들었고 시간은 마치 얼어붙은 듯했다. 몇 차례 사냥은 유쾌하게 총 쏘는 재미를 주었다. 토끼와 자고새를 다정한 마음으로 도살했고 투메오와 즐겁게 웃기도 했으며 곰팡이와 잼 냄새가 나는 수녀원에서 몇 분 동안 양심의 가책을 느끼기도 했다. 또 뭐가 있을까? 그렇다. 더 있다. 하지만 그것은 흙과 뒤섞여 있는 금덩어리였다. 그가 바보들에게 날카로운 대답을 던져서 만족스러웠던 순간들, 콘체타의 아름다움과 성격에서 진정한 살리나의 영속성을 발견했을 때 느낀 만족감, 몇 번의 뜨거운 사랑의 순간들, 헉슬리의 혜성에 관한 어려운 계산을 했는데 이것의 정확성을 두고 축하하며 자발적으로 보낸 아라고의 편지를 받았을 때의 놀라움 같은 것 말이다. 그리고 이런 것들도 부인하기 힘들었다. 소르본에서 훈장을 받았을 때 받은 대중의 찬사, 실크 넥타이에서 느끼는 섬세함, 물에 부푼 가죽에서 나는 냄새, 그가 만났던 여성들의 쾌활하고 풍만한 모습. 어제 카타니아 역에서 다시 보게 된 그 여성은 갈색 여행복을 입고 부드러운 사슴 가죽 장갑을 끼고 북적대는 사람들 속에 있었는데, 더러운 좌석칸 밖에서 그의 쇠약해진 얼굴을 찾으려는 듯했다. 붐비는 사람들 속에서 외치는 소리도 있었다. "속이 꽉 찬 샌드위치요!"

"신문이요!" 그리고 숨이 차고 피곤에 지친 기차가 씩씩거리는 소리…… 그리고 돌아올 때의 끔찍한 태양, 그 거짓말 같은 미소, 폭포 같은 분출…….

어둠이 솟아오르는 가운데 그는 자신이 실제로 얼마나 오래 살았는지 계산해 보려고 했다. 그의 뇌는 이제 아주 간단한 계산도 하지 못했다. 3개월, 20일, 모두 해서 6개월, 6 곱하기 8, 84…… 48,000……. …… 그는 다시 시작했다. "나는 일흔세 살이고, 통틀어 그만큼 살았지만, 실제로 산 해는 전부 2년…… 기껏해야 3년이다." 그런데 고통, 지루함, 이것들은 얼마나 긴 세월 지속되었던가? 힘들게 계산할 필요가 없었다. 그 나머지인 70년이었다.

그는 더 이상 자손들의 손을 붙잡고 있지 않다는 걸 느꼈다. 탄크레디는 재빨리 일어나 밖으로 나갔다……. 이제 그에게서 분출하는 것은 강이 아니라 폭풍우가 치고 거품과 성난 파도가 들고 일어나는 바다였다…….

그는 자신이 침대에 누워 있다는 걸 갑자기 깨달았다. 틀림없이 또 한 번 실신한 모양이다. 누군가 그의 손목을 잡고 있었다. 창문을 통해 바다에서 무자비하게 반사되는 빛이 들어와 눈이 부셨다. 방에서 쉿 하는 소리가 들렸다. 그 자신이 헐떡이는 소리였지만 그는 그 사실을 알아차리지 못했다. 주변에는 작은 무리, 겁에 질린 표정으로 그를 응시하는 낯선 사람들 무리가 있었다. 그는 조금씩 그들을 알아보았다. 탄크레디, 콘체타, 안젤리카, 프란체스코 파올로, 카롤리나, 파브리치에토가 보였다. 그의 손목을 잡고 있는 사람은 카탈리오티 의

사였다. 그는 의사를 환영하기 위해 그에게 미소 지었다고 생각했지만 아무도 알아채지 못했다. 콘체타를 제외하고는 모두 울고 있었다. 탄크레디도 "외삼촌, 사랑하는 외삼촌!" 하면서 울었다.

갑자기 그들 무리 사이로 젊은 여인이 걸어 들어왔다. 날씬한 모습이었고 넓은 허리받이 위로 여행용 갈색 드레스를 입고 밀짚모자를 쓰고 있었다. 모자 앞에는 작은 구슬 무늬 베일이 달려 있었는데 그녀의 얼굴에 담긴 장난기 어린 사랑스러움을 숨기지는 못했다. 그녀는 사과의 말을 하며 부드러운 사슴 가죽 장갑을 낀 작은 손으로 울고 있는 사람들의 팔꿈치 사이를 살며시 비집고 다가왔다. 늘 자신을 데리러 오기를 기다렸던 그녀가 온 것이다. 그토록 젊은 여인이 그에게 자신을 내맡기다니 이상했다. 기차가 출발할 시간이 가까워진 게 틀림없었다. 그와 얼굴을 마주한 그녀는 베일을 벗었다. 정숙한 여인이지만 그의 것이 될 준비가 되어 있었다. 그녀는 그가 별의 공간에서 봤을 때보다 더 아름다워 보였다.

바다의 포효가 완전히 가라앉았다.

8장

1910년 5월

살리나의 늙은 귀족 여인들을 방문하는 사람은 거의 어김
없이 현관 의자에 사제 모자가 적어도 하나는 놓여 있는 것
을 보았다. 여인들은 셋이었는데 가문의 주도권을 잡으려는
비밀 투쟁이 그들을 갈라놓았다. 그래서 각자의 방식대로 개
성이 강했던 그들은 자기만의 고해신부를 두고 싶어 했다.
1910년 당시의 관습대로 고해성사는 가정에서 실행되었는데,
이 참회하는 여인들은 불안해서 고해성사를 자주 했다. 이 고
해신부의 대열에는 아침마다 가족 예배당에 미사를 집전하러
오는 전속 사제도 넣어야 할 것이다. 그는 집안을 두루두루 영
적으로 지도하는 일을 맡은 예수회 신부였다. 또 이 대열에는
이런저런 교구나 자선 사업에 필요한 기부금을 모으기 위해
오는 수도사와 사제들도 포함되었다. 그래서 왜 사제들의 왕래

가 끊이지 않는지, 어떤 연유로 살리나 저택의 현관이 추기경의 불꽃색에서 시골 교구 사제의 숯검정 색에 이르기까지, 떠올릴 수 있는 모든 색깔의 교회 모자를 창가에 진열한 로마 미네르바 광장 주변의 상점 같았는지를 쉽게 이해할 수 있었다.

1910년 5월 오후에 있었던 모자들의 모임은 솔직히 전례가 없는 일이었다. 감촉이 좋은 비버 모피로 만든, 푸크시아 꽃처럼 유쾌하게 밝은 자홍색의 넓은 모자가 따로 떨어진 의자에 놓였고, 그 옆에는 같은 색깔의 비단으로 짠 오른손 장갑 한 짝이 놓여서 대교구 총대리의 방문을 알렸다. 빛나는 검은색 플러시 천으로 만든 긴 머리털 같은 술이 있고 윗부분에 얇은 보라색 끈이 둘려 있는 모자에서 그의 비서도 왔다는 사실을 알 수 있었다. 그리고 두 예수회 신부의 존재는 자제와 겸손의 상징인 어두운 색 펠트로 된 허름한 모자 두 개가 말해 주었다. 전속 사제의 모자는 조사를 받는 사람에게 딱 어울리게 외딴 의자에 놓여 있었다.

그날 사제들은 사소한 일로 모인 게 아니었다. 교황 명령을 집행하는 과정에서 추기경-대주교는 대교구에 있는 사유 예배당 점검에 착수했다. 그곳에서 열리는 예식 허가를 받은 사람들에게 공덕이 있는지, 설비와 예배가 교회 규범에 부합하는지, 또 거기 모셔진 성(聖)유물이 진짜인지를 확인하기 위해서였다. 살리나 자매들의 사유 예배당은 이 도시에서 가장 잘 알려졌을 뿐 아니라 추기경이 제일 먼저 방문하려던 곳 중 하나였다. 다음 날 아침으로 예정된 이 행사를 준비하기 위해 총대리 몬시뇰이 살리나 저택에 갔다. 대교구 행정부는 어떤 경로를 통해 흘러나오는지 몰라도 그 예배당과 관련된 한심한 소문을 띄엄띄엄 접하고 있었다. 소유주들의 공덕과 자기 집에서 종교적 의무를 다할 권리에 관한 문제는 확실히 아니었다. 이 점은 논쟁할 필요가 없는 사항이었다. 그리고 예배의 규칙성과 지속성도 의심의 여지가 없었고, 거의 완벽에 가까웠다. 어쨌든 이해가 되는 일이지만, 가장 가까운 가족이 아닌 사람들이 신성한 의식에 참석하는 것을 살리나의 귀족 여인들이 극도로 꺼리는 점을 무시한다면 말이다. 추기경의 관심은 예배당에 모셔진 성상과 전시된 수십 점의 성유물에 쏠렸는데, 진위를 두고 매우 불안한 소문이 돌고 있었기에 사실이 입증되기를 바랐다. 그런데도 교양이 풍부하고 소망이 많은 성직자인 전속 사제는 늙은 여인들의 눈을 충분히 뜨게 하지 못했다는 이유로 격렬한 비난을 받았다. 이렇게 표현해도 된다면 "가운데 삭발 머리를 감을"[134] 만큼 진땀을 뺐다.

회의는 작은 원숭이와 앵무새들이 있는 저택의 중앙 살롱에서 열렸다. 빨간색 테두리 장식이 있고 푸른색 천으로 덮인 소파는 30년 전에 사들였는데, 빛이 바래 가는 값비싼 비단 벽지의 색조와 심하게 충돌하고 있었다. 소파에 시뇨리나 콘체타가 앉고, 오른쪽으로 총대리 몬시뇰이 앉아 있었다. 소파 양쪽의 비슷한 두 개의 안락의자는 시뇨리나 카롤리나와 두 예수회 사제 중 한 사람인 코르티 신부를 맞이했다. 다리

---

134) '견책하다'라는 뜻의 이탈리아어 관용 표현. '머리를 감겨 주다(dare una lavata di capo)'의 변형으로 보인다.

가 마비된 시뇨리나 카테리나는 휠체어에 앉아 있었다. 나머지 성식자들은 벽지와 똑같은 비단으로 덮인 보통 의자에 앉는 것으로 족했는데, 당시 모든 사람이 부러워하던 안락의자보다는 가치가 떨어져 보였다.

세 자매는 모두 일흔 살이 넘었거나 안 됐다. 콘체타는 맏이가 아니었지만 오래전 주도권 전쟁에서 이미 적들을 '섬멸'했기에 집안 여주인인 그녀의 위치를 부정할 생각은 아무도 하지 못하는 듯했다. 그녀의 몸에는 여전히 젊은 날의 미모가 흐릿하게 남아 있었다. 풍만하고 당당한 콘체타는 빳빳한 검정 물결 무늬 옷을 입었으며 이마가 거의 다 드러나도록 흰 머리카락을 머리 위로 넘겨 올리고 있었다. 이 모습은 경멸이 담긴 눈과 원한이 가득한 코 위의 찡그린 주름의 지원까지 받아 권위적이고 거의 제왕적인 풍모를 부여했다. 그래서 조카 중 하나는 어떤 책에서 저 유명한 예카테리나 여제의 초상화를 본 후 그녀를 '라 그랑 카트린'으로 불렀을 정도였다. 이는 전혀 어울리지 않는 별명으로, 결국 너무나 순수한 콘체타의 인생과 러시아 역사에 대한 조카의 절대적인 무지가 빚어낸 순진무구한 평가였다.

대화는 한 시간 동안 계속되었고 커피도 마시다 보니 시간이 늦었다. 총대리 몬시뇰이 논의 내용을 이렇게 요약했다. "추기경 전하께서는 사적인 예배가 성모교회의 가장 순수한 예식을 따르기를 원하시기에 맨 먼저 여러분의 예배당에 사목적 돌봄을 행하게 되었습니다. 여러분의 집이 팔레르모 평신도들에게 등댓불이 되고 있음을 잘 알고 계시고, 성스럽고 무결하기 그지없는 유물들에서 더 큰 교화의 빛이 나와 여러분 자신과 모든 종교적 영혼을 비추기를 희망하시기 때문입니다." 콘체타는 침묵했지만, 맏언니인 카롤리나는 폭발했다. "이제 우리는 우리 지인들에게 피고인으로 보일 수밖에 없겠네요. 우리 예배당에 대한 사실 조사는, 몬시뇰, 이런 말을 해서 죄송합니다만, 추기경 전하께서 생각조차 해서는 안 되었을 일입니다."

몬시뇰이 유쾌하게 웃었다. "시뇨리나, 당신의 감정이 얼마나 명확히 보이고, 이에 제가 얼마나 감사하는지는 상상도 못 하실 겁니다. 그것은 순진하고 절대적인 신앙의 표현이며, 교회뿐 아니라 확실히 우리 주 예수 그리스도를 가장 기쁘게 하는 것입니다. 그리고 이 신앙을 번성시키고 정화하기 위해 교황 성하께서 이러한 개정을 권고하셨고, 이 일은 가톨릭 세계 전체에서 몇 달 동안 진행되었습니다."

교황 성하에 대한 언급은 이 상황에 적절치는 않았다. 카롤리나는 교황보다 더 철저히 종교적 진리를 품고 있다고 확신하는 가톨릭 신자 대열에 속했고, 특히 일부 사소한 의무 축일을 폐지한 비오 10세 교황의 온건한 혁신에 이미 분개하고 있었다. "교황께서는 당신 일에나 신경을 쓰셔야 할 텐데요. 그게 더 잘하시는 일일 거예요." 너무 멀리 나간 게 아닌가 하는 생각이 들자 그녀는 십자 성호를 그으며 '글로리아 파트리'[135]를

---

135) 영광송의 라틴어 가사의 첫 두 단어. "성부께 영광을(Gloria patri)"이라는 뜻이다.

중얼거렸다. 콘체타가 끼어들었다. "진심이 아닌 말을 함부로 하지 마세요, 카롤리나. 여기 계신 몬시뇰께서 우리에 대해 어떤 인상을 받으시겠어요?"

솔직히 말해서 몬시뇰은 어느 때보다 자주 미소 지으며, 그저 편협한 사고방식과 깨달음 없는 실천에 사로잡힌 여자아이를 마주하고 있을 따름이라고 생각했다. 그는 너그럽게 이 여인을 용서했다.

"몬시뇰은 세 분의 성스러운 여인 앞에 있다고 생각합니다." 그가 말했다. 예수회의 코르티 신부는 긴장을 누그러뜨리고 싶어 했다. "몬시뇰, 저는 몬시뇰의 이 말씀을 가장 잘 확인할 수 있는 사람 중 한 명입니다. 피로네 신부님은 그분을 알던 모든 이가 존경하는 마음으로 기억하고 있는데, 그분께서는 제가 수련자 시절에 이 젊은 여인들을 키운 성스러운 환경에 대해 자주 말씀하셨습니다. 더군다나 살리나라는 이름만으로도 모두 다 설명될 수 있을 것입니다."

몬시뇰은 구체적인 사안으로 들어가기를 원했다. "좀 더 정확히 말하면, 시뇨리나 콘체타, 이제 모든 사안이 명확해졌으니 허락하신다면 예배당에 가 보고 싶습니다. 내일 추기경 전하께서 신앙의 기적들을 보실 수 있도록 준비해야 하니까요."

파브리초 영주 살아생전에는 저택에 예배당이 없었다. 그래서 온 가족이 축일에는 성당에 갔고, 피로네 신부도 매일 아침 미사를 집전하기 위해 먼 길을 걸어야 했다. 그러나 돈 파브리초가 사망한 후, 여기서 이야기하면 지루할 복잡한 상속

328

분쟁이 일어나 저택이 세 자매의 전유물이 되었다. 그렇게 되자 세 자매는 즉시 자신들만의 성당을 세울 생각을 했다. 발길이 잘 닿지 않는 작은 살롱 한 곳이 선택되었다. 이 살롱 벽에 인조 대리석을 붙여서 만든 반(半)기둥들은 약간이나마 로마의 바실리카 느낌을 풍겼고, 천장 가운데 그려진 구질구질해 보이는 신화 그림은 제거되고 제단이 차려졌다. 그게 전부였다.

몬시뇰이 들어선 예배당은 오후의 석양을 받아 밝았고 제단 위에는 숙녀들이 가장 숭배하는 그림이 빛을 듬뿍 받고 있었다. 크레모나[136]풍의 그림으로 날씬하고 매우 유쾌한 젊은 여인이 묘사돼 있었다. 그녀의 눈은 하늘을 향했고, 부드러운 갈색 머리카락은 반쯤 벗은 어깨 위로 우아하면서도 무질서하게 흩어져 있었다. 오른손으로는 구겨진 편지를 쥐고 있었다. 그녀의 표정은 불안한 기대를 품었으되, 거기에 모종의 기쁨이 없지 않아서 아주 진실해 보이는 눈에서 그것이 빛나고 있었다. 배경은 녹색으로 물든 온화한 롬바르디아 풍경이었다. 아기 예수, 왕관, 뱀, 별, 그러니까 보통 마리아 성상과 함께 하는 상징들은 거기에 없었다. 화가는 동정녀임을 알아볼 수 있게 하는 데는 동정녀 같은 표정만으로 충분하다고 믿은 게 틀림없었다. 몬시뇰은 제단 계단 중 하나에 올라가서 성호를 긋지 않고 몇 분 동안 그림을 보고는 마치 미술 평론가인 양 미소 지으며 감탄했다. 뒤에서는 자매들이 십자 성호를 긋고 성

---

136) 당시 유명했던 이탈리아 화가 트란퀼로 크레모나(Tranquillo Cremona, 1837~1878).

모송을 중얼거렸다.

신부는 다시 계단을 내려와 돌아서서 "아름다운 그림"이고 "표정이 풍부하다"고 말했다.

"기적적인 그림입니다, 몬시뇰, 가장 기적적인 그림입니다!" 불쌍한 병약자 카테리나가 움직이는 고문 도구에서 몸을 빼내며 말했다. "얼마나 많은 기적을 일으켰는지 모릅니다!" 카테리나는 계속 말했다, "이 그림은 '편지의 성모'를 나타냅니다. 성모님은 성스러운 편지를 전하려고 하시는데 이 편지로 신성하신 아드님께 메시나 사람들을 보호해 달라고 간구하십니다. 2년 전 지진[137] 때 일어난 많은 기적에서 볼 수 있듯이 영광스럽게도 이러한 간절한 바람이 이루어졌습니다."

"아름다운 그림입니다, 시뇨리나. 그것이 무엇을 나타내든 아름다운 그림이니 소중히 간직해야 할 겁니다." 그런 다음 그는 유물로 눈을 돌렸다. 일흔네 점의 유물이 제단 옆 두 벽을 빽빽이 뒤덮고 있었다. 각 유물은 틀에 들어 있었는데 두루마리 띠 모양의 표식이 붙어 있었다. 표식에는 유물 제목과 진품임을 증명하는 문서 번호가 적혀 있었다. 부피가 크고 봉인이 찍힌 문서가 많았고 구석에 놓인 다마스크 직물로 씌운 궤짝에 담겨 있었다. 틀은 조각된 은과 매끈한 은, 구리와 산호, 거북 껍질로 만들어졌다. 또 금은사로 세공되기도 했으며, 희귀 목재, 회양목 그리고 붉은 벨벳, 푸른 벨벳 등으로 제작되었다. 크기가 다양했고 모양도 팔각형, 정사각형, 원형, 타원형

---

137) 1908년 시칠리아 메시나에서 일어난 대지진을 말한다.

등 제각각이었다. 유산의 값어치가 있는 틀들도, 보코니 백화점에서 구입한 틀들도 있었다. 모두 독실한 영혼들에 의해 수집된 것들로서 초자연적인 보물을 수호한다는 종교적 임무가 그 영혼들을 더욱 고취시켰다.

이 유물들을 실제 수집한 사람은 카롤리나였다. 그녀는 돈나 로사라는 매우 뚱뚱한 노파를 찾아냈는데, 이 사람은 거의 수녀나 다름없어서 팔레르모와 인근 지역의 모든 교회, 수녀원, 자선 기관과 생산적인 관계를 맺고 있었다. 두 달에 한 번씩 얇고 부드러운 종이에 성인들의 유물을 싸서 살리나 저택으로 가져온 사람은 바로 이 돈나 로사였다. 그녀는 가난한 본당이나 몰락해 가는 가문에서 유물을 빼내는 데 성공했다고 말했다. 판매자의 이름을 밝히지 않은 것은, 이해가 가능할 뿐 아니라 참으로 칭찬할 만한 신중함 때문이었다. 게다가 가져오는 물건이 진품임을 뒷받침하는 증거는 라틴어 또는 그리스어나 시리아어라고 하는 신비한 문자로 기록되어 있는 만큼 태양처럼 분명했다. 관리자이자 재무 담당인 콘체타가 값을 치렀다. 그런 다음 틀을 구하고 끼우는 작업이 이어졌다. 그리고 다시 냉정한 콘체타가 돈을 지불했다. 몇 년 동안 계속되었던 일인데, 한때는 수집에 대한 이 열광이 카롤리나와 카테리나의 잠을 방해할 정도였다. 아침에 이들은 기적적인 발견에 관한 꿈을 이야기하며 꿈이 이루어지기를 바랐다. 때로는 돈나 로사에게 꿈의 내용을 털어놓았는데 꿈이 실제로 이루어지기도 했다. 콘체타가 무슨 꿈을 꾸었는지는 아무도 몰랐다. 그러다 돈나 로사가 죽고 유물의 유입이 거의 끊겼다. 더군다나 이제 그 일에 어느 정도 물리기도 했다.

몬시뇰은 서둘러 눈에 들어온 틀 몇 개를 바라보았다. "보물이네요." 하고 그가 말했다. "보물입니다. 틀들이 정말 아름답습니다." 그러고는 그 아름다운 비품(단테의 표현 그대로, 꼭 이 말을 썼다.)[138]에 축하를 하고 다음 날 추기경님과 함께 다시 오겠다고 약속하고("네, 정확히 9시입니다.") 옆 벽에 걸린 폼페이의 겸손한 마돈나를 바라보며 무릎을 꿇고 십자 성호를 그은 뒤 예배당을 빠져나갔다. 이제 남은 의자들은 모자를 빼앗겼고, 성직자들은 마당에 대기하고 있던, 검은 말이 끄는 대주교의 마차에 올라탔다.

몬시뇰은 예배당 직속 사제인 티타 신부가 함께 타기를 원했는데 티타 신부는 이런 특별 대우에 큰 위로를 받았다. 마차는 계속 달렸고 몬시뇰은 침묵을 지켰다. 마차는 아름답게 단장된 정원의 담장 너머로 '부겐빌레아'가 만발한 채로 고개를 내밀고 있는 부유한 팔코네리 저택을 지나갔다. 오렌지 숲 사이로 팔레르모를 향해 내려가는 길에 이르러 몬시뇰이 말했다. "그래서 티타 신부, 그 소녀 그림 앞에서 수년 동안 성찬식을 거행할 용기가 있던가요? 만날 약속을 받고 연인을 기다리는 소녀의 그림 말이오. 신부도 성화라고 믿었다고 말하지는 마시오." "몬시뇰, 제가 죄를 지었습니다. 잘 알고 있습니다. 하지만 시뇨리나 살리나들, 특히 시뇨리나 카롤리나를 상대하

---

138) 단테의 『신곡』에 "아름다운 비품(belli arredi)"으로 지칭된 성물을 성구실에서 훔친 죄로 지옥에 갇힌 죄인 이야기가 등장한다.

기는 쉽지 않습니다. 몬시뇰께서는 모르실 겁니다." 몬시뇰은 기억을 떠올리니 몸서리가 났다. "신부, 그대는 아픈 데를 손가락으로 건드렸소. 이 점은 참작될 거요."

카롤리나는 나폴리에서 결혼한 자매 키아라에게 편지로 화풀이를 하러 갔고, 카테리나는 길고 고통스러운 대화에 지쳐 잠자리에 들었으며 콘체타는 외로운 방으로 돌아갔다. 두 얼굴을 가진 방들 중 하나였다(이런 방들이 하도 많아서 모든 방이 다 그렇다고 말하고 싶을 정도였다). 하나는 모르는 방문객에게 보여 주는 가면 쓴 얼굴이고, 다른 하나는 사정을 아는 사람에게만 보여 주는 방, 무엇보다 주인에게만 드러나는 민얼굴로 자체의 본질적 쓸쓸함을 드러내는 곳이었다. 방은 햇볕이 잘 들었고 깊숙한 정원을 향해 있었다. 한쪽 구석에는 베개가 네 개 있는 높은 침대가 있었다(콘체타는 마음의 고통이 있어서 거의 앉은 자세로 잠을 자야 했다). 카펫은 없지만 흰색 바닥은 복잡한 노란색 줄무늬가 있어 아름다웠다. 경질석과 인조 대리석을 붙인 작은 서랍이 수십 개 있는 값비싼 금고가 자리 잡고 있었다. 책상과 방 가운데의 탁자를 비롯한 모든 가구는 시골 생활을 담은 활기찬 신고전주의 양식이었다. 가구에는 사냥꾼, 개, 사냥감이 바쁘게 움직이는 모습이 자단나무 바탕에 호박색으로 표현되어 있었다. 이 가구는 콘체타 자신이 구식으로, 심지어 키치로 여겼고 그녀가 죽은 뒤에 경매에 나갔다. 지금은 어느 부유한 운송업자의 고객 '부인'이, 부러워하는 친구들에게 칵테일을 내놓을 때 사용돼서 업자에게 자부

심을 안겨주는 품목이다. 벽에는 초상화, 수채화, 성화가 걸려
있었고 모든 것이 깨끗하게 잘 정돈되어 있었다. 두 가지가 좀
특이해 보일 수 있는데, 침대 맞은편 구석에 초록색으로 칠해
진 큰 나무상자 네 개가 커다란 자물쇠로 채워진 채 탑처럼
쌓여 있었고 그 앞 바닥에는 허름한 모피 더미가 있었다. 이
작은 방에는 늙은 처녀의 선량함과 보살핌이 분명히 드러나 있
어서 아무것도 모르는 방문객은 거기서 미소 지었을 것이다.

사실을 아는 사람에게, 콘체타에게 그곳은 미라가 된 기억
의 지옥이었다. 녹색 상자 안에는 낮과 밤에 따로 입는 셔츠,
실내 가운, 베갯잇, '상급'과 '보통'으로 세심하게 구분한 시트
가 수십 개 들어 있었다. 콘체타가 50년 전에 헛되이 마련한
혼수였다. 상황에 어울리지도 않게 갑자기 악령이 튀어나올까
봐 자물쇠를 열지 않았을 뿐 아니라, 곳곳에 스며드는 팔레르
모의 습기 때문에 천이 누레지고 해져서 그것은 누구에게도
영원히 쓸모없는 물건이 되었다. 초상화는 더 이상 사랑받지
못하는 죽은 이들의 얼굴이었고, 사진은 살아서는 상처를 주
고 죽어서는 그 때문에 잊히지 않는 친구들의 얼굴이었다. 수
채화는 집이나 어떤 장소를 보여 주는 것들인데 대부분 낭비
벽이 심한 조카들이 사들인, 정확히는 흥정을 하지 못하고 터
무니없는 값에 사들인 그림들이었다. 벽에 걸린 성인들은 두
려워하지만 더 이상 믿지 않는 유령 같았다. 벌레 먹은 모피
더미를 자세히 들여다본다면 두 개의 쫑긋한 귀와 검은 니무
로 된 주둥이, 놀란 듯한 노란 유리 눈 두 개가 보였을 것이다.
이미 45년 전에 죽은 벤디코로, 45년 동안 박제되어 있었다.

거미집과 나방의 소굴이 되어 질색한 하인들이 그것을 쓰레기 더미에 버리게 해 달라고 수십 년 동안 애걸했지만 그때마다 콘체타는 거절했다. 가슴 아픈 감정을 불러일으키지 않는 유일한 기억을 자신에게서 떼어놓지 않겠다고 고집했다.

하지만 오늘의 가슴 아픈 감정(어떤 나이가 되면 하루하루가 어김없이 아픔을 준다.)은 현재에 향해 있었다. 카롤리나보다 훨씬 화를 덜 내고 카테리나보다 훨씬 더 예민했던 콘체타는 총대리 몬시뇰의 방문이 무엇을 의미하는지 잘 이해했고 결과도 예견했다. 모든 또는 거의 모든 유물을 제거하라는 명령이 내려질 테고, 제단의 그림을 교체해야 하고, 예배당을 다시 봉헌해야 할지도 모른다. 그녀는 유물들이 진짜임을 거의 믿지 않았으나, 자신은 관심이 없지만 아이들을 달래 주므로 장난감을 돈 들여 사 주는 아버지 같은 무심한 마음으로 값을 치렀다. 그래서 유물들을 치우는 데는 무심했다. 그녀의 가슴을 아프게 찌른 것, 그날 치의 고문은 살리나 가문 체면이 먼저 교회 권위자들 앞에서, 곧이어 팔레르모의 전체 시민들 앞에서 깎이는 일이었다. 교회는 시칠리아에서 알아 줄 정도로 철저히 비밀을 유지했지만 큰 의미가 없었다. 한두 달 안에 소문이 쫙 퍼질 것이다. 이 섬은 트리나크리아로 불릴 만큼 뾰족한 모서리가 셋 있는 큰 땅이지만 모든 것이 금방 퍼진다. 이 상징 대신에 시라쿠사에 있는 디오니시오스의 귀[139]라는 이름

---

139) 시칠리아의 시라쿠사에 있는 귀 모양의 동굴. 시라쿠사의 폭군 디오니시오스 1세가 수감자들의 속삭임을 엿듣기 위해 음향이 증폭되는 구조로 만들었다고 한다.

으로 부르는 편이 차라리 나았을 것이다. 그곳에서는 희미한 한숨 소리조차도 반경 50미터 안에서 다 들린다. 그런데 콘체타는 교회가 인정해 주는 부분은 지키고 싶었다. 가문의 명예 자체가 서서히 사라지고 있었다. 유산은 나누고 또 나누어 지체가 더 낮은 다른 가문들과 비슷한 수준이었고, 부유한 기업가들이 소유한 재산에 비하면 한참 밑이었다. 그러나 교회와 관련해서는, 교회와의 관계에서는 살리나 가문이 우위를 유지하고 있었다. 성탄절에 세 자매가 추기경 전하를 방문했을 때 그분께서 그들을 어떻게 맞이했는지 모두 봤어야 했다! 그런데 지금은 어떤가.

하녀가 들어왔다. "마님, 영주 부인께서 오셨습니다. 차가 마당에 와 있습니다." 콘체타는 일어나 머리를 매만지고 검은 레이스 숄을 어깨에 걸친 뒤 황제 같은 눈빛을 다시 취한 다음 안젤리카가 바깥 계단의 마지막 계단을 올라오는 동안 현관에 도착했다. 안젤리카는 하지정맥류를 앓고 있었고, 늘 조금 짧았던 다리로 간신히 지탱하고 있었다. 길고 검은 외투를 걸친 하인의 팔에 기대어 계단을 올라왔는데, 그의 외투는 올라오면서 계단을 쓸고 지나왔다. "콘체타!" "안젤리카! 오랜만이야!" 정확히 말하자면 마지막 방문 이후 닷새밖에 지나지 않았지만 둘 사이의 친밀감(불과 몇 년 뒤에 이탈리아인과 오스트리아인을 인접한 참호에서 함께 이어 줄 정도로 가까운 느낌 비슷한 친밀감)은 닷새가 정말 길게 느껴질 정도였다. 일흔에 가까워지고 있던 안젤리카에게는 지난 아름다움의 흔적이 추억처럼 여전히 남아 있었다. 3년 후 그녀를 비참한 망령으로 만들 병은 이미 진행 중이었으나 아직은 핏속 깊은 곳에 숨어 있었다. 그녀의 녹색 눈은 세월에 약간 흐려졌을 뿐 여전히 예전과 같았고 목주름은 머리에 쓰는 베일의 검고 부드러운 자락으로 가리고 있었다. 이 3년 된 과부가 쓰고 다니는 베일에는 과거에 대한 향수로 보일 만한 교태가 섞여 있었다. "네 말이 맞아." 그들이 한데 묶인 듯 팔짱을 끼고 살롱으로 향하면서 안젤리카가 콘체타에게 말했다. "네 말이 맞아. 천인대(千人隊)[140] 원정 50주년 기념식이 다가왔으니 평화로울 수가 없지. 그런데 말이야, 사흘 전에 나한테 명예위원회에 참여하라는 연락이 왔어! 물론 탄크레디를 기리는 생각으로 그랬겠지만 내가 할 일이 얼마나 많겠어! 이탈리아 전국 각지에서 올 생존자들이 묵을 곳을 생각해야 하고, 누구도 불쾌해하지 않도록 좌석을 배정해서 초대할 준비도 해야 하고, 섬의 각 행정 구역 시장들이 모두 와서 하나가 되도록 신경을 써야 해. 그런데 말이야, 살리나의 시장은 성직자라서 행진에 참여하지 않겠다고 했어. 그러자 곧바로 네 조카 파브리초가 생각났어. 마침 걔가 나를 찾아왔는데 그때 탁 붙잡았지! 걔는 내 부탁을 거절할 수 없었어. 그래서 우리는 이달 말에 리베르타 거리에서 '살리나'라고 아주 큼직하게 쓴 멋진 팻말을 앞세우고 연미복을 입고 행진하는 걔를 볼 수 있을 거야. 아주 대단한 일

---

140) 시칠리아를 공략하기 위해 가리발디가 만들고 지휘한 1000명의 의용병.

아니겠어? 살리나 가문의 1인이 가리발디에게 경의를 표할 텐데, 이건 옛 시칠리아와 새 시칠리아가 하나로 뭉치는 일이 될 거야. 난 네 생각도 했어. 여기 명예석 초대장이 있어. 국왕석 바로 오른쪽이지." 그러면서 그녀는 파리 여자들이 쓰는 핸드백에서, 탄크레디가 한동안 칼라 위로 매고 다니던 비단 띠와 같은 색인 가리발디를 상징하는 붉은색 카드를 꺼냈다. "카롤리나와 카테리나는 언짢아하겠지." 그녀는 거침없이 말을 이어 나갔다. "하지만 한 좌석밖에 마련하지 못했어. 어쨌든 너는 두 사람보다 더 많은 권리를 가지고 있고 또 우리의 탄크레디가 더 아끼던 사촌이잖아."

안젤리카는 말이 많았고 말을 잘했다. 탄크레디와 40년을 같이 살았는데 이 결혼생활은 질풍 같았고 갑자기 끝나 버렸지만 충분히 길었다. 이 긴 시간은 돈나푸가타의 말씨와 몸짓을 마지막 자국까지 지워 버렸다. 그녀는 두 손을 꼬거나 비틀면서 탄크레디의 버릇 가운데 하나인 우아한 손놀림을 구사할 정도로 변신했다. 책을 많이 읽었는데 살롱 탁자에는 아나톨 프랑스와 폴 부르제의 최신간들과 가브리엘레 단눈치오와 마틸데 세라오의 책들이 번갈아 놓였다. 팔레르모의 살롱들에서 그녀는 프랑스 루아르 강변 성들의 건축 전문가로 통했는데 종종 부정확하게 찬양하기도 했다. 아마도 무의식적으로 그랬을 터인데, 그런 성들의 르네상스적 평온함을 돈나푸가타 팔라초의 바로크적 요란함과 대비시킨 것이다. 안젤리카가 후자에 대해 키워 온 반감은 그녀의 순종적이고 방치된 어린 시절을 알지 못하는 사람들에게는 영문 모를 일이었다.

"이런 내 정신 좀 봐! 곧 타소니 상원의원이 여기로 올 거라고 말해 주려 했거든. 그분은 팔코네리 저택에 온 내 손님인데 너를 만나고 싶어 해. 불쌍한 탄크레디의 대단한 친구이고 함께 싸운 전우였어. 그이한테서 네 이야기를 들었던 것 같아. 우리의 사랑하는 탄크레디!" 얇고 검은 테두리가 있는 손수건이 작은 핸드백에서 나와 여전히 아름다움을 잃지 않은 두 눈에 흐르는 눈물을 훔쳤다.

콘체타는 안젤리카의 목소리가 끊임없이 왱왱거리는 가운데 몇 마디씩 말을 끼워 넣었지만 타소나라는 이름 앞에서는 말이 없어졌다. 망원경을 거꾸로 보듯이 멀지만 선명한 그 장면이 다시 보였다. 이제는 세상을 떠난 사람들로 둘러싸인 커다란 흰색 탁자. 그녀 가까이에 앉은 탄크레디. 그는 이제 사라진 사람이고, 마찬가지로 콘체타 자신도 사실 죽은 거나 다름없었다. 잔인한 이야기. 안젤리카의 히스테릭한 웃음. 그녀 자신이 보인 마찬가지로 히스테릭한 눈물. 그것이 인생의 전환점이었다. 그때 자신이 들어선 길은 그녀를 이곳으로 이끌었다. 사랑이 소멸하고 원한도 사라져 아무것도 살지 않는 사막으로.

"네가 교황청과 엮여 성가신 일을 겪고 있다는 사실을 알게 됐어. 얼마나 번거로울까! 그런데 왜 진작 말해 주지 않았어? 내가 손을 좀 써 볼 수 있었을 텐데. 추기경께서는 나를 꽤 존중해 주고 계시지. 하지만 지금은 너무 늦었는지도 몰라. 내가 뒤에서 움직여 볼게. 어쨌든 아무 일도 아닐 거야."

금방 도착한 타소니 상원의원은 기운 좋고 아주 우아한 노인이었다. 계속 불어나는 엄청난 부는 경쟁과 투쟁을 통해 얻은 것인데, 그를 나약하게 만드는 게 아니라 이제 나이를 뛰어넘어 불처럼 타오르는 힘을 끊임없이 유지하게 해 주었다. 가리발디의 남부군에서 몇 달간 복무하는 동안 그는 절대로 지워지지 않을 운명적인 군인의 눈빛을 얻었다. 그것이 예의와 결합하여 마법의 묘약이 만들어졌고 처음에는 그에게 많은 달콤한 성공을 가져다주었다. 이제는 여러 활동에 섞여 들어가 은행과 면방적 회사의 이사회를 겁주는 데 아주 잘 쓰였다. 이탈리아의 절반과 발칸 국가 대부분은 'Tassoni & C.' 회사의 실로 그들의 단추를 꿰매고 있었다.

"시뇨리나." 그는 콘체타 옆으로 가서 시동에게나 어울릴 법한 낮은 의자에 앉으며 말했다. 이 의자를 고른 이유도 바로 그런 점 때문이었다. "시뇨리나, 저의 머나먼 젊은 날의 꿈이 이제야 실현되고 있습니다. 볼투르노 강가에서 살이 에이듯 추운 밤에 야영하던 때 그리고 포위한 가에타 요새의 성벽 주변에서 우리의 잊을 수 없는 탄크레디가 당신에 대해 얼마나 많은 이야기를 해 주었는지 모릅니다. 많이 늦었지만, 우리를 해방한 위업을 달성한 순수한 영웅들 중 한 사람에게 위안이 되어 주셨던 분의 발치에 존경하는 마음을 바칠 수 있게 되어 기쁩니다."

콘체타는 어린 시절부터 모르는 사람들과 대화하는 데 익숙하지 않았고 독서도 좋아하지 않았기에 수사에 면역될 기회가 없었다. 그래서 꼼짝 못 할 정도로 매료되었다. 그녀는 상원의원의 말에 감격했다. 반백 년 전의 전쟁 일화는 잊어버려서 타소니를 더 이상 수녀원에서 신성을 모독한 자, 겁에 질린 불쌍한 수녀들을 조롱한 자로 보지 않고 노인으로, 탄크레디에 대해 애정을 품고 이야기하는 그의 진실한 친구로 보았다. 이 친구는 그림자였던 그녀에게 죽은 자의 소식을 가져왔는데 세상을 떠난 자가 건너지 못할 시간의 늪을 뚫고 전달하는 것이었다. "내 사랑하는 사촌이 나에 대해 뭐라고 말했나요?" 그녀가 수줍어하는 나직한 목소리로 물었다. 이 수줍음은 검은 비단과 흰 머리로 덮인 몸에 열여덟 소녀의 생기를 되찾아 주고 있었다.

"아! 많았습니다! 그는 돈나 안젤리카에 대한 이야기만큼이나 당신 이야기를 많이 했습니다. 돈나 안젤리카는 그에게 사랑이었던 반면 당신은 정겨운 사춘기의 이미지였습니다. 우리 군인들에겐 너무도 빨리 지나가는 사춘기 말입니다."

얼음장 같은 냉기가 다시 옛 마음을 붙들었다. 이미 타소니의 목소리는 높아져 있었고 안젤리카에게로 향했다. "부인, 10년 전에 빈에서 탄크레디가 우리에게 한 말을 기억하십니까?" 그가 다시 콘체타에게 몸을 돌리며 설명했다. "저는 통상조약을 맺으려 이탈리아 대표단과 함께 거기에 갔는데, 탄크레디는 친구이자 동지로서 정말 상냥하게, 또 훌륭한 신사로서 친근하게 대사관에서 저를 환대해 주었습니다. 아마도 그 적대적인 도시에서 전우를 다시 만나 감동했던 모양입니다. 당시 그가 우리에게 얼마나 많은 추억을 이야기했던지요! 오페라 「돈 조반니」를 보러 가서는 막간에 누구도 따를 수 없는 역설로 죄를, 그의 말대로 용서할 수 없는 그의 죄를, 당신에게 지은 죄를 우리에게 고백했습니다. 예, 당신에 대해 지은 죄 말입니다, 시뇨리나." 그는 잠시 말을 멈추고 놀라움을 안겨 줄 준비를 했다. "한번 떠올려 보세요. 어느 날 저녁 돈나푸가타에서 만찬을 하다가 그가 장난으로 이야기를 지어내 당신에게 들려 주려고 했다더군요. 팔레르모 전투와 관계된 장난 거리인데 거기에 저도 등장하지요. 당신은 그의 말을 믿었고 불쾌해 하셨다는데, 그건 오십 년 전 사람들 생각으로는 좀 대담한 사건이기 때문이었다고요. 그래서 당신은 그를 비난했다지요. 그는 이런 말을 했어요. '그녀는 너무 사랑스러웠어. 눈을 부릅뜨고 나를 응시했는데 입술은 분노로 강아지처럼 귀엽게 부풀어 올랐어. 내가 자제하지 않았다면 스무 명의 사람과 무서운 외삼촌 앞에서 그녀를 껴안았을 정도로 정말 사랑스러웠어.' 시뇨리나는 잊어버리셨을지 모르지만, 탄크레디는 그 일을 잘 기억하고 있었고 그의 마음은 정말 세심하고 부드러웠지요. 그렇게 기억하는 또 다른 이유는 돈나 안젤리카를 처음 만나던 날 그런 잘못을 저질렀기 때문이지요." 그러고는 영주 부인에게 경의를 표하는 몸짓을 했다. 오른손을 허공에서 아래로 내리는 몸짓이었는데 골도니에게서 유래하는 이 전통은 왕국의 상원의원들 사이에서만 보존되어 있었다.

대화는 한동안 계속되었지만 콘체타는 여기에 많이 참여했다고 할 수 없었다. 갑작스러운 계시가 천천히 마음을 파고 들었는데 처음에는 그녀에게 큰 고통을 주지 않았다. 하지만 방문객들이 작별을 고하며 떠나고 혼자 남겨지자 계시가 더 선명하게 보이기 시작했고 더 괴로워지기 시작했다. 과거의 유령들은 수년 동안에 걸쳐 쫓겨났다. 물론 그들은 모든 것에 숨어 있었는데 입맛을 쓰게 했고 사교계에서는 지루함만을 느끼게 했다. 하지만 그들의 진짜 얼굴은 오랫동안 나타나지 않았으나 지금, 어찌해 볼 수 없는 문제들이 소란스레 벌어지는 슬픈 희극 속에서 튀어나왔다. 물론 콘체타가 여전히 탄크레디를 사랑했다고 말하면 터무니없을 것이다. 영원하다는 사랑도 50년이 아니라 몇 년밖에 지속되지 않는다. 하지만 천연두에서 회복된 지 50년이 된 사람도 병의 고통은 이미 잊었을지라도 얼굴에는 여전히 흔적이 남듯이, 그녀는 50주년을 공식 기념할 정도로 거의 역사의 일부가 된 쓰라린 실망의 상처를 자신의 억압된 삶 속에 고스란히 간직하고 있었다. 그러나 오늘까지만 해도 그녀는 까마득히 먼 여름 돈나푸가타에서 일어난 일을 거의 떠올리지 않았다. 그동안 순교를, 그것도 잘못된 순교를 당했다는 생각, 자기를 희생시킨 아버지에 대한 적개심, 그 고인에 대한 가슴 아픈 감정이 그녀를 지탱하는 느낌이었다. 이렇게 해서 생긴 감정들이 그녀의 사고방식 전체의 골격을 이루었지만 이들 또한 해체되고 있었다. 적들은 없었고, 있다면 오직 한 명의 적, 그녀 자신뿐이었다. 그녀의 미래는 자신의 경솔함과 살리나 가문의 성급함에 의해 살해당했다. 이제 수십 년이 지난 후 기억이 되살아난 순간에 자신의 불행을 타인에게 돌릴 수 있다는 위안, 절망적인 사람들을 기만하는 마지막 묘약인 위안이 그녀에게서 사라지고 있었다.

모든 일이 타소니의 말대로 벌어졌다면, 아버지의 초상화 앞에서 증오의 맛을 음미하며 보냈던 긴 시간과 탄크레디를 증오하지 않으려고 그의 사진을 모두 숨긴 행동은 어리석었다. 더 나쁘게는 잔인한 불의였다. 봉쇄수녀원 안으로 들어가게 해 달라고 외삼촌에게 간청하던 탄크레디의 따뜻하고 애원하는 말투가 떠오르자 그녀는 고통스러웠다. 그것은 자신에 대한 사랑의 말이었고, 오해의 말, 자존심에 의해 날아간 말, 그녀의 쌀쌀함 앞에서 얻어맞은 강아지처럼 꼬리를 다리 사이에 감추고 물러선 자의 말이었다. 깊디깊은 존재 어딘가에서 검은 고통이 솟아올라 진실의 계시 앞에서 그녀의 모든 것을 더럽혔다.

하지만 이것이 진실이었을까? 시칠리아만큼 진실의 수명이 짧은 곳은 없다. 사건이 오 분 전에 일어났는데 진정한 핵심은 이미 사라지고, 위장되고, 미화되고, 변형되고, 억압되고, 파괴된다. 환상과 이익에 의해서 말이다. 수치심, 두려움, 관대함, 악의, 기회주의, 자선, 선한만큼 사악하기도 한 모든 열정이 뛰어들어 진실을 산산조각 낸다. 요컨대 사실이 사라져 버리는 것이다. 그런데도 불행한 콘체타는 반백 년 전에 표현되지 않았던, 그저 짐작에 불과한 감정의 진실을 찾고자 한 것이다! 진실은 더 이상 존재하지 않고, 그것의 불안정한 자리는 부인하기 어려운 고통이 차지해 버렸다.

그사이 안젤리카와 상원의원은 팔코네리 저택까지 짧은 여행을 했다. 타소니는 걱정스러웠다. "안젤리카" 하고 그가 말했다(그는 30년 전에 그녀와 짧게 관계를 맺었는데 한 침대에서 함께 보낸 몇 시간이 낳은 대체할 수 없는 친밀감을 유지하고 있었다). "제가 어쩌다 보니 당신 사촌을 불쾌하게 한 것 같아요. 방문이 끝날 때 그녀가 얼마나 조용했는지 보셨나요? 미안해요. 그녀는 사랑스러운 분입니다." "맞아요. 당신이 콘체타를 불쾌하게 만들었어요. 비토리오." 안젤리카가 환상이긴 하지만 이 중의 질투심으로 화가 나서 말했다. "그녀는 탄크레디에게 미친 듯이 빠졌지만, 그이는 그녀를 한 번도 돌아보지 않았어요." 이렇게 해서 진실의 무덤 위로 흙 한 삽이 또 한 번 떨어졌다.

팔레르모의 추기경은 참으로 성스러운 사람이었고, 이제는 세상을 떠난 지 오래되었지만 그의 자선과 신앙에 대한 기억은 생생히 남아 있다. 하지만 그가 살아 있는 동안에는 상황이 달랐다. 그는 시칠리아 사람이 아니고 남부나 로마 출신도 아니었다. 북부 출신인 그가 오랜 세월 동안 심혈을 기울여야 했던 것은 전반적으로는 시칠리아의 영성, 구체적으로는 성직자들로 이루어진 딱딱하고 무거운 반죽을 발효시키는 일이었다. 같은 지방에서 온 비서 두세 명의 도움을 받으며 그는 처음 몇 년 동안은 폐습을 제거할 수 있다는 착각, 땅에서 맨 먼저 눈에 띄는 걸림돌을 치울 수 있다는 착각에 빠져 있었다. 하지만 그 일이 솜뭉치에다 총을 쏘는 것과 같다는 점을 머지않아 깨달아야 했다. 그 자리에 난 작은 구멍은 잠시 후 공모하는 수천 개의 섬유로 채워졌고 모든 것이 이전과 같아져 버렸다. 얻은 것이라고는 화약 낭비와 재료 손상, 헛수고한 이에 대한 조롱뿐이었다. 당시 시칠리아 기질에 대해 뭔가 개혁을 하려고 했던 모든 사람처럼 그는 금방 바보라는 평판을 얻었다(이 지역 환경이며 사정으로 볼 때 틀림없는 사실이었다). 그래서 수동적인 자선사업에 만족해야 했다. 하지만 그런 사업도, 예를 들어 도움을 받기 위해 대주교의 팔라초에 가서 조금이라도 은혜를 베풀어 달라고 청하고 애를 쓰면, 있는 인기도 떨어뜨리는 일밖에 되지 않았다.

그래서 5월 14일 아침 살리나 저택에 갔던 늙은 고위 성직자는 선량한 사람이었지만, 결국 환멸을 느껴 교구 신도들에게 경멸 어린 자비의 태도(때로는 이것도 결국 불공평했다)를 취하게 되었으며, 이로써 더욱 매섭고 단호해져 날이 갈수록 인기를 잃었다. 우리가 알다시피 살리나 자매들은 예배당에 대한 조사에 근본적으로 불쾌감을 느꼈다. 그러나 유치한 영혼이고 결국 여성이었던 그들은 부차적이지만 부인할 수 없는 만족도 미리 맛보았다. 교회의 수장을 집으로 맞이하고, 그들이 여전히 온전하다고 확신하던 살리나 저택의 화려함을 보여 주고, 무엇보다 화려한 붉은 새 한 마리가 집 안을 날아다니는 모습을 삼십 분 정도 구경하게 하고, 다양한 진홍색 옷의 다채롭고 조화로운 색조와 묵직한 비단의 물결 모양에 감탄하게 할 수 있다는 데서 온 만족감이었다. 하지만 이 불쌍한 여인들의 아주 소박한 마지막 희망마저도 실망으로 전락했고 그들은 이를 지켜볼 수밖에 없었다. 외부 계단 밑으로 내려와, 마차에서 내리는 추기경을 보았을 때 그가 옷을 약식으로 입었다는 사실을 확인했던 것이다. 그의 엄격한 검은 사제복에서는 작은 자주색 단추들만이 매우 높은 지위를 표시했다. 모욕을 겪은 선한 얼굴을 하고 있었지만 추기경은 돈나푸가타의 대주교보다 더 위풍 있어 보이지는 않았다. 그는 정중했지만 차가웠고, 살리나 가문과 아가씨들 개개인의 미덕에 대한 존경을 이들의 어리석음과 형식적인 신앙에 대한 경멸과 현명하게 섞어서 표현하는 법을 너무나 잘 알고 있었다. 살롱들을 가로질러 가면서 총대리 몬시뇰이 그 아름다움에 감탄했던 가구들에 반응을 보이지 않았고, 준비된 호화로운 다과를 대접받는 것도 거절했으며("감사합니다, 시뇨리나, 물만 조금 주시면 됩니다. 오늘이 제 수호성인 축일 전날이라 금식이거든요.") 심지어 자리에 앉지도 않았다. 그는 예배당으로 가서 폼페이의 성모님 앞에 잠시 무릎을 꿇었고 유물들을 훑어보았다. 하지만 사목자의 온유함으로 입구 쪽 홀에서 무릎을 꿇고 있던 주인들과 하인들에게 축복을 내렸다. 그러고 나서 얼굴에 잠 못 이룬 밤의 흔적이 역력한 콘체타에게 말했다. "시뇨리나, 사나흘 동안은 이 예배당에서 성스러운 예배를 드릴 수 없습니다. 하지만 가능한 한 빨리 재봉헌이 이루어질 수 있도록 제가 보살피겠습니다. 제 생각에 폼페이의 성모 성화는 제단 위의 그림 자리를 차지할 가치가 있습니다. 대신 제단 위의 그림은 여러분의 살롱들을 지나가면서 제가 감탄했던 아름다운 미술 작품들에 합류할 수 있을 겁니다. 유물에 대해서는 여기 있는 돈 파키오티에게 맡기겠습니다. 제 비서이자 아주 유능한 사제입니다. 이 사람이 문서를 검토하고 조사 결과를 알려 드릴 것입니다. 이 사람이 어떻게 결정하든 제 결정이나 다름없을 것입니다."

그는 인자하게 이들이 반지에 입을 맞추도록 했고 무거운 걸음으로 단출한 수행단과 함께 마차에 올랐다.

마차가 아직 팔코네리 저택 쪽으로 굽어지는 곳에 들어서기도 전에 카롤리나가 입을 악다물고 눈을 번득이며 "나한테이 교황은 투르크인이나 마찬가지야" 하고 외쳤는데, 그 바람에 그녀는 강제로 유황 에테르 냄새를 맡아야 했다. 콘체타는돈 파키오티와 차분하게 대화를 나누고 있었는데, 그는 결국커피 한 잔과 바바 케이크 한 조각을 대접받았다.

그러고 나자 사제는 문서 궤짝의 열쇠를 요청하고 허락을구한 다음 잊지 않고 가방에서 작은 망치, 작은 톱, 나사돌리개, 돋보기, 연필 한 쌍을 꺼내 예배당으로 물러났다. 그는 바티칸 고문서 학교를 나왔고 피에몬테 출신이기도 했다. 그의작업은 길고 힘들었다. 예배당 입구를 지나가는 하인들은 망치질 소리와 나사가 삐걱거리는 소리, 한숨 소리를 들었다. 세시간 후 그는 사제복이 먼지투성이가 되고 손이 시꺼멓게 되었으나 즐거워하는 모습으로 다시 나타났다. 안경을 쓴 얼굴에 평온한 표정을 지으며 큰 등나무 바구니를 손에 든 채 양해를 구했다. "뜯어낸 것들을 넣으려고 이 바구니를 마음대로 사용했습니다. 이것을 여기 둬도 되겠습니까?" 그러고 나서바구니를 구석에 놓았는데, 그 안에는 찢긴 종이와 두루마리,뼈와 연골이 담긴 작은 상자들로 가득했다. "완벽한 진품이고신앙의 대상이 될 만한 가치가 있는 유물을 다섯 점 발견했다는 것을 기쁜 마음으로 알려 드립니다. 나머지는 저기에 있는것입니다." 그가 바구니를 가리키며 말했다. "시뇨리나들, 어디서 먼지를 털고 손을 씻을 수 있는지 알려 주시겠습니까?"

그는 5분 후 다시 나타났고 큰 수건으로 손을 닦고 말렸는데, 수건 모서리에서는 붉은 실로 수놓은 표범이 춤을 추고 있었다. "틀들은 예배당 탁자 위에 정돈해 두었다는 말을 깜빡 잊었습니다. 몇 개는 정말 아름답습니다." 그는 작별 인사를 했다. "시뇨리나들, 존경합니다." 그러나 카테리나는 그의 손에 입맞춤하기를 거부했다. "그럼 바구니에 있는 것은 어떻게 해야 하나요?" "당연히 시뇨리나들께서 원하시는 대로 하십시오. 보관하시든지 쓰레기통에 버리시든지 하십시오. 아무 가치도 없는 것들이니까요." 콘체타가 그를 다시 데려다줄 마차를 부르려고 했다. "신경 쓰지 마십시오, 시뇨리나. 이곳에서 가까운 오라토리오회에 가서 아침을 먹겠습니다. 아무것도 필요 없습니다." 그는 자신의 도구들을 가방에 넣고 가벼운 걸음으로 떠났다.

콘체타는 방으로 물러갔고 아무런 느낌도 들지 않았다. 익숙하면서도 낯선 세계에서 살고 있는 것 같았다. 주어질 수 있는 모든 자극이 이미 주어진, 그래서 이제는 순수한 형태로만 이루어진 세계 말이다. 아버지의 초상화는 몇 제곱센티미터의 캔버스에 불과했고 녹색 상자들은 몇 세제곱미터의 나무에 불과했다. 잠시 후 그녀에게 편지가 전달되었다. 봉투에는 검은색 테두리가 붙어 있고 커다란 왕관이 양각되어 있었다. "사랑하는 콘체타, 추기경님의 방문 소식을 들었는데 성유물 몇 점을 보존할 수 있게 되어서 기쁘게 생각해. 총대리 몬시뇰이 오셔서 재봉헌된 예배당에서 첫 미사를 집전하시면 좋겠어.

타소니 상원의원이 내일 떠나시는데 너의 좋은 추억 속에 자기를 담아 수면 좋겠다고 했어. 곧 찾아가 보겠지만 그때까지 너를 비롯하여 카롤리나와 카테리나를 사랑의 마음으로 안아 줄게. 너의 안젤리카로부터." 그녀는 여전히 아무것도 느끼지 못했다. 그녀의 내면은 완전히 텅 비었다. 다만 작은 털 더미에서 불편함의 안개가 피어올랐을 뿐이었다. 이것이 오늘의 아픔이었다. 불쌍한 벤디코조차도 쓰라린 기억을 암시했다. 그녀는 종을 울렸다. "아네타, 이 개는 정말 너무 벌레 먹고 먼지가 쌓였어요. 갖다 버려요."

사체가 끌려가는 동안 유리로 된 눈은 버려진 것들, 되돌려지고 싶은 것들의 무기력한 비난을 담아 그녀를 응시했다. 몇 분 후, 벤디코의 남은 형체는 청소부가 매일 방문하는 마당 한구석으로 던져졌다. 창문에서 던져지는 동안 그 형태가 잠시 재구성되었다. 긴 콧수염을 기른 네 발 달린 동물이 저주하듯 오른쪽 앞발을 들어 올리며 공중에서 춤을 추는 모습이 보였다. 그런 다음 모든 것이 납빛 먼지 더미 속에서 평화를 찾았다.

모든 게 유지되길 바라면
모든 것을 바꾸어야 한다

시칠리아는 밝고 눈부신 자연과 문화유산이 풍부한 매력적인 섬의 이미지로 우리에게 친숙하다. 토마시 디 람페두사의 『표범』은 이런 시칠리아를 배경으로 한다. 하지만 이 소설은 빛과 그림자처럼 아름다움과 쇠락, 삶과 죽음, 전통과 변화, 위계 질서와 계급 갈등이 교차하는 모습을 그린다. 이 작품은 이탈리아의 통일운동이 한창이던 19세기 중반을 시대 배경으로 하여 살리나의 영주 돈 파브리초와 그 가문의 삶을 통해 귀족 계급의 몰락을 보여 준다. 그러나 여기서 우리는 시대를 가로질러 여전히 유효한 세상과 삶의 의미도 함께 읽어 낼 수 있다. "모든 게 그대로 유지되길 바라면 모든 것을 바꾸어야 한다." 작품에 나오는 이 역설적인 문장은 시간의 흐름, 변화, 죽음에서 덧없음을 느끼는 가운데 세상을 떠받치는 힘이 무엇인지, 괴로움과 지루함이 기본적으로 깔린 삶에서도 어떻게 아름다움을 찾을 수 있는지를 압축적으로 말해 준다.

이 소설의 이탈리아어 제목 '일 가토파르도(Il gattopardo)'는 원래 북아프리카 북단에 서식하는 고양잇과 맹수인 서벌(serval)을 뜻한다. 다소 낯선 이 제목은 이탈리아 이외의 나라에서는 주로 생김새가 비슷하고 잘 알려진 '표범'으로 대체되었다. 1963년 루키노 비스콘티 감독에 의해 각색되어 영화화됐고 영어권에서는 이 소설이 『레오파드(The Leopard)』로 소개되었는데, 영화의 큰 성공이 소설 제목에까지 영향을 준 것이다. 가토파르도(서벌)는 이탈리아 최남단 람페두사섬에서도 흔히 볼 수 있는 동물이다. 작가의 이름 '주세페 토마시 디 람페두사'에서도 알 수 있듯이 람페두사섬은 작가의 출신 집안의 근거지였고 이 가문의 문장에 가토파르도가 새겨져 있었다. 바로 이 가토파르도 문장이 소설에서 살리나 가문의 문장으로 등장한다. 그러니까 『표범』은 람페두사의 자전적 소설이라 할 만큼 작가와 밀접하게 연관되어 있다. 작가는 천문학자였던 증조부 줄리오 파브리초 디 람페두사를 모델로 역사 소설을 써야겠다는 생각을 20여 년 동안 했고 그 결과 자신의 집안 이야기들을 허구로 재구성한 『표범』을 완성한 것이다.

람페두사는 『표범』이 출간되기 전까지 이탈리아 문학계와 독자들에게 전혀 알려지지 않은 작가였다. 생전에 작품 활동을 하지 않았으며 다른 작가들과 교류도 없었다. 람페두사는 시칠리아섬의 귀족 가문에서 태어나서 생의 대부분을 시칠리아에서 보냈다. 로마에서 법학을 전공했고 1차 세계 대전과

2차 세계 대전에 참전했다. 어린 시절과 젊은 시절에는 귀족으로서 교양을 쌓으며 유복한 생활을 했지만, 말년에는 궁핍한 삶을 살았다. 증조부가 많은 재산을 남겼으나 상속자들이 많아서, 람페두사는 팔레르모 시내의 팔라초만을 유산으로 받았다. 하지만 제2차 세계 대전 때 연합군의 공습으로 건물이 파괴되어 버렸다. 이 사건은 그에게 평생 큰 충격을 남겼고 경제적으로도 타격을 주었다. 그는 팔레르모 외곽에 낡은 건물 한 채를 겨우 마련해서 세입자들의 월세로 넉넉지 않은 생활을 이어 나갔다. 매일 팔레르모의 카페에 나가 소수의 지인들과 교류하고, 서너 시간씩 카페에서 글을 쓰는 게 그의 유일한 일과이자 낙이었다. 이렇게 『표범』이 탄생했고 이 작품은 그가 남긴 단 권의 장편소설이다.

　『표범』은 출간되자마자 베스트셀러가 되었고 1959년에는 이탈리아에서 가장 권위 있는 문학상인 스트레가상을 받기도 했다. 『표범』으로 람페두사는 20세기 이탈리아를 대표하는 작가가 되었으며, 『표범』은 역사와 사회에 대한 깊이 있는 통찰로 이탈리아만이 아니라 전 세계의 역사 소설 중 꼭 읽어야 할 작품으로 자리 잡았다. 그러나 람페두사는 소설의 성공을 보지 못했다. 1954년부터 1956년에 걸쳐 집필한 소설 원고를 중요 출판사에 보냈으나 모두 출간을 거절당했고 그가 사망하고 1년 뒤에야 펠트리넬리 출판사에서 출간되었기 때문이다.

　『표범』은 역사적, 정치적 사건과 사적인 사건이 중첩되어 전개된다. 역사적 사건은 개별적 사건의 배경이 되며 사건의 전개와 등장인물의 이해에 중요한 요소로 작용한다. 소설은 1860년 5월 가리발디가 의용병 1천 명으로 구성된 붉은 셔츠단을 이끌고 시칠리아에 상륙했다는 소식과 더불어 시작된다. 이때는 '리소르지멘토'라고 칭해지던 이탈리아의 통일 운동이 거의 완성 단계에 이르던 시기였다. 당시 이탈리아는 일곱 개의 공국과 왕국으로 나뉘어져 있었고 대부분 오스트리아와 프랑스의 영향력 아래 있었다. 시칠리아는 양 시칠리아 왕국에 속해 있었으며, 스페인 부르봉 왕조의 지배하에 있었다. 가리발디의 시칠리아 상륙 이후, 부르봉 왕조는 곧 역사에서 사라지고 시칠리아는 사르데냐 왕국에 합병된다.

소설은 주로 돈 파브리초의 관점에서 서술된다. 돈 파브리초는 시칠리아의 귀족 가문 중에서도 국왕을 알현할 정도로 중요한 가문의 영주로, 천문학에 열정을 쏟으며 사냥을 좋아한다. 일견 괴팍하고 권위적으로 보이기도 하지만 인간의 심리를 깊이 이해하고 따뜻하게 바라보는 복합적이고 매력적인 인물이다. 사색하고 성찰하기를 좋아하는 돈 파브리초는 격변의 시대에 자신이 속한 계급의 몰락을 냉정하게 예감하고, 신흥 부르주아 계급이 부상하며 권력을 차지하는 모습을 지켜보고, 새로운 사회질서가 어떻게 형성되는지를 객관적으로 관찰한다. 물론 그는 자신의 세계가 죽어 가는 현실에 대항할 수 있다고 생각하지 않으며 구체제를 보존하거나 새로운 세계의 도래를 위해 투쟁할 생각도 전혀 없다. 그는 과거에 집착하는 것은 아무 소용이 없다고 생각한다.

그러나 돈 파브리초는 모든 것을 바꾸어야만 현상을 그대로 유지시킬 수 있다는 조카 탄크레디의 말을 이해하고 공감한다. 결국 이 세상의 변화는 형식에서 일어나는 것이지 본질은 바뀌지 않는다. 돈 파브리초는 형식적인 변화의 불가피성을 인식하고 권력과 영광이 일시적이라는 점을 수용한다. 옛 주인의 자리를 새 주인이 차지할 뿐이다. 하지만 항상 이용하고 이용당하는 사람들, 주인과 하인이 있다. 하인은 언제나 하인일 뿐이다. 세상은 언제나 그렇듯이 망설임이 없고 도덕심이 결여된 사람들의 것이 될 것이다. 그의 시선에는 귀족 신분에 대한 자부심과 체념과 회의가 담겨 있고, 이것이 그를 우울로 이끈다.

돈 파브리초가 자식보다 더 사랑하는 탄크레디는 변화하는 세상에 금방 적응하는 현실적이고 기회주의적인 인물이다. 가리발디가 시칠리아에 상륙했을 때는 가리발디 의용군에 가담하지만, 곧 사르데냐 왕국의 군인이 된다. 그는 특히 정치적 야심을 위해 부유한 안젤리카 세다라와 결혼하면서 귀족과 신흥 부르주아지의 결합과 연대를 상징한다. 안젤리카는 살리나 가문이 여름을 보내는 돈나푸가타의 시장 돈 칼로제로의 딸이다. 돈 칼로제로는 격변하는 시대에 편승해서, 무능력한 귀족들을 이용해 벼락부자가 된 매우 똑똑하고 유능한 인물이다. 명실공히 새로운 시대를 대표하는 인물이며, 돈 파브리초의 말에 따르면 귀족인 "표범"이 사라지고 나서 그 자리를 차지할 자칼, 하이에나이다. 미래는 세다라들의 것이다. 돈 파브리초는 새로운 계급에 전혀 호감을 느끼지 못하는데, 그들이 탐욕스럽고 편협하고 이상이 없는 사람들이기 때문이다.

그러나 돈 파브리초는 시대의 변화를 감지하며 탄크레디와 안젤리카의 결혼을 적극 돕는다. 이 때문에 탄크레디를 사랑하는 자신의 딸 콘체타에게 씻지 못할 상처를 남긴다. 실제로 탄크레디와 안젤리카는 사랑과 계산을 동시에 중시하는 새로운 시대의 인물상을 보여준다. 작가는 사랑을 회의적인 시각으로 바라본다. 사랑의 불길과 불꽃은 1년이면 꺼져 버리고 이후 30년은 그 재로 살아갈 뿐이다. 사랑은 관능적인 감각, 게으른 환상, 관습, 계산에 불과하다. 사랑은 불가피하게 죽음으로 이어지며 죽음의 한 단면일 뿐이다. 사랑은 욕망, 탐욕, 질투, 후회로 점철되어 있다.

구체제 계급과 새로 부상하는 계급의 연대를 극대화해서 보여 주는 것은 6장의 무도회 장면이다. 가리발디 의용군과 농민들이 힘을 합쳐 부르봉 왕조를 물리쳤지만, 그 왕조에서 특혜를 누리던 귀족들은 사르데냐 왕국의 대령을 환대하면서 한때 적대적이었던 새로운 세력에 협력하며 자신의 특권을 그대로 유지한다.

『표범』에는 리소르지멘토에 대한 회의와 혐오가 담겨 있기도 하다. 돈 파브리초는 사르데냐 왕국과의 합병을 결정하는 국민투표가 조작되었다는 사실을 알게 된다. 투표 결과를 조작함으로써 신생 왕국은 "신뢰"를 잃었고, 통일 이전부터 존재하던 지배자와 피지배자 사이의 단절을 더욱 강화하는 결과를 가져왔다. 람페두사는 지금도 남부 사람들이, 시칠리아 사람들이 게으르고 굴종적인 사람들이라고 비난받는 이유는 국민투표에서 그들의 의견이 어리석게 왜곡되어 버린 데서 기인

한다고 생각한다. 통일은 시칠리아에 아무런 영향도 미치지 못했다. 오히려 삶의 조건을 악화시키는 데 일조했다. 5장의 피로네 신부의 귀향은 통일 후 시칠리아 민중의 삶을 잘 보여 준다.

시칠리아는 2500년 전부터 그랬듯이 여전히 잠에 빠져 있다. 돈 파브리초, 즉 람페두사는 그 누구보다 예리하게 시칠리아와 시칠리아 사람들을 분석한다. 돈 파브리초는 피에몬테 정부로부터 상원의원직을 수락해 달라는 요청을 받는다. 그는 제안을 하러 온 피에몬테의 관리 슈발레에게 자신은 환상이 없는 사람이며, 자신을 속이며 다른 사람을 이끌 능력도 없다는 이유로 거절한다. 그러면서 시칠리아와 시칠리아인의 속성을 냉소적이며 체념 어린 어조로 설명한다. 시칠리아는 2500년 동안 식민지로 살았고, "외부에서 완벽하게 완성되어 들어온 눈부시고 이질적인 문명을 어깨에 짊어지고" 살았다. 이제 시칠리아인들은 지쳤고 공허하며 잠을 자기만을 원한다. 아무리 좋은 선물을 가져다준다 해도 그들은 그들을 깨우는 사람들을 증오할 것이다. 그들의 "관능이란 망각에 대한 갈망에서 탄생하며, 죽음에 대한 갈망에서 시작된다." 그러니까 시칠리아인들이 원하는 것은 잊히고 죽는 것이다. 이 같은 시칠리아인의 본질과 성격은 여러 침략자를 겪으면서도 변하지 않았다. 새 통일 왕국에서도 마찬가지일 것이다. 돈 파브리초가 말하는 시칠리아인의 속성은 어쩌면 현재의 우리에게도 내재해 있을지 모른다.

사실 돈 파브리초는 평생 죽음을 기다리고 준비하며 산다.

돈 파브리초에게 죽음은 피하고 싶거나 두려운 어떤 것이 아니며 삶에 희망을 준다. 즉 죽음이 있기에 살아갈 희망이 있는 것이다. 죽음은 끝이 아니라 삶을 완성하고 더 고귀하고 완벽한 세계, 확실한 세계로 나가는 것을 의미한다. 인간은 매일 조금씩 죽음을 준비하며 그곳에 도달할 수 있다는 사실을 자랑스럽게 생각해야 한다. 7장에서는 돈 파브리초의 죽음이 다루어지는데 무도회를 묘사한 6장의 시기에서 이십 년이 지난 뒤이다. 무도회가 끝나고 집으로 걸어 돌아가던 새벽길에서 돈 파브리초는 금성인 비너스를 발견한다. 돈 파브리초는 그녀가 항상 자신을 기다리고 있다고 생각하며, 그녀와 만날 날만을 기다린다. 돈 파브리초는 진찰을 위해 나폴리에 갔다가 돌아오던 중, 팔레르모의 호텔에서 죽음과 마주한다. 그는 자신에게서 생명이 빠져나가는 것을 모래시계에서 모래가 흘러내리는 것에 비유하며 시시각각 죽음을 자각한다. 마침내 새벽에 보았던 비너스가 찾아오며 그녀를 맞이하는 장면은 그 어떤 죽음에 대한 묘사보다 인상적이다. 죽음에 대한 슬픔보다는 드디어 고달팠던 삶의 여정을 마치고 원하던 세계로 돌아가는 사람의 안도와 평화가 느껴진다. 그렇게 돈 파브리초는 평생에 걸쳐 열정을 바쳤고 사랑했던 광대한 우주와 별의 세계로 돌아간다.

『표범』은 문학이 어떻게 역사적, 사회적 변화를 탐구하고 해석할 수 있는지를 탁월하게 보여 주며 인간의 조건을 성찰하는 작품이다. 람페두사는 시칠리아라는 매혹적이고 관능적이며 열정적인 공간을 생생하게 그려 낸다. 그 아름다움은 그 속에 사는 사람들의 무기력과 비애를 감춰 버리기에 충분할 정도다. 또한 그 공간에서 쇠락해 가는 가문을 통해 당시의 시대상을 보여 주며 과거에 대한 향수를 불러일으키기도 한다. 작가의 경험이 녹아 있는 귀족의 세계와 그 문화에 대한 사실적인 묘사 역시 독자들을 새로운 세계로 이끈다.

2024년 여름
이현경

작가 연보

1896년   12월 23일 이탈리아 시칠리아섬의 팔레르모에서 태어났
다. 아버지 줄리오 마리아 토마시와 어머니 베아트리체
마스트로조반니 타스카 디 쿠토는 시칠리아의 오래된
귀족 가문 출신이었다. 누나가 한 명 있었으나 1897년
사망했다. 어머니는 교양을 갖춘 개성 있는 인물로 아
들의 삶에 지대한 영향을 미쳤으나 아버지와는 냉담한
관계를 유지했다. 작가는 시칠리아섬의 귀족 자제들처
럼 직업을 얻기 위해서가 아니라 교양을 쌓기 위한 교
육을 받았다. 외갓집 별장이 있는 산타 마르게리타 벨
리체에서 긴 휴가를 보내며 연극을 관람하기도 했다.

1911년   팔레르모의 가리발디 고등학교에 다녔다.

1914년   로마 대학 법학부에 입학하지만 학업을 마치지 않았다.

1915년	제1차 세계 대전에 참전했다.
1917년	카포레토 전투에서 오스트리아군의 포로가 되어 헝가리로 이송되었다. 수용소를 탈출해서 도보로 이탈리아로 돌아왔다.
1920년	이탈리아 왕국 육군을 떠나 시칠리아로 돌아왔다. 이후 몇 년 동안 어머니와 함께 여행을 하고 외국 문학, 특히 영문학과 프랑스 문학에 심취했다.
1925년	사촌 루치오 피콜로와 제노바에서 6개월간 머물며 문학잡지 《레 오페레 에 이 조르니(Le opere e i giorni)》에 세 편의 글을 실었다.
1926년	숙부인 피에트로 토마시 델라 토레타 후작이 이탈리아 대사로 재임하던 런던에 1927년까지 체류했다.
1932년	8월 24일 라트비아의 리가에서 정신분석학자인 알렉산드라 폰 볼프-슈토머제와 결혼했다. 알렉산드라는 '리치'라는 애칭으로 불렸다. 알렉산드라의 아버지는 독일 남작인 발티코 보리스 폰 볼프-슈토머제이며 어머니는 이탈리아의 가수 알리체 바르비였다. 알리체는 람페두사의 숙부인 피에트로 토마시와 재혼했다. 리치 역시 람페두사와의 결혼이 재혼이었으므로 시어머니의 환영을 받지 못했다. 팔레르모에서 어머니와 함께 신혼생활을 시작하지만, 두 여인의 성격 차로 리치는 라트비아로 돌아갔다. 이후 리치와 람페두사는 이탈리아와 라트비아에서 일 년에 두 차례씩 만났다.
1934년	아버지 줄리오 토마시가 사망했다. 람페두사는 팔마의

공작, 람페두사의 영주 작위를 물려받는다.

1939년   2차 세계 대전에 징집되지만 상속 받은 농장을 책임지고 있어서 곧 제대했다. 어머니와 함께 카포 도를란도의 빌라 피콜로 옮겨가고, 리치도 2차 세계 대전을 피해 팔레르모로 왔다.

1943년   연합군의 공습으로, 유산으로 물려받은 팔레르모의 팔라초가 파괴되었다. 그는 이로 인해 정신적, 경제적으로 큰 타격을 입었다.

1944년   팔레르모 적십자회 회장이 되어 1946년까지 임무를 맡았다.

1946년   어머니가 세상을 떠났다.

1953년   프란체스코 오를란도, 조아키노 란차 같은 젊은 지식인들과 교류하기 시작했다. 몇 년 뒤 조아키노 란차를 양자로 입양했다.

1954년   사촌 루치오 피콜로가 첫 시집을 출간한 뒤 그와 함께 산 펠레그리노 테르메에서 열린 문학 회의에 참석했다. 여기서 시인 에우제니오 몬탈레를 만난다. 이 여행에서 돌아온 후 『표범(Il Gattopardo)』을 쓰기 시작했다.

1955년   『표범』을 계속 쓰면서 『스탕달 강의(Lezioni su Stendhal)』도 집필했다. 『단편들(I racconti)』도 시작했다.

1956년   『표범』을 몬다도리와 에이나우디 출판사에 보내지만 출간을 거절당했다. 몬다도리 출판사에 영향력을 미치고 있고, 에이나우디 출판사의 '이 제토니(I gettoni)' 총서의 편집자인 엘리오 비토리니가 『표범』에 부정적인 평가를 내렸다. 『단편들』을 계속 집필했다.

1957년 폐암 진단을 받고 7월 23일 로마에서 사망했다. 팔레르모 카푸친 수도회의 가족 묘지에 묻혔다가 2024년 팔레르모의 산도메니코 교회로 이장되었다.

1958년 조르조 바사니의 편집으로 펠트리넬리 출판사에서 『표범』이 출간되었다.

1959년 『표범』으로 사후에 스트레가 상을 수상했다. 문학 잡지 《파라고네(Paragona)》에 『스탕달 강의』가 게재되었다.

1960년 『표범』이 이탈리아와 해외에서 큰 성공을 거두고 베스트셀러가 되었다.

1961년 『단편들』이 출간되었다.

1963년 루키노 비스콘티 감독에 의해 『표범』이 영화화되고 영화는 제16회 칸 영화제 황금종려상을 수상했다.

1977년 저서 『스탕달 강의』가 출간되었다.

1990년 저서 『영문학』이 출간되었다.

세계문학전집 **456**

표범

1판 1쇄 찍음 2024년 11월 1일
1판 1쇄 펴냄 2024년 11월 12일

지은이 주세페 토마시 디 람페두사
옮긴이 이현경
발행인 박근섭, 박상준
펴낸곳 (주)민음사

출판등록 1966. 5. 19. (제 16-490호)
서울특별시 강남구 도산대로1길 62(신사동) 강남출판문화센터 5층 (우편번호 06027)
대표전화 02-515-2000 팩시밀리 02-515-2007
www.minumsa.com

한국어 판 © (주)민음사, 2024. Printed in Seoul, Korea

ISBN 978-89-374-6456-0 04800
ISBN 978-89-374-6000-5 (세트)

* 잘못 만들어진 책은 구입처에서 교환해 드립니다.

세계문학전집 목록

세계문학전집은 계속 간행됩니다.